# O MAIS LONGO DOS DIAS
## 6 DE JUNHO DE 1944

Cornelius Ryan

# O MAIS LONGO DOS DIAS

## 6 de Junho de 1944

Tradução de William Lagos

www.lpm.com.br

L&PM POCKET

Coleção **L&PM** Pocket vol. 363

Primeira edição na Coleção **L&PM** Pocket: maio de 2004
Esta reimpressão: maio de 2008

*Capa*: Ivan Pinheiro Machado sobre foto de Robert Capa (1913-1954), do desembarque das primeiras forças norte-americanas na praia de Omaha, Normandia, ao amanhecer do dia 6 de junho de 1944.
*Tradução*: William Lagos
*Revisão*: Renato Deitos e Antônio Falcetta

ISBN 978-85-254-1323-9

---

R989d Ryan, Cornelius, 1920-1976.
O mais longo dos dias / Cornelius Ryan; tradução de William Lagos. – Porto Alegre: L&PM, 2008.
376 p. ; 18 cm. – (Coleção L&PM Pocket)

1.Ficção irlandesa-romances de guerra-2ª Guerra Mundial. I.Título. II.Série.

CDD 820.5-3
CDU 821.111(415)-311.6

---

Catalogação elaborada por Izabel A. Merlo, CRB 10/329.


Rua Comendador Coruja 314, loja 9 – Floresta – 90.220-180
Porto Alegre – RS – Brasil / Fone: 51.3225.5777 – Fax: 51.3221-5380

PEDIDOS & DEPTO. COMERCIAL: vendas@lpm.com.br
FALE CONOSCO: info@lpm.com.br
www.lpm.com.br

Impresso no Brasil
Outono de 2008

*Para todos os homens do Dia D*

# Índice

# OPERAÇÃO OVERLORD
## 6 de junho de 1944

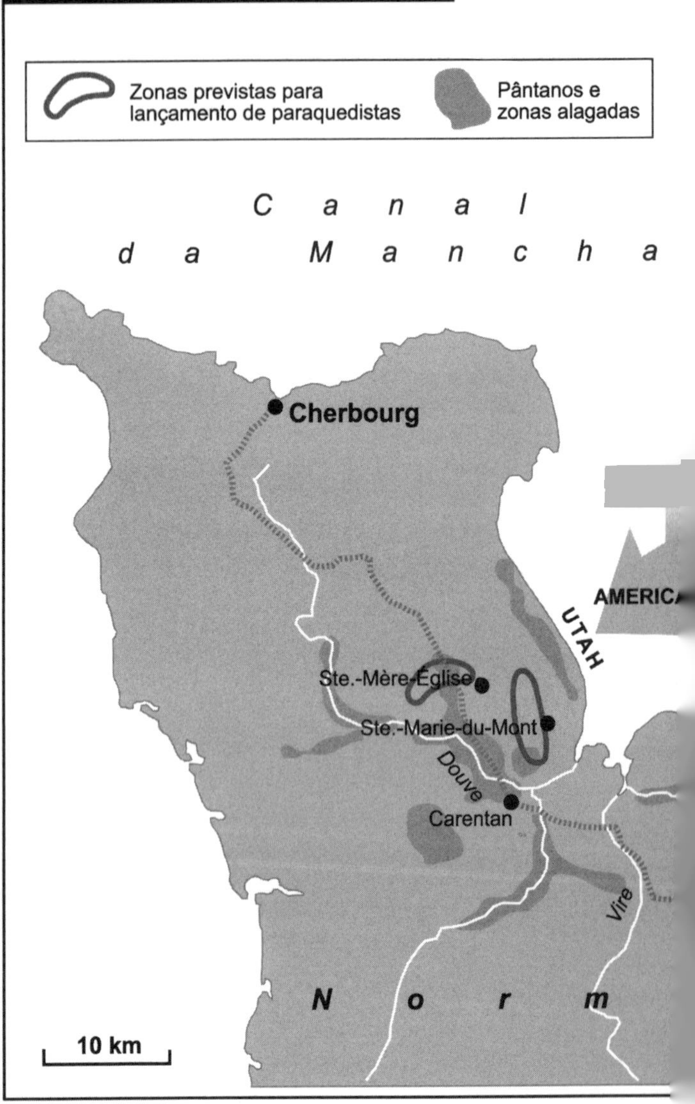

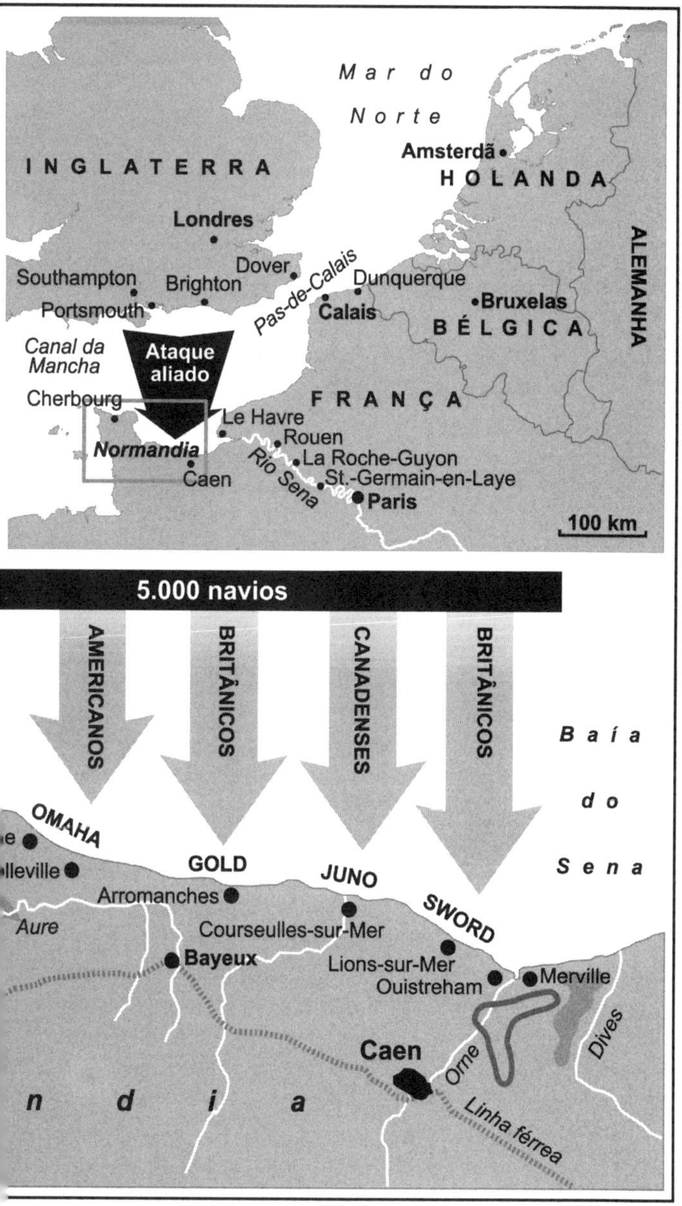

Mar do Norte
INGLATERRA
Amsterdã
HOLANDA
Londres
ALEMANHA
Dover
Pas-de-Calais
Southampton
Brighton
Dunquerque
Portsmouth
Calais
Bruxelas
BÉLGICA
Canal da Mancha
Ataque aliado
Cherbourg
FRANÇA
Le Havre
Rouen
Normandia
La Roche-Guyon
Rio Sena
St.-Germain-en-Laye
Caen
Paris
100 km
5.000 navios
AMERICANOS
BRITÂNICOS
CANADENSES
BRITÂNICOS
Baía do Sena
OMAHA
GOLD
JUNO
Arromanches
SWORD
Aure
Courseulles-sur-Mer
Bayeux
Lions-sur-Mer
Ouistreham
Merville
Dives
Caen
Orne
Linha férrea

*"Pode acreditar em mim, Lang, as primeiras vinte e quatro horas da invasão serão decisivas... O destino da Alemanha depende desse resultado... Para os Aliados, do mesmo modo que para a Alemanha, será o mais longo dos dias."*

Marechal-de-Campo Erwin Rommel
ao seu ajudante-de-ordens,
em 22 de abril de 1944.

# Prefácio

## O Dia D, Terça-feira, 6 de Junho de 1944

A operação Overlord, a invasão da Europa pelos aliados, começou precisamente quinze minutos após a meia-noite de 6 de junho de 1944 – na primeira hora de um dia que seria para sempre conhecido como o "Dia D". Nesse momento, alguns homens especialmente escolhidos da 82ª e da 101ª divisões Aerotransportadas do exército americano saltaram de seus aviões à luz do luar sobre a Normandia. Cinco minutos mais tarde e a oitenta quilômetros de distância, um pequeno grupo de homens da 6ª Divisão Aerotransportada britânica também pulou de seus aeroplanos. Esses homens exerciam a função de batedores e tinham a missão de acender fogueiras para iluminar as zonas de lançamento dos pára-quedistas e tropas de infantaria transportadas por planadores, que deveriam segui-los em breve.

Os exércitos aerotransportados dos Aliados estavam claramente demarcando os limites extremos do campo de batalha da Normandia. Entre eles e ao longo da costa francesa haviam sido escolhidas cinco praias para o início da invasão: Utah, Omaha, Gold, Juno e Sword. Durante as horas que precederam o amanhecer, enquanto os pára-quedistas combatiam nas sebes escuras da Normandia, a maior frota que o mundo jamais conhecera começou a tomar posições ao largo dessas praias – quase cinco mil navios, transportando mais de duzentos mil soldados, marinheiros e guardas costeiros. A partir das 6h30min da manhã, precedidos por um maciço bombardeio aéreo e naval, alguns milhares desses homens avançaram através das águas até a praia, na primeira onda da invasão.

O que se segue não é uma história militar. É a história de pessoas: os homens das Forças Aliadas, os inimigos que eles combateram, e os civis que foram surpreendidos na confusão sangrenta do Dia D – o dia do início da batalha que acabou com o insano jogo de Hitler na busca pela dominação do mundo.

## Primeira parte

# A ESPERA

## 1

A aldeia estava silenciosa na úmida manhã de junho. Chamava-se La Roche-Guyon e permanecera intocada por quase doze séculos numa pacata curva do rio Sena, aproximadamente a meio caminho entre Paris e a Normandia. Por muitos anos, tinha sido simplesmente um lugar por onde as pessoas passavam em suas viagens para algum outro lugar. Sua única particularidade era seu castelo, a morada principal dos Duques de La Rochefoucauld. Esse castelo, que se destacava contra o fundo das colinas que se erguiam por trás da aldeia, fora o responsável pelo término da paz em La Roche-Guyon.

Nessa manhã acinzentada pela neblina, o castelo erguia-se acima de toda a paisagem, suas pedras maciças reluzindo de umidade. Já eram quase seis da manhã, porém nada se movia nos dois pátios pavimentados com pedras arredondadas pelo tempo. Do lado de fora dos portões, a estrada principal estendia-se larga e vazia, enquanto na aldeia os postigos das janelas das casas recobertas por telhas vermelhas continuavam fechados. La Roche-Guyon estava muito tranqüila – tão silenciosa que parecia deserta. Mas o silêncio era enganador. Por trás dos postigos trancados, o povo esperava pelo toque de um sino.

Às seis da manhã, o sino da igreja de Saint-Samson, construída junto ao castelo no século XV, soaria a "hora do ângelus". Em tempos mais pacíficos, esse toque teria um significado mais simples – em La Roche-Guyon, os aldeãos fariam o sinal-da-cruz e interromperiam suas atividades para um breve momento de oração. Mas agora o "ângelus" significava muito mais que um momento de meditação. Essa manhã, o momento em que o sino tocasse marcaria o final do toque de recolher e o começo do 1.451º dia da ocupação alemã.

Em La Roche-Guyon haviam sido dispostas sentinelas por toda parte. Encolhidas em seus capotes camuflados, permaneciam do lado de dentro de ambos os portões do castelo, nas barreiras colocadas na estrada dos dois lados da aldeia, em casamatas construídas rente ao solo nos afloramentos rochosos de giz que ficavam ao pé das colinas e nas ruínas vacilantes de uma velha torre de vigia, que havia sido construída na colina mais alta, elevando-se acima do castelo. Lá de cima, as guarnições das metralhadoras podiam ver qualquer movimento dentro da aldeia, o vilarejo mais ocupado em toda a França ocupada.

Por trás de sua aparência pastoral, La Roche-Guyon era realmente uma prisão; para cada um dos 543 aldeães, dentro da área ou ao redor dela, havia mais de três soldados alemães. Um desses soldados era o marechal-de-campo Erwin Rommel[1], comandante-em-chefe do Grupo de Exército B, a força alemã mais poderosa da frente ocidental. Seu quartel-general ficava precisamente no castelo de La Roche-Guyon.

Dali, nesse crucial quinto ano da Segunda Guerra Mundial, Rommel, tenso mas determinado, preparava-se para travar a mais desesperada batalha de sua carreira. Sob seu comando, mais de meio milhão de homens guarnecia as defesas ao longo de uma incrível extensão de linhas costeiras – que se prolongavam por quase mil e duzentos quilômetros, dos diques da Holanda até as praias

1. O *Feldmarschall* Erwin Rommel, 1891-1944, conhecido como "Raposa do Deserto" por sua atuação na África. (N. do T.)

banhadas pelas ondas do Atlântico que demarcavam a península da Bretanha. Sua força principal, o 15º Exército, concentrava-se ao redor de Pas-de-Calais, no ponto mais estreito do Canal da Mancha, entre a França e a Inglaterra.

Noite após noite, os aviões bombardeiros aliados atingiam essa área. Os veteranos do 15º Exército, cansados dos bombardeios, brincavam amargamente dizendo que o local para cura e descanso ficava na zona do 7º Exército, localizado na Normandia. Praticamente nenhuma bomba caíra ali.

Durante meses, por trás de uma fantástica selva de obstáculos e campos de minas dispostos ao longo das praias, as tropas de Rommel esperaram em suas fortificações de concreto construídas ao longo da costa. Porém as águas cinza-azuladas do Canal da Mancha tinham permanecido vazias de embarcações. Nada havia acontecido. Em La Roche-Guyon, naquela melancólica e tranqüila manhã de domingo, não havia qualquer sinal da invasão dos Aliados. Era 4 de junho de 1944.

## 2

Rommel estava sozinho na sala do andar térreo que ele utilizava como escritório. Sentado atrás de uma maciça escrivaninha estilo Renascença, trabalhava à luz de uma única luminária. Era um salão grande e de teto elevado. Ao longo de uma das paredes estendia-se uma tapeçaria Gobelin desbotada. Pendurada em outra, uma tela mostrando a face altiva de François, Duque de La Rochefoucauld – um escritor moralista do século XVII e ancestral do atual duque. Contemplava-o da sua pesada moldura dourada com um certo desprezo. Algumas cadeiras estavam dispostas casualmente sobre o assoalho de parquê reluzente e havia também cortinados grossos nas janelas, mas pouca coisa além disso.

Além do próprio Rommel, nada havia de particular no salão que indicasse sua presença. Nenhuma fotografia de sua esposa, Lucie-Maria, nem de seu filho de quinze anos, Manfred. Não havia nenhuma recordação de suas grandes vitórias nos desertos da África do Norte durante os primeiros anos da guerra – nem sequer o extravagante bastão de marechal-de-campo que o próprio Hitler lhe entregara com tanta exuberância, em 1942. (Rommel somente havia usado o bastão, que pesava um quilo e meio de ouro maciço e media 45 centímetros de comprimento, recoberto de veludo vermelho pespontado com águias douradas e suásticas negras, no próprio dia em que o recebera.) Não havia sequer um mapa que mostrasse a disposição de suas tropas. A legendária "Raposa do Deserto" permanecia tão enigmática e reservada como sempre fora: poderia abandonar a sala sem deixar de si o menor vestígio.

Embora Rommel, na ocasião com cinqüenta e um anos, parecesse mais velho do que realmente era, permanecia tão incansável como sempre. Ninguém do Grupo de Exército B conseguia recordar uma única noite em que ele tivesse dormido mais de cinco horas. Nessa madrugada, como de costume, ele havia levantado antes das quatro horas. Agora, também ele aguardava impacientemente pelas seis horas. Era o horário em que faria a primeira refeição do dia com seu estado-maior – depois partiria para a Alemanha.

Seria a primeira licença de Rommel para visitar a pátria em muitos meses. Ele pretendia viajar de automóvel: Hitler tornara praticamente impossíveis as viagens aéreas para os oficiais superiores, quando insistira que eles usassem "aviões trimotores... sempre com uma escolta de caças". De qualquer modo, Rommel não gostava de voar;

faria o percurso de oito horas para casa, até Herrlingen, perto de Ulm, em seu grande Horch preto conversível.

Estava ansioso pela viagem, mas não tinha sido fácil decidir se a empreenderia ou não. Sobre os ombros de Rommel recaía a enorme responsabilidade de repelir o assalto dos Aliados no momento em que esse começasse. O Terceiro Reich de Hitler estava cambaleando de um desastre para outro; dia e noite, milhares de bombardeiros aliados lançavam suas cargas sobre a Alemanha, os exércitos maciços da Rússia haviam empurrado as tropas alemãs para a Polônia, os militares aliados estavam às portas de Roma – por toda parte os grandes exércitos da *Wehrmacht*[2] eram repelidos e destroçados. A Alemanha ainda estava longe da derrota, mas a invasão aliada seria a batalha decisiva. Nada menos que o futuro da Alemanha se achava em jogo; ninguém sabia disso melhor que o próprio Rommel.

Entretanto, nesta manhã Rommel iria para casa. Há meses que ele tinha esperança de poder passar alguns dias na Alemanha na primeira quinzena de junho. Muitas razões faziam-no acreditar que podia viajar agora e, embora ele jamais o admitisse, precisava desesperadamente de um descanso. Alguns dias antes, telefonara a seu superior, o idoso marechal-de-campo Gerd von Rundstedt[3], comandante-em-chefe dos exércitos da frente ocidental, pedindo permissão para a viagem; a solicitação fora imediatamente atendida. A seguir, ele fizera uma visita de cortesia ao quar-

---

2. Denominação do exército alemão na Segunda Guerra Mundial, literalmente "Forças de Defesa". (Em alemão no original.) O estado-maior chamava-se *generalstab*, onde cada oficial, independentemente de graduação, era conhecido como *generalstäbler.* (N. do T.)

3. *generalfeldmarschall* (marechal-de-campo-em-chefe) Gerd Von Rundstedt (1875-1953): comandou as invasões da Polônia, França e Rússia, entre 1939 e 1941. No final da guerra, dirigiu a sangrenta e inútil contra-ofensiva no nordeste da França através da floresta de Ardennes. (N. do T.)

tel-general de Von Rundstedt, localizado em St.-Germain-en-Laye, nos arredores de Paris, a fim de despedir-se formalmente. Tanto Von Rundstedt como o chefe de seu estado-maior, major-general (general-de-divisão) Günther Blumentritt[4], ficaram chocados por sua aparência esquálida. Blumentritt recordaria sempre que Rommel parecia "cansado e tenso... um homem que realmente precisava ir em casa passar alguns dias com a família".

Rommel estava de fato tenso e nervoso. Desde o primeiro dia em que chegara à França, no final de 1943, o problema de onde e como enfrentar o ataque dos Aliados pesava sobre ele como uma carga quase insuportável. Como todos os demais militares alemães destacados ao longo da frente de invasão, ele vivia um pesadelo de tensão e angústia. Pendia sobre ele incessantemente a necessidade de superar os Aliados em astúcia e de adivinhar suas prováveis intenções – como eles lançariam o ataque, onde tentariam desembarcar e, acima de tudo, quando.

Somente uma pessoa realmente sabia sob qual pressão Rommel se debatia. À sua esposa, Lucie-Maria, ele confidenciava tudo. Em menos de quatro meses, ele lhe havia escrito mais de quarenta cartas e, em quase metade delas, fizera novas e diferentes previsões sobre o assalto aliado.

A 30 de março, ele escreveu: "Agora que março está chegando ao fim, sem que os anglo-americanos tenham

4. *generalleutnant* Günther Blumentritt (1897-1967), oficial de carreira, serviu em todas as frentes; associado à Conspiração de Julho, foi demitido, mas Hitler recusou-se a crê-lo culpado e o fez retornar à frente ocidental em setembro de 1944, como comandante do 121º Corpo das *Waffen SS*, tropa de combate das *Schutzstaffeln*. Comandou depois o 25º Corpo de Exército na Holanda e, finalmente, o 1º Exército de Pára-quedistas. Foi "desnazificado" e absolvido de crimes de guerra. (No original, a graduação aparece de acordo com a hierarquia inglesa, "major-general", general-de-divisão. Em alemão, entretanto, *generalmajor* corresponde a general-de-brigada.) (N. do T.)

iniciado seu ataque... estou começando a acreditar que eles perderam confiança em seu empreendimento".

A 6 de abril: "Aqui a tensão está crescendo a cada dia que passa... Provavelmente, só algumas semanas nos separam dos eventos decisivos..."

A 26 de abril: "A moral na Inglaterra está baixa... há uma greve após a outra e os gritos de 'Abaixo Churchill e os judeus' em favor da paz tornam-se cada vez mais audíveis... Estes são maus presságios para uma ofensiva tão arriscada".

A 27 de abril: "Parece agora que os britânicos e americanos não nos farão a gentileza de nos visitar no futuro imediato".

A 6 de maio: "Ainda nenhum sinal dos britânicos e dos americanos... A cada dia, a cada semana... nos tornamos mais fortes. Estou esperando a batalha com grande confiança... talvez se trave a 15 de maio, quem sabe no final do mês".

A 15 de maio: "Já não posso fazer muitas dessas grandes viagens [de inspeção]... porque nunca se sabe quando a invasão vai começar. Acredito que só faltam algumas semanas para que as coisas comecem aqui no oeste".

A 19 de maio: "Espero poder desenvolver meus planos mais depressa do que antes... [porém] estou imaginando se posso reservar alguns dias em Junho para sair um pouco daqui. Agora, não há a menor possibilidade".

Mas havia uma chance, no final das contas. Uma das razões para a decisão que Rommel tomara de partir nesse momento era sua própria estimativa das intenções dos Aliados. Diante dele, sobre a sua escrivaninha, encontrava-se o relatório semanal do Grupo de Exército B. Essa avaliação meticulosamente compilada deveria ser enviada exatamente ao meio-dia do dia seguinte para o quartel-general do marechal-de-campo Von Rundstedt, ou, como era geralmente conhecido no jargão militar, OB

West (*Oberbefehlshaber West.*)[5] A partir dali, depois de alguns ajustes e floreios, seria anexado ao relatório geral do teatro de guerra e enviado ao quartel-general do próprio Hitler, o OKW (*Oberkommando der Wehrmacht*[6]).

Uma parte do relatório de Rommel declarava que os Aliados tinham atingido "um alto grau de preparação" e que havia "um volume cada vez maior de mensagens enviadas à Resistência francesa". Contudo, prosseguia o relatório, "de acordo com nossa experiência anterior, apenas isso não indica que uma invasão aliada seja iminente..."

Dessa vez, Rommel errara o cálculo.

## 3

No gabinete do chefe do Estado-Maior, no outro extremo do corredor em relação ao escritório do marechal, o capitão Hellmuth Lang, ajudante-de-ordens de Rommel, com trinta e seis anos de idade, apanhou o relatório matutino. Essa era sempre a primeira tarefa que executava para o comandante-em-chefe. Rommel gostava de receber cedo o relatório, a fim de discuti-lo com seu estado-maior durante o desjejum. Mas não havia nada de importante nessa manhã: a frente de invasão permanecia calma, salvo pelos habituais bombardeios noturnos em Pas-de-Calais. Parecia não haver qualquer dúvida: além de todas as demais indicações, essa maratona de bombardeios apontava para Pas-de-Calais como o local que os Aliados escolheram para desfechar seu ataque. Se eles

5. Literalmente, "Quartel-general do Comando Supremo" ocidental, ou "Generalíssimo". (Em alemão no original.) (N. do T.)

6. Alto Comando das Forças Armadas. (Em alemão no original.) (N. do A.)

invadissem, seria por lá. Praticamente todos partilhavam dessa opinião.

Lang consultou o mostrador de seu relógio: faltavam apenas alguns minutos para as seis. Eles deveriam partir às sete em ponto e viajar depressa. Não haveria escolta, somente dois carros, o de Rommel e o que pertencia ao coronel Hans Georg Von Tempelhof, comandante de operações do Grupo de Exército B, que iria acompanhá-los. Como de costume, os comandantes militares das diversas áreas por onde passariam não haviam sido informados dos planos do marechal. Rommel preferia assim; detestava ser atrasado pelo protocolo e pela confusão de comandantes batendo calcanhares e escoltas de motociclistas aguardando por ele na entrada de cada cidade. Desse modo, se tivessem sorte, estariam em Ulm por volta das três da tarde.

Havia o problema de costume: o que levar para o almoço do marechal-de-campo. Rommel não fumava, raramente bebia e se importava tão pouco com a alimentação que algumas vezes até se esquecia de comer. Freqüentemente, ao examinar os preparativos para uma longa viagem que Lang lhe apresentava por escrito, Rommel riscava o cardápio proposto, escrevendo em grandes letras negras: "Uma refeição simples da cozinha do Regimento". Algumas vezes, deixava Lang ainda mais confuso, dizendo: "Naturalmente, se você quiser acrescentar uma costeleta ou duas, isso não vai me incomodar". O prestimoso Lang nunca sabia exatamente o que encomendar na cozinha. Essa manhã, além de uma garrafa térmica contendo uma sopa, ele tinha encomendado um sortimento variado de sanduíches. Sua impressão era a de que Rommel, como de costume, se esqueceria do almoço.

Lang saiu do gabinete e caminhou ao longo do corredor apainelado de carvalho. Das salas que ficavam de ambos os lados vinha o murmúrio abafado de conversas e o martelar de máquinas de escrever; o QG do Grupo de

Exército B estava agora extremamente atarefado. Muitas vezes Lang se perguntara como o Duque e a Duquesa, que ocupavam os andares superiores do castelo, conseguiam dormir com todo esse barulho.

No fim do corredor, Lang parou diante de uma porta maciça. Bateu com delicadeza, girou a maçaneta e entrou. Rommel não ergueu o rosto. Estava tão entretido com os papéis à sua frente que parecia não perceber que seu ajudante-de-ordens havia entrado na sala, mas Lang já estava acostumado e sabia que não devia interrompê-lo. Permaneceu em pé enquanto aguardava.

Rommel lançou-lhe um olhar por cima da escrivaninha e cumprimentou-o:

– Bom-dia, Lang.

– Bom-dia, marechal-de-campo. O relatório – Lang estendeu a mão para entregar-lhe o documento. Depois deixou a sala e ficou esperando do lado de fora, a fim de escoltar Rommel até a peça em que seria servida a refeição matinal. O marechal-de-campo parecia extremamente ocupado nessa manhã. Lang, que sabia como Rommel podia ser impulsivo e volátil, ficou imaginando se realmente iriam fazer aquela jornada.

Rommel não tinha a menor intenção de cancelar a viagem. Embora nenhuma reunião tivesse sido definitivamente marcada, ele esperava ter a oportunidade de encontrar-se com Hitler. Todos os marechais-de-campo tinham acesso direto ao *Führer*[7], e Rommel havia telefonado a seu velho amigo, o major-general (general-de-divisão)[8] Rudolf Schmundt, chefe de gabinete de Hitler, solicitan-

---

7. Líder, condutor, guia. O título adotado por Hitler, oficialmente o primeiro-ministro do Reich. (Em alemão no original.) (N. do T.)

8. A correspondência dos títulos militares a nível de generalato é a seguinte: *generalmajor* em alemão = *Brigadier-general* em inglês = general-de-brigada; *generaloberst* = *Lieutenant-general* = general-de-exército; *generalleutnant* = *major-general* = general-de-divisão; *Feldmarschall* = *Colonel-general* = marechal. (N. do T.)

do uma audiência. Schmundt achava que o encontro poderia ser encaixado em algum momento entre os dias seis e nove de junho. Era típico do comportamento de Rommel que nenhum estranho a seu próprio estado-maior soubesse que ele pretendia entrevistar-se com Hitler. Nos diários oficiais do quartel-general de Von Rundstedt simplesmente fora anotado que Rommel ia passar alguns dias de licença em casa.

Rommel tinha bastante confiança de que poderia deixar seu QG nessa época. Agora que passara o mês de maio – em que o tempo tinha sido perfeito para o ataque aliado –, ele tinha chegado à conclusão de que a invasão ainda não começaria por diversas semanas. Sentia-se tão confiante que até mesmo estabelecera um prazo para a finalização de todos os seus programas de construção de obstáculos antiinvasão. Sobre sua escrivaninha, havia uma ordem para o 7º e o 15º Exércitos: "Todo esforço possível" – dizia o documento – "deve ser feito para completar os obstáculos, de tal modo que um desembarque na maré baixa só se torne possível mediante um extremo custo para o inimigo... o trabalho deve ser acelerado... sua finalização deve ser informada a meu quartel-general até o dia 20 de junho".

Ele agora concluía – do mesmo modo que Hitler e o alto comando alemão – que a invasão ocorreria ou simultaneamente à ofensiva de verão do Exército Vermelho ou logo depois. O ataque russo, conforme todos sabiam, não poderia começar antes do degelo tardio dos campos congelados da Polônia e, portanto, eles não achavam que a ofensiva pudesse ser montada até o final de junho.

No oeste, as condições climáticas vinham piorando há vários dias, e, segundo parecia, o tempo iria ficar ainda pior. O relatório das cinco da manhã, preparado pelo coronel professor Walter Stöbe, o principal meteorologista da *Luftwaffe*[9] em Paris, previa nebulosidade crescente,

---

9. Força aérea alemã. (Em alemão no original.) (N. do T.)

ventos fortes e chuva. Nesse mesmo instante, um vento de quarenta a cinqüenta quilômetros por hora já soprava sobre o Canal da Mancha. Para Rommel, parecia muito pouco provável que os Aliados ousassem lançar seu ataque durante os próximos dias.

Mesmo em La Roche-Guyon, durante a noite, o tempo havia mudado. Quase em frente à escrivaninha de Rommel havia duas sacadas que se abriam para um roseiral escalonado em terraços. O aspecto do roseiral não era lá essas coisas nessa manhã – pétalas de rosa, ramos e até mesmo galhos quebrados jaziam por toda parte. Pouco antes do amanhecer, uma breve tempestade de verão viera desde o Canal da Mancha, varrera parte da costa francesa e depois seguira em frente.

Rommel abriu a porta de seu escritório e saiu para o corredor.

– Bom-dia, Lang – disse ele, como se não tivesse visto seu ajudante-de-ordens até esse momento. – Estamos prontos para partir? – Caminharam juntos até a sala onde era servida a refeição.

Lá fora, na aldeia de La Roche-Guyon, o campanário da igreja de Saint-Samson anunciava a "hora do ângelus". Cada badalada lutava por se fazer ouvida contra o sopro forte do vento. Eram seis horas da manhã.

## 4

Entre Rommel e Lang se havia estabelecido um relacionamento fácil e informal. Há vários meses que estavam juntos. Lang tinha se apresentado a Rommel em fevereiro e praticamente nenhum dia havia passado sem que realizassem juntos uma longa viagem de inspeção a um lugar ou outro da orla marítima. Em geral, já estavam na estrada às quatro e meia da manhã, dirigindo a toda velocidade para algum lugar distante, dentre os muitos sob a responsabilidade de Rommel. Um dia seria a Holanda, no dia seguinte a Bélgica, no outro a Normandia ou a Bretanha. O marechal-de-campo era determinado e aproveitava cada momento disponível. "Agora eu só tenho um inimigo verdadeiro," dissera a Lang, "que é o tempo." Para ganhar tempo, Rommel não poupava nem a si mesmo nem a seus comandados. Agira dessa forma desde o momento em que fora mandado para a França, em novembro de 1943.

Naquele outono, Von Rundstedt, responsável pela defesa de toda a Europa Ocidental, pedira reforços a Hitler. Em vez de tropas, recebeu Rommel, um homem teimoso, audaz e ambicioso. Para humilhação do aristocrático comandante-em-chefe da frente ocidental, na época com 68 anos de idade, Rommel chegara com uma *Gummiberfehl,* uma "ordem elástica", autorizando-o a inspecionar as fortificações costeiras – a "Muralha do Atlântico" de Hitler, objeto de tanta publicidade – e depois apresentar seu relatório diretamente ao quartel-general do *Führer,* o OKW. Von Rundstedt, embaraçado e cheio de desapontamento, sentiu-se tão perturbado pela chegada de Rommel – a quem ele se referia como "marechal Bubi" (que pode ser traduzido aproximadamente por "marechal Garotinho") –, que ele perguntou ao marechal-de-campo Wilhelm Keitel[10], comandante do OKW, se Rommel estava sendo considerado seu sucessor. Recebeu a resposta de que "não deveria tirar falsas conclusões", uma vez que, apesar de todas "as capacidades de Rommel, ele não se encontra apto para essa tarefa".

10. Marechal Wilhelm Keitel (1882-1946): assinou a capitulação da Alemanha perante os Aliados em 1945. Condenado como criminoso de guerra, foi enforcado em Nurenberg. (N. do T.)

Logo depois de sua chegada, Rommel realizara uma inspeção rápida e agitada da Muralha do Atlântico – e os resultados o deixaram consternado. Somente em poucos lugares ao longo da costa as fortificações maciças de concreto e aço haviam sido finalizadas: nos principais portos e estuários dos rios e sobre os pontos mais elevados que dominavam as passagens marinhas, mais ou menos desde as colinas que ficavam acima de Le Havre até a Holanda. No resto da orla marítima, as defesas encontravam-se nos mais diversos estágios de construção. Em alguns lugares, o trabalho nem sequer começara. Era verdade que a Muralha do Atlântico era uma tremenda barreira, mesmo em seu incompleto estado atual. Onde tinha sido acabada, estava cheia de canhões pesados. Mas não eram suficientes para satisfazer Rommel. Nada era suficiente para interromper o tipo de assalto gigantesco que Rommel – sempre recordando sua derrota esmagadora às mãos de Montgomery, durante os combates do ano anterior na África setentrional – sabia perfeitamente que estava por chegar. Perante seu olhar crítico, a Muralha do Atlântico era uma farsa. Com ironia, ele a denunciava como um "devaneio da mente de Hitler, um castelo de nuvens".

Apenas dois anos antes, não existia qualquer muralha.

Até 1942, a vitória parecia tão certa para Hitler e suas tropas nazistas que não se via a menor necessidade de construir fortificações costeiras. As suásticas ondulavam por toda parte. A Áustria e a Tchecoslováquia tinham sido capturadas antes mesmo que a guerra começasse. A Polônia fora dividida entre a Alemanha e a Rússia ainda em 1939. A guerra não tinha um ano quando os países da Europa Ocidental começaram a cair como maçãs podres. A Dinamarca foi tomada em um dia. A Noruega, infiltrada por "quinta-colunas", custara um pouco mais de tempo: seis semanas. Então, entre maio e junho, em vinte e sete dias e sem o menor aviso, as tropas de Hitler iniciaram uma *Blitzkrieg*, ou uma "invasão-relâmpago", que tomou a Holanda, a Bélgica, o Luxemburgo e a França e, perante os olhos incrédulos do mundo, lançou os britânicos ao mar em Dunquerque. Depois do colapso da França, só restava a Inglaterra – resistindo, mas completamente só. Que necessidade tinha Hitler de uma "muralha"?

Mas Hitler não invadiu a Inglaterra. Seus generais insistiram com ele nesse sentido, mas Hitler esperou, pensando que os britânicos iniciariam as tratativas de paz. À medida que o tempo passava, a situação foi se transformando rapidamente. Com a ajuda dos Estados Unidos, a Grã-Bretanha começou a empreender uma recuperação lenta, porém segura. Hitler, agora profundamente envolvido na Rússia – ele atacara a União Soviética em junho de 1941 –, percebeu que as praias da França não eram mais simplesmente um trampolim ofensivo. Haviam-se transformado em um ponto fraco de suas defesas. A partir do outono de 1941, começou a falar a seus generais sobre a transformação da Europa em uma "fortaleza inexpugnável". E em dezembro, depois que os Estados Unidos entraram na guerra, o *Führer* bradou ao mundo que "um cinturão de pontos fortemente defendidos e gigantescas fortalezas vai de Kirkenes [na fronteira entre a Noruega e a Finlândia] até os Pireneus [na fronteira franco-espanhola]... e é minha inquebrantável decisão tornar essas trincheiras inexpugnáveis contra os assaltos de qualquer inimigo".

Era uma fanfarronada tão descabida quanto impossível. Descontando as irregularidades no contorno da costa, esta linha, que ia do Oceano Ártico ao norte até a Baía de Biscaia no sul, estendia-se por quase cinco mil quilômetros.

Mesmo no ponto mais estreito do Canal da Mancha, exatamente em frente da Grã-Bretanha, as fortificações não existiam. Mas Hitler estava obcecado por suas concepções de fortalezas. O coronel-general (marechal) Franz Halder[11], na ocasião chefe do Estado-Maior Alemão, recorda muito bem a primeira ocasião em que Hitler delineou seu esquema fantástico. Halder, que jamais perdoou Hitler por recusar-se a invadir a Inglaterra, tratou o esquema com a maior frieza. Ele se aventurou a opinar que as fortificações, "se fossem necessárias", deveriam ser construídas "bem atrás da linha costeira e fora do alcance dos canhões navais", caso contrário, as tropas poderiam transformar-se em alvos fáceis e imóveis. Hitler moveu-se rapidamente através da sala até uma mesa em que fora afixado um grande mapa e, por mais de cinco minutos, lançou-se em um acesso de cólera inesquecível. Batendo no mapa com seu punho cerrado, ele gritava: "Bombas e obuses cairão aqui... aqui... aqui... e aqui... em frente da muralha, atrás dela e diretamente nela... mas os soldados estarão protegidos por trás da muralha! Depois do bombardeio, eles sairão para lutar!"

Halder não falou mais nada, mas ele tinha conhecimento, assim como todos os outros generais do Alto Comando, de que, apesar de todas as embriagantes vitórias do *Reich,* o maior temor do *Führer* era a abertura de uma segunda frente de batalha – uma invasão.

Contudo, pouco havia sido feito para levantar as fortificações. Em 1942, enquanto a maré da guerra começava a voltar-se contra Hitler, grupos de comandos britânicos[12] começaram a fazer incursões ao longo da fortaleza "inexpugnável" da Europa. Então ocorreu o mais sangrento ataque dos comandos, em que mais de cinco

---

11. Marechal Halder (1884-1972): foi considerado inocente da acusação de crimes de guerra e reformado. (N. do T.)

12. Grupo de militares especialmente treinados para a execução de operações rápidas em território dominado pelo inimigo; em geral, praticavam incursões isoladas, com efetivo reduzido, e não faziam prisioneiros. (N. do T.)

mil heróicos canadenses desembarcaram em Dieppe. Era como se a cortina de sangue que anunciava o início da invasão tivesse sido aberta. Os estrategistas britânicos ficaram sabendo até que ponto os alemães haviam fortificado os portos. Os canadenses tiveram 3.369 baixas, com novecentos mortos. A incursão foi desastrosa, mas causou um choque tremendo no espírito de Hitler. A Muralha do Atlântico, conforme ele trovejou perante seus generais, deveria ser finalizada com urgência. A construção deveria ser apressada "fanaticamente".

E realmente foi. Milhares de trabalhadores escravos labutaram noite e dia para erguer as fortificações. Foram derramados milhões de toneladas de concreto; tanto que, por toda a Europa ocupada pelas tropas de Hitler, tornou-se praticamente impossível conseguir cimento para qualquer outra coisa. Quantidades avassaladoras de aço foram encomendadas, mas esse artigo estava tão escasso que os engenheiros foram forçados a trabalhar sem ele. Como resultado, poucos abrigos subterrâneos ou casamatas tinham cúpulas giratórias, para cujas torres de metralhadoras o aço era indispensável, determinando que o campo de alcance dos canhões ficasse desse modo restrito. Tão grande foi a demanda de material e equipamento que partes da velha Linha Maginot[13] francesa e das fortificações alemãs correspondentes (a Linha Siegfried) foram desmanteladas, a fim de serem instaladas na Muralha do Atlântico. No final de 1943, embora a muralha estivesse longe de estar pronta, mais de meio milhão de homens trabalhava nas obras de defesa e as fortificações se haviam transformado em uma realidade ameaçadora.

Hitler sabia que a invasão era inevitável e agora enfrentava outro grande problema: encontrar as divisões

---

13. Linha Maginot: linha de defesa, com fortificações e observatórios, construída durante os anos 30 na fronteira do norte ao sudeste da França, na tentativa de barrar possíveis invasões alemãs ou italianas. Era mais bem construída em alguns pontos, como no Lorraine. (N. do E.)

necessárias para guarnecer suas defesas crescentes. Na Rússia, as divisões alemãs estavam sendo mastigadas uma após a outra pelas mandíbulas soviéticas, enquanto a *Wehrmacht* tentava manter uma frente de mais de três mil quilômetros contra os ataques incessantes do Exército Vermelho. Na Itália, que fora forçada a abandonar a guerra desde a invasão da Sicília, milhares de soldados ainda estavam imobilizados. Assim, em 1944, Hitler foi forçado a reforçar suas guarnições ocidentais com um estranho conglomerado de substitutos – velhos e meninos, os sobreviventes de divisões destroçadas na frente russa, "voluntários" convocados nos países ocupados (havia unidades polonesas, húngaras, tchecas, romenas e iugoslavas, além de outros grupos étnicos menores) e até mesmo duas divisões russas, compostas por homens que preferiam combater pelos nazistas a apodrecer nos campos de prisioneiros. A capacidade de combate dessas tropas podia ser questionável, mas serviam ao menos para preencher lacunas. Ele ainda dispunha de um núcleo robusto de veteranos endurecidos pelas batalhas e unidades blindadas de *panzers*. Quando chegou o Dia D, as forças de Hitler no Ocidente totalizavam o número formidável de 60 divisões.

Nem todas essas divisões conservavam sua força e efetivos totais, mas Hitler ainda confiava em sua Muralha do Atlântico; era essa que faria a diferença. Todavia, homens como Rommel, que vinham lutando – e sendo derrotados – em outras frentes, ficavam chocados ao ver a precariedade das fortificações. Rommel não estivera na França desde 1941. Ele, como muitos outros generais alemães, acreditara na propaganda hitlerista e pensava que as defesas estavam quase terminadas.

Sua candente denúncia das condições da "muralha" não causou qualquer surpresa a Von Rundstedt no QG ocidental supremo. Ele concordou de imediato, sem levantar a menor objeção; foi essa, provavelmente, a única vez que ele concordou integralmente com Rommel sobre qualquer assunto. Von Rundstedt, velho e experiente, nunca acreditara em defesas fixas. Ele fora o principal estrategista do movimento de flanco que ultrapassara a Linha Maginot em 1940, um sucesso que provocou o colapso da França. Para ele, a Muralha do Atlântico de Hitler não era mais que "um enorme blefe... destinado mais ao povo alemão do que ao próprio inimigo... pior ainda, o inimigo, através de seus agentes e espiões, sabe mais a respeito das defesas do que nós mesmos". Ela apenas "obstruiria temporariamente" o ataque dos Aliados, mas não conseguiria detê-lo. A convicção de Von Rundstedt era a de que nada impediria que os desembarques iniciais fossem realizados com sucesso. Seus planos para deter a invasão consistiam em manter a grande massa de suas tropas longe das áreas costeiras e então atacar *depois* que as tropas aliadas tivessem desembarcado. Esse seria o momento para feri-los, acreditava ele – enquanto o inimigo ainda estivesse enfraquecido, sem linhas de suprimento adequadas e lutando simplesmente para se organizar em cabeças-de-ponte isoladas.

Rommel discordava completamente dessa teoria. Sentia a maior segurança de que só haveria uma maneira de esmagar o ataque: enfrentá-lo cara a cara. Não haveria tempo para trazer reforços da retaguarda: tinha plena certeza de que seriam destruídos no caminho por ataques aéreos incessantes ou pelo simples peso dos bombardeios navais ou da artilharia desembarcada. Tudo, segundo seu ponto de vista, desde as tropas até as divisões *panzer*, tinha de ser conservado em prontidão junto às costas, ou logo atrás delas. Seu ajudante-de-ordens recordava-se perfeitamente de um dia em que Rommel lhe resumira a sua estratégia. Estavam parados em uma praia deserta e Rommel, uma figura baixa e atarracada em seu pesado capote militar, com um cachecol velho enrolado na garganta, tinha caminhado incessantemente de um lado para outro, gesticulando com seu bastão "informal" de marechal, uma vara negra de sessenta centímetros de comprimento, encimada por um ponteiro de prata, em que fora amarrada uma franja vermelha, negra e branca. Ele tinha apontado para as areias e dissera: "A guerra será ganha ou perdida nessas praias. Teremos somente uma chance para interromper o avanço do inimigo, ou seja, o momento em que ele ainda estiver dentro d'água, patinando para chegar à praia. As reservas nunca terão tempo de chegar ao ponto de ataque, e sequer cogitar essa hipótese é uma refinada tolice. A Hauptkampflinie [principal linha de resistência] será aqui. Tudo o que temos deverá ser disposto ao longo dessas margens. Pode acreditar em mim, Lang, as primeiras vinte e quatro horas da invasão serão decisivas... O destino da Alemanha depende desse resultado... Para os Aliados, do mesmo modo que para a Alemanha, será o mais longo dos dias".

Hitler tinha dado sua aprovação ao plano de Rommel, pelo menos de uma maneira geral, o que significava que, a partir desse momento, Von Rundstedt se havia transformado simplesmente em um elemento figurativo. Rommel executaria as ordens de Von Rundstedt somente quando estivessem em acordância com suas próprias idéias. Para fazer cumprir a própria vontade, ele freqüentemente usava um único argumento, embora fosse muito poderoso: "O *Führer*," observava Rommel, "me deu ordens extremamente explícitas".

Ele nunca dizia isso diretamente ao grave Von Rundstedt, mas sempre argumentava dessa forma com o chefe do Estado-Maior do QG ocidental supremo, o general-de-divisão Blumentritt.

Com o apoio de Hitler e a relutante aceitação de Von Rundstedt ("Aquele cabo da Boêmia, esse Hitler", dizia mordazmente o comandante-em-chefe do setor ocidental, "geralmente decide contra seus próprios interesses."), Rommel, com a maior determinação, lançou-se à tarefa de reformar completamente os planos existentes para deter a invasão.

No curto período de alguns meses, o impulso impiedoso de Rommel modificara totalmente o quadro. Em cada praia em que considerava possível um desembarque, ele ordenou a seus soldados, que trabalhavam com batalhões de trabalhadores forçados locais, que construíssem barreiras grosseiras, mas eficazes, formadas por obstáculos antiinvasão. Esses obstáculos – triângulos de aço de pontas aguçadas, estruturas de ferro com dentes de serra com uma certa semelhança a portões rurais, estacas de madeira com pontas de metal, cones de concreto – eram plantados logo abaixo dos limites entre a maré alta e a maré baixa. Minas mortais eram amarradas firmemente a cada um deles. Onde não havia minas em quantidade suficiente, tinham sido colocados obuses de canhão ativados, suas extremidades apontando ameaçadoramente para o mar. Um único toque faria com que explodissem instantaneamente.

As estranhas invenções de Rommel (a maior parte projetada por ele mesmo) eram tão simples quanto mortais. Seu objetivo era trespassar e destruir as barcaças de desembarque cheias de soldados, ou, pelo menos, obstruir sua passagem o tempo suficiente para que as baterias da praia pudessem acertar diretamente nelas. De qualquer modo, segundo ele raciocinava, as tropas inimigas seriam dizimadas muito antes que chegassem às praias. Mais de meio milhão desses letais obstáculos submarinos se estendia agora ao longo das costas.

Todavia Rommel, o perfeccionista, não estava satisfeito. Nas areias, em rochedos, em ravinas, nos caminhos que conduziam para fora das praias, ele mandara instalar mais minas – de todas as variedades, do tipo padrão de forma achatada, capaz de arrancar as esteiras de um tanque, até as pequenas minas em formato de S, as quais, uma vez pisadas por alguém, projetavam-se no ar e explodiam no nível da cintura de um homem de altura média. Mais de cinco milhões dessas minas infestavam agora as linhas costeiras. Antes que o ataque chegasse, Rommel esperava instalar mais seis milhões delas. Pensava em estabelecer um cinturão ao longo da costa de invasão, formado por 60 milhões de minas.[14]

Dominando a zona das praias, por trás dessa selva de minas e obstáculos, as tropas de Rommel esperavam em casamatas, em abrigos de concreto e trincheiras de comunicação, protegidas por vários emaranhados e cercas de arame farpado. A partir dessas posições mais elevadas, cada peça de artilharia que o marechal-de-campo conseguira apontava para as areias ou para o mar, com as miras já ajustadas para disparar rajadas de fogo cruzado. Alguns canhões chegavam a estar em posições encravadas nas próprias praias. Estavam escondidos em abrigos de concreto instalados por baixo de cabanas de praia de aspecto inocente, seus canos apontados não para o mar, mas diretamente para as faixas de areia das praias, para disparar à queima-roupa contra as ondas de assalto das tropas invasoras.

Rommel aproveitara vantajosamente cada técnica nova ou avanço recente. Onde ele tinha poucos canhões,

14. Rommel sentia uma verdadeira fascinação por minas como armas defensivas. Em uma viagem de inspeção com o marechal-de-campo, o major-general (general-de-divisão) Alfred Gause (chefe do estado-maior de Rommel antes de ser substituído pelo general-de-divisão dr. Hans Speidel) apontou para diversos hectares recobertos por flores silvestres primaveris e falou: "Não é uma coisa linda?" Rommel concordou e disse: "Por favor, tome nota, Gause – nessa área cabem mais ou menos mil minas". Ainda em outra ocasião, quando estavam viajando pela estrada de Paris, Gause sugeriu que visitassem a famosa fábrica de porcelana de Sèvres. Quando Rommel concordou, Gause surpreendeu-se. Mas Rommel não estava interessado nas obras de arte que lhe mostravam. Ele caminhou rapidamente através das salas de exposição de trabalhos antigos e, voltando-se para Gause, disse: "Descubra se eles têm condições de fabricar recipientes à prova d'água para minhas minas marinhas". (N. do A.)

posicionava baterias de lança-foguetes ou morteiros. Em um lugar, ele chegara a instalar tanques robôs em miniatura denominados "Golias". Esses dispositivos, capazes de transportar mais de meia tonelada de explosivos, podiam ser guiados por controle remoto a partir das fortificações e descer às praias, onde eram detonados entre os soldados ou entre os lanchões de desembarque.

Praticamente a única coisa que faltava no arsenal de armas medievais reunido por Rommel eram caldeirões de chumbo derretido para derramar sobre os atacantes – e, de certo modo, ele tinha o equivalente moderno: lança-chamas automáticos. Em certas posições ao longo da frente, teias de tubos partiam de tanques de querosene camuflados até atingir os caminhos cobertos de relva na entrada das praias. Bastava apertar um botão para que o avanço dos soldados fosse instantaneamente engolido pelas chamas.

Rommel tampouco esquecera a ameaça de pára-quedistas ou de tropas aerotransportadas por planadores. Por trás da linha de fortificações, todas as zonas mais baixas foram inundadas e, em cada campo aberto dentro de um âmbito de doze ou treze quilômetros a partir das margens do Canal, foram enfiadas estacas pontiagudas ligadas a explosivos. Arames para fazer tropeçar os soldados foram estendidos entre as estacas. Ao serem tocados, faziam automaticamente explodir minas antipessoais ou obuses ativados.

Rommel organizara uma sangrenta festa de recepção para as tropas aliadas. Nunca na história das guerras modernas um conjunto de defesas mais poderoso ou mortal tinha sido preparado para uma força invasora. Entretanto, mesmo assim, Rommel não estava contente. Ele queria mais casamatas, mais obstáculos nas praias, mais minas, mais canhões, mais tropas. Acima de tudo, ele queria as maciças divisões *panzer* que estavam estacionadas como reserva em pontos distantes da costa. Ele vencera batalhas memoráveis com seus próprios *panzers* nos desertos da África do Norte. Agora, nesse momento crucial, nem ele nem Von Rundstedt podiam mobilizar essas formações blindadas sem o consentimento expresso de Hitler. O *Führer* insistia em conservá-las diretamente sob sua autoridade pessoal. Rommel precisava distribuir pelo menos cinco divisões blindadas ao longo da costa, prontas para contra-atacar logo nas primeiras horas do assalto aliado. Havia somente uma maneira de consegui-las: ele teria de ver Hitler pessoalmente. Muitas vezes, Rommel havia dito a Lang: "Com Hitler, o último a falar tem sempre razão". Nessa manhã de céu enevoado cor de chumbo sobre La Roche-Guyon, em que ele se preparava para partir e iniciar a longa jornada de automóvel até a Alemanha, Rommel estava mais do que nunca determinado a vencer.

## 5

No quartel-general do 15º Exército, perto da fronteira belga, a duzentos quilômetros, um homem estava satisfeito com a chegada da manhã de 4 de junho. O tenente-coronel Hellmuth Meyer sentava-se em seu escritório, exausto e de olhos vermelhos. Ele realmente não conseguira dormir uma noite inteira desde o dia primeiro de junho. Porém a noite que acabara de passar tinha sido de fato a pior: ele jamais a esqueceria.

Meyer tinha uma função ingrata, que o deixava permanentemente frustrado. Além de ser o oficial de informações do 15º Exército, ele também chefiava a equipe de contra-espionagem em toda a frente de invasão. O núcleo de sua organização era uma equipe de interceptação de transmissões de rádio, composta por trinta homens que trabalhavam em turnos durante as 24 horas do dia e da noite dentro de um abrigo de concreto abarrotado com os equipamentos de radioescuta mais sensíveis da época. Sua tarefa era a de escutar, nada mais. Mas cada homem era um especialista, que falava pelo menos três línguas fluentemente: praticamente nenhuma palavra, nenhum sinal em Código Morse transmitido pelas forças aliadas passava sem que eles captassem e interpretassem.

Os homens de Meyer eram tão experientes e seu equipamento tão sensível, que eles eram até mesmo capazes de captar chamadas de transmissores de rádio instalados em jipes da Polícia Militar em movimento através da Inglaterra, até uma distância de cerca de 160 quilômetros. Esse alcance tinha sido de grande ajuda para Meyer. As unidades da Polícia Militar americana e britânica, conversando umas com as outras pelo rádio enquanto orientavam os comboios de tropas, o tinham ajudado a compilar uma lista extraordinária das várias divisões e unidades estacionadas na Inglaterra. Contudo, já fazia algumas horas que os homens de Meyer se demonstravam incapazes de apanhar qualquer dessas chamadas. Também essa era uma informação importante para Meyer: significava que havia sido imposto um estrito silêncio radiofônico. Essa era somente mais uma pista, mas poderia ser adicionada às muitas que indicavam que a invasão estava muito próxima.

Com todos os demais relatórios de informações que se achavam disponíveis, itens como esse ajudavam Meyer a delinear um quadro do planejamento aliado. Ele era muito hábil na execução desse tipo de tarefa. Diversas vezes por dia, percorria as pilhas de relatórios monitorados, sempre procurando por algo incomum, suspeito – até mesmo inacreditável.

Durante a noite, seus homens captaram o inacreditável. A mensagem, um telegrama de imprensa urgente, foi rastreada logo após o entardecer. A mensagem dizia: "URGENTE DA ASSOCIATED PRESS PARA NOVA YORK ÚLTIMA HORA QG DE EISENHOWER[15] ANUNCIA DESEMBARQUES ALIADOS NA FRANÇA".

Meyer ficou estupefato. Seu primeiro impulso foi o de alertar o estado-maior do quartel-general supremo. Mas logo fez uma pausa e acalmou-se, porque Meyer sabia perfeitamente que essa mensagem tinha de estar errada.

Havia duas razões para essa conclusão. Em primeiro lugar, a ausência completa de qualquer atividade bélica ao longo da frente de invasão – ele seria informado imediatamente em caso de ataque. Em segundo lugar, em janeiro, o almirante Wilhelm Canaris[16], na ocasião comandante supremo do serviços de informação alemão, tinha dado a Meyer os detalhes de uma fantástica mensagem em duas partes, a qual, seria utilizada pelos Aliados para alertar a Resistência francesa logo antes da invasão.

Canaris tinha, além disso, avisado que os Aliados transmitiriam centenas de mensagens para a Resistência, durante os meses que precederiam o ataque. Somente algumas delas de fato se relacionariam com o Dia D; as restantes eram falsas, transmitidas deliberadamente para desorientar e confundir. Canaris tinha sido totalmente explícito: Meyer deveria monitorar integralmente todas as mensagens, a fim de não perder a mais importante de todas.

---

15. General de cinco estrelas (marechal) Dwight David Eisenhower, 1890-1969, comandante das forças aliadas no norte da África de 1942 a 1944, depois comandante-em-chefe da zona de operações militares da Europa, de 1944 a 1945, comandante da OTAN de 1950 a 1952, presidente republicano dos Estados Unidos de 1953 a 1961, consolidador da política externa norte-americana para a Europa e o Extremo Oriente. (N. do T.)

16. Almirante Canaris (1887-1945): chefe do serviço de informações e contra-espionagem do Reich de 1935 a 1944, foi acusado de traição e executado por ordem de Hitler. (N. do T.)

A princípio, Meyer ficara cético. Depender inteiramente de uma única mensagem parecera-lhe loucura. Além disso, ele sabia, devido a sua experiência anterior, que as fontes de informação de Berlim estavam erradas noventa por cento do tempo. Ele tinha um arquivo inteiro, cheio desses relatórios falsos, para comprovar seu ponto de vista; os Aliados pareciam ter transmitido a cada agente da espionagem alemã, de Estocolmo a Ancara, o local e a data "exatos" da invasão – só que não havia dois relatórios que concordassem entre si.

Porém dessa vez Meyer sabia que a central de Berlim tinha razão. Na noite de primeiro de junho, os homens de Meyer, depois de meses de monitoração, interceptaram a primeira parte da mensagem aliada – correspondendo palavra por palavra à descrição de Canaris. Não diferia em nada das centenas de outras mensagens em código que o pessoal de Meyer tinha decifrado nos últimos meses. Diariamente, depois das transmissões regulares da BBC, eram lidas instruções codificadas em francês, holandês, dinamarquês e norueguês, que se destinavam aos diversos grupos de resistência. A maioria dessas mensagens não apresentava o menor significado para Meyer; ele ficava exasperado por não poder decodificar fragmentos tais como "A Guerra de Tróia não será realizada" ou "Amanhã o melado vai jorrar conhaque" ou "John usa um bigode comprido", ou ainda "Sabine teve caxumba e icterícia". Porém a mensagem que se seguiu ao noticiário das nove horas, transmitido pela BBC na noite de primeiro de junho, foi perfeitamente entendida por Meyer.

"Por gentileza, escutem agora algumas mensagens pessoais", disse uma voz em francês. Imediatamente, o sargento Walter Reichling ligou o gravador. Houve uma pausa e então: "Les sanglots longs des violons de l'automne" (Os longos suspiros dos violinos de outono).

Reichling imediatamente firmou os fones de ouvido com as mãos. Então, retirou-os depressa e saiu correndo do abrigo até o alojamento de Meyer. O sargento entrou sem bater no gabinete de Meyer e gritou entusiasmado:

– Senhor, a primeira parte da mensagem.

Ambos retornaram para o abrigo de radioescuta, em que Meyer escutou a gravação. Lá estava ela – a mensagem que Canaris ordenara rastrear. Era o primeiro verso da *Chanson d'Automne* (Canção do Outono), escrita no século XIX pelo poeta francês Paul Verlaine. De acordo com a informação fornecida por Canaris, esse verso de Verlaine seria transmitido "no primeiro ou no décimo quinto dia de um determinado mês... e representará a primeira parte de uma mensagem anunciando a invasão anglo-americana".

A última metade da mensagem seria o segundo verso da primeira estrofe do poema de Verlaine: "Blessent mon coeur d'une langueur monotone," (Ferem meu coração com um langor monótono). Quando esta segunda linha fosse transmitida, segundo Canaris, significaria que "a invasão começaria dentro de quarenta e oito horas... a contagem sendo iniciada à zero hora do dia seguinte ao da transmissão".

Imediatamente após escutar a gravação do primeiro verso de Verlaine, Meyer informou ao chefe do Estado-Maior do 15º Exército, o general-de-divisão Rudolf Hofmann.

– A primeira mensagem chegou – disse ele a Hofmann. – Alguma coisa está a ponto de acontecer.

– Você tem absoluta certeza? – indagou Hofmann.

– Temos a gravação da mensagem – replicou Meyer.

Hofmann imediatamente deu alarme para colocar em prontidão todo o 15º Exército.

Enquanto isso, Meyer enviou a mensagem via teletipo ao OKW. Depois, telefonou ao QG de Von Rundstedt (o OB West) e a seguir para o QG de Rommel (Grupo de Exército B).

No OKW, a mensagem foi entregue ao coronel-general (general-de-exército) Alfred Jodl[17], então chefe de operações. A mensagem permaneceu sobre a escrivaninha de Jodl. Ele não deu grande importância a ela e tampouco ordenou prontidão. Ele presumiu que Von Rundstedt já o havia feito; mas Von Rundstedt pensou que o próprio QG de Rommel já havia transmitido a ordem.[18]

Ao longo de toda a linha costeira, somente um exército foi colocado em prontidão: o 15º. O 7º Exército, que defendia as costas da Normandia, nem sequer ouviu falar a respeito da mensagem e, desse modo, não foi alertado.

Durante as noites dos dias dois e três de junho, a primeira parte da mensagem foi novamente transmitida. Isso deixou Meyer preocupado; de acordo com as informações que recebera, deveria ter sido transmitida somente uma vez. Ele podia apenas presumir que os Aliados estariam repetindo o alerta a fim de garantir que fosse recebido por todas as unidades da quinta-coluna francesa.

Na hora seguinte após a mensagem ter sido repetida, na noite de 3 de junho, o telegrama da Associated Press com referência aos desembarques aliados na França foi recebido. Se o aviso de Canaris estivesse certo, então a transmissão da Associated Press deveria estar errada. Depois de seu primeiro momento de pânico, Meyer tinha apostado na informação de Canaris. Agora, ele estava exausto, mas empolgado. A chegada da aurora e a paz continuada ao longo da frente costeira tinham comprovado perfeitamente que ele tomara a decisão certa.

---

17. O *generaloberst* Alfred Jodl (1890-1946) foi comandante da Central de Informações e Contra-Espionagem da *Wermacht* de 1938 a 1945. Condenado por crimes de guerra, foi enforcado em Nurenberg. (N. do T.)

18. Rommel deve ter tomado conhecimento da mensagem; porém, considerando suas próprias estimativas a respeito das intenções aliadas, é óbvio que não lhe deu a devida importância. (N. do A.)

Agora não restava mais nada a fazer, senão esperar pela última metade do alerta vital, que poderia chegar a qualquer momento. Seu terrível significado esmagava Meyer. A derrota da invasão aliada, as vidas de centenas de milhares de seus compatriotas, a própria existência de seu país dependeriam da velocidade com a qual ele e seus homens monitorassem a transmissão e alertassem a frente de combate. Meyer e seus homens estavam mais preparados agora do que jamais haviam estado. Ele podia apenas esperar que seus superiores também percebessem a importância da mensagem.

Enquanto Meyer se dispunha a esperar, a duzentos quilômetros de distância o comandante do Grupo de Exército B estava fazendo os preparativos para sua viagem à Alemanha.

## 6

O marechal-de-campo Rommel cuidadosamente espalhou um pouco de mel sobre uma fatia de pão com manteiga. À mesa do desjejum, sentavam-se com ele seu brilhante chefe do estado-maior, o general-de-divisão dr. Hans Speidel, e diversos membros de sua oficialidade. A refeição era informal. A conversação à mesa corria fácil e desinibida; era quase como uma reunião em família, com o pai sentado à cabeceira da mesa. De certo modo, era realmente uma família muito unida. Cada um dos oficiais tinha sido escolhido especialmente por Rommel e todos eram devotados a ele. Nesta manhã, todos eles haviam transmitido a Rommel informações sobre diversos assuntos que esperavam fossem tratados por ele em sua entrevista com Hitler. Rommel falara pouco. Tinha simplesmente escutado. Agora, estava impaciente para partir. Olhou para o relógio:

– Cavalheiros – disse abruptamente –, está na hora de começar minha viagem.

Em frente à entrada principal, Daniel, o chofer de Rommel, estava parado junto ao carro do marechal-de-campo, já com a porta aberta. Rommel convidara o coronel Von Tempelhof, além de Lang, o único outro oficial do estado-maior a participar da viagem, para sentar-se com ele em seu Horch. O carro de Von Tempelhof poderia seguir mais atrás. Rommel apertou as mãos de todos os membros de sua família oficial, falou brevemente com o chefe do estado-maior e então foi ocupar seu assento costumeiro, ao lado do motorista. Lang e o coronel Von Tempelhof sentaram-se no assento traseiro.

– Podemos partir agora, Daniel – disse Rommel.

Lentamente, o carro fez a volta do pátio e saiu pelo portão principal, passando pelas dezesseis tílias podadas em forma quadrangular que haviam sido plantadas ao longo da entrada do castelo. Ao chegar à aldeia, dobrou à esquerda, para pegar a estrada principal, que se dirigia a Paris.

Eram sete horas da manhã. Sair de La Roche-Guyon nessa manhã de domingo particularmente melancólica de 4 de junho convinha perfeitamente aos planos de Rommel. A hora escolhida para a viagem não poderia ter sido melhor. No assento a seu lado fora colocada uma caixa de papelão com um par de sapatos de camurça cinzenta, feitos a mão, tamanho 37, que pretendia presentear à esposa. Havia uma razão particular e muito humana para seu desejo de estar com ela na terça-feira, dia 6 de junho. Era o dia do aniversário de sua esposa.[19]

---

19. Após a Segunda Guerra Mundial, muitos dos oficiais de alta patente de Rommel cerraram fileiras ombro a ombro, em um esforço para justificar as circunstâncias que envolviam a ausência de Rommel da frente de

Na Inglaterra eram oito horas da manhã. (Havia uma hora de diferença de fuso horário entre o "Horário Duplo de Verão" britânico e o "Horário Centralizado" alemão). Em um *trailer* residencial, estacionado em um bosque perto de Portsmouth, o general Dwight D. Eisenhower, supremo comandante Aliado, estava profundamente adormecido, depois de ter passado em claro praticamente toda a noite. Já diversas horas antes mensagens codificadas vinham sendo transmitidas telefonicamente, por mensageiro e por rádio, desde seu quartel-general, que se localizava nas vizinhanças. Eisenhower, mais ou menos na hora em que Rommel se havia levantado, tomara uma decisão fatídica: devido às condições climáticas desfavoráveis, ele tinha adiado a invasão aliada por vinte e quatro horas. O Dia D fora transferido para terça-feira, 6 de junho, caso o tempo estivesse bom.

---

(*continuação da nota 19*)
combate durante os dias 4 e 5 de junho e a maior parte do próprio Dia D. Em livros, artigos e entrevistas, eles declararam que Rommel partiu para a Alemanha no dia 5 de junho. Isso não é verdade. Eles também alegaram que Hitler o havia convocado para ir vê-lo na Alemanha. Isso tampouco é verdadeiro. A única pessoa no QG de Hitler que sabia da visita que Rommel pretendia fazer a ele era o ajudante-de-ordens do *Führer,* general-de-divisão Rudolf Schmundt. O general Walter Warlimont, na ocasião vice-comandante de operações no OKW, declarou-me pessoalmente que nem Jodl, nem Keitel, nem ele próprio sequer sabiam que Rommel se achava na Alemanha. Mesmo no Dia D, Warlimont pensava que Rommel estivesse em seu QG, conduzindo a batalha. Quanto à data da partida de Rommel da Normandia, foi certamente 4 de junho; a prova incontestável encontrase no Diário de Guerra do Grupo de Exércitos B, meticulosamente anotado, que registra a hora exata em que começou a viagem. (N. do A.)

# 7

O capitão-de-corveta George D. Hoffman, o comandante de trinta e três anos do destróier *U.S.S. Corry*, olhou através de seus binóculos para a longa coluna de navios que avançava a velocidade constante através do Canal da Mancha, em sua esteira. Parecia-lhe incrível que já tivessem avançado tanto, sem serem submetidos a qualquer ataque. Mantinham o curso e estavam no horário exato. O lento comboio, seguindo uma rota cheia de desvios e movendo-se a menos de seis quilômetros e meio por hora, já havia navegado mais de cento e trinta quilômetros desde que levantara âncora em Plymouth, na noite anterior. Porém Hoffman esperava encontrar problemas a qualquer momento – um submarino, um ataque aéreo, ou ambos. No mínimo, ele esperava encontrar campos de minas marítimas, uma vez que, a cada minuto que se passava, eles navegavam mais para o interior das águas inimigas. A França estava logo à frente, a apenas uns sessenta e cinco quilômetros de distância.

O jovem comandante – ele tinha sido "guindado" dentro do próprio *Corry*, da graduação de tenente a capitão-de-corveta em menos de três anos – sentia um imenso orgulho de estar à frente desse magnífico comboio. Contudo, enquanto ele observava a linha de barcos através de seus binóculos, sabia que constituía um alvo praticamente imóvel para o inimigo.

Adiante dele se encontravam os caça-minas, seis pequenos barcos distribuídos em uma formação diagonal, como um lado de um V invertido, cada um deles arrastando em sua esteira, porém com um desvio para a direita, um longo cabo dotado de dentes de serra, que deveria cortar as correntes ou cordas de amarração e detonar as minas flutuantes. Atrás dos caça-minas, navegavam as formas esguias e aerodinâmicas dos "pastores", a escolta de destróieres. E mais atrás, estendendo-se até onde o olhar alcançava, vinha o comboio, uma grande procissão de navios de desembarque, pesados e desajeitados, transportando milhares de soldados, tanques, canhões, veículos e munição. Cada um dos navios pesadamente carregados levava preso por um cabo robusto um balão de barragem antiaérea, destinado a impedir a aproximação de aviões inimigos. E, uma vez que esses balões protetores, que voavam todos à mesma altitude, balançavam sob as rajadas de um vento forte, davam a impressão de que o comboio inteiro oscilava como um bêbado.

Para Hoffman, essa era uma visão muito especial. Fazendo uma estimativa da distância que separava um navio do outro, sabendo o número total de embarcações, ele calculou que a retaguarda dessa parada fantástica ainda deveria se encontrar na Inglaterra, sem ao menos ter saído do porto de Plymouth.

E esse era apenas um dos comboios. Hoffman sabia que havia dúzias de outros, que teriam partido na mesma hora que o dele, ou que levantariam âncora ao longo do dia para sair das costas da Inglaterra. Nessa noite, todos eles deveriam convergir para a baía do Sena. Na manhã seguinte, uma imensa frota de cinco mil navios fundearia diante das praias da Normandia que haviam sido escolhidas para a invasão.

Hoffman mal podia esperar para ver. O comboio que ele liderava saíra mais cedo da Inglaterra porque era o que faria a viagem mais longa. Era parte de uma maciça força americana, a 4ª Divisão, destinada a desembarcar em um local de que Hoffman, como milhões de outros americanos, nunca ouvira falar antes – uma extensão de areias sopradas pelo vento, do lado oriental da península de Cherbourg, que recebera o codinome de "Utah". Vinte quilômetros para o sudeste, fronteira às aldeias marítimas de Vierville e Colleville, jazia a outra praia a ser tomada pelos americanos, "Omaha", uma faixa de areais prateados em forma de um quarto crescente, em que desembarcariam os homens da 1ª e da 29ª divisões.

O capitão do *Corry* esperara divisar outros comboios nas proximidades, já durante as horas da manhã, mas parecia que o canal era sua propriedade exclusiva. Isso não o perturbava em nada. Em algum lugar das vizinhanças, ele sabia perfeitamente, outros comboios ligados à "Força U" ou à "Força O" navegavam em direção à Normandia. Hoffman não sabia que Eisenhower ficara preocupado com as condições climáticas incertas e só autorizara menos de vinte dos comboios lentos a levantar âncoras durante a noite.

Subitamente, o telefone da ponte de comando tocou. Um dos oficiais que se achavam no tombadilho estendeu a mão para atender, porém Hoffman, que estava mais perto, levantou o fone:

– Ponte de comando – disse ele. – Fala o capitão.

Escutou por um momento.

– Você tem certeza? – perguntou. – A mensagem foi confirmada?

Hoffman escutou por mais um momento e então recolocou o receptor no gancho. Era inacreditável: o comboio inteiro recebera ordens para retornar à Inglaterra – nenhuma razão fora apresentada. O que poderia ter acontecido? A invasão teria sido adiada?

Hoffman olhou pelos binóculos para os caça-minas à frente: não haviam modificado em nada seus cursos. Nem tampouco os destróieres atrás deles. Teriam recebido a mesma mensagem? Antes de fazer qualquer coisa, ele decidiu ver pessoalmente a mensagem que ordenava seu retorno – precisava ter certeza. Rapidamente, ele desceu para a estação de rádio, que ficava um convés abaixo.

O radioperador-de-terceira-classe Bennie Glisson não cometera erro algum. Mostrou o diário do rádio a seu capitão e disse:

– Verifiquei duas vezes, só para ter certeza.

Hoffman subiu as escadas e retornou rapidamente para a ponte de comando.

Sua tarefa e a dos outros destróieres era agora a de fazer esse monstruoso comboio girar sobre si mesmo, uma manobra que teria de ser feita bem depressa. Uma vez que ele era o líder, sua preocupação imediata era a flotilha de caça-minas navegando vários quilômetros à frente. Não poderia entrar em contato com eles por rádio, porque fora imposto um estrito silêncio de rádio.

– Todos os motores à frente, com toda a velocidade – ordenou Hoffman. – Vamos nos aproximar dos caça-minas. Sinaleiro a postos junto ao semáforo.

Enquanto o *Corry* corria em frente, Hoffman olhou para trás e viu os destróieres atrás dele executarem um rápido giro ao redor dos flancos do comboio. Agora, com as luzes das sinaleiras piscando, eles iniciaram a imensa tarefa de fazer retornar o comboio. Hoffman preocupou-se, ao perceber que estavam perigosamente perto da França – somente uns cinqüenta quilômetros os separavam da margem francesa. Será que ainda não tinham sido localizados? Seria um milagre se eles conseguissem realizar o retorno sem serem detectados.

Na cabine do rádio, Bennie Glisson continuava a receber a mensagem codificada anunciando o adiamento a cada quinze minutos. Para ele, tinha sido a pior notícia que recebera há muito tempo, porque parecia confirmar uma suspeita que o incomodava há bastante tempo: que os alemães já sabiam tudo a respeito da invasão. O Dia D tinha sido cancelado porque os alemães tinham descoberto a data? Como milhares de outros homens, Bennie não via como os preparativos para a invasão – comboios, navios, homens e suprimentos que enchiam cada porto, baía e enseada de Land's End a Portsmouth – teriam a menor possibilidade de permanecerem despercebidos dos aviões de reconhecimento da *Luftwaffe*. E, se a mensagem simplesmente significava que a invasão tinha sido adiada por qualquer outro motivo, seguia-se naturalmente que os alemães teriam ainda mais tempo para localizar a frota aliada.

O radioperador, então com vinte e três anos, girou o disco de sintonia de outro aparelho e sintonizou a Rádio Paris, uma estação de propaganda alemã. Ele queria escutar a voz sensual de "Sally do Eixo". Suas transmissões zombeteiras eram divertidas, justamente por serem tão inexatas, mas nunca se sabia. Havia outra razão: a "Cadela de Berlim", como era muitas vezes chamada com desprezo, parecia dispor de um suprimento inexaurível das últimas músicas de sucesso.

Bennie não chegou a ter uma chance de escutar porque, exatamente nesse minuto, uma longa série de relatórios meteorológicos codificados começara a ser recebida. Mas enquanto ele acabava de datilografar essas mensagens, "Sally do Eixo" começou a tocar seu primeiro disco do dia. Bennie instantaneamente reconheceu os primeiros compassos da melodia que se tornara bastante popular durante a guerra: *Desafio dobrado.* Só que a melodia estava sendo cantada com uma letra diferente. Enquanto escutava, sentiu que seus piores medos estavam sendo confirmados. Nessa manhã, um pouco antes das oito horas, Bennie e milhares de soldados aliados que haviam reunido toda a sua coragem para a invasão da Normandia a 5 de junho, e que agora teriam de esperar mais vinte e quatro horas agonizantes, escutaram *Desafio dobrado* com estas linhas bem adaptadas à ocasião, mas que lhes provocaram arrepios:

*Eu desafio você de novo a vir até aqui.*
*Eu desafio você de novo a chegar perto demais.*
*Tire fora sua cartola e pare de se gabar.*
*Pare de dizer besteira e não arrepie os cabelos.*
*Como é, não consegue aceitar um desafio?*

*Eu desafio você de novo a fazer uma incursão.*
*Eu desafio você de novo a tentar invadir.*
*E, se sua propaganda ruidosa*
*Quiser dizer a metade do que diz,*
*Eu desafio você de novo a vir até aqui.*
*Olhe só, estou fazendo um desafio dobrado.*

# 8

No imenso Centro de Operações do quartel-general naval aliado, localizado em Southwick House, perto de Portsmouth, todos esperavam o retorno dos navios.

A longa sala de teto alto, com as paredes recobertas de papel branco e dourado, era o cenário de uma imensa atividade. Uma parede inteira estava coberta por um gigantesco mapa do Canal da Mancha (que os britânicos chamavam de Canal Inglês). A intervalos de poucos minutos, duas jovens *Wrens*[20], trabalhando em escadas de mão presas a trilhos corrediços, movimentavam marcadores coloridos e imantados sobre a superfície da carta, tão logo eram demarcadas as novas posições de cada comboio que retornava. Em grupos de dois ou três, oficiais dos Estados-Maiores das diversas unidades aliadas observavam em silêncio, à medida que chegava cada novo relatório. Exteriormente, pareciam calmos, mas não ha-

20. Sigla adaptada de *Women's Royal Emergency Service* (Serviço Feminino Real de Emergência), um corpo feminino auxiliar, destinado a substituir homens em funções administrativas e de intendência, que assim podiam ser liberados para a frente de combate. Elas usavam uniformes castanhos, de modo que não somente a sigla, mas também a cor lembrava a carriça (ou *wren*, em inglês), um pequeno pássaro predominantemente marrom. (N. do T.)

via maneira de disfarçar a tensão sentida por todos. Não somente os comboios deveriam executar a difícil operação de retorno, quase debaixo dos narizes do inimigo, ao longo de rotas específicas e cobertas de minas marítimas, mas agora teriam de enfrentar a ameaça de outro inimigo – uma tempestade no mar. Para os navios de desembarque de movimento vagaroso, pesadamente carregados de tropas e suprimentos, uma tempestade poderia ser desastrosa. Os ventos no Canal já estavam soprando a quase cinqüenta quilômetros por hora, com ondas que atingiam um metro e meio de altura; além disso, a meteorologia informava que as condições climáticas só tendiam a piorar.

À medida que os minutos passavam, a superfície do mapa refletia o padrão ordenado do regresso. Havia fluxos de marcadores subindo pelo mar da Irlanda[21], reunidos nas vizinhanças da ilha de Wight e quase encostados uns aos outros em vários portos e ancoradouros ao longo da costa sudoeste da Inglaterra. Alguns dos comboios levariam o dia inteiro para regressar aos portos.

A localização de cada comboio e de praticamente metade dos navios da frota aliada podia ser divisada mediante um rápido olhar ao mapa. Porém duas embarcações de guerra não estavam sendo mostradas – um par de submarinos de bolso. Pareciam haver desaparecido completamente do mapa.

Em um escritório próximo, uma bela tenente do corpo das *Wren,* na época com vinte e quatro anos de idade, imaginava quando seu marido retornaria ao porto de ori-

---

21. A principal característica do mar da Irlanda é a ilha de Man, situada no centro-norte. Também chamado de Canal Irlandês, em oposição ao Canal Inglês, que os franceses chamam de Manche. Separa ao norte a Irlanda e a Escócia, pelo Canal do Norte; ao sul, é limitado pelo Canal de São Jorge, que os irlandeses chamam de mar Celta. A ilha de Wight fica no Canal da Mancha, junto à costa meridional da Inglaterra, a sudeste de Portsmouth. (N. do T.)

gem. Naomi Coles Honour estava um pouco ansiosa, embora ainda não estivesse realmente preocupada, mesmo que seus amigos do "*Ops*"[22] parecessem não saber nada do paradeiro de seu esposo, tenente George Honour e de seu submarino de bolso de 17 metros de comprimento, o X-23.

A CERCA DE UM QUILÔMETRO e meio da costa francesa, um periscópio ergueu-se acima da superfície da água. Nove metros abaixo, agachado na exígua sala de controle do X-23, o tenente George Honour empurrou o quépi naval para a nuca.

– Bem, cavalheiros – ele recorda ter dito na ocasião –, vamos dar uma olhadela.

Encostando um olho na objetiva forrada de borracha, ele lentamente girou o periscópio ao redor da posição do submarino e, assim que a distorção da oscilação das marolas desapareceu da lente, a imagem borrada que surgiu foi ficando mais clara, até revelar a cidade adormecida de Ouistreham, junto à embocadura do rio Orne. Estavam tão próximos e sua visão fora tão ampliada pelo visor do periscópio que Honour conseguia ver a fumaça subindo das chaminés e, na beira do horizonte, um aeroplano que recém alçara vôo do aeroporto de Carpiquet, perto de Caen. Também conseguia divisar o inimigo. Fascinado, contemplou as tropas alemãs calmamente trabalhando entre os obstáculos antiinvasão ao longo das praias arenosas, que se estendiam para ambos os lados.

Esse foi um grande momento para o tenente da reserva da Marinha Real, então com 26 anos de idade; afastando-se do visor do telescópio, ele disse ao tenente Lionel G. Lyne, especialista em navegação e encarregado dessa operação: "Dê uma olhada, Magro. Estamos quase em cima do alvo".

---

22. Abreviatura coloquial do Centro de Operações. (N. do T.)

De certo modo, a invasão já começara. A primeira embarcação e os primeiros homens das forças aliadas já se haviam posicionado junto às praias da Normandia. Diretamente à frente do X-23, ficava o setor de assalto britânico-canadense. O tenente Honour e sua tripulação estavam conscientes do significado dessa data em particular. Em outro 4 de junho, quatro anos antes e em um lugar a menos de 320 quilômetros de distância, os últimos remanescentes de um contingente britânico de 338 mil soldados tinham sido evacuados de um porto em chamas chamado Dunquerque. Dentro do X-23, este foi um momento tenso, mas cheio de orgulho para os cinco ingleses escolhidos a dedo. Eram a vanguarda britânica: os homens do X-23 estavam liderando o retorno à França dos milhares de compatriotas que logo os seguiriam.

Estes cinco homens encolhidos na minúscula cabine do X-23, onde se realizavam todas as atividades necessárias, usavam roupas de borracha de homens-rãs e traziam consigo papéis minuciosamente falsificados, que passariam pelo escrutínio da mais desconfiada sentinela alemã. Cada um trazia um cartão de identidade francês falsificado, completo com fotografia e carimbos oficiais, além de permissão de trabalho e cartões de racionamento carimbados com as impressões aparentemente oficiais das autoridades alemãs competentes, além de outras cartas e documentos. Caso alguma coisa não desse certo e o X-23 afundasse ou tivesse de ser abandonado, os membros da tripulação deveriam nadar até a praia e, armados com suas novas identidades, esforçar-se para não serem capturados e depois tentar entrar em contato com a Resistência francesa.

A missão do X-23 era particularmente arriscada. Vinte minutos antes da Hora H, o submarino de bolso e seu companheiro, o X-20 – posicionado em um ponto que ficava a cerca de 36 quilômetros de distância da costa, frente a uma aldeola chamada Le Hamel –, subiriam ousadamente à superfície a fim de funcionar como marcadores navegacionais, claramente delineando os limites extremos da zona de assalto britânico-canadense: três praias que haviam recebido os codinomes de Sword, Juno e Gold.

O plano a seguir era minucioso e complexo. Um emissor automático de rádio, capaz de enviar um sinal contínuo, deveria ser ligado no momento em que subissem à superfície. Ao mesmo tempo, um aparelho de sonar também transmitiria automaticamente ondas sonoras através da água, que poderiam ser recebidas por dispositivos de escuta submarina. A frota que transportava as tropas britânicas e canadenses captaria um ou ambos os sinais e seguiria diretamente em sua direção.

Cada submarino de bolso também transportava um mastro embutido de cinco metros e meio, ao qual estava ligado um holofote pequeno, mas poderoso, capaz de enviar um facho de luz intermitente que poderia ser avistado a mais de oito quilômetros de distância. Se a luz fosse verde, significaria que os submarinos estavam diretamente sobre o alvo; caso contrário, pulsaria uma luz vermelha.

Como apoios adicionais à navegação, o plano requeria que cada submarino de bolso lançasse uma balsa de borracha presa por um cabo e tripulada por um marinheiro, permitindo que derivasse uma certa distância até a praia. As balsas infláveis tinham sido equipadas com holofotes de busca a serem operados por seu tripulante. Localizando a posição de acordo com os holofotes dos submarinos de bolso e de suas balsas à deriva, os barcos que se aproximassem seriam capazes de determinar precisamente as posições das três praias de assalto.

Nada havia sido esquecido, nem sequer o perigo de que o pequeno submarino pudesse ser abalroado por uma das pesadas barcaças de desembarque. À guisa de proteção, o X-23 seria claramente indicado por uma grande bandeira amarela. Não havia escapado ao tenente Honour que, a partir do momento em que içasse essa bandeira, se tornaria um excelente alvo para os alemães. Não obstante, ele pretendia hastear uma segunda bandeira, um grande pavilhão branco da Marinha Real, que costumavam chamar, por brincadeira, de "esfregão de combate". Honour e sua tripulação estavam preparados para arriscar-se contra o fogo inimigo, mas não tinham a menor vontade de serem atingidos e afundados por um de seus próprios navios.

Toda essa parafernália e ainda mais instrumentos tinham sido enfiados praticamente à força nas entranhas já atulhadas do X-23. Dois tripulantes adicionais, ambos especialistas em navegação, tinham sido adicionados à equipe normal de três homens. Agora não havia praticamente lugar para se ficar em pé, ou sequer sentar, dentro da única cabine de função múltipla do X-23, que tinha somente um metro e setenta de altura, metro e meio de largura e menos de dois metros e meio de comprimento. Já estava quente e abafado e a atmosfera interna ficaria muito pior antes que eles ousassem ir à superfície, o que só poderia ser feito depois do escurecer.

Mesmo à luz do dia, nessas rasas águas costeiras, Honour sabia perfeitamente que sempre haveria a possibilidade de ser localizado por aeroplanos de reconhecimento voando baixo ou por barcos patrulheiros – quanto mais tempo permanecessem a profundidade de periscópio tanto maior seria o risco.

Ao periscópio, o tenente Lyne tomou uma série de medidas. Rapidamente identificou diversos pontos que se destacavam ao longo da costa: o farol de Ouistreham, a torre da sua igreja e as espiras de duas outras, localizadas nas aldeias de Langrune e St.-Aubin-sur-Mer, que ficavam a somente alguns quilômetros de distância. Honour tivera razão. Eles estavam "quase em cima do alvo", no máximo a 1.200 metros da posição que lhes fora designada.

Honour sentia-se aliviado por se achar tão próximo. Tinha sido uma viagem longa e enervante. Tinha percorrido uma distância de quase cento e cinqüenta quilômetros desde Portsmouth, em menos de dois dias, atravessando campos minados quase todo o tempo. Agora, só restava avançar até a posição determinada e então pousar no fundo. A "Operação Gambito" tinha começado bem. Secretamente, ele desejava que tivessem escolhido outro codinome. Embora ele não fosse supersticioso, ao procurar o significado da palavra, o jovem capitão tivera um choque ao descobrir que "gambito" significava "desfazer-se dos peões de abertura".[23]

Honour voltou a olhar através do periscópio para os alemães que trabalhavam nas praias. No dia seguinte, o inferno se instalaria naquelas areias, pensou ele.

– Baixar periscópio – ordenou.

Submersos e com as comunicações de rádio cortadas com a base, Honour e a tripulação do X-23 não tinham meios de saber que a invasão tinha sido postergada.

## 9

Pelas onze horas da manhã, o vento soprava forte sobre o Canal. Nas áreas costeiras restritas da Grã-Bretanha, seladas por barreiras militares contra civis provenientes do restante do país, as forças de invasão aguardavam nervosas e impacientes. Todo o seu mundo eram agora as zonas de concentração de tropas, os campos de pouso e os navios. Era quase como se já estivessem fisicamente separados da terra firme – estranhamente contidos entre

23. Expressão retirada do jogo de xadrez que significa sacrificar uma peça, em geral de pequeno valor, a fim de obter vantagem posicional ou levar o oponente a expor uma peça de valor maior. (N. do T.)

o mundo familiar da Inglaterra e o mundo desconhecido da Normandia. Uma hermética cortina de segurança os separava do mundo conhecido.

Do outro lado dessa cortina, a vida continuava como sempre. As pessoas prosseguiam nas rotinas de costume, sem se dar conta de que centenas de milhares de homens esperavam por uma ordem que assinalaria o começo do fim da Segunda Guerra Mundial.

Na cidadezinha de Leatherhead, no condado de Surrey, um professor de física pequeno e magro, com 54 anos de idade, levara seu cão para se exercitar ao ar livre. Leonard Sidney Dawe era um homem discreto, pacífico, totalmente desconhecido fora de seu pequeno círculo de amizades. Todavia, Dawe, quase a ponto de se aposentar, gozava de uma popularidade muito maior que a de um astro do cinema. Todos os dias, mais de um milhão de pessoas lutava com as palavras cruzadas que ele e seu amigo Melville Jones, também professor, preparavam para a edição matutina do *Daily Telegraph* de Londres.

Por mais de vinte anos, Dawe tinha sido o principal compilador de palavras cruzadas do *Daily Telegraph* e, durante esse tempo, seus quebra-cabeças difíceis e intrincados tinham, ao mesmo tempo, exasperado e divertido milhões de leitores. Alguns viciados afirmavam que as palavras cruzadas do *Times* eram mais difíceis, porém os fãs de Dawe rapidamente salientavam que os problemas apresentados no *Telegraph* jamais tinham repetido a mesma pista, nem ao menos duas vezes. Esse era um motivo de considerável orgulho para o reservado Dawe.

Dawe teria ficado espantadíssimo em saber que, desde 2 de maio, era objeto de uma investigação muito discreta de um certo departamento da Scotland Yard, que tinha a seu cargo a contra-espionagem, o M.I.5. Há mais de um mês, suas palavras cruzadas vinham dando um susto após o outro nos membros de diversas seções do Alto Comando Aliado.

Nessa particular manhã de domingo, o M.I.5 decidira ter uma conversa com Dawe. Quando ele retornou para casa, encontrou dois homens à sua espera. Dawe, como todo mundo, tinha ouvido falar a respeito do M.I.5, mas que tipo de assunto eles poderiam querer abordar com ele?

– Mr. Dawe – disse um dos homens, no começo do interrogatório –, durante o último mês um certo número de palavras de código altamente confidenciais, referentes a uma certa operação aliada, apareceu nas palavras cruzadas do *Telegraph.* Poderá explicar-nos o que o incitou a usá-las – ou de onde o senhor as tirou?

Antes que o surpreso Dawe pudesse responder, o funcionário do M.I.5 tirou uma lista do bolso e disse:

– Estamos particularmente interessados em saber por que motivo o senhor escolheu esta palavra...

Ele apontou para a lista. As palavras cruzadas (destinadas nesse caso particular a uma competição que oferecia um prêmio ao acertador), publicadas na edição de 27 de maio do *Daily Telegraph,* incluíam a indicação seguinte (nº 11 das linhas horizontais): "Mas algum figurão como este roubou parte disso algumas vezes". Essa pista enigmática, através de alguma estranha alquimia, fazia sentido para os devotados seguidores de Dawe. A resposta, publicada somente dois dias antes, a 2 de junho, era o codinome para o inteiro plano de invasão aliado: "Overlord"[24].

Dawe nem sequer sabia a respeito de qual operação aliada estavam falando, assim não se assustou muito, nem

---

24. Em inglês, suserano, senhor feudal, comandante supremo. Seu oposto é o "vassalo", que lhe deve respeito e obediência. (N. do T.)

sequer demonstrou indignação perante essas questões. Ele não podia explicar, foi o que declarou, de que maneira ou por que tinha escolhido aquela palavra em particular. Era usada com bastante freqüência nos livros de História, observou.

– Mas como é que eu vou saber – protestou ele – o que está sendo usado como um codinome e o que não está?

Os dois homens do M.I.5 demonstravam a maior educação. Concordaram que era difícil. Mas não era estranho que todas essas palavras de código aparecessem no decorrer do mesmo mês?

Eles percorreram a lista, indicando palavra após palavra ao professor, que usava óculos e estava agora um pouco perturbado. Nas palavras cruzadas publicadas em 2 de maio, a pista "Um dos Estados Unidos" (17 horizontal) produzia a solução "Utah". A resposta para a terceira coluna (vertical), "Pele-vermelha do Missouri", publicada a 22 de maio, tinha sido "Omaha".

Nas palavras cruzadas de 30 de maio (11 horizontal), a pista "Este arbusto é o centro de revoluções de estufa" produzia a palavra "Mulberry" (amora) – o codinome para dois portos artificiais que deveriam ser colocados em posição ao largo das praias. E a solução para 15 vertical publicado a 1º de junho, "A Britânia e ele governam a mesma coisa", tinha sido "Netuno", o codinome para as operações navais da invasão.

Dawe não tinha a menor explicação para o emprego dessas palavras. Tanto quanto ele lembrava, explicou, as palavras cruzadas em questão poderiam ter sido elaboradas com seis meses de antecedência. Havia alguma explicação? Dawe só podia sugerir uma coincidência fantástica.

ESSE NÃO FORA O ÚNICO susto de arrepiar cabelos. Três meses antes, na agência de correios central de Chicago, um envelope grosso e mal fechado tinha-se aberto sobre a mesa de triagem, revelando grande número de documentos de aspecto suspeito. Pelo menos doze funcionários do setor de classificação viram o conteúdo: alguma coisa sobre uma operação militar chamada Overlord.

Os agentes do serviço de informações logo enxameavam na cena. Os classificadores foram interrogados e instruídos a esquecer tudo o que tinham visto. A seguir, a destinatária completamente inocente foi interrogada: era uma garota. Ela não conseguia imaginar um motivo para que esses papéis lhe tivessem sido encaminhados, mas ela reconhecia a letra do endereço. Por meio dessa pista, os documentos foram acompanhados até seu ponto de origem: um sargento americano, igualmente inocente, que estava destacado para o QG americano em Londres. Ele tinha colocado o endereço errado no envelope. Por pura distração, tinha mandado os documentos para sua irmã em Chicago.

Por mais insignificante que esse incidente pudesse parecer, poderia ter assumido proporções ainda maiores, se o QG supremo soubesse que o serviço de informações alemão, o *Abwehr*[25], já tinha descoberto o significado da palavra de código Overlord. Um de seus agentes, um albanês chamado Diello, mas melhor conhecido na *Abwehr* como "Cícero", tinha enviado essa informação a Berlim em janeiro desse mesmo ano. A princípio, Cícero tinha identificado o plano pelo codinome *Overlock*, mas depois corrigira a informação. E Berlim acreditava nas informações enviadas por Cícero – ele trabalhava como criado na Embaixada Britânica na Turquia.

Mas Cícero foi incapaz de descobrir o grande segredo de Overlord: o local e data do próprio Dia D. Essa informação foi tão escrupulosamente guardada que, até o final de abril, somente algumas centenas de oficiais alia-

25. Literalmente, "defesa". (Em alemão no original.) (N. do T.)

dos a conheciam. Mas naquele mês, apesar dos constantes avisos do serviço de contra-espionagem de que agentes inimigos se achavam em atividade por todo o território das Ilhas Britânicas, dois oficiais superiores, um general americano e um coronel britânico, distraidamente violaram a segurança. Em um coquetel no Hotel Claridge, em Londres, o general mencionou a alguns de seus oficiais que a invasão ocorreria antes de 15 de junho. Em outro ponto da Inglaterra, o coronel, comandante de um batalhão, foi ainda mais indiscreto. Ele contou a alguns amigos civis que seus homens estavam sendo treinados para capturar um alvo específico e indicou que sua localização ficava na Normandia. Ambos oficiais foram imediatamente rebaixados e removidos de seus respectivos comandos.[26]

E agora, nesse tenso domingo de 4 de junho, o QG supremo ficou estarrecido com a notícia de que houvera mais um vazamento de informações, muito pior que qualquer outro ocorrido anteriormente. Durante a noite, uma operadora de teletipo da Associated Press estivera praticando em uma máquina vaga a fim de aumentar sua velocidade. Devido a um erro, a fita perfurada que trazia sua mensagem fictícia de treinamento de velocidade de algum modo precedeu o costumeiro comunicado vespertino destinado à Rússia. Foi corrigido somente trinta segundos depois, mas a mensagem já fora transmitida. O "boletim" que chegou aos Estados Unidos informava: "URGENTE TRANSMISSÃO DA ASSOCIATED PRESS

26. Embora o general americano tivesse sido colega de classe de Eisenhower na Academia Militar de West Point, não havia nada que o Comandante Supremo pudesse fazer, senão mandá-lo de volta para casa. Depois do Dia D, o caso do general recebeu ampla publicidade e, mais tarde, ele se reformou como coronel. Não há registros de que o QG de Eisenhower sequer tenha ouvido falar da indiscrição do oficial britânico. O caso foi manobrado sigilosamente por seus próprios superiores. Mais tarde, o britânico foi eleito membro do Parlamento. (N. do A.)

PARA NOVA YORK ÚLTIMA HORA QG DE EISENHOWER ANUNCIA DESEMBARQUES ALIADOS NA FRANÇA".

Por mais graves que as conseqüências da mensagem pudessem parecer, já era tarde demais para fazer qualquer coisa. A gigantesca maquinaria da invasão já se havia posto em movimento e não podia mais ser sustada. Agora, enquanto as horas passavam e as condições climáticas progressivamente pioravam, a maior força de combate aérea e anfíbia jamais reunida esperava pela decisão de Eisenhower. Ele confirmaria o dia 6 de junho como o Dia D? Ou ele seria forçado, devido às péssimas condições meteorológicas sobre o Canal da Mancha – as piores registradas nos últimos vinte anos –, a adiar a invasão novamente?

## 10

Em um bosque açoitado pela chuva, situado a três quilômetros e meio do QG naval de Southwick House, o americano que tinha de tomar a grande decisão lutava com o problema e tentava acalmar-se um pouco em seu *trailer* de três toneladas e meia escassamente mobiliado. Embora ele pudesse transferir-se para um alojamento mais confortável na imensa mansão de extensas alas que era Southwick House, Eisenhower tinha decidido em contrário. Queria estar o mais perto possível dos portos nos quais suas tropas estavam embarcando. Diversos dias antes ele tinha ordenado a construção de um quartel-general de campo, pequeno e compacto – algumas tendas para seus auxiliares imediatos e diversos reboques, entre eles seu próprio *trailer,* que ele havia denominado há muito tempo "o meu carroção de circo".

O reboque de Eisenhower era uma espécie de caminhonete comprida e vagarosa, um pouco semelhante a um caminhão de mudanças, dispondo de três pequenos compartimentos que serviam como dormitório, sala de estar e escritório. Além desses, caprichosamente aparafusados ou soldados ao longo do reboque, havia uma pequena cozinha e sala de refeições, um equipamento de transmissão miniaturizado, um reservado de combate, equipado com desinfetante químico automático e, bem na ponta, um posto de observação envidraçado. Entretanto, o comandante supremo raramente ficava ali o tempo suficiente para utilizar plenamente seu *trailer* incrementado. Ele quase nunca utilizava a sala de estar ou o escritório; quando convocava conferências de seu estado-maior, geralmente as realizava em uma tenda grande montada ao lado do reboque. Somente seu quarto tinha a aparência de que alguém vivia nele. Sem a menor dúvida, ele lhe pertencia: havia uma grande pilha de livros de bolso com histórias do faroeste na mesa que ficava junto a seu beliche embutido, onde também se encontravam os dois únicos quadros, de fato fotografias, uma de sua esposa, Mamie, e a outra de seu filho, John, na época com vinte anos, usando o uniforme de um cadete de West Point.

A partir desse reboque, Eisenhower comandava quase três milhões de soldados aliados. Mais de metade de seu imenso comando era composta por americanos: cerca de um milhão e setecentos mil soldados, marinheiros, aviadores e guardas costeiros. As forças conjuntas britânicas e canadenses totalizavam cerca de um milhão e, além disso, havia os combatentes franceses e contingentes poloneses, tchecos, belgas, noruegueses e holandeses. Nunca antes um americano tinha comandado tantos homens de tantas nacionalidades ou suportado uma carga de responsabilidades tão impressionante.

Todavia, a despeito da magnitude de seus encargos e de seus vastos poderes, pouca coisa transparecia nesse homem alto e bronzeado, oriundo do centro-oeste americano e dotado de um sorriso contagiante, que indicava ser ele o comandante supremo. Ao contrário de muitos outros famosos comandantes aliados, que eram instantaneamente reconhecíveis por alguma marca registrada plenamente identificável, tal como uma cobertura militar incomum ou uniformes espalhafatosos, cobertos de condecorações até os ombros, tudo em Eisenhower era contido. Além das quatro estrelas que indicavam sua graduação presente, uma única fita indicando condecorações acima de seu bolso esquerdo e o distintivo da espada flamejante do SHAEF (Quartel-General Supremo da Força Expedicionária Aliada), Eisenhower desdenhava qualquer sinal distintivo. Mesmo no interior do reboque, havia pouca evidência de sua autoridade; não havia bandeiras, nem mapas, nem diretivas emolduradas, nem fotografias autografadas pelos grandes (ou quase grandes) figurões que freqüentemente o visitavam. Todavia, em seu alojamento, próximo a seu beliche embutido, havia três telefones muito importantes, cada um de uma cor diferente: o vermelho era para conversações com Washington, monitoradas por um *scrambled*[27]; o verde era uma linha direta para a residência de Winston Churchill, no número 10 de Downing Street, em Londres; o preto o ligava permanentemente a seu brilhante chefe do estado-maior, major-general (general-de-divisão) Walter Bedell Smith, seus subordinados imediatos no quartel-general e outros oficiais superiores do Alto Comando Aliado.

Foi ao telefone preto, acrescentado a todas as suas preocupações, que Eisenhower tomou conhecimento do "despacho prioritário" falso referente aos "desembarques".

---

27. Telefone misturador, aparelho que codifica uma cadeia de dados antes de sua transmissão, para evitar sua compreensão por pessoal não-autorizado ou estranho; os sinais misturados são desembaralhados na recepção para restaurar a transmissão original. (N. do T.)

Não fez qualquer comentário ao receber a notícia. Seu ajudante-de-ordens naval, o capitão Harry C. Butcher, recorda que o Supremo Comandante meramente acusou o recebimento da mensagem com um som de aborrecimento semelhante a um resmungo. O que ele poderia dizer ou fazer agora?

Quatro meses antes, na diretiva que o nomeava comandante supremo, os chefes do Estado-Maior Conjunto de Washington haviam explicitado sua missão em um único, mas expressivo, parágrafo. A redação era a seguinte: "O senhor deverá entrar no continente da Europa e, em conjunção com os comandantes das demais Nações Unidas, assumir as operações destinadas a atingir o coração da Alemanha e a destruição de suas forças armadas..."

Nessa única sentença se encontravam o alvo e propósito do ataque. Mas para o mundo inteiro dos Aliados, isso deveria ser muito mais do que uma operação militar. O próprio Eisenhower descrevia sua missão como "uma grande cruzada" – uma cruzada que deveria acabar de uma vez por todas com a monstruosa tirania que tinha lançado o mundo inteiro em sua guerra mais sangrenta, estraçalhado um continente e colocado mais de trezentos milhões de pessoas em regime de escravidão. (De fato, nessa época ninguém podia sequer imaginar a extensão total da barbárie nazista que havia inundado a Europa – os milhões que tinham desaparecido nas câmaras de gás e nas fornalhas dos crematórios assépticos de Heinrich Himmler[28], os milhões que tinham sido arrebatados em seus próprios países e submetidos a trabalho escravo, uma tremenda percentagem dos quais jamais retornaria, os outros milhões que tinham sido torturados até a morte, exe-

28. Heinrich Himmler (1900-1945), chefe da Gestapo e ministro do Interior, responsável pela repressão aos "inimigos do Reich" e organizador do extermínio dos judeus. Ao final da guerra, suicidou-se em Lüneburg, a fim de escapar à captura e ao julgamento. (N. do T.)

cutados como reféns, ou exterminados pelo simples expediente de deixá-los morrer de fome.) O propósito inalterável da grande cruzada não era simplesmente vencer a guerra, mas destruir o nazismo e terminar uma era de selvageria sem paralelo em momento algum da história mundial.

Mas primeiro a invasão tinha de ser realizada com sucesso. Se falhasse, a derrota final da Alemanha poderia ainda levar anos.

Em preparação para a invasão em grande escala, da qual tantas coisas dependiam, um planejamento militar intensivo fora realizado durante mais de um ano. Muito antes que qualquer pessoa soubesse que Eisenhower seria nomeado comandante supremo, um pequeno grupo de oficiais anglo-americanos, chefiados por um comandante britânico, o tenente-general (general-de-exército) Sir Frederick Morgan, já vinha realizando o trabalho de infra-estrutura necessário para lançar o assalto. Seus problemas eram inacreditavelmente complexos – havia poucos marcos de orientação, quase nenhum precedente militar dessa envergadura, mas uma panóplia formada por pontos de interrogação. Onde deveria ser lançado o ataque e quando? Quantas divisões seriam usadas? Se X divisões fossem necessárias, estariam disponíveis, treinadas e preparadas para avançar na data Y? Qual a quantidade de veículos necessários para transportá-las? O que seria necessário na forma de bombardeio naval, navios de apoio e de escolta? De onde sairiam todas as barcaças de desembarque – poderiam algumas ser deslocadas dos teatros de guerra no Pacífico e no Mediterrâneo? Quantos campos de pouso seriam necessários para acomodar os milhares de aeroplanos necessários para o ataque aéreo? Quanto tempo seria necessário para reunir todos os suprimentos, equipamento, canhões, munição, veículos de transporte e comida; e quanto seria necessário de cada um desses itens, não somente para o ataque, mas para os dias que se seguiriam?

Essas eram apenas algumas dentre a avalanche de questões esmagadoras que os planejadores aliados tinham de responder. Havia milhares de outras. Ao serem completados, ampliados e modificados para configurar o plano final Overlord, depois que Eisenhower assumiu o comando, seus estudos exigiam mais homens, mais navios, mais aviões, mais equipamento e mais material de guerra do que jamais fora reunido para uma única operação militar.

A acumulação foi enorme. Antes mesmo que o plano atingisse seus estágios finais, um fluxo sem precedentes de homens e suprimentos começou a ser derramado na Inglaterra. Logo havia tantos americanos nos vilarejos e aldeolas que seus moradores britânicos eram totalmente esmagados pela simples força dos números. Seus cinemas, hotéis, restaurantes, salões de dança e bares favoritos foram subitamente inundados por um dilúvio de soldados provenientes de todos os estados da União americana.

Os aeroportos brotaram por toda parte. Para a grande ofensiva aérea, foram construídas 163 bases, além das centenas que já existiam, até que finalmente havia tantas, que uma piada corrente entre os tripulantes dos 8º e 9º Esquadrões da Força Aérea era que já podiam taxiar com seus aparelhos do norte ao sul e do leste ao oeste da ilha, sem arranhar as asas. Todos os portos estavam atulhados. Uma grande frota naval de apoio de quase novecentos navios, desde encouraçados até barcos PT[29], começou a ser aparelhada. Os comboios chegavam em números tão grandes que, por volta da primavera, já tinham descarregado quase dois milhões de toneladas de alimentos e outros suprimentos – uma quantidade tão incomum que mais de 270 quilômetros de ferrovias tiveram de ser

---

29. Pequenos barcos torpedeiros de patrulha, adotados pelo exército americano por volta de 1941, equipados com torpedos, metralhadoras e cargas de profundidade. (N. do T.)

instaladas somente para distribuir a carga entre os depósitos.

Por volta do mês de maio, a Inglaterra meridional parecia um imenso arsenal. Escondidas nas florestas, pilhas de munição formavam verdadeiras montanhas. Distribuídos ao longo das charnecas, pára-choques contra pára-choques, havia tanques, caminhões com lagartas, carros blindados, caminhões militares padronizados, jipes e ambulâncias – mais de cinqüenta mil veículos de transporte terrestre. Através dos campos, viam-se longas linhas de morteiros e canhões antiaéreos, grande quantidade de material pré-fabricado, desde tendas de campanha Nissen[30] até coberturas para faixas de pouso e imensos estoques de equipamento destinado a movimentar grandes volumes de terra, desde *bulldozers* até escavadeiras. Nos depósitos centrais, havia imensas quantidades de comida, roupas e suprimentos médicos, desde pílulas contra enjôo até 124 mil leitos de hospital. Mas a visão mais assombrosa de todas eram os vales cheios de longas filas de material de transporte ferroviário: quase mil locomotivas novas em folha, quase vinte mil carros-tanque e vagões de transporte de carga que seriam usados para substituir o equipamento francês espatifado durante os combates, depois que as cabeças-de-ponte nas praias tivessem sido conquistadas e consolidadas.

Havia também novos e estranhos artefatos bélicos. Havia tanques anfíbios, capazes de sobrenadar, outros que carregavam grandes rolos de ripas e sarrafos, que seriam usados para preencher valas antitanque ou como apoios para escalar muros, e ainda outros equipados com grandes cadeias de manguais, destinados a bater violentamente

---

30. Abrigos pré-fabricados, com tetos semicirculares de folhas de ferro corrugado e pisos de blocos de concreto ajustáveis. Inventadas pelo engenheiro de minas britânico Peter N. Nissen, foram adotadas pelo exército britânico a partir de 1932. (N. do T.)

contra o solo à sua frente, a fim de explodir minas sem causar danos ao veículo. Havia embarcações de fundo chato, compridas como quarteirões, transportando uma floresta de canos para o lançamento das armas mais recentes, os foguetes explosivos. Talvez os dispositivos mais estranhos de todos fossem dois portos artificiais, que seriam rebocados através do Canal da Mancha até serem instalados ao largo das praias normandas. Eram milagres da engenharia contemporânea e um dos maiores segredos da operação Overlord; eles garantiriam o fluxo constante de homens e suprimentos para as cabeças-de-praia, durante as primeiras semanas críticas, até que um porto bastante grande pudesse ser capturado. Esses portos, denominados *Mulberries* (Amoras) eram constituídos por uma espécie de molhe externo, destinado a enfrentar a força das ondas e formado por grandes tambores de aço flutuantes. A seguir, vinham 145 imensos caixões de concreto de vários tamanhos, que deveriam ser afundados lado a lado até formar uma proteção interna para quebrar o impulso das ondas que conseguissem passar pelo molhe exterior. O maior desses caixões de concreto chegava a ter alojamentos para a equipagem e canhões antiaéreos, o qual, enquanto rebocado, parecia um prédio de cinco andares deitado sobre um dos lados. Dentro desses portos fabricados pela mão do homem, cargueiros do tamanho de navios da classe Liberty[31] podiam descarregar em balsas que faziam o transporte de ida e volta até as praias. Navios menores, como patrulheiros ou lanchões de desembarque, podiam depositar suas car-

31. Cargueiros leves e de pequeno calado, adotados durante o governo do Presidente Franklin Roosevelt em seu enérgico esforço para abastecer a Inglaterra, apesar dos constantes torpedeamentos dos submarinos alemães, enquanto os Estados Unidos conservavam (oficialmente) a neutralidade. Os "navios da liberdade" eram mais difíceis de afundar que os cargueiros normais. (N. do T.)

gas em embarcadouros de aço maciço, onde já eram aguardadas por caminhões, que as levariam correndo até as praias, sobre docas suportadas por pontões flutuantes. Em torno dos *Mulberries,* uma linha protetora de sessenta barcos carregados de concreto seria afundada, para servir como um molhe adicional. Instalados em suas posições ao largo das praias normandas onde ocorreria a invasão, cada porto artificial teria a extensão e a capacidade do porto inglês de Dover.

Ao longo do mês de maio, soldados e suprimentos foram sendo transportados para os portos e zonas de embarque. O congestionamento era um sério problema, mas de algum modo os oficiais do serviço de intendência, a polícia militar e as autoridades ferroviárias britânicas conseguiam manter tudo em movimento e cumprindo os horários planejados.

Trens carregados com tropas e suprimentos davam marcha à ré e ocupavam todos os desvios, enquanto esperavam sua vez para convergir em direção à costa. Os comboios superlotavam todas as estradas. Todas as aldeolas e cada vilarejo estavam cobertos de uma poeira fina e, ao longo das tranqüilas noites de primavera, em toda a Inglaterra meridional ressoavam os guinchos abafados dos caminhões, os roncos e estalos das lagartas dos tanques e as vozes inconfundíveis dos americanos, que pareciam fazer todos a mesma pergunta: "A que distância fica esse maldito lugar?"

Quase da noite para o dia, surgiam cidades de tendas Nissen, misturadas a tendas de campanha feitas de lona comum por toda a zona costeira, à medida que os regimentos começavam a se instalar perto das áreas de embarque. Os homens dormiam em armações de três ou quatro beliches. Para chegar aos chuveiros e latrinas, era em geral necessário atravessar vários campos e ainda se precisava entrar em longas filas. As linhas para pegar o rancho chegavam a quatrocentos metros de comprimento.

Havia tantos soldados que os serviços de intendência precisaram de 54 mil homens, 4.500 deles cozinheiros recém-treinados, somente para atender às instalações destinadas aos americanos. Durante a última semana de maio, os suprimentos e soldados começaram a ser empilhados nos cargueiros e embarcados nos navios de transporte de tropas. Enfim chegara a hora.

As estatísticas desafiavam a imaginação: a força parecia invencível. Agora, transformada em uma grande arma, a juventude e os recursos do mundo livre esperavam pela decisão de um único homem: Eisenhower.

Durante a maior parte do dia 4 de junho, Eisenhower permaneceu sozinho em seu reboque. Tanto ele como seus comandantes haviam feito tudo o quanto estava a seu alcance para garantir que a invasão tivesse todas as chances possíveis de sucesso, mediante o mais baixo custo de vidas humanas. Mas agora, depois de todos os longos meses de planejamento militar e político, a operação Overlord jazia à mercê dos elementos. Eisenhower estava inerme: tudo que ele podia fazer era esperar e desejar que o tempo melhorasse. Entretanto, não importando o que acontecesse, ele seria forçado a tomar sua momentosa decisão no final desse dia – ou prosseguir, ou adiar o assalto mais uma vez. De qualquer modo, o sucesso ou fracasso da operação Overlord dependeria da decisão que tomasse. E ninguém poderia tomá-la em seu lugar. A responsabilidade seria sua e somente sua.

Eisenhower enfrentava um dilema pavoroso. A 17 de maio, ele decidira que o Dia D teria de ser um entre três dias de junho – cinco, seis ou sete. Os estudos meteorológicos tinham demonstrado que dois dos requisitos climáticos vitais para a invasão só podiam ser esperados na costa da Normandia durante esses dias: o nascer tardio da lua e, logo depois da aurora, a maré baixa.

Os pára-quedistas e a infantaria aerotransportada por planadores, responsáveis pelo lançamento do ataque, cerca de dezoito mil homens da 82ª e da 101ª divisões estadunidenses e da 6ª Divisão britânica, precisavam do luar. Mas seu ataque de surpresa dependia da escuridão até a hora em que eles estivessem sobre as zonas de lançamento. Assim, um horário tardio para o nascimento da lua era uma demanda crítica.

Os desembarques vindos do mar tinham de ser realizados quando a maré estivesse baixa o bastante para expor os obstáculos que Rommel mandara espalhar ao longo das praias. O horário completo da invasão dependeria portanto da maré. E para complicar mais ainda os cálculos meteorológicos, as tropas de apoio que desembarcariam muito mais tarde, porém nesse mesmo dia, também precisavam de maré baixa – e essa maré tinha de chegar antes que caísse novamente a escuridão.

Esses dois fatores críticos, a luz da lua e o fluxo das marés, acorrentavam Eisenhower. Somente o problema da maré reduzira o número de dias praticáveis para o ataque a seis por mês, três dos quais caíam no período da lua nova e, portanto, não teriam luar.

Mas isso não era tudo. Havia muito mais considerações a serem levadas em conta. Primeiro, todas as armas necessitariam longas horas de luz diurna e boa visibilidade – para identificar devidamente as praias, para as forças de bombardeiro naval e aéreo localizarem seus alvos, para reduzir o perigo de colisão quando cinco mil navios começassem a manobrar quase lado a lado na Baía do Sena. Em segundo lugar, era preciso que o mar estivesse calmo. Além dos danos que um mar bravo poderia causar sobre a frota, o enjôo marinho poderia inutilizar grande número de soldados, muito antes que eles sequer pusessem os pés nas praias. Em terceiro lugar, precisavam de ventos baixos, que soprassem em direção ao interior, a fim de manter as praias livres de fumaça e impedir que os alvos fossem disfarçados. E, finalmente, os Aliados precisavam de mais três dias tranqüilos depois do

Dia D, para facilitar o aumento rápido de tropas e a acumulação de suprimentos.

Ninguém no quartel-general supremo esperava condições perfeitas no Dia D, muito menos Eisenhower. Ele tinha adquirido bastante prática, através de conferências incontáveis com seu pessoal da meteorologia, em reconhecer e sopesar todos os fatores que lhe dariam as condições mínimas aceitáveis para o ataque. Contudo, se fosse crer em seus meteorologistas, havia a possibilidade de mais ou menos dez contra um de que a Normandia pudesse ter, em qualquer dia desse mês de junho, condições climáticas capazes de satisfazer até mesmo os requisitos mínimos. Nesse domingo tempestuoso, enquanto Eisenhower, sozinho em sua casa-reboque, considerava cada possibilidade, essas proporções contrárias pareciam se haver tornado astronômicas.

Dentre os três dias possíveis para a invasão, ele havia escolhido 5 de junho a fim de que, caso houvesse a necessidade de um adiamento, ele pudesse lançar o assalto no dia 6. Porém, se ele ordenasse o desembarque para o dia 6 e depois tivesse de cancelá-lo, o problema de reabastecer de combustível o comboio inteiro poderia impedir totalmente um ataque no dia 7. Havia então duas alternativas: inicialmente, ele poderia postergar o Dia D até o próximo período em que as marés fossem favoráveis, isto é, 19 de junho; mas se ele o fizesse, os exércitos aerotransportados seriam forçados a saltar na escuridão – 19 de junho não teria luar. A outra alternativa era esperar até julho, mas uma protelação tão longa, como ele próprio recordou mais tarde, "era uma coisa amarga demais para ser considerada".

Tão assustadora era a idéia de um longo adiamento, que muitos dos comandantes mais cautelosos de Eisenhower estavam até mesmo predispostos a se arriscar em um ataque nos dias 8 ou 9 de junho. Eles simplesmente não viam qualquer meio de fazer com que duzentos mil homens, a maioria dos quais já com suas instruções de combate, fossem mantidos encerrados em seus navios durante semanas ou isolados nas áreas de embarque e nos aeroportos, sem que transpirasse o segredo da invasão. Mesmo que a segurança permanecesse intacta durante todo esse período, certamente as naves de reconhecimento da *Luftwaffe* avistariam a imensa massa de navios (se é que já não a tinham localizado) ou então os agentes da espionagem alemã descobririam o plano de uma maneira ou de outra. Todos consideravam que a possibilidade de um longo adiamento era cheia de perigos. Mas era o próprio Eisenhower que teria de tomar a decisão.

Enquanto a luz da tarde se ia enfraquecendo progressivamente, o comandante supremo ocasionalmente chegava até a porta de seu reboque e olhava através das copas das árvores agitadas pelo vento para o cobertor de nuvens que recobria o céu. Em outras ocasiões, ele teria caminhado sem descanso, indo e vindo pelo terreno próximo ao reboque, enquanto fumava sem parar, chutando as cinzas e baganas espalhadas ao longo do caminho estreito – uma figura alta, com os ombros levemente encurvados, as mãos enfiadas no fundo dos bolsos das calças.

Nesses passeios solitários, Eisenhower raramente parecia perceber a presença de qualquer outra pessoa, porém nessa tarde ele localizou um dos quatro correspondentes das empresas jornalísticas que receberam permissão para visitar seu QG avançado – Merrill "Red" Mueller, da NBC.

– Vamos dar um passeio, "Ruivo" – disse Ike, abruptamente e, sem esperar por Mueller, começou a caminhar depressa, as mãos enfiadas nos bolsos, com seu passo vigoroso de costume. O correspondente de guerra marchou rapidamente, até alcançá-lo, quando ele já desaparecia no bosque próximo.

Foi uma caminhada estranha e silenciosa. Eisenhower praticamente não dava uma palavra. "Ike parecia completamente absorto em seus próprios pensamentos, totalmente imerso em todos os seus problemas", recorda Mueller. "Era quase como se ele tivesse esquecido de que eu estava andando a seu lado." Havia muitas perguntas que Mueller desejava dirigir ao Comandante Supremo, mas se absteve; sentiu que seria uma intrusão.

Quando retornaram ao acampamento e Eisenhower despediu-se, o correspondente de guerra ficou a observá-lo, enquanto subia a escadinha de alumínio que levava à porta do reboque. Nesse momento, Mueller teve a impressão de que Ike "estava curvado pelas preocupações... como se cada uma das quatro estrelas em seus ombros pesasse uma tonelada".

Um pouco antes das nove e meia dessa noite, os comandantes mais graduados de Eisenhower e seus respectivos chefes de estado-maior reuniram-se na biblioteca de Southwick House. Era uma sala ampla, mas aconchegante, com uma mesa grande, recoberta por uma toalha verde de pano de baeta, diversas poltronas confortáveis e dois sofás. Estantes de livros em carvalho escuro recobriam três das paredes, mas poucos livros restavam nas prateleiras e a sala tinha um aspecto despojado. Cortinas duplas e pesadas de blecaute recobriam as janelas e, nessa noite, amorteciam o tamborilar da chuva e o som intermitente e abafado das lufadas de vento.

Distribuídos em pequenos grupos pela sala, os oficiais conversavam baixinho. Perto da lareira, o chefe do estado-maior de Eisenhower, general-de-divisão Walter Bedell Smith, conversava com o vice-comandante supremo, Marechal-do-Ar Tedder[32], que fumava seu indefectível cachimbo. Sentado em uma poltrona lateral, estava o fogoso comandante naval aliado, o almirante Ramsay, e junto

---

32. Arthur William Tedder (1890-1967), marechal da Força Aérea Real, agraciado após a guerra como "primeiro Barão Tedder" (o que significava que o título poderia ser transmitido a seus descendentes). (N. do T.)

a ele o comandante da força aérea aliada, marechal-do-ar Leigh-Mallory. Somente um dos oficiais graduados estava vestido informalmente, segundo recorda o general Smith. O vigoroso e volátil Montgomery, que seria o comandante encarregado diretamente do assalto do Dia D, usava, como de costume, calças esporte de veludo cotelê e um suéter de gola alta dobrada no pescoço[33]. Esses eram os homens que executariam as ordens quando Eisenhower desse permissão para iniciar o ataque. Nesse momento, eles e seus respectivos chefes de estado-maior – havia doze oficiais de alta patente na sala – aguardavam a chegada do comandante supremo e a conferência decisiva que começaria às nove e trinta. Então seriam informados das últimas previsões da meteorologia.

Exatamente às nove e meia, a porta se abriu e Eisenhower entrou a passos largos, muito elegante em seu uniforme de batalha verde-escuro. Havia somente uma leve centelha do conhecido sorriso de Eisenhower enquanto ele saudava seus amigos, mas a máscara de preocupação rapidamente retornou a seu rosto no momento em que ele iniciou a reunião. Não havia necessidade de preâmbulos, todos conheciam perfeitamente a seriedade da decisão que deveria ser tomada. Assim, quase imediatamente os três meteorologistas mais graduados da operação Overlord, liderados por seu comandante, capitão-de-esquadrilha da Força Aérea Real J. N. Stagg, ingressaram na sala.

Houve um silêncio expectante quando Stagg iniciou o relatório. Rapidamente, ele esboçou o quadro climático das vinte e quatro horas anteriores e, então, falou tranqüilamente:

– Cavalheiros... ocorreram alguns desenvolvimentos rápidos e inesperados na situação meteorológica...

---

33. Bernard Law Montgomery (1887-1976), marechal-de-campo britânico, vencedor de Rommel na África do Norte, depois recompensado com o título de "primeiro Visconde Montgomery of Alamein." (N. do T.)

Todos os olhos se fixaram em Stagg, enquanto ele mostrava um pequeno raio de esperança ao rosto ansioso de Eisenhower e a seus comandantes.

Uma nova frente climática havia sido identificada, segundo ele, movendo-se sobre o Canal da Mancha dentro das próximas horas e provocando uma melhora gradual das condições meteorológicas sobre as áreas de assalto. Esse relativo melhoramento de condições se conservaria ao longo do dia seguinte e continuaria até a manhã de 6 de junho. Depois disso, o tempo começaria a se deteriorar novamente. Durante esse período prometido de tempo bom, os ventos diminuiriam bastante de intensidade e a nebulosidade agora existente no céu se dissiparia – pelo menos, o suficiente para que os bombardeiros pudessem operar na noite do dia cinco e ao longo da manhã do dia seis. Ao redor do meio-dia, a camada de nuvens se tornaria novamente espessa e os céus ficariam de novo encobertos. Em resumo, o que estava sendo informado a Eisenhower era que haveria um período em que as condições climáticas seriam quase toleráveis, embora muito abaixo do mínimo necessário, o qual duraria um tempo apenas um pouco superior a vinte e quatro horas.

No momento em que Stagg completou sua previsão, ele e os outros dois mctcorologistas foram submetidos a uma verdadeira barragem de perguntas. Todos eles tinham confiança na acurácia de seus relatórios? Poderiam as previsões estar erradas – eles haviam comparado seus boletins com todas as fontes disponíveis? Haveria qualquer possibilidade de que o tempo continuasse a melhorar durante os poucos dias que se seguiriam imediatamente ao dia seis?

Para os meteorologistas, algumas dessas perguntas eram totalmente impossíveis de responder. Seu relatório tinha sido verificado e conferido novamente antes da apresentação e sentiam-se otimistas o suficiente para garantir a previsão, mas sempre haveria uma possibilidade de que os caprichos do tempo os contradissessem. Responderam da melhor forma possível e então se retiraram.

Durante os próximos quinze minutos, Eisenhower deliberou com seus comandantes. A urgência de uma tomada de decisão foi salientada pelo almirante Ramsay. A força-tarefa americana para as praias Omaha e Utah, sob o comando do contra-almirante A. G. Kirk, teria de receber a ordem dentro de, no máximo, meia hora, caso Overlord devesse ser executada na terça-feira. A preocupação de Ramsay era provocada pelo problema do reabastecimento de combustível; se essas forças se lançassem ao mar mais tarde e fossem depois chamadas de volta, seria impossível deixá-las prontas de novo para um possível ataque na quarta-feira, dia 7 de junho.

Eisenhower consultou seus comandantes um após o outro. O general Smith achava que o ataque deveria ser realizado no dia seis – era uma aposta, mas o jogo era favorável. Tanto Tedder como Leigh-Mallory tinham medo de que mesmo a cobertura diluída de nuvens se demonstrasse excessiva para uma operação eficaz das forças aéreas conjuntas. Isso poderia significar que o assalto da infantaria seria realizado sem apoio aéreo adequado. Eles achavam que seria "arriscado". Montgomery insistiu na mesma posição que tinha assumido na noite anterior, quando o Dia D marcado para 5 de junho fora adiado.

– Eu diria: "Vamos!" – declarou.

Agora, tudo dependia de Ike. Tinha chegado o momento em que somente ele poderia tomar uma decisão. Houve um longo silêncio, enquanto Eisenhower sopesava todas as possibilidades. O general Smith, que o observava, disse ter ficado impressionado com "o isolamento e solidão" do comandante supremo, sentado com as mãos cruzadas sobre o tampo da mesa, em que depositava fixamente o olhar. Os minutos tiquetaquearam; alguns disseram que dois minutos transcorreram, outros que se passaram cinco ou até mais. Então Eisenhower ergueu o rosto tenso e anunciou sua decisão. Lentamente, ele disse:

– Estou inteiramente convencido de que devemos emitir a ordem... Eu não estou gostando, mas a situação é esta... Não sei que outra coisa poderíamos fazer.

Eisenhower ergueu-se. Parecia cansado, mas parte da ansiedade abandonara sua face. Seis horas mais tarde, em uma breve reunião para rever o relatório meteorológico, ele manteve sua decisão e reconfirmou-a – a segunda-feira, 6 de junho, seria o Dia D.

Eisenhower e seus comandantes saíram da sala, apressando-se agora para pôr em movimento o grande assalto. Atrás deles, na biblioteca silenciosa, uma bruma de fumaça azul permanecia sobre a mesa da conferência, o fogo se refletia no assoalho encerado e, sobre o peitoral da lareira, os ponteiros de um relógio marcavam nove horas e quarenta e cinco minutos.

## 11

Mais ou menos às dez horas da noite, o praça Arthur B. "Dutch" Schultz, da 82ª Divisão Aerotransportada, decidiu sair do jogo de dados: talvez ele nunca mais tivesse tanto dinheiro na mão. O jogo vinha sendo realizado desde o anúncio de que o assalto aerotransportado tinha sido adiado por pelo menos vinte e quatro horas. Começou atrás de uma tenda, depois foi continuado sob a proteção da asa de um avião e agora a sessão prosseguia no maior entusiasmo dentro do hangar, convertido em um imenso dormitório. Mesmo aqui, o jogo viajara um pouco, movendo-se para frente e para trás ao longo dos corredores estreitos criados pelas filas de beliches duplos. Dutch (Holandês) tinha sido um dos grandes vencedores.

Ele nem sabia quanto tinha ganho. Mas calculava que o maço de dólares amassados, cédulas inglesas e as recém-impressas notas francesas verde-azuladas, especialmente gravadas para valer após a invasão, que ele mantinha firme na mão fechada, correspondia a mais de dois mil e quinhentos dólares. Isso era mais dinheiro do que ele sequer havia visto em todos os seus vinte e um anos.

Física e espiritualmente, ele fizera tudo quanto estava a seu alcance a fim de preparar-se para o grande salto. Nessa manhã, haviam sido realizados ofícios religiosos no aeroporto para todas as denominações, e Dutch, que era católico, sabia exatamente o que fazer com o dinheiro que havia ganho. Mentalmente, ele calculou a distribuição. Deixaria mil dólares na Tesouraria do Serviço de Intendência; poderia usar esse dinheiro quando voltasse à Inglaterra e estivesse de licença. Outros mil dólares ele pretendia enviar a São Francisco, onde morava sua mãe, e pedir-lhe que guardasse o dinheiro para quando ele precisasse. Mas também queria que ela aceitasse os outros quinhentos como presente – ela poderia comprar uma porção de coisas. Para o restante, ele tinha um propósito muito especial – pretendia "queimar" tudo quando sua unidade, a 505ª, chegasse em Paris.

O jovem pára-quedista sentia-se bem; tinha tomado todas as providências necessárias – ou não tinha? Por que aquele incidente da manhã continuava dando voltas em sua cabeça e o deixava nervoso a cada vez que se lembrava?

Na chamada do correio dessa manhã, ele tinha recebido uma carta de sua mãe. Quando rasgara o envelope, um rosário escorregara de dentro e caíra sobre seus pés. Rapidamente, para que a turma de gozadores à sua volta não percebesse, ele agarrou o fio de contas e o enfiou dentro de uma bolsa do quartel que ele pretendia deixar no alojamento.

Agora, a lembrança das contas do rosário subitamente despertou em sua mente uma pergunta que ele não se fizera até então: mas que coisa era essa, jogar a dinheiro em uma ocasião dessas? Olhou para as notas dobradas e amassadas que apareciam entre seus dedos – mais dinheiro do que ele podia ganhar em um ano. Nesse momento, o praça "Dutch" Schultz *soube* que, se ele embolsasse essa grana, seria morto no outro dia, sem sombra de dúvida. Dutch decidiu não correr o risco.

– Abram lugar – disse ele. – Me deixem voltar ao jogo.

Deu uma espiada em seu relógio de pulso e imaginou quanto tempo ia levar para perder dois mil e quinhentos dólares.

Schultz não era o único a agir estranhamente nessa noite. Ninguém, desde os recrutas até os generais, estava ansioso para desafiar o destino. Perto de Newbury, no QG da 101ª Divisão Aerotransportada, o comandante, general-de-divisão Maxwell D. Taylor, estava dirigindo uma sessão longa e informal com seus oficiais graduados. Havia mais ou menos meia dúzia de homens na sala e um deles, o general-de-Brigada Don Pratt, vice-comandante da divisão, sentava-se em uma cama lateral. Enquanto conversavam, chegou outro oficial. Tirando a cobertura, jogou-a sobre a cama. O general Pratt levantou-se de um salto, jogou o quépi no chão e gritou:

– Meu Deus, mas isso dá um tremendo azar!

Todos caíram na gargalhada, mas Pratt não se sentou de novo na cama. Ele havia pedido permissão para liderar as forças transportadas por planadores da 101ª que deveriam descer na Normandia.

À medida que a noite avançava, as forças de invasão espalhadas por toda a Inglaterra continuavam a esperar. Preparados por meses de treinamento, estavam prontos para partir e o adiamento deixara todo mundo nervoso. Já haviam passado dezoito horas desde a suspensão do ataque e cada hora sugara um pouco da paciência e prontidão das tropas. Eles não sabiam que faltavam no máximo vinte e seis horas para o Dia D; ainda era cedo demais para que a notícia se filtrasse até as graduações inferiores. Assim, nessa tempestuosa noite dominical, os homens esperavam, cheios de solidão, ansiedade e um secreto medo de que alguma coisa, qualquer coisa, acontecesse.

Eles faziam precisamente o que todo mundo espera que as pessoas façam nessas circunstâncias: pensavam em suas famílias, suas esposas, seus filhos e suas namoradas. E todos falavam sobre o combate que os aguardava. Como seria realmente a situação nas praias? Os desembarques seriam realmente tão difíceis como todo mundo parecia achar? Ninguém conseguia visualizar o Dia D, mas cada homem se preparava para ele à sua própria maneira.

Sobre o mar da Irlanda, escuro e varrido pelas ondas, a bordo do destróier U.S.S. *Herndon,* o tenente Bartow Farr, Jr.[34] tentava concentrar-se em um jogo de *bridge.* Era difícil: havia uma porção de indicações inquietantes a seu redor que lhe tiravam o entusiasmo, demonstrando claramente que essa não era simplesmente mais uma reunião social noturna. Coladas às paredes do salão dos oficiais, com fita adesiva de papel crepe, havia grandes fotografias de reconhecimento aéreo, mostrando a localização das baterias de canhões alemãs, que haviam sido instaladas em posições acima das praias da Normandia. Essas baterias eram os alvos do *Herndon*

---

34. Bartow Farr Jr era chamado "Tenente J. G.", isto é, *Junior Guardsman,* expressão usada para designar aquele que, egresso da Academia Naval, ainda não recebeu a patente de segundo-tenente, mas já exerce as funções. (N. do T.)

no Dia D. Sempre ocorria a Farr que o próprio *Herndon* seria o alvo delas.

Até certo ponto, Farr tinha certeza de que sobreviveria ao Dia D. Seus colegas e ele brincavam o tempo todo sobre quem conseguiria ou não "atravessar". No porto de Belfast, a tripulação do *Corry*, a embarcação que fora designada para trabalhar em colaboração com a sua, estava apostando dez contara um como o *Herndon* não retornaria. Em retaliação, a tripulação do *Herndon* espalhou o boato de que, no momento em que a frota de invasão levantasse âncora, o *Corry* se deixaria ficar para trás, de tão baixa que era a moral a bordo.

O tenente Farr tinha plena confiança de que o *Herndon* voltaria em segurança e de que ele próprio retornaria são e salvo junto com o destróier. Mesmo assim, ele estava satisfeito por ter escrito uma longa carta a seu filho, que ainda não nascera. Nunca passara pela cabeça de Farr que sua esposa, Anne, que morava em Nova York, poderia em vez disso dar à luz uma menina. (Isso não ocorreu. Em novembro, os Farrs ganharam um menino.)

Em uma área de preparação para o embarque, perto de Newhaven, o cabo Reginald Dale, da 3ª Divisão do Exército britânico, sentava-se em seu beliche, preocupado com sua esposa Hilda. Eles estavam casados desde 1940 e, desde então, estavam ansiosos pela chegada de um nenê. Em sua última licença, apenas alguns dias antes, Hilda tinha anunciado que estava grávida. Dale ficou furioso: ele já percebera que a invasão estava próxima e que faria parte dela.

– Mas que inferno de ocasião você escolheu, hein? – dissera grosseiramente.

Com os olhos da mente, ele via de novo um rápido lampejo de mágoa que subira aos olhos dela e se repreendeu mais uma vez por haver pronunciado aquelas palavras apressadas.

Só que agora era tarde demais. Não podia nem ao menos telefonar para ela. Deitou-se em seu beliche e, como milhares de outros nas diversas áreas de concentração de tropas britânicas, tentou forçar-se a dormir.

Alguns homens mais frios e controlados dormiam profundamente. Na área de embarque da 50ª Divisão britânica, um desses homens era o sargento-mor da Companhia, o subtenente Stanley Hollis. Há muito tempo ele aprendera a dormir sempre que pudesse. O próximo ataque não deixava Hollis muito preocupado. Fazia uma boa idéia do que podia esperar. Tinha sido evacuado de Dunquerque, lutara com o 8º Exército na África do Norte e tinha desembarcado nas praias da Sicília, por ocasião da invasão da ilha. Entre os milhões de militares que se espalhavam pela Bretanha nessa noite, Hollis era uma raridade. Ele estava ansioso pelo começo da invasão: queria voltar à França para matar mais alguns alemães.

Para Hollis, essa era uma questão pessoal. Na época de Dunquerque, ele pertencia ao Corpo de Mensageiros e, na cidade de Lille, durante a retirada, tinha deparado com uma visão que jamais esquecera. Isolado acidentalmente de sua unidade, Hollis tinha dobrado a esquina errada em uma parte da cidade pela qual os alemães aparentemente haviam acabado de passar. Encontrou-se em um beco sem saída, cheio de cadáveres ainda quentes de mais de cem franceses, homens, mulheres e crianças. Tinham sido metralhados. Cravadas nas paredes atrás dos corpos e recobrindo o solo havia centenas de balas usadas. A partir desse momento, Stan Hollis se transformara em um excelente caçador do inimigo. Sua contagem de inimigos abatidos era agora superior a noventa. Ao final do Dia D, ele marcaria um entalhe na coronha de sua submetralhadora portátil Sten, para registrar sua centésima-segunda vitória.

Também havia outros que estavam ansiosos para pôr os pés na França. A espera parecia interminável para o Comandante Philippe Kieffer e seus 171 comandos franceses enrijecidos pelo treinamento. Com a exceção dos poucos amigos que tinham feito na Inglaterra, não havia ninguém de quem pudessem despedir-se – suas famílias tinham ficado na França.

Em seu acampamento próximo à embocadura do rio Hamble, passavam o tempo verificando o funcionamento de suas armas e estudando o modelo de espuma de borracha moldada que mostrava o terreno da praia Sword e seus alvos na aldeia de Ouistreham. Um dos comandos, o Conde Guy de Montlaur, que estava extremamente orgulhoso por ter sido promovido a sargento, ficou satisfeitíssimo em saber essa noite que houvera uma pequena mudança de planos: seu esquadrão iniciaria o ataque, investindo contra o cassino do balneário, que se acreditava agora ser um posto de comando alemão fortemente defendido.

– Será um prazer – disse ele ao Comandante Kieffer. – Já perdi várias fortunas nesse lugar.

A uma distância de uns 240 quilômetros, na área de concentração da 4ª Divisão de Infantaria dos Estados Unidos, perto de Plymouth, o sargento Harry Brown terminou seu plantão e encontrou uma carta à sua espera. Muitas vezes, ele tinha visto esse tipo de coisa ocorrendo em filmes de guerra, mas nunca pensara que poderia acontecer com ele. A carta continha a propaganda de uma companhia chamada Adler Elevator Shoes (Sapatos Adler para aumentar a estatura). O anúncio deixou o sargento particularmente aborrecido. Por alguma estranha coincidência, todos os membros de seu pelotão eram tão baixos que eram chamados "os anões de Brown". O próprio sargento era o mais alto – e não chegava exatamente a um metro e sessenta e sete.

Enquanto ele tentava adivinhar quem enviara seu nome para a Cia. Adler, um de seus comandantes de grupamento apareceu. O cabo John Gwiadosky tinha decidido pagar um empréstimo. O sargento Brown não cabia em si de espanto, enquanto Gwiadosky solenemente lhe entregava o dinheiro.

– Nem pense que há alguma coisa errada – explicou Gwiadosky. – Eu só não quero que você se meta a correr atrás de mim por todo o inferno, tentando me cobrar.

Do outro lado da baía, no transporte de tropas *New Amsterdam,* ancorado perto de Weymouth, o segundo-tenente George Kerchner, do 2º Batalhão de *Rangers* (Tropas de Choque), estava ocupado com uma tarefa de rotina. Estava censurando a correspondência de seu pelotão. Nessa noite, as cartas eram particularmente numerosas: parecia que todo mundo havia decidido escrever longas cartas para casa. O 2º e o 5º Batalhões de Tropas de Choque tinham recebido uma das missões mais duras do Dia D. Tinham de escalar rochedos quase verticais de trinta metros de altura, em um lugar chamado Pointe-du-Hoc, e silenciar uma bateria de seis canhões de longo alcance – canhões tão poderosos que podiam atingir qualquer ponto da Praia Omaha ou a área por onde passariam os transportes de tropas que se dirigiriam à Praia Utah. Os *Rangers* teriam apenas trinta minutos para cumprir a missão.

Esperavam-se pesadas baixas – alguns estimavam que essas poderiam chegar a sessenta por cento –, a não ser que o bombardeio aéreo e naval pudesse fazer saltar os canhões antes que os batalhões chegassem ao local. Mesmo nesse caso, ninguém esperava que o ataque fosse uma "canja". Isto é, ninguém, menos o Primeiro-Sargento Larry Johnson, um dos líderes de destacamento de Kerchner.

O tenente ficou perplexo ao ler a carta de Johnson. Embora nenhuma das cartas devesse ser mesmo enviada antes do Dia D – seja lá quando fosse –, esta carta nem sequer poderia ser postalizada através dos canais normais. Kerchner mandou chamar Johnson e, quando o sargento chegou, devolveu-lhe a carta.

– Larry – disse Kerchner secamente –, é melhor que você mesmo ponha essa carta no correio... depois que estiver na França.

Johnson escrevera a carta a uma garota, pedindo para marcar um encontro com ela, no princípio de junho. Ela morava em Paris.

Enquanto o sargento saía da cabana, o tenente subitamente percebeu que, enquanto existissem otimistas como Johnson, nada seria impossível.

Quase todos os homens destacados para as forças de invasão escreveram uma carta para alguém durante as longas horas de espera. Tinham estado presos nos acampamentos por muito tempo e as cartas pareciam dar-lhes uma espécie de alívio emocional. Muitos deles registraram seus pensamentos e idéias de uma forma que os homens raramente fazem.

O capitão John F. Dulligan, da 1ª Divisão de Infantaria, escalada para desembarcar na Praia Omaha, escreveu a sua esposa: "Eu amo esses homens. Eles dormem por todo o navio, nos tombadilhos, dentro, em cima e embaixo dos veículos. Eles fumam, jogam cartas, lutam uns com os outros e passam fazendo brincadeiras grosseiras. Eles se reúnem em grupos para conversar, quase sempre sobre garotas, sobre suas casas e sobre suas experiências (com ou sem garotas)... São bons soldados, os melhores do mundo... Antes da invasão da África do Norte, eu fiquei nervoso e um pouco assustado. Durante a invasão da Sicília, eu estive tão ocupado, que até me esqueci de ter medo enquanto executava minhas tarefas... Dessa vez, nós vamos atingir uma praia da França e, a partir de lá, só Deus sabe a resposta. Quero que saibas que te amo com todo o meu coração... Rogo a Deus que se digne poupar-me, para que eu possa voltar para ti, para Ann e para Pat".

Os homens embarcados nas pesadas embarcações navais ou nos grandes transportes de tropas, nos campos de pouso ou acampados nas áreas de embarque, eram os que tinham mais sorte. Seus movimentos eram restritos, viviam apinhados, mas estavam secos, aquecidos e com boa saúde. A história era muito diferente com relação às tropas que se amontoavam nos lanchões de desembarque de fundo chato, balançando quase a ponto de arrancar os cabos das âncoras, ao largo de quase todos os portos do sul da Inglaterra. Alguns desses homens estavam embarcados nessas unidades de transporte de tropas há mais de uma semana. Os barcos estavam superlotados e imundos, os homens sentiam um desconforto indescritível. Para eles, a batalha começou muito antes que tivessem partido da Inglaterra. Era uma batalha contra uma náusea e enjôo contínuos. A maior parte dos sobreviventes ainda recorda que as barcaças fediam a três coisas: óleo diesel, vômito e latrinas viradas.

As condições, naturalmente, variavam de embarcação para embarcação. No LCT[35] 777, o Sinalizador de Terceira Classe George Hackett Jr. sentia um espanto tremendo ao ver ondas tão altas, que se esbatiam contra uma das pontas do lanchão oscilante, passando sobre toda a sua extensão e iam sair no outro extremo. A LCT 6, um lanchão de desembarque britânico, estava tão superlotada que o tenente-Coronel Clarence Hupfer, da 4ª Divisão americana, achava que a embarcação ia afundar. A água lambia as amuradas e, de vez em quando, se derramava dentro do barco. A cozinha foi inundada e as tropas tiveram de se alimentar com comida fria – pelos menos, os soldados que ainda tinham condições de comer.

A LST 97, conforme recorda o sargento Keith Bryan, da 5ª Brigada Especial de Engenharia, estava tão apinhada que os homens caminhavam uns por cima dos outros e jogava tanto que os militares que, por sorte, tinham

35. Abreviatura de *Landing Craft Transport,* ou "transporte de veículos de desembarque". (N. do T.)

conseguido beliches, tinham dificuldade de se manter em cima deles. E, para o sargento Morris Magee, da 3ª Divisão canadense, o balanço de sua embarcação "era pior que estar dentro de um bote a remo, no centro do lago Champlain". Ele ficou tão enjoado que não conseguia vomitar mais.

Porém os militares que mais sofreram durante o período de espera foram os homens embarcados nos comboios que tinham sido chamados de volta. Durante todo o dia, eles tinham sido agitados pela tempestade através do Canal. Agora, ensopados e exaustos, apoiavam-se em filas tristes contra as amuradas, enquanto os últimos barcos atrasados dos comboios se arrastavam para lançar âncoras. Às onze da noite, todos os navios haviam retornado.

Ao largo do porto de Plymouth, o tenente Hoffman, comandante do *Corry,* estava de pé em sua ponte de comando, contemplando as longas linhas de sombras escuras dos navios da armada de desembarque de luzes apagadas por causa de blecaute, formadas por naves de todos os tamanhos e descrições possíveis. Estava frio. O vento ainda soprava forte e ele podia escutar enquanto os barcos de pequeno calado se erguiam e esbatiam novamente contra a água, enquanto balançavam nas depressões formadas pela passagem de cada onda.

Hoffman sentia-se exausto. Recém haviam retornado ao porto, só para ficar sabendo, pela primeira vez, qual fora a razão do adiamento. E, logo em seguida, receberam ordens para ficar novamente em prontidão.

Abaixo do tombadilho, as notícias se espalharam rapidamente. Bennie Glisson, o radioperador, ficou sabendo quando se preparava para assumir o plantão. Caminhou até o refeitório e, quando chegou lá, encontrou mais de uma dúzia de homens jantando – o cardápio daquele dia era peru com todos os acompanhamentos. Todo mundo parecia estar deprimido.

– Ei, caras – disse ele –, vocês parecem que estão fazendo sua última refeição...

Bennie estava quase certo. Pelo menos metade dos presentes afundaria com o *Corry* pouco depois da Hora H do Dia D.

Perto dali, na LCI 408, o moral também estava muito baixo. A tripulação da Guarda Costeira estava convencida que a missão cancelada tinha sido apenas mais um treinamento. O praça William Joseph Phillips, da 29ª Divisão de Infantaria, tentou alegrar seus camaradas.

– Esta unidade – predisse solenemente – jamais entrará em combate. Estamos na Inglaterra há tanto tempo que nossa missão só vai começar depois do fim da guerra. Eles vão nos mandar limpar a merda dos azulões que deixou brancos os recifes de Dover...

À meia-noite, os cúteres da Guarda-Costeira e os destróieres da Marinha iniciaram a imensa tarefa de reunir e ordenar novamente os comboios. Dessa vez, não haveria retorno.

AO LARGO DA COSTA DA FRANÇA, o submarino de bolso X-23 lentamente subiu à superfície. Era uma hora da madrugada de 5 de junho. O tenente George Honour rapidamente abriu os engates da escotilha. Subindo à pequena torreta de observação, Honour e outro tripulante ergueram as antenas. Abaixo, o tenente James Hodges sintonizou o dial do rádio para 1.850 quilociclos e firmou os dois fones contra os ouvidos com as palmas das mãos, a fim de abafar os sons de fora. Não precisou esperar muito. Logo apanhou seu sinal de chamada, mesmo que a transmissão estivesse quase inaudível: PADFOOT... PADFOOT... PADFOOT[36]. Quando escutou a mensagem

---

36. O codinome do submarino pode ser traduzido-se por "sorrateiro", "pisa-leve", ou, mais literalmente, "pé acolchoado". (N. do T.)

de uma única palavra que veio logo a seguir, ergueu os olhos sem conseguir acreditar. Apertando as mãos mais firmemente contra os fones de ouvido, escutou de novo. Mas não fora um erro. Comunicou aos outros. Ninguém disse uma palavra. Apenas olharam melancolicamente uns para os outros: tinham de esperar mais um dia inteiro sob a água.

## 12

À primeira luz da manhã, as praias da Normandia estavam amortalhadas em brumas. A chuva esparsa do dia anterior se transformara em um chuvisco constante, que deixava tudo empapado. Além das praias estendiam-se os antigos campos de cultivo divididos irregularmente, sobre os quais incontáveis batalhas tinham sido travadas e incontáveis novas batalhas seriam travadas no futuro.

Durante quatro anos, o povo da Normandia convivera com os alemães. Esssa servidão tivera diferentes significados para os diferentes normandos. Nas três cidades principais – Le Havre e Cherbourg, os portos que delimitavam a área a leste e oeste, e entre ela (tanto geograficamente como em tamanho) Caen, que ficava uns quinze quilômetros terra adentro –, a ocupação era um fato da vida violento e constante. Aqui se localizavam as sedes da Gestapo e da S.S.[37] Aqui, tudo recordava à população que estavam em guerra – durante as noites, reféns eram

37. "GESTAPO" é sigla de *Geheime Staatspolizei,* ou "Polícia Secreta Federal", organização nazista de repressão política, famosa por sua crueldade com os prisioneiros; "S. S." são as iniciais de *Schutzstaffeln,* "escalões de defesa" ou "grupos de proteção" do Partido Nacional-Socialista, que substituíram a "S.A.", *Sturmabteilung,* "divisão de assalto" de Roehm. (N. do T.)

retirados de suas casas, as represálias contra a Resistência não terminavam nunca e os ataques dos bombardeiros aliados chegavam com freqüência, esses últimos saudados pelo povo com uma certa satisfação secreta, apesar de todo o medo que sentiam.

Fora das cidades, particularmente entre Caen e Cherbourg, ficava a terra das pequenas propriedades rurais, separadas entre si por sebes; os campos exíguos eram limitados por longos amontoados de terra e pedras, cada um dos quais recoberto por arbustos espessos e árvores mirradas, que haviam sido usados como fortificações naturais, tanto por defensores como por invasores desde a época dos romanos. Pontilhando os campos, surgiam as construções de madeira das fazendolas, com seus telhados de palha ou de telhas vermelhas, alternando-se aqui e acolá com cidadezinhas e aldeias, com seus muros que recordavam cidadelas em miniatura, quase todas com igrejas quadrangulares ao estilo normando, rodeadas por casas de pedra acinzentada, construídas há séculos. Para a maior parte do mundo, seus nomes eram desconhecidos – Vierville, Colleville, La Madeleine, Ste.-Mère-l'Église, Chef-du-Pont, Ste.-Marie-du-Mont, Arromanches, Luc. Aqui, nos campos escassamente povoados, a ocupação tinha um significado diferente daquele das grandes cidades. Encalhados em uma espécie de remanso pastoral da guerra, os camponeses normandos haviam feito o que estava a seu alcance para se ajustarem à situação. Milhares de homens e mulheres tinham sido arrebanhados nas cidadezinhas e aldeias e transportados para realizar trabalho escravo; aqueles que haviam ficado, eram forçados a labutar parte do tempo em batalhões de trabalhos forçados para as guarnições costeiras. Havia, porém, os camponeses ferozmente independentes, que não moviam um dedo além do que era absolutamente necessário. Viviam de um dia para o outro, odiando os alemães com tenacidade normanda, observando estoicamente enquanto aguardavam pelo dia da libertação.

Na casa de sua mãe, construída sobre uma colina acima da aldeia sonolenta de Vierville, um advogado de trinta e um anos, Michel Hardelay, estava parado junto às janelas da sala, com os binóculos focalizados sobre um soldado alemão, montado em um grande cavalo de tiro requisitado de alguma fazenda, que descia a estrada até a linha marítima. Em cada lado de sua sela, estavam penduradas diversas latas estanhadas de folha-de-flandres. Era uma visão extravagante, quase ridícula: o traseiro maciço do cavalo, as latas pulando contra seus flancos e o capacete em forma de balde do soldado dominando todo o conjunto.

Enquanto Hardelay observava, o soldado cavalgou através da aldeia, passou pela igreja, com sua torre alta e esguia, e seguiu ao longo do muro de concreto que separava da praia a estrada principal. Então, ele desmontou e descarregou todas as latas, menos uma. Subitamente, três ou quatro soldados apareceram misteriosamente de seus esconderijos ao redor dos rochedos e penhascos. Pegaram as latas e sumiram de novo. Transportando a lata restante, o soldado alemão pulou o muro e atravessou o campo até uma grande casa de veraneio, pintada de uma tonalidade castanho-avermelhada e cercada de árvores, que ficava junto ao barranco, logo acima da praia. Então, ajoelhou-se e passou a lata a duas mãos expectantes, que se materializaram subitamente no nível do chão, surgindo do porão do prédio.

Todas as manhãs era a mesma coisa. O alemão nunca se atrasava; ele sempre trazia o café da manhã à mesma hora, pela estradinha que levava a Vierville. Isso assinalava o começo do dia para as guarnições das baterias das casamatas que ficavam junto aos rochedos e dos abrigos subterrâneos camuflados nessa ponta da praia – uma faixa de areia levemente curva e de aspecto pacífico, que, no dia seguinte, seria conhecida no mundo inteiro pelo nome de Praia Omaha.

Michel Hardelay sabia que eram exatamente seis e quinze da manhã.

Tinha assistido ao ritual muitas vezes antes. Sempre parecia a Hardelay um tanto cômico, em parte devido à aparência do soldado, em parte porque ele achava divertido que o conhecimento técnico tão apregoado dos alemães se desfazia no momento em que deveria ser executada uma tarefa tão simples como distribuir o café da manhã entre os soldados de guarda nos campos. Mas o divertimento de Hardelay era mesclado de amargura. Como todos os normandos, ele odiava há muito tempo todos os alemães, por uma questão de princípio; e agora seu ódio se tornara muito mais forte, por razões particulares.

Já fazia alguns meses que Hardelay observava, enquanto os soldados alemães e os batalhões de trabalhos forçados escavavam, perfuravam e abriam túneis por toda a extensão dos penhascos que limitavam a praia do lado da terra e os rochedos que se erguiam em ambas as extremidades, onde a areia terminava. Ele vira quando eles montaram uma treliça de obstáculos sobre a areia e enterraram milhares de minas horrendas e letais. Só que eles não tinham se limitado a isso. Com precisão metódica, eles tinham demolido a bonita fila de cabanas e casas de praia cor-de-rosa, brancas e vermelhas dos veranistas, que se estendiam ao longo das barrancas que levavam até a praia, logo abaixo dos penhascos. De noventa construções, só restavam sete. Elas não tinham sido destruídas somente porque os atiradores precisavam de áreas de disparo livres de obstáculos, mas porque os alemães queriam a madeira para forrar seus abrigos subterrâneos. Das sete casas que restavam, a maior delas – uma casa de pedra habitada durante o ano inteiro – pertencia a Hardelay. Alguns dias antes, ele recebera um comunicado oficial do comandante local, informando-o que sua casa também seria destruída. Os alemães tinham decidido que iriam precisar dos tijolos e das pedras.

Hardelay imaginava se não haveria alguém, em algum lugar, que subitamente decidisse revogar a decisão. Em certos assuntos, os alemães eram muitas vezes imprevisíveis. Mas agora ele tinha certeza de que a ordem seria cumprida dentro de vinte e quatro horas – alguém lhe dissera que a casa seria derrubada no dia seguinte – terça-feira, 6 de junho.

Às seis e meia, Hardelay ligou o rádio para escutar o noticiário da BBC. Era proibido, mas como outras centenas de milhares de franceses, ele não dava a mínima para a ordem. Ao contrário, sentia que era mais uma forma de resistir. De qualquer modo, ele mantinha o som bem baixo, quase um murmúrio. Como de costume, no final das notícias, o "Coronel Grã-Bretanha" – Douglas Ritchie, que sempre era identificado como o porta-voz do Quartel-General Supremo da Força Expedicionária Aliada – leu uma importante mensagem:

– Hoje, segunda-feira 5 de junho – disse ele –, o comandante supremo me instruiu a dizer o seguinte: existe agora, através destas transmissões, um canal direto de comunicação entre o comandante supremo e todos vocês que moram nos países ocupados... No devido tempo, instruções de grande importância serão dadas, mas não será possível transmiti-las sempre em uma hora previamente anunciada; portanto, vocês deverão adotar o hábito de, ou pessoalmente, ou através de um arranjo com seus amigos, escutar durante todas as horas do dia e da noite. Isso não é tão difícil quanto parece...

Hardelay adivinhou que as "instruções" teriam alguma coisa a ver com a invasão. Todo mundo sabia que estava chegando. Ele achava que os Aliados atacariam na parte mais estreita do Canal da Mancha – perto de Dunquerque ou de Calais, onde encontrariam bons portos. Certamente, a invasão não viria por aqui.

As famílias Dubois e Davot, que moravam em Vierville, não escutaram a transmissão; todos dormiram até tarde nessa manhã. Haviam feito uma grande comemoração na noite anterior, que se estendera até a madrugada. Reuniões de família semelhantes haviam ocorrido por toda a Normandia, porque o domingo 4 de junho tinha sido escolhido pelas autoridades eclesiásticas como Dia da Primeira Comunhão. Era sempre uma grande ocasião para as famílias camponesas, um motivo anual para que os parentes afastados se reunissem.

Enfiadas em suas roupas domingueiras, as crianças Dubois e Davot tinham feito sua Primeira Comunhão na pequena igreja de Vierville, antes que seus pais e parentes também comungassem, cheios de orgulho. Alguns desses parentes, cada um deles armado com um passe especial das autoridades alemãs, que haviam levado meses para conseguir, tinham vindo desde Paris. A viagem fora exasperante e perigosa – exasperante porque os trens superlotados não viajavam mais no horário; perigosa porque todas as locomotivas serviam de alvo para os caças bombardeiros aliados.

Mas valera a pena: uma viagem à Normandia sempre compensava qualquer dificuldade. A região ainda tinha abundância de todos aqueles artigos que os parisienses raramente conseguiam encontrar agora: manteiga fresca, queijos, ovos, carne e, naturalmente, calvados, aquele saboroso conhaque que os normandos fabricavam com cidra e polpa de maçã. Além disso, nesses tempos difíceis, a Normandia era um bom lugar para se visitar. Era tranqüilo, pacífico, longe demais da Inglaterra para que fosse invadido.

A reunião das duas famílias tinha sido um grande sucesso. Só que ainda não terminara. À tardinha, todos se sentariam de novo para outra lauta e comprida refeição, com os melhores vinhos e conhaques que os hospedeiros tinham conseguido guardar. Isso completaria as celebrações. Os parentes tinham de pegar o trem para Paris na madrugada de terça-feira.

Suas férias de três dias na Normandia durariam muito mais tempo; eles ficariam encurralados em Vierville durante os quatro meses seguintes.

Um pouco mais além, praia abaixo, perto da saída para Colleville, Fernand Broeckx, na época com quarenta anos, estava fazendo o que sempre fazia às seis e meia: sentava-se em seu celeiro cheio de goteiras, com os óculos meio tortos, a cabeça enfiada junto ao ubre de uma vaca, dirigindo um jato fino de leite a um balde. A sua granja, que ficava ao lado de uma estradinha de terra bastante estreita, fora construída em uma pequena elevação a mais ou menos uns oitocentos metros do mar. Ele não descera o caminho, nem fora até a costa marítima durante um bom pedaço de tempo – desde que os alemães tinham fechado a praia.

Há cinco anos que ele trabalhava naquela fazendinha normanda. Durante a Primeira Guerra Mundial, Broeckx, que era belga, assistira à destruição de sua casa. Era algo de que ele nunca havia esquecido. Em 1939, quando começara a Segunda Guerra Mundial, prontamente pediu demissão de seu emprego e se transferiu com a mulher e uma filha para a Normandia, onde estariam seguros.

A uns quinze quilômetros de distância, na cidade de Bayeux, famosa por sua catedral, sua linda filha de dezenove anos, Anne-Marie, estava terminando de se aprontar para ir ao colégio, onde dava aulas na pré-escola. Estava esperando ansiosa pelo final do dia, quando começariam as férias de verão. Ela pretendia passá-las na granja dos pais. No dia seguinte, pretendia ir de bicicleta até em casa.

Na manhã seguinte, também, um americano alto e magro de Rhode Island, que ela jamais vira antes, desembarcaria na praia, quase em frente à granja de seu pai. Tempos depois, eles se casariam.

Ao longo de toda a costa da Normandia, o povo realizava suas tarefas quotidianas habituais. Os granjeiros trabalhavam nos campos, cuidavam de seus pomares, formados principalmente por macieiras, apascentavam suas vacas grandes e pacíficas, de pelagem branca sarapintada de manchas cor-de-fígado. Nas vilas e aldeias, as lojas já estavam abrindo. Para todos, era simplesmente mais um dia rotineiro da ocupação.

No vilarejo de La Madeleine, logo atrás das dunas e do grande areal, que logo passaria a ser conhecido como Praia Utah, Paul Gazengel abriu seu pequeno café e armazém como sempre fazia, embora nessa época quase não tivesse fregueses.

Houvera tempos em que Gazengel havia ganhado bastante dinheiro com seu pequeno negócio – na verdade, nunca fora muito, mas o suficiente para atender às próprias necessidades e às de sua esposa Marthe e de sua filha de doze anos, Jeannine. Porém, agora, toda a zona costeira tinha sido fechada. As famílias que viviam logo atrás da linha das praias – mais ou menos desde a embocadura do rio Vire (que desaguava no mar perto dali), abrangendo todo esse lado da península de Cherbourg – tinham sido transportadas para outros lugares. Só fora permitida a permanência dos proprietários de granjas. O sustento do proprietário do café dependia agora das sete famílias que restavam em La Madeleine e dos poucos soldados alemães estacionados nas vizinhanças, aos quais ele era forçado a servir.

Gazengel teria preferido mudar-se também. Enquanto sentava atrás do balcão de seu café, esperando a chegada do primeiro freguês, não fazia idéia de que estaria fazendo uma viagem em menos de vinte e quatro horas. Ele e todos os demais homens que permaneciam na aldeia seriam reunidos pelas tropas e enviados à Inglaterra, a fim de serem interrogados.

Um dos amigos de Gazengel, o padeiro Pierre Caldron, tinha problemas mais sérios com que se preocupar durante essa manhã. Na clínica do dr. Jeanne, localizada em Carentan, a quinze quilômetros da orla marítima, ele se sentava à cabeceira de seu filho de cinco anos, chamado Pierre, que acabara de retirar as amígdalas. Ao meio-dia, o dr. Jeanne tornou a examinar seu filho.

– Não há motivo para ficar preocupado – informou ao pai ansioso. – Ele está perfeitamente bem. Amanhã, você já poderá levá-lo para casa.

Porém Caldron pensava diferente.

– Não – disse ele. – Acho que a mãe do menino vai ficar mais contente se eu levar nosso pequeno Pierre para casa ainda hoje.

Meia hora mais tarde, com o garotinho nos braços, Caldron iniciou o caminho de volta para sua casa, localizada na aldeia de Ste.-Marie-du-Mont, junto à Praia Utah – justamente onde os pára-quedistas estabeleceriam contato com os homens da 4ª Divisão no Dia D.

O DIA ESTAVA TRANQÜILO e sem novidades também para os alemães. Nada de especial estava acontecendo e não se esperava que nada acontecesse tampouco; o tempo estava ruim demais. Estava, de fato, tão mau, que em Paris, no QG da *Luftwaffe,* localizado no Palácio de Luxemburgo, o coronel Prof. Walter Stöbe, o principal meteorologista, declarou aos oficiais do estado-maior em sua rotineira reunião diária que podiam relaxar. Duvidava que os aeroplanos aliados sequer estivessem operacionais nesse dia. As guarnições das baterias antiaéreas receberam imediatamente a ordem de deixar os postos e descansar.

A seguir, Stöbe telefonou para o prédio situado no número 20 da avenida Victor Hugo, em St.-Germain-en-Laye, um subúrbio de Paris que ficava a uns escassos vinte quilômetros de distância. Sua chamada foi retransmitida para uma casamata imensa, de três andares, com trinta metros de comprimento e dezoito metros de altura, embutida ao lado de uma ladeira, por baixo de um colégio para meninas – o OB West, quartel-general de Von Rundstedt. Stöbe falou com seu oficial de ligação, o meteorologista major Hermann Mueller, que anotou meticulosamente o registro e retransmitiu-o para o chefe do estado-maior, general-de-divisão Blumentritt. As previsões de tempo eram levadas muito a sério no OB West, e Blumentritt sentia-se particularmente ansioso para examinar esta. Estava dando os toques finais no itinerário de uma viagem de inspeção que o comandante-em-chefe da Frente Ocidental planejava fazer. O relatório confirmou sua crença de que a viagem poderia ser realizada conforme os planos. Von Rundstedt, acompanhado de seu filho, um jovem tenente, pretendia inspecionar as defesas costeiras da Normandia na terça-feira.

Não havia muitas pessoas em St.-Germain-en-Laye que tivessem conhecimento da existência do abrigo subterrâneo e ainda menos sabiam que o marechal-de-campo mais poderoso da frente ocidental alemã morava em uma casa de aspecto bastante simples, dando para os fundos da escola, que ficava no número 28 da rua Alexandre Dumas. Era cercada por um muro alto e os portões de ferro conservavam-se permanentemente fechados. Entrava-se na casa através de um corredor especialmente construído, cortado em segredo através dos muros da escola, ou por meio de uma portinha despretensiosa aberta no muro que dava para a rua Alexandre Dumas.

Von Rundstedt dormiu até tarde, como de costume (o idoso marechal-de-campo raramente se levantava agora antes das dez e meia) e já era quase meio-dia quando finalmente sentou-se à sua escrivaninha no gabinete do primeiro andar do sobrado. Foi ali que ele conferenciou com seu chefe de estado-maior e aprovou a "Estimativa das Intenções Aliadas" do OB West, que deveria ser enviada ao OKW, o quartel-general de Hitler, no final desse dia. A estimativa era outra típica adivinhação errada. Dizia o seguinte:

> O sistemático e distinto aumento de ataques aéreos indica que o inimigo atingiu alto grau de preparação. A frente de invasão provável ainda permanece o setor entre o rio Scheldt (na Holanda) e a Normandia... e não é impossível que a extremidade norte da Bretanha seja incluída... [porém] ainda não está claro em que ponto o inimigo invadirá dentro dos limites totais dessa área. Ataques aéreos concentrados nas defesas costeiras entre Dunquerque e Dieppe podem significar que o principal esforço da invasão aliada será realizado nessa zona... [contudo] a iminência de uma invasão não é reconhecível...

Com essa vaga estimativa completada e autorizada – uma estimativa que colocava a possível área da invasão em qualquer ponto de uma faixa costeira de quase mil e trezentos quilômetros – Von Rundstedt e seu filho partiram para o restaurante favorito do marechal-de-campo, o Coq Hardi, que ficava nas imediações, em Bougival. Passava um pouco da uma da tarde: faltavam doze horas para o Dia D.

Ao longo de toda a cadeia de comando alemã, a permanência do mau tempo agia como um tranqüilizante. Os variados quartéis-generais sentiam-se plenamente confiantes de que não haveria qualquer ataque no futuro imediato. Seu raciocínio era baseado em avaliações cuidadosamente estudadas das condições climáticas reinantes durante os desembarques aliados na África Setentrional, na Itália e na Sicília. As condições haviam variado em cada caso, porém os meteorologistas, como Stöbe e seu chefe em Berlim, o dr. Karl Sonntag, tinham notado que os Aliados nunca haviam tentado um desembarque, a não ser que as perspectivas de tempo favorável fossem quase certas, particularmente para as operações aéreas de cobertura. Para a metódica mente alemã, não haveria desvio desta regra; o tempo tinha de estar perfeitamente bom, caso contrário as forças aliadas não atacariam. E as condições climáticas simplesmente não estavam boas.

No quartel-general do Grupo de Exército B, em La Roche-Guyon, o trabalho prosseguia como se Rommel ainda estivesse presente, porém o chefe do EM, general-de-divisão Speidel, achara que o dia seria tranqüilo o bastante para se planejar um jantarzinho. Ele convidara em particular três pessoas: o dr. Horst, seu cunhado; Ernst Junger, filósofo e escritor; e um velho amigo, o major Wilhelm von Schramm, um dos "repórteres de guerra" oficiais. Speidel, que era um intelectual, aguardava ansioso a hora do jantar. Esperava discutir seu tema favorito, a literatura francesa. Mas havia outra coisa a ser discutida: um manuscrito de vinte páginas que Junger havia escrito e passado secretamente a Rommel e a Speidel. Ambos acreditavam com ardor naquele documento: esboçava um plano para estabelecer a paz – depois que Hitler tivesse sido julgado e condenado por um tribunal alemão ou simplesmente assassinado.

– Esta noite, teremos realmente uma boa oportunidade para discutir certas coisas – dissera Speidel a Schramm.

Em Saint-Lô, no QG do 84º Corpo, o major Friedrich Hayn, oficial de informações, estava tomando as providências para um outro tipo de festa. Tinha encomendado diversas garrafas de um excelente vinho Chablis, porque o estado-maior pretendia fazer uma surpresa, exatamente à meia-noite, ao comandante do Corpo, general Erich Marcks. Seu aniversário era no dia 6 de junho.

Eles realizariam a festa de aniversário de surpresa à meia-noite, porque Marcks tinha de partir ao alvorecer para a cidade de Rennes, na Bretanha. Ele e todos os outros comandantes mais graduados da Normandia deveriam tomar parte em uma grande manobra cartográfica, que deveria começar no princípio da manhã de terça-feira. Marcks sentia-se levemente divertido pelo papel que deveria executar nas manobras simuladas: ele representaria os

"Aliados". Os jogos de guerra tinham sido planejados pelo general Eugen Meindl e, talvez porque ele pertencia à arma de pára-quedismo, a característica central do exercício deveria ser uma "invasão", começando com um "assalto" de pára-quedistas, seguido de um "desembarque" proveniente do mar. Todos achavam que o *Kriegsspiel*[38] seria interessante e divertido – ainda mais que a invasão teórica havia sido deslocada justamente para a Normandia...

Todavia, o *Kriegsspiel* deixara preocupado o chefe do EM do 7º Exército, o general-de-divisão Max Pemsel. Em seu QG de Le Mans, ele passara a tarde inteira pensando no assunto. Já era bastante ruim que todos os seus oficiais mais graduados, os diversos comandantes de área da Normandia e da península de Cherbourg, se ausentassem ao mesmo tempo de seus comandos. Mas a situação poderia tornar-se extremamente perigosa se eles decidissem passar a noite inteira fora. Rennes ficava a uma distância muito grande para a maior parte desses oficiais, e Pemsel tinha medo de que alguns já estivessem planejando sair da frente de combate antes do romper da aurora. Era a aurora que sempre inquietava Pemsel; se uma invasão ocorresse na Normandia, segundo ele acreditava, o ataque seria lançado à primeira luz da manhã. Ele decidiu prevenir a todos os oficiais que haviam sido escalados para participar das manobras simuladas. Enviou uma ordem por teletipo, com os seguintes dizeres: "Os generais comandantes e outros oficiais escalados para participar do *Kriegsspiel* são recomendados a não partir para Rennes antes da aurora de 6 de junho". Mas já era tarde demais. Alguns já tinham viajado.

E assim aconteceu que, um a um, os oficiais superiores, de Rommel para baixo, tinham deixado a frente na própria véspera da batalha. Todos tinham razões diferentes, mas quase parecia que um destino caprichoso havia

38. Jogo ou exercício de guerra, manobra de guerra. (Em alemão no original.) (N. do T.)

manipulado os cordéis e provocado a partida de todos eles. Rommel já estava na Alemanha. O oficial de operações do Grupo de Exército B, Von Tempelhof, também estava lá. O almirante Theodor Krancke, o comandante naval da área ocidental, depois de informar a Von Rundstedt que os barcos de patrulha não podiam deixar os portos devido às péssimas condições de mar picado, partira por terra para Bordeaux. O general-de-exército Heinz Hellmich, comandante da 243ª Divisão, que guarnecia um dos lados da península de Cherbourg, partira para Rennes. O mesmo fizera o general-de-exército Karl von Schlieben, da 709ª Divisão. O general-de-divisão Wilhelm Falley, da dura e experiente 91ª Divisão de Desembarque Aéreo, que acabara de ser transferida para a Normandia, ultimava seus preparativos, a fim de dirigir-se para lá também. O coronel Wilhelm Meyer-Detring, oficial de informações de Von Rundstedt, estava de licença, e o chefe do EM de uma das divisões nem sequer podia ser contactado – tinha partido em uma excursão de caça com sua amante francesa.[39]

---

39. Depois do Dia D, a coincidência dessas partidas múltiplas da frente de invasão impressionou Hitler de maneira tal, que chegou a ser mencionada a abertura de investigações para verificar se o Serviço Secreto britânico tivera alguma coisa a ver com isso. O fato é que o próprio Hitler não estava melhor preparado para o grande dia do que seus generais. O *Führer* estava em seu retiro de descanso, em Berchtesgaden, na Baviera. Seu ajudante-de-ordens naval, o almirante Karl Jesko von Puttkamer, recorda que Hitler levantou-se tarde, presidiu sua conferência militar de costume ao meio-dia e almoçou às quatro da tarde. Além de sua amante, Eva Braun, estava presente um grande número de dignitários nazistas e suas esposas. Hitler, que era vegetariano, desculpou-se com as damas presentes pela ausência de carne no cardápio, com o comentário que geralmente fazia às refeições: "O elefante é o mais forte de todos os animais; ele tampouco suporta comer carne". Depois do almoço, o grupo reuniu-se no jardim, onde o *Führer* bebeu aos golinhos uma chávena de chá de flores de lima. Ele deu um cochilo entre as seis e as sete horas da tarde, realizou outra conferência militar às onze da noite e depois, um pouco antes da meia-noite, as damas foram convidadas a reunir-se novamente aos cavalheiros. Tanto quanto Puttkamer consegue recordar-se, o grupo passou as quatro horas seguintes sem fazer mais nada, senão escutar gravações de músicas dos compositores Wagner, Lehár e Strauss. (N. do A.)

Nesse ponto, com os oficiais encarregados das defesas das praias dispersos por toda a Europa, o Alto Comando Alemão decidiu transferir os últimos esquadrões de combate da *Luftwaffe* que permaneciam na França para uma base aérea distante, em que as praias da Normandia ficariam totalmente fora de seu alcance. Os aviadores ficaram horrorizados.

A principal razão para essa retirada foi que os esquadrões eram necessários para a defesa do próprio Reich, que há meses vinha sendo submetido a ataques de bombardeiros aliados, cada vez mais freqüentes e pesados, ocorrendo agora vinte e quatro horas por dia. Dentro dessas circunstâncias, simplesmente não parecia razoável para o Alto Comando deixar esses aeroplanos vitais em campos de pouso expostos a ataques na França, onde realmente vinham sendo destruídos pelos caças e bombardeiros aliados. Hitler havia prometido a seus generais que mil aparelhos da *Luftwaffe* atingiriam as praias no dia da invasão. Agora, isso se tornara patentemente impossível. A 4 de junho, havia apenas 183 caças de combate em toda a França,[40] dos quais 160 eram considerados em condições de levantar vôo. Destes 160, uma ala de 124, a 26ª Ala de Caças de Combate, estava sendo transferida de suas bases juntos às costas justamente nessa tarde.

No quartel-general da 26ª, em Lille, na zona guarnecida pelo 15º Exército, o coronel-aviador Josef "Pips"[41] Priller, um dos maiores ases da *Luftwaffe* (tinha derrubado noventa e seis aviões), ficou parado no aeroporto, completamente furioso. Acima, um de seus três esquadrões ini-

40. Enquanto eu realizava pesquisas para escrever este livro, encontrei não menos de cinco totais diferentes para o número de aviões de combate na França. Acredito que o total de 183 que adotei aqui seja acurado. Minha fonte é uma recente história da *Luftwaffe,* escrita pelo coronel Josef Priller, cujo trabalho é agora considerado um dos mais exatos que já foram escritos sobre as atividades da *Luftwaffe.* (N. do A.)

41. Apelido pejorativo: *Pips* significa "gosma" em alemão. (N. do T.)

ciava seu vôo para Metz, no nordeste da França. Seu segundo esquadrão estava se preparando para decolar. Tinha recebido ordens de transferência para Rheims, localizada mais ou menos na metade da distância entre Paris e a fronteira alemã. O terceiro esquadrão já havia partido para a França meridional.

Não havia nada que o comandante de ala pudesse fazer, senão protestar. Priller era um piloto espalhafatoso e temperamental, famoso dentro da *Luftwaffe* por seu péssimo gênio. Ele tinha a reputação de contrariar generais e agora telefonou para seu comandante de grupamento.

– Isso é uma loucura! – berrou Priller. – Se nós estamos esperando uma invasão, os esquadrões devem ser trazidos para perto da costa e não para a retaguarda! E o que vai acontecer, caso o ataque ocorra durante essa transferência? Meus suprimentos não podem chegar às novas bases até amanhã ou, quem sabe, no dia seguinte. Vocês todos estão malucos!

– Escute, Priller – respondeu o comandante de grupamento. – A invasão está fora de cogitação. O tempo está ruim demais.

Priller bateu com o aparelho no gancho. Caminhou de volta para a pista de pouso. Só restavam dois aviões, o seu e o que pertencia ao sargento-Aviador Heinz Wodarczyk, seu ala.

– O que eu posso fazer? – disse a Wodarczyk. – Se houver uma invasão, eles provavelmente esperarão que nós os empurremos de volta sozinhos. Acho bom a gente começar a tomar um senhor porre desde agora.

Dentre todos os milhões que observavam e esperavam em toda a França, somente um punhado de homens e mulheres realmente sabia que a invasão estava iminente. Eram menos de uma dúzia. Continuavam a realizar suas tarefas costumeiras tão casual e calmamente como de costume. Permanecerem calmos e casuais fazia parte de sua missão: eles eram os líderes do movimento da Resistência francesa.

A maioria deles se achava em Paris. A partir de lá, comandavam uma vasta e complicada organização. Era um verdadeiro exército, com uma completa cadeia hierárquica de comando, seções e escritórios encarregados de administrar todas as eventualidades, desde o resgate de pilotos aliados que tivessem sido abatidos até a sabotagem, passando pela espionagem e pelo assassinato. Havia chefes regionais, comandantes de área, líderes de seção e milhares de homens e mulheres nas diversas funções normalmente executadas por praças. No papel, a organização tinha tantas teias de atividades superpostas, que parecia desnecessariamente complexa. Essa confusão aparente era deliberada. Era justamente aqui que se encontrava a maior força do movimento subterrâneo de resistência. A superposição de comandos proporcionava uma proteção maior; redes de atividades múltiplas garantiam o sucesso de cada operação; e a estrutura inteira era tão secreta, que os líderes raramente conheciam uns aos outros, exceto por codinomes; nenhum grupo jamais ficava sabendo o que os demais faziam. Tinha de ser assim, caso se quisesse garantir a sobrevivência do movimento de resistência. Mesmo com todas essas precauções, as medidas retaliatórias alemãs se haviam tornado tão esmagadoras que, por volta de maio de 1944, a expectativa de vida de um combatente ativo da Resistência era calculada em menos de seis meses.

Esse grande exército secreto da Resistência era formado por homens e mulheres que vinham combatendo em uma guerra silenciosa há mais de quatro anos – uma guerra que freqüentemente não chamava a atenção de ninguém, mas que estava sempre cheia de riscos. Milhares tinham sido executados, outros milhares morreram em campos de concentração. Porém agora, ainda que a maioria dos comandados não soubesse de nada, o dia pelo qual estiveram lutando finalmente se aproximava.

Nos dias imediatamente anteriores, o alto comando da Resistência tinha captado centenas de mensagens codificadas através das transmissões da BBC. Algumas destas correspondiam a alertas de que a invasão poderia ser iniciada a qualquer momento. Uma dessas mensagens tinha sido o primeiro verso do poema de Verlaine, "Chanson d'Automne" – a mesma mensagem de alerta que os homens do tenente-Coronel Meyer, no QG do 15º Exército alemão, haviam interceptado no dia 1º de junho. (A informação de Canaris estava perfeitamente correta.)

Agora, ainda mais excitados do que Meyer, os líderes da Resistência esperavam ansiosamente pelo segundo verso desse poema e por outras mensagens que confirmariam as informações previamente recebidas. Não se esperava que qualquer desses outros alertas fosse transmitido até os últimos momentos das derradeiras horas que precedessem o dia real da invasão. Mesmo então, os líderes do movimento subterrâneo sabiam que não poderiam identificar por meio das mensagens a área exata em que os desembarques teriam lugar. Para a maior parte dos membros do movimento de resistência, a pista verdadeira chegaria quando os Aliados ordenassem que os planos previamente combinados de sabotagem fossem levados a cabo. Duas mensagens desencadeariam os ataques. A primeira delas, "Está quente em Suez", colocaria em andamento o "Plano Verde" – sabotagem dos trilhos e equipamento ferroviários. A outra, "Os dados estão sobre a mesa", acionaria o "Plano Vermelho", isto é, o corte das linhas e cabos telefônicos. Todos os líderes regionais de área e de setor tinham sido instruídos para permanecer em escuta permanente, esperando essas duas mensagens.

Na noite de segunda-feira, véspera do Dia D, a primeira mensagem foi transmitida pela rádio britânica, às seis e meia da tarde. "Está quente em Suez... Está quente em Suez... Está quente em Suez...” – proclamou a voz solene do locutor.

Guillaume Mercader, chefe de informações do setor costeiro da Normandia entre Vierville e Port-en-Bessin (mais ou menos a área correspondente à Praia Omaha), estava agachado junto a um aparelho de rádio oculto no porão de sua oficina de bicicletas em Bayeux, no momento em que escutou a mensagem esperada. Sentiu-se quase estupefato ao perceber o impacto das palavras. Era um momento que ele jamais esqueceria. Ele não ficara sabendo onde ocorreria a invasão, nem quando, mas ela ia acontecer finalmente, depois de todos esses anos.

Houve uma pausa. Então chegou a segunda mensagem que Mercader estava aguardando. “Os dados estão sobre a mesa” disse o locutor. “Os dados estão sobre a mesa... Os dados estão sobre a mesa.” Essa foi imediatamente seguida por uma longa fiada de mensagens, cada uma delas repetida. “O chapéu de Napoleão está na roda... John ama Mary... A flecha não passará...” Mercader desligou o rádio. Havia escutado as únicas duas mensagens que lhe interessavam. As outras eram alertas específicos para grupos espalhados por toda a França.

Subindo as escadas apressadamente, ele disse à sua esposa Madeleine:

– Tenho de sair. Só vou voltar tarde esta noite.

Então, ele empurrou até a rua uma bicicleta de corrida de guidom baixo, dentre as muitas que tinha em sua oficina de bicicletas, saindo a pedalar o mais rápido que podia, para avisar seus chefes de seção. Mercader já fora campeão normando de corridas de bicicleta e tinha representado a província diversas vezes na famosa competição *Tour de France*. Sabia muito bem que os alemães não o fariam parar. Ele tinha recebido uma permissão especial para pedalar a toda velocidade, a fim de conservar a prática para os próximos torneios.

Em toda parte, nesse exato momento, os grupos da

Resistência estavam recebendo as notícias sem alarde, transmitidas por seus líderes imediatos. Cada unidade havia traçado seu próprio plano e sabia exatamente o que tinha de fazer. Albert Augé, o chefe da estação ferroviária de Caen, com o auxílio de seus subordinados, deveria destruir as bombas de água nos pátios da estação e rebentar os injetores de vapor das locomotivas. André Farine, proprietário de um café em Lieu Fontaine, perto de Isigny, recebera a tarefa de estrangular as comunicações através da Normandia: sua equipe de quarenta homens cortaria o maciço cabo telefônico que saía de Cherbourg. Yves Gresselin, um merceeiro de Cherbourg, recebera uma das missões mais difíceis. Seus homens deveriam dinamitar uma rede de linhas ferroviárias entre Cherbourg, St.-Lô e Paris. Essas eram apenas algumas das equipes. As tarefas confiadas ao movimento de Resistência eram imensas. O tempo era curto e os ataques não podiam começar antes do escurecer. Contudo, em toda parte, ao longo da costa de invasão, que ia da Bretanha até a fronteira belga, os homens se preparavam, todos esperando que o ataque fosse desfechado em suas próprias áreas.

Para alguns homens, as mensagens apresentavam problemas bastante diferentes. Na cidade balneária de Grandcamp, perto da embocadura do rio Vire e localizada quase exatamente a meio caminho entre as praias Omaha e Utah, o chefe de setor Jean Marion dispunha de uma informação vital, que deveria transmitir a Londres. Ele imaginava como conseguiria fazer passar a mensagem – e se ainda teria tempo. No princípio da tarde, alguns de seus homens tinham relatado a chegada de um novo grupo de baterias antiaéreas a um local situado mais ou menos a um quilômetro e meio. Apenas para ter certeza, Marion tinha pedalado calmamente até o lugar mencionado, a fim de ver os canhões. Mesmo que ele fosse parado, sabia que poderia atravessar a barreira; entre os muitos papéis de identificação falsos que tinha a seu dispor, justamente para ocasiões como essa, havia um informando que ele era um dos operários que construíam a Muralha do Atlântico.

Marion ficou perturbado pelo tamanho da unidade e pela área que cobria. Era um grupo motorizado de assalto, equipado para combate antiaéreo, com baterias *FLAK*[42] de canhões pesados, leves e mistos, destinados a abater qualquer tipo de aeronave que avistassem. Eram cinco baterias, um total de vinte e cinco canhões, que estavam sendo instalados em posições capazes de atingir toda a área, desde a embocadura do Vire até os arredores de Grandcamp. Suas guarnições, Marion observou, estavam trabalhando febrilmente para construir os embasamentos dos canhões, quase como se soubessem que estavam lutando contra o tempo. A atividade frenética deixou Marion preocupado. Isso poderia significar que a invasão seria justamente aqui e que, de alguma maneira, os alemães já estavam sabendo.

Embora Marion não tivesse conhecimento disso, os canhões estavam dispostos de modo a cobrir exatamente o trajeto que os aviões e planadores dos pára-quedistas da 82ª e 101ª divisões Aerotransportadas percorreriam dentro de algumas horas. Todavia, se alguém no Alto Comando alemão estivesse informado a respeito da iminência do ataque, não havia contado nada ao coronel Werner von Kistowski, comandante do 1º Regimento de Assalto FLAK. Ele ainda imaginava por que sua unidade FLAK de 2.500 homens tinha sido mandada às pressas para esse setor. Mas Kistowski estava acostumado a transferências rápidas. Em certa ocasião, sua unidade fora enviada sozinha ao Cáucaso. Nada mais o surpreendia.

---

42. Abreviatura de *Fliegerabwehrkannonen,* artilharia antiaérea ou, mais exatamente, "canhões para defesa contra objetos voadores", o que incluiria planadores e os balões de proteção, bastante usados na Segunda Guerra Mundial. Os canhões FLAK, introduzidos em 1938, eram equipados com os temíveis obuses de fragmentação. (N. do T.)

Jean Marion, calmamente passando de bicicleta pelos soldados que trabalhavam tão ativamente na instalação dos canhões, começou a lutar com um enorme problema: como transmitir essa informação vital à sede de operações secreta de Léonard Gille, o vice-comandante de espionagem militar da Normandia, localizada em Caen, a oitenta quilômetros de distância. O próprio Marion não podia sair de seu setor agora – tinha coisas demais para fazer. Assim, ele decidiu arriscar-se e enviar a mensagem por meio de uma cadeia de revezamento de correios até Mercader, em Bayeux. Ele sabia que o processo podia levar horas, mas, se ainda houvesse tempo, tinha certeza de que Mercader daria um jeito de mandar a notícia até Caen.

Havia uma outra coisa que Marion queria transmitir a Londres. Não era tão importante quanto as posições das baterias antiaéreas – simplesmente uma confirmação das muitas mensagens que ele havia enviado nos dias anteriores sobre o embasamento maciço de canhões no topo dos rochedos de Pointe-du-Hoc, da altura de um prédio de nove andares. Marion queria passar à frente mais uma vez a notícia de que, nesse ponto, os canhões ainda não tinham sido instalados. Ainda estavam a caminho, a mais de três quilômetros das posições preparadas. (Apesar dos frenéticos esforços de Marion para avisar Londres, no Dia D os *Rangers* americanos perderiam 135 homens de um destacamento de 225, em seu heróico esforço para silenciar canhões que nunca haviam estado lá.)

Para alguns membros da Resistência, que não estavam a par da iminência da invasão, terça-feira 6 de junho tinha assim mesmo um significado todo especial. Para Léonard Gille, significava um encontro em Paris com seus superiores. Nesse momento exato, Gille estava sentado calmamente em um vagão ferroviário destinado a Paris, embora ele esperasse que o Plano Verde de sabotagem de trens entrasse em operação a qualquer momento. Gille tinha plena certeza de que a invasão não fora marcada para a terça-feira, pelo menos, não em sua área. Sem a menor dúvida, seus superiores teriam cancelado a reunião se o ataque fosse ocorrer na Normandia.

Mas acontece que a data o perturbava. Nessa mesma tarde, em Caen, um dos chefes de seção de Gille, líder de um grupo comunista afiliado à sua rede secreta, lhe declarara muito enfaticamente que a invasão estava programada para a aurora do dia seis. As informações transmitidas por esse homem tinham estado invariavelmente corretas no passado. Isso deixou novamente Gille com uma pulga atrás da orelha, como já lhe acontecera várias vezes antes. Será que esse homem recebia informações diretamente de Moscou? Gille decidiu novamente que não podia ser; parecia-lhe inconcebível que os russos deliberadamente pusessem em risco os planos dos Aliados divulgando informações secretas, que de algum modo tivessem chegado a seu conhecimento.

Janine Boitard, a noiva de Gille, que permanecera em Caen, mal podia esperar pela terça-feira. Durante os três anos em que trabalhara para o movimento, ela escondera mais de sessenta pilotos aliados em seu pequeno apartamento térreo, situado no número 15 da rua Laplace. Era um trabalho perigoso, enervante, que não dava resultados visíveis; o menor escorregão poderia significar um pelotão de fuzilamento. A partir de terça-feira, Janine poderia respirar com um pouco mais de liberdade – até o próximo momento em que ela desse guarida a um piloto abatido –, porque nessa terça-feira ela poderia entregar ao próximo membro da cadeia de fugas os dois pilotos da RAF[43] que tinham sido abatidos na França setentrional. Eles tinham passado quinze dias em seu apartamento. Ela somente podia esperar que sua boa sorte continuasse.

43. Abreviatura de *Royal Air Force,* força aérea real, a aeronáutica britânica. (N. do T.)

Para outros, a sorte já fora embora. Para Amélie Lechevalier, 6 de junho não significava nada ou poderia significar tudo. Ela e seu marido Louis tinham sido presos pela Gestapo a 2 de junho. Eles tinham ajudado mais de cem aviadores aliados a escapar; haviam sido denunciados por um dos rapazes que trabalhavam em sua fazenda. Agora, encerrada em sua cela na prisão de Caen, Amélie Lechevalier sentava-se em seu catre e imaginava quando ela e seu marido seriam executados.

## 13

Ao largo da costa francesa, um pouco antes das nove horas da noite, apareceu uma dúzia de pequenos barcos. Moviam-se silenciosamente na fímbria do horizonte, tão próximo das praias que suas tripulações podiam ver claramente as casas da Normandia. Os barcos passaram sem ser percebidos. Acabaram sua tarefa e retornaram. Eram caça-minas britânicos – a vanguarda da mais poderosa armada que jamais fora reunida.

Porque agora, cruzando o Canal da Mancha, cortando as águas cinzentas e agitadas, uma falange de navios flutuava inexoravelmente em direção à Europa de Hitler – o poder e a fúria do mundo livre finalmente desencadeados. Eles avançavam incansáveis, fileira após fileira, seguindo as dez rotas marítimas paralelas que haviam sido traçadas, ocupando uma extensão de trinta e cinco quilômetros de largura, cinco mil navios de todos os tamanhos e formatos possíveis. Havia os novos e velozes transportadores de tropas de ataque, os lentos cargueiros corroídos de ferrugem, os pequenos navios transatlânticos de passageiros, os pequenos vapores que faziam cabotagem pelos portos do Canal, além de navios-hospitais, velhos transportadores de combustível, pequenos navios costeiros e enxames de rebocadores fumacentos e ruidosos. Havia colunas infindáveis de navios de desembarque de pequeno calado – grandes veículos marítimos que balouçavam ao ritmo das ondas, alguns deles com quase cento e trinta e cinco metros de comprimento. Muitos desses e dos demais barcos de transporte mais pesados carregavam barcos menores de desembarque para o verdadeiro assalto às praias – um total de mais de mil e quinhentos. À frente dos comboios avançavam verdadeiras procissões de caça-minas, cúteres da Guarda Costeira, lançadores de bóias e lanchas a motor. Balões de defesa contra ataques aéreos voavam acima das embarcações. Esquadrilhas de aviões de combate teciam tapeçarias logo abaixo das nuvens. E, cercando toda essa cavalgada fantástica de navios atulhados de homens, canhões, tanques, veículos motorizados e os mais variados suprimentos, deixando de fora apenas um certo número de pequenas unidades navais desgarradas, estava um formidável conjunto de 702 belonaves.[44]

Havia o cruzador pesado americano U.S.S. *Augusta,* a nau capitânia do contra-almirante Kirk, conduzindo a força-tarefa estadunidense – vinte e um comboios que se dirigiam para as praias de Omaha e Utah. Apenas quatro

44. Há considerável controvérsia quanto ao número exato de navios que participou da frota de invasão, porém as obras mais acuradas sobre o Dia D – o livro de Gordon Harrison, *Cross-Channel Attack* (O ataque através do Canal), considerado como a história militar oficial do exército dos Estados Unidos; e a história naval do almirante Samuel Eliot Morison, *Invasion of France & Germany* (A invasão da França e da Alemanha) – concordam ambas que o número era mais ou menos cinco mil. Isso inclui as lanchas de desembarque, as quais vinham carregadas a bordo de navios maiores. O livro *Operation Neptune* (A Operação Netuno), escrito pelo Comandante Kenneth Edwards, da Marinha Real Britânica, apresenta um algarismo um tanto mais baixo de aproximadamente quatro mil e quinhentas embarcações. (N. do A.)

meses antes de Pearl Harbor, o majestoso *Augusta* tinha transportado o Presidente Roosevelt até uma baía tranqüila da Terra Nova para o primeiro de seus muitos encontros históricos com Winston Churchill. Próximo a ele, soltando orgulhosas colunas de fumaça e com todas as suas bandeiras de batalha hasteadas, vinham os navios de guerra britânicos H.M.S. *Nelson, Ramillies* e *Warspite,* e os encouraçados americanos U.S.S. *Texas, Arkansas* e o orgulhoso *Nevada,* totalmente reformado, que os japoneses tinham afundado e dado por destruído em Pearl Harbor.[45]

Conduzindo os trinta e oito comboios britânicos e canadenses, destinados às praias Sword, Juno e Gold, navegava o cruzador H.M.S. *Scylla,* a nau capitânia do contra-almirante Sir Philip Vian, o homem que perseguira o cruzador alemão *Bismarck* até sua destruição. Próximo dele seguia um dos cruzadores leves mais famosos da Inglaterra, o H.M.S. *Ajax,* uma das três belonaves britânicas que haviam perseguido o orgulho da frota de Hitler, o *Admiral Graf Spee* até seu destino final junto ao porto de Montevidéu, depois da batalha do Rio da Prata, em dezembro de 1939. Seguiam também outros famosos cruzadores, os U.S.S. *Tuscaloosa* e *Quincy,* os H.M.S. *Enterprise* e *Black Prince,* o cruzador francês *Georges Leygues* – vinte e dois no total.

Ao longo dos flancos dos comboios enxameava grande variedade de barcos: chalupas graciosas, corvetas acachapadas, canhoneiras esguias, como a *Soemba* holandesa, barcos de patrulha anti-submarina, rápidos torpedeiros PT, entremeados por elegantes destróieres, que manobravam por toda parte. Além das muitas dezenas de

45. As iniciais H.M.S. significam *His Majesty's Ship* (ou *Her,* dependendo do governante da época), Navio de Sua Majestade, indicando que é um barco oficial; as embarcações particulares levavam outras iniciais, sendo a mais comum *S.S.*, ou *Steamship* (movido a vapor). U.S.S. significa *United States Ship,* navio do Governo dos Estados Unidos. (N. do T.)

destróieres americanos e britânicos, lá estavam os canadenses *Qu'Appelle, Saskatchewan* e *Ristigouche,* o *Svenner* norueguês e até mesmo uma contribuição das forças polonesas, o *Poiron.*

Lentamente, pesadamente, essa grande armada se movia através do Canal. Seguia um padrão de tráfego demarcado minuto a minuto, de um tipo que jamais fora tentado antes. Os navios se derramavam para fora dos portos britânicos e se moviam ao longo das costas em rotas demarcadas para dois comboios paralelos, convergindo para a área de concentração ao sul da ilha de Wight. Lá eles eram classificados ou encontravam os próprios lugares, cada um deles assumindo uma posição cuidadosamente predeterminada na força que se destinava à praia particular para a qual fora designado. Saindo da área de concentração, logo apelidada de *Piccadilly Circus,* os comboios se dirigiam para a França ao longo de cinco rotas demarcadas por bóias flutuantes. E, à medida que se aproximavam da Normandia, estes cinco caminhos se dividiam em dez canais, dois para cada praia – um para tráfego rápido, outro para navegação lenta. Bem na frente, logo após a ponta-de-lança dos caça-minas, encouraçados e cruzadores, estavam os navios de comando, cinco transportes de ataque eriçados de antenas de rádio e radar. Esses postos de comando flutuantes seriam os centros nervosos da invasão.

Por toda parte havia navios. Para os homens que estiveram a bordo, essa histórica armada ainda é lembrada como a visão "mais impressionante e inesquecível" de suas vidas.

Para as tropas, era bom estar finalmente a caminho, apesar dos desconfortos e dos perigos que espreitavam à frente. Os homens ainda estavam nervosos, mas parte da tensão se havia dissipado. Agora, todo mundo simplesmente queria realizar logo a tarefa e encerrar o assunto. Nos navios e transportes de desembarque, alguns homens escreviam cartas de última hora, jogavam baralho, reuniam-se em longas sessões de instruções de combate.

– Os capelães – recorda o major Thomas Spencer Dallas, da 29ª Divisão – trabalharam mais que um corretor de imóveis.

Um ministro que estava instalado em uma das lanchas de desembarque, o capitão Lewis Fulmer Koon, capelão do 12º Regimento de Infantaria da 4ª Divisão, descobriu-se exercendo as funções pastorais para todas as denominações. Um oficial judeu, capitão Irving Gray, pediu ao Capelão Koon para conduzir sua Companhia em preces "ao Deus em quem todos nós acreditamos, quer protestantes, quer católico-romanos, quer judeus, para que nossa missão possa ser realizada e que, se tal for possível, sejamos levados de volta a nossos lares em segurança". Koon satisfez-lhe o pedido com o máximo prazer. E, na escuridão crescente, o Suboficial Artilheiro de Terceira Classe William Sweeney, de um cúter da Guarda Costeira, lembra que o transporte de ataque *Samuel Chase* enviou um sinal pelo semáforo naval, significando: "Estamos rezando Missa".

Para a maior parte dos homens, as primeiras poucas horas da jornada passaram tranqüilamente. Muitos ficaram introspectivos e começaram a falar de coisas que, em geral, os homens guardam para si mesmos. Centenas deles recordaram mais tarde que se flagraram admitindo os próprios medos para os outros e falando de outros assuntos pessoais com franqueza incomum. Tornaram-se mais íntimos uns dos outros nessa estranha noite e confiaram em homens que jamais haviam encontrado antes.

– Nós falamos muitas coisas sobre nossas casas e nossas experiências do passado, e sobre o que nos aconteceria no desembarque e como seria isso tudo – rememora o soldado-de-primeira-classe Earlston Hern, do 146º Batalhão de Engenharia.

Sobre o convés úmido e escorregadio de sua lancha de desembarque, Hern e um enfermeiro cujo nome nunca soube mantiveram uma dessas conversas francas.

– O enfermeiro estava passando por problemas em casa. Sua esposa era modelo e queria se divorciar. O cara estava tapado de preocupações. Ele disse que ela teria de esperar até que ele voltasse para casa. Eu me lembro, também, que o tempo inteiro que nós estávamos falando, tinha um rapazinho perto, cantando baixinho para si mesmo. Esse rapaz de repente observou que estava cantando agora muito melhor que antigamente e isso parecia deixá-lo muito satisfeito.

A bordo do H.M.S. *Empire Anvil,* o cabo Michael Kurtz, da 1ª Divisão dos Estados Unidos, veterano das invasões da África do Norte, da Itália e da Sicília, foi abordado por um recruta, que estava preenchendo um dos claros da unidade, o praça Joseph Steinber, de Wisconsin.

– Cabo – quis saber Steinber –, o senhor honestamente acha que nós temos chance?

– Mas que diabo, é claro, rapaz – disse Kurtz. – Nem se preocupe com a possibilidade de "te matarem". Nesta unidade, nós só nos preocupamos com as batalhas na hora em que entramos nelas...

O sargento Bill "L-Rod" Petty, do 2º Batalhão de *Rangers,* tinha uma preocupação crescente. Com seu amigo, o soldado-de-primeira-classe Bill McHugh, estava sentado no convés do velho vapor *Isle of Man,* olhando a escuridão que se adensava. Petty não se sentia muito confortado pelas longas filas de navios que os cercavam de todos os lados; sua mente estava nos rochedos de Pointe-du-Hoc. Virando-se para McHugh, disse:

– Nós não temos um raio de esperança de sair desse troço com vida.

– Você é só uma porcaria de pessimista – disse McHugh.

– Pode até ser – replicou Petty. – Mas só um de nós vai voltar, Mac.

McHugh não se impressionou.

– Quando o cara tem de ir, o cara vai – falou.

Alguns homens tentavam ler. O cabo Alan Bodet, da Primeira Divisão, começou a leitura de *Em cada coração um pecado*, um livro de Henry Bellamann, mas estava achando difícil se concentrar, porque estava preocupado com seu jipe. Diziam que era à prova d'água, mas será que o isolamento resistiria, quando tivessem de passar por um metro ou um metro e vinte de água? O Artilheiro Arthur Henry Boon, da 3ª Divisão Canadense, a bordo de um veículo de desembarque apinhado de tanques, tentava prosseguir na leitura de um livro de bolso cujo título chamativo era *A Maid and a Million Men* [Uma garota e um milhão de homens]. O Capelão Lawrence E. Deery, da Primeira Divisão, a bordo do transporte *Empire Anvil,* ficou extremamente surpreendido ao ver um oficial naval britânico lendo *As odes,* de Horácio, no original latino. Mas o próprio Deery, que desembarcaria na Praia Omaha na primeira vaga de assalto, com o 16º Regimento de Infantaria, passou a noite lendo *A vida de Michelangelo,* de Symond. Em outro comboio, sobre um veículo de desembarque que estava jogando tanto que quase todos a bordo estavam enjoados, o capitão James Douglas Gilan, outro canadense, trazia consigo o único volume que fazia real sentido nessa noite. Para acalmar seus próprios nervos e os de um colega oficial, abriu sua Bíblia no Salmo 23 e começou a ler em voz alta: "O Senhor é meu pastor: nada me faltará..."

Mas nem tudo era assim solene. Também havia momentos de descontração. A bordo do transporte H.M.S. *Ben Machree,* alguns *Rangers* estenderam cordas de dois centímetros de diâmetro desde os mastros até o convés e começaram a subir por elas, percorrendo todo o navio, para grande espanto da tripulação britânica. Em outro navio, membros da 3ª Divisão Canadense organizaram uma "noite de calouros", com canções e declamação de poemas variados, música e danças de pares, de mistura com números corais. O sargento James Percival "Paddy" de Lacy, do Regimento do Rei, emocionou-se tanto ao escutar *Rose of Tralee* tocada em gaita de foles, que se esqueceu do lugar em que estava, pôs-se em pé e levantou um brinde a Eamon de Valera, o primeiro ministro da República da Irlanda, por "nos ter conservado fora dessa maldita guerra".[46]

Muitos homens, que tinham passado horas preocupados com suas probabilidades de sobrevivência, agora mal podiam esperar pelo desembarque nas praias. A viagem de barco estava se demonstrando muito mais terrível do que os piores medos que lhes despertavam os alemães. O enjôo marítimo tinha grassado pelos cinqüenta e nove comboios como uma praga, especialmente nas lanchas de desembarque, que jogavam com cada onda que as atingia. Cada homem havia recebido pílulas contra enjôo, mais um artigo de equipamento que era listado nos inventários do Serviço de Intendência com a típica minúcia militar como "bolsa, vômito, uma".

Isso era a melhor demonstração da eficiência, mas não fora o suficiente.

– Os sacos de vômito estavam cheios, os "chapéus de lata" estavam cheios, os baldes contra incêndio foram esvaziados de areia e cheios de porcaria – recorda o sargento-Especialista William James Wiedefeld, da 29ª Divisão. – Os camaradas nem sequer podiam ficar em pé no tombadilho de aço, e se ouvia os homens falando por toda parte: "Se eles vão nos matar, deixa a gente sair dessas malditas banheiras".

---

46. Eamon de Valera (1882-1975): chefe do Governo Revolucionário Irlandês a partir de 1918. Presidente de 1932 a 1937 e primeiro-ministro da República da Irlanda em três períodos diferentes; reeleito presidente em 1959, permaneceu até 1973. Na época da guerra, assumiu atitudes hostis com relação à Inglaterra, só não aderindo ao Eixo por uma questão de sensatez e prudência política. (N. do T.)

Em alguns lanchões de desembarque, os homens estavam sentindo um mal-estar tão grande que ameaçavam – provavelmente mais para causar efeito do que falando a sério – pular pela amurada e se jogar no mar. O praça Gordon Laing, da 3ª Divisão canadense, de repente descobriu que estava pendurado em um de seus amigos "que me suplicava para largar sua cinta". Um comando inglês, dos Reais Fuzileiros Navais, lembra-se de que, em seu navio-transporte, "os sacos de vômito logo ficaram cheios até as bordas, até que no final, descobriram mais um," que foi sendo passado de mão em mão, até ficar cheio também.

Devido ao enjôo, milhares de homens perderam as melhores refeições que encontrariam por vários meses. Tinham sido tomadas providências especiais para que todos os navios dispusessem da melhor alimentação possível. Os menus especiais, que as tropas logo apelidaram de "última refeição", variavam de barco para barco, do mesmo modo que os apetites variavam de homem para homem. A bordo do transporte de ataque *Charles Carroll,* o capitão Carroll B. Smith, da 29ª Divisão, comeu um bife com ovos fritos, "com o lado do sol para cima", como diziam, e ainda uma sobremesa de sorvete e pedaços de fruta. Duas horas depois, ele estava lutando por uma posição junto à grade da amurada... O segundo-tenente Joseph Rosenblatt, Jr., do 112º Batalhão de Engenharia, comeu sete porções de galinha *à la king*[47] e sentiu-se perfeitamente bem. O mesmo sucedeu com o sargento Keith Bryan, da 5ª Brigada Especial de Engenharia. Engoliu uma porção de sanduíches acompanhados de café e ainda ficou com fome. Um dos seus cupinchas "apanhou" um galão de coquetel de frutas da despesa e beberam tudo, junto com mais dois camaradas.

---

47. "À maneira do Rei", isto é, servido com molho branco, cogumelos e pimentão picado ou pimenta verde. O termo foi introduzido a partir de 1919. (N. do T.)

A bordo do H.M.S. *Prince Charles,* o sargento Avery J. Thornhill, do 5º Regimento de *Rangers,* evitou todos os desconfortos. Tomou uma overdose de pílulas contra enjôo e dormiu durante toda a travessia.

Apesar das misérias e medos comuns a todos os homens que estiveram lá, algumas lembranças ficaram gravadas com surpreendente clareza. O segundo-tenente Donald Anderson, da 29ª Divisão, lembra como o sol atravessou as nuvens, mais ou menos uma hora antes do escurecer, destacando as silhuetas da frota inteira. Em honra do sargento Tom Ryan, do 2º Regimento de *Rangers,* os homens da Companhia F se reuniram em volta dele e cantaram *Happy Birthday.* Ele estava completando vinte e dois anos. E para o saudoso pracinha de dezenove anos, Robert Marion Allen, da 1ª Divisão, era "uma noite perfeita para se dar uma volta de bote no Mississippi".

Por toda parte, em todos os navios da frota, os homens que fariam história ao romper da alvorada, acabaram se deitando aqui e ali, para descansar enquanto podiam. Enquanto o Comandante Philippe Kieffer, da única unidade de comandos francesa, se enrolava em seus cobertores, a bordo de seu navio de desembarque, surgiu em sua mente a oração de Sir Jacob Astley, proferida na véspera da batalha de Edgehill, travada na Inglaterra, em 1642: "Oh, Senhor", rezou Kieffer, "Tu sabes muito bem como eu vou estar atarefado neste dia. Se eu Te esquecer, por favor, não Te esqueças de mim..." Ele puxou os cobertores até em cima e adormeceu quase imediatamente.

PASSAVA UM POUCO das dez e um quarto dessa noite quando o tenente-Coronel Meyer, chefe do Serviço de Contra-Espionagem do 15º Exército alemão, saiu às pressas de seu escritório. Em sua mão provavelmente se encontrava a mais importante mensagem que os alemães haviam interceptado em todo o decorrer da Segunda Guerra

Mundial. Meyer sabia agora que a invasão ocorreria dentro das próximas quarenta e oito horas. Com essa informação, os Aliados podiam ser jogados de volta ao mar. A mensagem, captada de uma transmissão da BBC destinada ao movimento de resistência francês, era o segundo verso do poema de Verlaine: "*Blessent mon coeur d'une langueur monotone*" (Ferem meu coração com um langor monótono).

Meyer lançou-se para dentro da sala de jantar, onde o general Hans Von Salmuth, oficial-comandante do 15º Exército, jogava *bridge* com seu chefe de estado-maior e dois outros oficiais.

– general! – disse Meyer, ofegante. – A mensagem, a segunda parte, chegou!

Von Salmuth deliberou por um momento e então deu ordem para colocar o 15º Exército em prontidão total. Quando Meyer saía apressadamente da sala, Von Salmuth estava novamente olhando para as cartas de sua mão.

– Eu sou raposa velha – o próprio Von Salmuth recorda-se de haver dito na ocasião para não ficar muito excitado com isso.

De volta a seu escritório, Meyer e seu pessoal imediatamente notificaram por telefone o OB West, quartel-general de Von Rundstedt. A seguir, também por telefone, alertaram o OKW, o quartel-general do próprio Hitler. Simultaneamente, todos os demais comandos foram alertados via teletipo.

E novamente, por razões que nunca foram explicadas satisfatoriamente, o 7º Exército não foi notificado.[48]

---

48. Todos os horários registrados neste livro estão no "Horário Duplo de Verão" britânico, que tinha uma hora de atraso com relação ao "Horário Central" alemão. Assim, para Meyer, a hora em que seus homens interceptaram a mensagem era nove e quinze da noite. Somente para ficar registrado, o Diário de Guerra do 15º Exército conserva a mensagem exata recebida por teletipo que foi enviada aos diversos comandos. Dizia: "Te-

Nesse momento, a frota aliada ainda precisaria de um pouco mais de quatro horas para atingir as áreas de transferência das tropas para as lanchas de assalto, ao largo das cinco praias normandas; dentro de três horas, dezoito mil pára-quedistas seriam lançados sobre os campos e sebes progressivamente mais escuros – diretamente na zona do único exército alemão que nunca foi alertado do Dia D.

O PRAÇA ARTHUR B. "Dutch" Schultz, da 82ª Divisão Aerotransportada, estava plenamente preparado. Como todos os demais no aeroporto, ele usava a roupa de salto, levando o pára-quedas em seu braço direito. Seu rosto tinha sido escurecido com carvão de camuflagem; sua cabeça, no estilo amalucado que todos os pára-quedistas adotaram essa noite, tinha sido raspada à maneira moicana, com uma faixa estreita de cabelo indo da testa até a nuca ao longo da parte central do couro cabeludo. A seu redor, estava disposto seu equipamento; tinha-se prepa-

---

*(continuação da nota 48)*

letipo nº 2117/26 urgente para os Corpos 67º, 81º, 82º e 89º; para o Governador Militar da Bélgica e do norte da França; Grupo de Exército B; 16ª Divisão de Artilharia FLAK; Almirantado da Costa do Canal; Luftwaffe Bélgica e França Setentrional. Mensagem da BBC, 21:15, 5 de junho foi processada. De acordo com os registros disponíveis, significa: 'Esperar invasão dentro de quarenta e oito horas, a partir da 00:00 hora de 6 de junho". Note-se que nem o 7º Exército, nem o 84º Corpo são incluídos na listagem acima. Não era tarefa de Meyer notificar a estes. A responsabilidade cabia ao quartel-general de Rommel, uma vez que essas unidades estavam incluídas no Grupo de Exército B. Entretanto, o maior mistério de todos é por que o OB West, o quartel-general de Von Rundstedt, deixou de enviar alertas a toda a frente de invasão, desde a Holanda até a fronteira espanhola. O mistério é ainda mais complicado pelo fato de que, no final da guerra, os alemães alegaram que pelo menos quinze mensagens referentes ao Dia D foram interceptadas e corretamente interpretadas. As mensagens com os versos de Verlaine foram as únicas que encontrei registradas nos diários de guerra alemães. (N. do A.)

rado de todas as maneiras possíveis: dos dois mil e quinhentos dólares que ganhara no jogo algumas horas antes, conseguira perder quase tudo – só lhe restavam vinte dólares.

Agora os homens esperavam pelos caminhões que deveriam levá-los até os aviões. O praça Gerald Columbi, um dos amigos de Dutch, saiu de um pequeno grupo de jogadores de dados que ainda insistiam em continuar a partida e correu em sua direção.

– Me empresta vinte paus, rápido! – falou.

– Pra quê? – indagou Schultz. – E se te matarem?

– Te dou este troço – disse Columbi, tirando o relógio de pulso.

– Ok – disse Dutch, entregando-lhe seus últimos vinte dólares.

Columbi correu de volta para o jogo. Dutch olhou para o relógio: era um Bulova de ouro, do modelo que davam nas formaturas, com o nome de Columbi e uma dedicatória de seus pais no verso. Então, alguém gritou:

– Ok, vamos embora!

Dutch agarrou seu equipamento e saiu do hangar com os outros pára-quedistas. No momento em que subia em um caminhão, passou por Columbi.

– Toma – disse ele, devolvendo o relógio. – Pra que que eu quero dois?

Agora, a única coisa que restava a Dutch era o rosário que sua mãe lhe tinha mandado. Ele acabara decidindo levá-lo consigo. Os caminhões se moveram ao longo do campo de pouso, em direção aos aeroplanos que os aguardavam.

Através de toda a Inglaterra, os exércitos aerotransportados aliados subiam em seus aviões e planadores. Os aeroplanos que carregavam os batedores, os homens que saltariam primeiro para acender fachos luminosos nas zonas de salto designadas às tropas aerotransportadas, já haviam decolado. No QG da 101ª Divisão Aerotransportada, em Newbury, o comandante supremo, general Dwight D. Eisenhower, com um pequeno grupo de oficiais e os quatro correspondentes de guerra que tinham sido acreditados junto a seu comando, olhava o movimento dos aeroplanos, enquanto estes se alinhavam em suas posições de decolagem. Ele passara mais de uma hora conversando com os homens. Estava mais preocupado com a operação aerotransportada do que com qualquer outra fase do assalto. Alguns de seus comandantes estavam convencidos de que o assalto aerotransportado poderia resultar em mais de oitenta por cento de baixas.

Eisenhower tinha-se despedido do oficial-comandante da 101ª, general-de-divisão Maxwell D. Taylor, que pretendia liderar seus homens durante a batalha. Taylor tinha ido assumir sua posição caminhando muito ereto e pisando duro. Não queria que o comandante supremo percebesse que havia rompido um ligamento no joelho direito, enquanto jogava *squash* nessa mesma tarde. Eisenhower poderia recusar-lhe permissão para ir.

Agora, Eisenhower permanecia parado, observando, enquanto os aviões taxiavam pesadamente, corriam pelas pistas de pouso e alçavam vôo lentamente. Um a um foram seguindo os antecessores e se perdendo na escuridão. Acima do campo, eles fizeram círculos enquanto adotavam a formação estabelecida. Eisenhower, com as mãos enfiadas no fundo dos bolsos, olhava fixamente para o céu noturno. Enquanto a imensa esquadrilha de aviões rugia uma última vez sobre o aeroporto e então tomava a direção da França, Red Mueller, o locutor da NBC, olhava para o comandante supremo. Os olhos de Eisenhower estavam marejados de lágrimas.

Minutos mais tarde, sobre o Canal, os homens da frota de invasão escutaram o ronco dos aviões. Foi ficando cada mais alto, a cada segundo que passava, e então onda após onda foi passando sobre suas cabeças. A formação custou a passar. Então o trovejar de seus motores começou a diminuir. Sobre a ponte de comando do U.S.S. *Herndon,* o tenente Bartow Farr, os oficiais de serviço e o correspondente de guerra da NEA[49], Tom Wolf, fixaram os olhos para a escuridão. Ninguém conseguia dizer palavra. E então, no momento em que a derradeira formação passou por cima deles, uma luminosidade cor-de-âmbar atravessou as nuvens e foi avistada por toda a frota marítima. Lentamente, brilharam os sinais intermitentes em Código Morse: três pontos e um traço – era o V da Vitória.

49. National Education Association of the United States of America (Associação Educativa Nacional), uma rede de transmissoras, jornais e revistas com fins principalmente didáticos, associada à rede universitária americana e aos Círculos de Pais e Mestres, na época muito influente. (N. do T.)

# Segunda parte

# A NOITE

## 1

O luar inundava o quarto de dormir. Madame Angèle Levrault, a diretora da escola primária de Ste.-Mère-l'Église, na época com sessenta anos de idade, abriu os olhos lentamente. Na parede oposta à sua cama, conjuntos de luzes brancas e vermelhas se acendiam e apagavam silenciosamente. Madame Levrault levou um susto e fitou os olhos nas luzes, sentando-se imediatamente na cama, com as costas muito eretas. As luzes continuavam piscando e pareciam escorrer lentamente pela parede.

Assim que acordou totalmente, a velha dama percebeu que estava olhando para reflexos no grande espelho de sua penteadeira. Nesse momento, também, ela escutou à distância o ronco intermitente de aviões, o estrondo abafado de explosões e o ruído seco em *staccato* dos disparos rápidos das baterias FLAK de fogo antiaéreo. Levantou-se e foi rapidamente até a janela.

Bem acima da costa, pairando fantasticamente no ar, explodiam brilhantes ramalhetes de luzes de sinalização. Uma tonalidade de vermelho opaco tingia as orlas das nuvens. À distância, avistavam-se explosões de um rosa brilhante e longas linhas de luzes brancas, amarelas, verdes e cor-de-laranja produzidas pelas balas traçadoras[1].

---

1. Munição contendo compostos químicos para marcar o vôo dos projéteis por meio de uma trilha de luz, fogo ou fumaça, permitindo melhor localização do alvo. (N. do T.)

Madame Levrault teve a impressão de que Cherbourg, a uns quarenta e cinco quilômetros de distância, estava sendo bombardeada de novo. Sentiu-se aliviada por morar na tranqüila cidadezinha de Ste.-Mère-l'Église.

A diretora colocou os sapatos e um chambre, atravessou a cozinha e saiu pela porta dos fundos em direção à latrina, que ficava nos fundos do pátio, a uma certa distância da casa. Sua horta parecia pacífica e tranqüilizante. As luzes de sinalização e a luz do luar deixavam os canteiros tão iluminados como de dia. Os campos próximos, com suas espessas sebes de separação, estavam igualmente tranqüilos e silenciosos, cheios das longas sombras projetadas pela luz do luar.

Ela mal dera alguns passos, quando percebeu que o ruído dos aeroplanos estava ficando mais alto e se dirigia diretamente para a aldeia. Subitamente, todas as baterias de fogo antiaéreo do distrito começaram a disparar. Madame Levrault, assustada, correu rapidamente para a proteção de uma árvore. Os aviões voavam baixo, a grande velocidade, acompanhados por uma barragem trovejante de fogo antiaéreo, que a deixou meio surda durante alguns minutos. Quase imediatamente, o rugido dos motores diminuiu, o fogo antiaéreo cessou e, como se nada tivesse acontecido, houve silêncio novamente.

Foi então que ela escutou um estranho som, parecido com um bater de asas, proveniente de algum lugar acima dela. Ergueu a vista. Flutuando lentamente e descendo exato para sua horta, vinha um pára-quedas, com um objeto volumoso balançando um pouco mais abaixo. Por um segundo, a luz da lua foi encoberta e, nesse momento, o praça Robert M. Murphy,[2] do 505º Regimento,

---

2. Na condição de correspondente de guerra, entrevistei Madame Levrault em junho de 1944. Ela não fazia idéia do nome ou da unidade do homem, mas mostrou-me trezentas cargas de munição ainda nos invólucros, que tinham sido perdidas pelo pára-quedista. Em 1958, quando comecei a

que fazia parte da 82ª Divisão Aerotransportada, um dos batedores, caiu com estrondo a uns vinte metros de distância e começou a rolar sobre os canteiros. Madame Levrault ficou petrificada.

Rapidamente o pára-quedista, que tinha dezoito anos na ocasião, arrancou uma faca da bainha, libertou-se dos arreios que o prendiam ao pára-quedas, agarrou uma bolsa volumosa e ergueu-se. Então viu Madame Levrault. Ficaram a fitar-se por um longo momento. A velha francesa achou que o pára-quedista parecia estranhamente amedrontado. Era alto e magro, seu rosto coberto por faixas pretas de camuflagem, que lhe acentuavam as maçãs do rosto e o nariz. Parecia sobrecarregado de armas e equipamento. Então, enquanto a velha dama o contemplava, ainda mais aterrorizada, incapaz de fazer um só movimento, a estranha aparição pôs um dedo nos lábios, em um pedido de silêncio, afastando-se rapidamente. Nesse momento, Madame Levrault sentiu-se eletrizada e começou a mover-se o mais depressa que podia. Levantando as saias da camisola e do roupão, correu desesperada para dentro de casa. Ela havia avistado um dos primeiros americanos a aterrissar na Normandia. Eram quinze minutos depois da meia-noite de terça-feira, 6 de junho de 1944. O Dia D começara.

Os batedores haviam saltado sobre toda a área, alguns de apenas noventa metros de altura. A tarefa dessa vanguarda da invasão, um grupo pequeno de corajosos

---

*(continuação da nota 2)*

escrever este livro, ao entrevistar participantes do Dia D, só consegui localizar uma dúzia dos batedores americanos originais. Um deles, o sr. Murphy, que, na época da entrevista, se havia tornado um importante advogado em Boston, contou-me que "depois de atingir o solo... peguei minha faca de trincheira, que trazia presa a uma bainha encaixada na bota direita, para cortar as linhas do pára-quedas. Sem perceber, também cortei as bolsas que traziam trezentas cargas de munição." Sua história combinava em todos os aspectos com aquela que Madame Levrault me contara quatorze anos antes. (N. do A.)

voluntários, era a de marcar as "zonas de lançamento", dentro de uma área de oitenta quilômetros quadrados na península de Cherbourg, ao longo da praia Utah. Uma missão que fora destinada aos pára-quedistas e aos planadores das 82ª e 101ª divisões Aerotransportadas. Eles haviam sido treinados em uma escola especial pelo general-de-brigada James M. Gavin, cujo apelido era "Jumpin' Jim" (Jim Saltador).

– Quando vocês aterrissarem na Normandia – dissera ele –, vocês só vão ter um amigo em quem confiar: o próprio Deus.

Eles deveriam procurar evitar enfrentamentos a qualquer custo. Sua missão vital dependia de velocidade e segredo.

Contudo, os pára-quedistas encontraram dificuldades desde o início. Saltaram diretamente para o caos. Os aviões Dakotas tinham voado sobre os alvos tão velozmente, que os alemães tinham julgado a princípio que fossem caças. Surpresas pelo ataque inesperado, as unidades de fogo antiaéreo operavam cegamente, enchendo o ar com padrões ondulantes de brilhantes balas traçadoras e salvas mortais de cargas de *shrapnel*[3]. Enquanto o sargento Charles Asay, da 101ª, descia flutuando, observava de um curioso ângulo como "longos arcos graciosos de balas multicoloridas subiam desde o chão", fazendo-o recordar-se dos fogos de artifício de Quatro de Julho[4]. Achou que "eram muito bonitos".

---

3. Bombas de fragmentação, formadas por projéteis cujos cartuchos traziam uma carga explosiva (originalmente de pólvora) e grande quantidade de bolas de chumbo ou fragmentos de metal que explodiam em pleno vôo, lançando dezenas de projéteis dilacerantes, inventadas pelo oficial de artilharia britânico Henry Shrapnel, 1806-1842. Mais tarde, foram criadas minas dotadas de shrapnel, que, ao serem pisadas, subiam a cerca de um metro de altura antes de explodir. (N. do T.)

4. Dia da Independência dos Estados Unidos, proclamada a 4 de julho de 1776. (N. do T.)

Um momento antes do praça Delbert Jones pular, o aeroplano em que se encontrava foi atingido diretamente. O projétil perfurou o avião de lado a lado, sem causar grandes danos, mas passou a uma polegada de distância de Jones. E enquanto o praça Adrian Doss, carregando mais de cinqüenta quilos de equipamento, caía pelo ar, ficou horrorizado ao perceber as balas traçadoras que passavam ao seu redor. Elas convergiam acima de sua cabeça e ele sentia os puxões nas correias de seu pára-quedas enquanto elas furavam a seda. Então um fluxo de balas passou pelo equipamento que estava pendurado diante dele. Milagrosamente, nenhuma delas o atingiu, mas foi aberto um buraco em seu bornal, "grande o suficiente para que todo o conteúdo caísse fora".

Tão intenso foi o fogo das baterias antiaéreas FLAK, que muitos aviões foram obrigados a sair de seu curso. Somente 38 dos 120 batedores desceram diretamente sobre os alvos. Os demais chegaram a cair a quilômetros de distância. Eles caíram em campos de cultivo, hortas, riachos e pântanos. Caíram na copa de árvores, no meio de sebes, no telhado de casas. A maior parte desses homens eram pára-quedistas veteranos, porém, mesmo assim, ficaram completamente confusos quando tentaram localizar-se. Os campos eram menores, as sebes mais altas e os caminhos mais estreitos do que aqueles que haviam estudado durante meses em seus mapas detalhados do terreno previsto para a aterrissagem.

Nesses primeiros momentos terríveis de desorientação, alguns homens fizeram coisas temerárias e até mesmo perigosas. O soldado-de-primeira-classe Frederick Wilhelm ficou tão estonteado ao cair ao solo, que ligou uma das grandes lâmpadas de demarcação que trazia. Só queria ver se ainda estava funcionando. Estava. Subitamente, o campo ficou inundado de luz, deixando Wilhelm ainda mais assustado do que teria ficado, caso os alemães tivessem começado a disparar contra ele. E o capitão Frank

Lillyman, líder das equipes da 101ª, quase indicou sua posição. Caindo em uma pastagem, ele foi subitamente confrontado por uma grande massa que se aproximava dele, mais escura ainda que a escuridão de onde saíra. Ele quase disparou um tiro sobre ela, antes que a criatura revelasse sua identidade por meio de um mugido baixo.

Além de se atemorizarem e encherem de pavor os normandos, os batedores assustaram e confundiram os poucos alemães que chegaram a vê-los. Dois pára-quedistas chegaram a descer do lado de fora do quartel-general do capitão Ernst Düring, da 352ª Divisão alemã, a mais de oito quilômetros da zona de lançamento mais próxima. Düring, que comandava uma companhia de metralhadoras pesadas estacionada em Brevands, havia sido despertado pelas esquadrilhas em formação baixa e pela barragem de fogo antiaéreo. Saltando da cama, vestiu-se tão depressa que colocou trocados os pés das botas (coisa que só percebeu no final do Dia D). Na rua fronteira, Düring viu as figuras de dois homens, silhuetadas a uma certa distância. Ele indagou quem eram, mas não teve resposta. Imediatamente, encheu a área com as descargas de sua submetralhadora Schmeisser. Os dois batedores bem treinados não responderam ao fogo. Simplesmente sumiram. Correndo de volta para seu posto de comando, Düring telefonou a seu comandante de batalhão. Ofegante, gritou ao telefone: "Fallschirmjäger! Fallschirmjäger!" (pára-quedistas).

Outros batedores não tiveram a mesma sorte. Enquanto o praça Robert Murphy, da 82ª, carregando sua bolsa pesada (que continha um aparelho radiotransmissor) se eclipsava da horta de Madame Levrault, dirigindo-se à sua área de lançamento, que fora localizada ao norte de Ste. Mère-l'Église, escutou uma rajada curta de metralhadora à sua direita. Mais tarde ficou sabendo que seu camarada, praça Leonard Devorchak, tinha sido alvejado nesse momento. Devorchak, que tinha jurado "ganhar uma medalha qualquer dia desses, só para provar que eu tenho condições de ganhar uma", pode ter sido o primeiro americano morto no Dia D.

Por toda a área, batedores tão desnorteados quanto Murphy tentavam determinar sua localização. Movendo-se silenciosamente de sebe para sebe, esses pára-quedistas de aspecto feroz, que pareciam enormes dentro de seus uniformes volumosos e supercarregados de armas, minas, luzes, aparelhos de radar e painéis fluorescentes, procuravam descobrir em que direção ficavam os pontos predeterminados para o encontro das unidades. Eles tinham no máximo uma hora para demarcar as zonas de desembarque aéreo destinadas ao assalto aerotransportado em grande escala das tropas americanas, que deveria começar à uma e um quarto.

A oitenta quilômetros de distância, no extremo oriental do campo de batalha da Normandia, seis aeroplanos cheios de batedores britânicos e seis bombardeiros da Força Aérea Real rebocando planadores voaram por sobre a costa. À frente deles, o céu estava tomado pelo fogo cruel das baterias antiaéreas, e candelabros fantasmagóricos de luzes de sinalização se penduravam por toda parte. Na pequena aldeia de Ranville, a alguns quilômetros de Caen, Alain Doix, então com onze anos de idade, também avistara as luzes de sinalização. O barulho das rajadas antiaéreas o havia acordado e agora ele olhava imóvel, como fizera Madame Levrault, totalmente fascinado pelos reflexos caleidoscópicos que podia ver nas grandes bolas de bronze que encimavam as colunas erguidas ao pé de sua cama. Sacudindo sua avó, Madame Mathilde Doix, que dormia junto com ele, Alain gritou entusiasmado:

– Acorde! Acorde, Vovó! Eu acho que tem alguma coisa acontecendo!

Nesse momento, o pai de Alain, René Doix, entrou às pressas no quarto.

– Vistam-se depressa – gritou com a voz cheia de urgência. – Acho que é um bombardeio muito grande!

Através da janela, pai e filho podiam avistar os aviões que desciam nos campos. Mas, enquanto olhava, René percebeu que os aeroplanos não faziam qualquer som. De repente, percebeu o que eram.

– Meu Deus! – exclamou. – Não são aviões! São planadores!

Como imensos morcegos, os seis planadores, cada um dos quais carregava aproximadamente trinta homens, vieram descendo em silêncio. Imediatamente após cruzarem a linha da costa, em um ponto a aproximadamente oito quilômetros de Ranville, eles tinham sido soltos por seus aviões rebocadores, a uma altitude de mil e quinhentos a mil e seiscentos metros. Agora, eles se dirigiam a dois cursos d'água paralelos, cujas ondas refletiam intermitentemente a luz do luar, o canal de Caen e o rio Orne. Duas pontes fortemente defendidas, interligadas por uma estrada, cruzavam os cursos de água paralelos, um pouco acima de Ranville, entre esta e a aldeia de Bénouville. Essas pontes eram os objetivos desse pequeno grupo britânico da 6ª Divisão de Infantaria Aerotransportada por Planadores – voluntários de orgulhosas unidades, como os regimentos de Infantaria Ligeira de Oxfordshire e de Buckinghamshire e os Engenheiros Reais.

Sua perigosa missão era a de capturar as pontes e dominar-lhes as guarnições. Caso sua tarefa fosse realizada, uma grande artéria entre Caen e o mar seria cortada, impedindo o movimento de leste para oeste dos reforços alemães, particularmente as unidades blindadas dos *panzers,* que assim não conseguiriam cair sobre os flancos das forças de invasão britânica e canadense. Uma vez que as pontes seriam necessárias para a expansão da cabeça-de-ponte da invasão, tinham de ser capturadas intactas, antes que os guardas pudessem acionar as cargas de demolição. Era necessário um rápido ataque de surpresa.

Os britânicos tinham descoberto uma solução, tão audaciosa quanto perigosa. Os homens que agora se davam os braços para melhor apoio e prendiam as respirações, enquanto os planadores sibilavam baixinho em sua descida silenciosa através da noite enluarada, deveriam descer em aterrissagem forçada, que deveria deter-se justamente nas entradas das pontes.

O praça Bill Gray, segurando firme sua metralhadora semiportátil Bren, dentro de um dos três planadores que se destinavam à ponte de Caen, fechou os olhos e se preparou para o choque. O silêncio era tétrico. Nenhum disparo vinha do solo. O único som audível era o produzido pela própria máquina, deslizando suavemente no ar, com um barulho semelhante a um suspiro. Próximo à porta, preparado para abri-la com um empurrão no momento em que tocassem o solo, estava o major John Howard, comandante do ataque. Gray lembra que o chefe de seu pelotão, tenente H. D. "Danny" Brotheridge, falou de repente: "Chegamos, caras". A seguir, houve uma batida violenta, que rasgou e rebentou parte do planador. O assoalho foi arrancado, lascas choveram do toldo esmagado da carlinga, enquanto, derrapando de um lado para outro como um caminhão descontrolado, o planador avançava guinchando contra o solo, espalhando centelhas para todos os lados. Com um balanço enjoativo, inclinando-se para o lado, a máquina destroçada finalmente parou, conforme recorda Gray, "com o nariz enterrado em arame farpado e quase em cima da própria ponte".

Alguém gritou;

– Vamos, rapazes!

Os homens saíram aos empurrões, uns se empilhando para atravessar a porta, outros pulando pelo nariz arrancado do aparelho. Quase ao mesmo tempo e só alguns metros mais adiante, os outros dois planadores se arrastaram, rasgando o solo até pararem; no mesmo momento, o restante da força de ataque saiu velozmente dos destroços. Imediatamente, todos saltaram e correram em direção à ponte. Foi uma loucura. Os alemães estavam tontos de surpresa, totalmente desorganizados. Granadas foram jogadas em seus abrigos e trincheiras de comunicação. Alguns dos alemães, que estavam realmente adormecidos dentro das covas que protegiam as metralhadoras, acordaram-se com as luzes cegantes e o barulho ensurdecedor das explosões e deram de cara com os canos das metralhadoras Sten. Outros, ainda tontos de sono, agarraram rifles e metralhadoras e se puseram a disparar para todos os lados, em direção àquelas figuras indefinidas materializadas a seu redor, que mais pareciam ter brotado do solo.

Enquanto destacamentos acabavam com a defesa do lado mais próximo da ponte, Gray e uns quarenta homens, liderados pelo tenente Brotheridge, correram pelo leito, a fim de capturar a cabeceira oposta, que era a mais importante. Na metade da distância, Gray viu uma sentinela alemã com uma pistola Very[5] na mão direita, a ponto de disparar um facho luminoso para avisar seus companheiros. Gray disparou sua Bren da altura do quadril e, segundo ele pensa, todos os seus camaradas fizeram o mesmo. A sentinela caiu morta no mesmo momento em que o facho de luz explodia acima da ponte e descrevia um arco no céu noturno.

Seu aviso, provavelmente destinado a alertar os alemães estacionados na ponte do rio Orne, algumas centenas de metros mais adiante, foi disparado com grande atraso. A outra guarnição já havia sido derrotada, mesmo que apenas as tripulações de dois planadores tivessem participado desse ataque (o terceiro planador errou o alvo e foi cair a doze quilômetros de distância, junto à ponte

---

5. Sinal pirotécnico e sistema de sinalização que utilizam bolas de material químico lançadas de uma pistola especial, as quais explodem no ar, produzindo luzes brancas ou coloridas. (N. do T.)

errada – que fora construída sobre o rio Dives). Ambas as pontes-alvo foram tomadas quase simultaneamente. Estupefatos com a rapidez do assalto, os alemães foram facilmente sobrepujados. Ironicamente, as guarnições da *Wehrmacht* não poderiam ter destruído os cruzamentos, mesmo que tivessem tido tempo para isso. Os sapadores britânicos, revistando as pontes de um lado a outro, descobriram que as preparações para a demolição haviam sido completadas, mas as cargas explosivas não tinham sido ainda colocadas em posição. Foram encontradas depois, em um pequeno depósito ao lado do acampamento da guarda.

Então desceu aquele estranho silêncio, que parece sempre seguir-se a uma batalha, quando os homens, parcialmente estonteados pela rapidez dos eventos, tentam descobrir como conseguiram atravessá-los vivos, e todos ficam pensando em quais foram os outros camaradas que escaparam. Gray, com dezenove anos de idade, cheio de entusiasmo pelo papel que desempenhara no assalto, foi procurar ansiosamente o seu líder de pelotão, Danny Brotheridge, o qual avistara pela última vez conduzindo o ataque através do leito da ponte. Logo descobriu que haviam tido baixas e uma delas era o tenente de vinte e oito anos. Gray encontrou o corpo do tenente, caído em frente a um pequeno café, perto da ponte do canal. "Ele levou um tiro na garganta", recorda Gray "e parece que também foi atingido por uma granada de fumaça de fósforo. Seu traje de vôo ainda estava pegando fogo".

Próximo dali, em uma casamata capturada, o anspeçada Edward Tappenden transmitia uma mensagem cifrada, indicando que haviam obtido sucesso. Vezes sem conta, ele repetia em seu rádio parecido com um *walkie-talkie* a mensagem combinada; *Ham and jam... ham and jam... ham and jam....* A primeira batalha do Dia D havia terminado. Não chegara a durar quinze minutos. Agora, o major Howard e seus cento e cinqüenta e poucos militares sobreviventes, entranhados profundamente no território inimigo e temporariamente cortados de qualquer possível reforço, preparavam-se para defender e conservar as duas pontes de importância vital.

Pelo menos, sabiam onde se achavam. O mesmo não podia ser dito com relação à maioria dos sessenta batedores pára-quedistas britânicos, que pularam de seis bombardeiros leves à meia-noite e vinte – no mesmo horário em que os planadores de Howard tocavam o solo.

Esses homens tinham uma das missões mais difíceis dentre todas as tarefas que deveriam ser executadas durante o Dia D. Vanguarda do 6º Batalhão de Assalto Aerotransportado britânico, eles se haviam apresentado como voluntários para pular no desconhecido e demarcar três zonas de lançamento a oeste do rio Orne, por meio de luzes pulsantes, faróis de radar e outros aparelhos de orientação. Essas áreas, todas localizadas no interior de um retângulo de aproximadamente trinta e dois quilômetros quadrados, ficavam perto de três pequenas aldeias – Varaville, a menos de cinco quilômetros da costa; Ranville, perto das pontes agora defendidas pelos homens de Howard; e Touffréville, a cerca de oito quilômetros dos bairros que se estendiam a leste de Caen. Às doze e cinqüenta, os pára-quedistas britânicos começariam a ser lançados sobre essas zonas. Os batedores dispunham de apenas meia hora para demarcar as áreas de lançamento.

Mesmo na Inglaterra e à luz do dia, teria sido difícil encontrar e demarcar zonas de lançamento em apenas trinta minutos. Mas à noite, em território inimigo e numa região em que poucos deles jamais haviam estado, era uma tarefa esmagadora. Como seus colegas americanos, a oitenta quilômetros de distância, os batedores britânicos caíram de cabeça em um mar de dificuldades. Eles também foram espalhados por uma ampla área e sua descida foi ainda mais caótica.

Suas dificuldades começaram com as condições climáticas. Um vento inesperado começara a soprar (o que não aconteceu na área em que o batedores americanos haviam sido lançados) e alguns setores estavam obscurecidos por finas nuvens de cerração. Os aviões que transportavam os batedores britânicos voaram através de cortinas de fogo antiaéreo das baterias FLAK. Seus pilotos, instintivamente, iniciaram manobras evasivas, com o resultado de ultrapassarem seus alvos ou nem sequer conseguirem encontrá-los. Alguns pilotos sobrevoaram duas e até três vezes as áreas designadas, antes de conseguir largar todos os seus batedores. Um dos aviões, que voava a altura muito baixa, ficou girando teimosamente em círculos, de permeio a uma intensa barragem antiaérea, durante quatorze minutos de arrepiar os cabelos, até conseguir soltar seus batedores. O resultado de tudo isso foi que muitos batedores, ou seu equipamento carregado por pára-quedas adicionais, acabaram caindo nos lugares errados.

Os soldados que se destinavam à área de Varaville caíram bem perto do alvo, mas logo descobriram que a maior parte de seu equipamento tinha rebentado na queda, ou fora largado em algum outro lugar. Nenhum dos pára-quedistas destinados a Ranville aterrissou sequer perto de sua área de lançamento original; foram espalhados ao longo de um percurso que chegava a vários quilômetros de distância. Mas os mais azarados foram os grupos destinados à zona de Touffréville. Dois grupos, de dez homens cada um, deveriam demarcar essa área com luzes de sinalização, todas as quais deveriam espocar no céu noturno a letra de código K. Uma destas equipes caiu na zona de Ranville. Reuniram-se rapidamente, descobriram o que pensaram ser a área correta e, depois de alguns minutos, dispararam o sinal errado.

A segunda equipe destinada a Touffréville tampouco atingiu o alvo. Dos dez homens desse destacamento, apenas quatro chegaram ao solo em segurança. Um deles, o praça James Morrissey, ficou olhando horrorizado, enquanto os seis restantes eram apanhados por um vento forte e carregados a grande distância, em direção ao leste. Incapaz de fazer qualquer coisa para impedi-lo, Morrissey enxergou os homens sendo varridos na direção do vale inundado do rio Dives, rebrilhando à luz do luar a grande distância – justamente a área que os alemães tinham alagado como parte de suas defesas. Morrissey nunca mais viu qualquer um desses homens.

Morrissey e seus três companheiros restantes desceram bem perto de Touffréville. Reuniram-se e o anspeçada Patrick O'Sullivan saiu para reconhecer o terreno. Poucos minutos depois, foi atingido por fogo inimigo, disparado justamente da beirada da área que deveriam demarcar. Desse modo, Morrissey e os dois homens restantes posicionaram as luzes que haviam sobrado para a área de Touffréville, diretamente no trigal onde haviam descido.

De fato, nesses primeiros minutos confusos, poucos dos batedores encontraram o inimigo. Aqui e ali os homens assustaram sentinelas e atraíram disparos; inevitavelmente, alguns foram atingidos. Mas era o silêncio ameaçador que os rodeava que lhes despertou o maior terror. Os homens haviam esperado encontrar forte oposição alemã, a partir do momento em que aterrissassem. Em vez disso, na maioria dos setores, tudo estava tranqüilo – tão calmo e sereno que os soldados passaram por situações de pesadelo criadas por sua própria imaginação. Em diversas ocasiões, batedores perseguiram uns aos outros em campos e sebes, cada um deles pensando que o outro era alemão.

Tateando através da noite normanda, ao redor de fazendas de luzes totalmente apagadas ou nos arredores de aldeias adormecidas, os batedores e 210 homens dos destacamentos de vanguarda dos batalhões de assalto tentaram determinar suas posições e orientar-se para os alvos determinados. Como sempre, sua tarefa imediata era descobrir exatamente onde se encontravam. Os que foram lançados com uma certa acurácia reconheceram as características mais destacadas do solo, que haviam estudado nos mapas do terreno, em seu período de treinamento na Inglaterra. Outros, completamente perdidos, tentavam localizar-se com mapas e bússolas. O capitão Anthony Windrum, de uma unidade assinaladora de vanguarda, resolveu seu problema de uma forma mais direta. Como um motorista que tivesse tomado a estrada errada durante a noite, Windrum subiu por um poste de sinalização rodoviária, calmamente riscou um fósforo e descobriu que Ranville, seu ponto de encontro com seus comandados, ficava apenas a alguns quilômetros de distância.

Porém alguns dos pára-quedistas ficaram irremediavelmente perdidos. Dois deles mergulharam do céu noturno diretamente no gramado que ficava fronteiro ao QG do general-de-divisão Josef Reichert, comandante da 711ª Divisão alemã. Reichert estava jogando cartas quando os motores dos aviões rugiram acima de sua cabeça e ele e os demais oficiais correram até a varanda – justamente a tempo de assistirem à descida dos dois britânicos no gramado.

Teria sido difícil dizer quem ficara mais surpreendido, Reichert ou os dois batedores. O oficial de informações do general capturou e desarmou os dois homens e os trouxe até a varanda. Reichert, ainda cheio de espanto, só pôde balbuciar:

– Mas de onde... de onde vocês vieram...?

Um dos batedores, com toda a desenvoltura de um homem que tivesse invadido um coquetel ao ar livre, replicou:

– Lamento muito, meu velho, mas nós simplesmente caímos aqui por acidente...

No mesmo momento em que estavam sendo levados para o interrogatório, 570 outros pára-quedistas americanos e britânicos, as primeiras tropas aliadas das forças de libertação, estavam preparando o palco para a batalha do Dia D. Nas zonas de lançamento, as luzes de sinalização já haviam começado a ser disparadas em direção ao céu noturno.

## 2

– O que está acontecendo? – gritou o major Werner Pluskat em seu telefone de campanha. Tonto e ainda meio dormindo, usava somente as roupas de baixo. O barulho dos aviões e das baterias antiaéreas o havia acordado e todos os seus instintos lhe diziam que isso era muito mais que uma simples incursão. Dois anos de amargas experiências na frente russa haviam ensinado ao major que devia confiar inteiramente em seus instintos.

O tenente-coronel Ocker, seu comandante regimental, parecia ter ficado aborrecido com a chamada telefônica de Pluskat.

– Meu caro Pluskat – disse ele, gelidamente. – Ainda não sabemos o que está acontecendo. Nós o informaremos depois de descobrirmos.

Escutou-se um estalo seco quando Ocker desligou.

A resposta não satisfez Pluskat. Durante os últimos vinte minutos, aeroplanos rugiam surdamente através do céu perfurado por incontáveis sinais luminosos, e se escutava igualmente o som de bombardeios a leste e a oeste. A área costeira de Pluskat, que ficava justamente na zona intermediária entre esses estrondos, estava desconfortavelmente silenciosa. De seu posto de comando em Etreham, a seis quilômetros e meio da praia, ele tinha às suas ordens quatro baterias da 352ª Divisão alemã – um total de vinte canhões. Estavam alinhados de modo a cobrir metade da área que fora denominada de praia Omaha.

Nervosamente, Pluskat decidiu passar por cima de seu comandante regimental; telefonou para o QG divisional e falou com o oficial de informações da 352ª, o major Block.

– Provavelmente, é só mais uma incursão de bombardeio, Pluskat – disse-lhe Block. – As coisas ainda não estão claras.

Sentindo-se um pouco tolo, Pluskat desligou. Imaginou se não tinha sido um tanto impetuoso. Afinal de contas, não houvera qualquer alarme. De fato, recorda Pluskat, depois de semanas de alertas máximos entremeados com períodos de prontidão, essa era uma das poucas noites em que seus homens tinham recebido ordens para descansar.

Entretanto, Pluskat sentia-se perfeitamente desperto, inquieto demais para dormir. Sentou-se na beirada do catre durante alguns momentos. A seus pés deitava-se Harras, seu cão pastor-alemão, perfeitamente tranqüilo. No *château*[6] tudo estava calmo, se bem que, à distância, Pluskat ainda pudesse escutar o ronco dos aviões.

Subitamente, tocou a campainha do telefone de campanha. Pluskat tirou imediatamente o fone do gancho e escutou:

– Há relatórios sobre pára-quedistas na península – disse a voz calma do coronel Ocker. – Coloque os homens em prontidão e vá até a praia imediatamente. Essa pode ser a invasão.

Minutos depois, Pluskat, o capitão Ludz Wilkening, comandante da Segunda Bateria, e o tenente Fritz Theen, seu oficial de artilharia, avançaram até o posto de comando, uma fortificação subterrânea, encravada nos rochedos, perto do vilarejo de Ste.-Honorine. Harras foi com

6. *Château*: castelo. Em francês no original. (N. do T.)

eles. O Volkswagen de campanha, parecido com um jipe, estava superlotado e Pluskat recorda que ninguém falou durante os poucos minutos que levaram até chegar à praia. Ele estava tremendamente preocupado: suas baterias tinham munição suficiente para apenas vinte e quatro horas. Alguns dias antes, o general Marcks, do 84º Corpo, havia inspecionado os canhões e Pluskat levantara a questão:

– Se jamais houver uma invasão na sua área – Marcks lhe garantira –, você receberá mais munição do que vai poder disparar.

Atravessando o perímetro externo da zona de defesas costeiras, o Volkswagen chegou a Ste.-Honorine. Descendo da viatura, com Harras preso pela correia, Pluskat, seguido pelos seus homens, subiu por uma trilha estreita na parte de trás dos rochedos, que conduzia ao posto de comando oculto. O caminho estava claramente demarcado por diversos fios de arame farpado. Era a única entrada para o posto, e campos de minas antipessoal tinham sido plantados de ambos os lados. Quase no topo do rochedo, o major enfiou-se em uma trincheira estreita, desceu um lance de degraus de concreto, seguiu por um túnel retorcido e, finalmente, entrou em um abrigo subterrâneo formado por uma única sala grande, que já estava ocupado por três homens.

Rapidamente, Pluskat posicionou-se diante das lentes de uma luneta de artilharia de alta potência, instalada em um pedestal diretamente em frente a uma das duas aberturas estreitas do *bunker*. O posto de observação avançado não poderia ter melhor localização: ficava a mais de trinta metros acima da praia Omaha e quase diretamente sobre o centro da primeira cabeça-de-ponte da Normandia. Em um dia claro, a partir desse vantajoso ponto de visão, um vigia poderia divisar toda a baía do Sena, desde a ponta da península de Cherbourg, à esquerda, até Le Havre, e ainda mais além, à direita.

Mesmo agora, à luz do luar, Pluskat dispunha de uma excelente visão. Lentamente movendo as lentes da luneta da esquerda para a direita, ele esquadrinhou a baía. Havia um pouco de nevoeiro. Nuvens negras ocasionalmente recobriam o luar ofuscante e lançavam sombras escuras sobre o mar, mas nada fora do comum podia ser avistado. Nenhuma luz, nenhum som. Por diversas vezes, ele percorreu a baía com a luneta, mas estava totalmente vazia de navios.

Finalmente, Pluskat se ergueu.

– Não há nada lá – informou ele ao tenente Theen.

Logo a seguir, telefonou para o QG regimental, transmitindo a informação. Entretanto, Pluskat ainda se sentia um tanto nervoso.

– Eu vou ficar aqui mesmo, no PO avançado – disse a Ocker. – Talvez seja apenas um alarme falso, mas acho que alguma coisa ainda pode acontecer.

A ESSA ALTURA, relatórios vagos e contraditórios estavam sendo filtrados até os postos de comando do 7º Exército em toda a Normandia; por toda parte, os oficiais tentavam avaliá-los. Haviam poucos dados a sopesar – silhuetas humanas entrevistas aqui, tiros disparados acolá, um pára-quedas pendurado em uma árvore mais adiante. Tomados em seu conjunto, eram pistas indicadoras de alguma coisa – mas de quê? Somente 570 militares aliados aerotransportados haviam descido. Era justamente o número necessário para criar o pior tipo de confusão.

Os relatórios que chegavam eram fragmentados, inconclusivos, tão espalhados que até mesmo os soldados mais experientes estavam céticos e atormentados por dúvidas. Quantos homens haviam descido – dois ou duzentos? Seriam tripulações de bombardeiros abatidos que tinham saltado antes da queda? Estaria ocorrendo uma série de ataques da Resistência francesa? Ninguém tinha certeza, nem mesmo aqueles, como o general Reichert, da 711ª Divisão, que tinham visto os pára-quedistas face a face. Reichert pensava que era uma incursão aérea a seu próprio QG, e foi essa a conclusão incluída no relatório transmitido a seu comandante de Corpo. Só muito mais tarde as notícias chegaram ao QG do 15º Exército, onde foram devidamente registradas no diário de guerra, com a anotação obscura: "Não há detalhes".

Tantos alarmes falsos tinham sido dados no passado, que todo mundo mostrava uma cautela que chegava a ser dolorosa. Os comandantes de Companhia consideravam duas vezes antes de transmitirem relatórios aos postos de comando de seus batalhões. Enviavam patrulhas para verificar e verificar novamente. Os comandantes de Batalhão mostravam ainda maior prudência antes de passarem as informações aos oficiais regimentais. Quanto ao que realmente ocorreu e que informações de fato chegaram nos diversos quartéis-generais durante esses primeiros minutos do Dia D, há tantos relatos quanto participantes. Porém um fato parece claro: com base em relatórios tão localizados e imprecisos, ninguém se dispunha a dar alarme nesse momento – um alarme que, mais tarde, poderia demonstrar-se falso. E assim, os minutos foram passando.

Na península de Cherbourg, dois generais já tinham partido para os exercícios cartográficos dos jogos de guerra em Rennes. Agora um terceiro, o general-de-divisão Wilhelm Falley, da 91ª Divisão de Desembarque Aéreo, escolheu precisamente esse momento para iniciar viagem. Apesar da ordem enviada pelo QG do 7º Exército, proibindo os oficiais comandantes de partir antes da aurora, Falley não via jeito de chegar a tempo para o *Kriegsspiel,* a não ser que partisse mais cedo. Essa decisão lhe custaria a vida.

No quartel-general do 7º Exército, localizado em Le Mans, o comandante, marechal Friedrich Dollmann, estava dormindo. Presumivelmente devido às condições de tempo, ele tinha cancelado um exercício de alerta marcado justamente para essa noite. Sentindo-se exausto, fora cedo para a cama. Seu chefe de Estado-Maior (EM), o general-de-divisão Max Pemsel, um homem muito capaz e responsável, também estava preparando-se para deitar.

Em St.-Lô, no QG do 84º Corpo, o próximo escalão de comando, logo abaixo do quartel-general do Exército, tudo estava preparado para a festa de aniversário de surpresa que tinha sido preparada para o general Erich Marcks. O major Friedrich Hayn, oficial de informações do Corpo, já havia preparado o vinho. O plano era que Hayn, o tenente-coronel Friedrich von Criegern, comandante do EM do Corpo, e diversos outros oficiais superiores entrassem na sala do general exatamente no momento em que o relógio da Catedral de St.-Lô batesse meia-noite (uma hora da manhã, de acordo com o horário de verão britânico). Todos imaginavam como o general Marcks, de rosto permanentemente sério e perneta (porque perdera uma perna na frente russa), iria reagir. Ele era considerado um dos melhores generais na Normandia, mas era igualmente um homem austero, que não se permitia demonstrações de qualquer tipo. Seja como for, os planos estavam traçados e, embora todos se sentissem um tanto infantis por terem concordado com a idéia, os oficiais do EM estavam determinados a oferecer-lhe a festa. Estavam quase prontos para entrar na sala do general, quando subitamente escutaram uma bateria antiaérea próxima abrir fogo. Correndo para fora, chegaram justamente a ponto de ver um bombardeiro aliado espiralando em chamas na direção do solo, enquanto a jubilosa guarnição do canhão gritava: "Pegamos ele! Pegamos ele!" Apesar de toda a algazarra, o general Marcks permaneceu em sua sala.

No momento em que os sinos da catedral começaram a tocar as badaladas da meia-noite, o pequeno grupo, liderado pelo major Hayn, carregando uma garrafa de Chablis e diversos cálices, marchou para a sala do general, talvez um pouco acanhado, a fim de prestar a homenagem planejada a seu comandante. Houve uma pequena pausa, enquanto Marcks erguia o rosto e os contemplava benevolamente através dos óculos. "Sua perna artificial estalou", recorda Hayn, "no momento em que ele se ergueu para nos receber e saudar". Com um aceno amigável da mão, ele imediatamente deixou todos à vontade. O vinho foi aberto e, formando um pequeno grupo ao redor do general de cinqüenta e três anos, os oficiais de seu EM colocaram-se em posição de sentido. Erguendo os cálices com os braços rígidos, brindaram à sua saúde, alegremente inconscientes de que, a uns sessenta e cinco quilômetros de distância, 4.255 pára-quedistas britânicos estavam saltando sobre o solo francês.

## 3

Através dos campos enluarados da Normandia ressoaram os sons roucos e inquietantes de uma corneta de caça inglesa. O som pairou no ar, solitário e incongruente. A corneta soou mais duas vezes. Dezenas de silhuetas escuras, trazendo capacetes de combate, usando roupas de salto camufladas de manchas verdes, marrons e amarelas, recobertos de equipamento como se fossem colares e guirlandas, correram apressadamente através dos campos, lutando com a vegetação, por dentro de valas, ao longo das sebes, todos tentando ouvir o aviso sonoro. Outras cornetas entraram no coro. Subitamente, um clarim começou a tocar. Para centenas de homens da 6ª Divisão Aerotransportada Britânica, essa foi a abertura da batalha.

A estranha cacofonia vinha da área de Ranville. Os toques eram os sinais de reunião para dois batalhões da 5ª Brigada de Pára-Quedistas, que deveria mover-se bem rapidamente. Um dos batalhões deveria sair em marcha para fortalecer a minúscula força do major Howard, que fora transportada pelos planadores e agora defendia as pontes. O outro deveria capturar e defender Ranville, que dominava a estrada oriental, conduzindo a esse cruzamento de importância vital. Nunca antes comandantes de pára-quedistas haviam reunido seus homens dessa maneira, porém, nessa noite, a velocidade era essencial. A 6ª Aerotransportada estava correndo contra o tempo. As primeiras ondas de tropas americanas e britânicas desembarcariam nas cinco praias de invasão da Normandia entre as seis e trinta e as sete e trinta dessa manhã. Os "Diabos Vermelhos" dispunham de cinco horas e meia para tomar e assegurar a base de assalto inicial, que funcionaria como âncora para o flanco esquerdo da área de invasão.

A Divisão recebera uma grande variedade de tarefas complexas, cada uma delas dependendo de uma sincronização quase de minuto a minuto. O plano determinava que alguns pára-quedistas conquistassem os montes a nordeste de Caen, enquanto outros deveriam reforçar e manter as pontes do Orne e do Canal de Caen, outros ainda deveriam demolir cinco pontes sobre o rio Dives e, desse modo, bloquear as forças inimigas, particularmente os *panzers,* impedindo que atacassem a cabeça-de-ponte da invasão pelo flanco.

Mas os pára-quedistas traziam consigo somente armamento leve e não dispunham de poder de fogo suficiente para deter uma concentração de ataque dos blindados. Assim, o sucesso da ação de captura e manutenção dependia da rápida chegada em segurança de canhões antitanque e munição especial para perfurar-lhes as blindagens. Devido ao peso e tamanho desses canhões, só havia uma maneira de desembarcá-los em segurança na Normandia: por meio de comboios de planadores. Às três horas e vinte minutos, uma frota de sessenta e nove planadores deveria descer dos céus da Normandia, transportando mais homens, veículos, equipamento pesado e os preciosos canhões.

Sua própria chegada criava um problema das proporções de um mamute. Esses planadores eram imensos – cada um deles maior que um bimotor DC-3. Quatro deles, denominados *Hamilcars,* eram tão grandes que podiam transportar tanques leves. Para a aterrissagem dos 69 planadores, os pára-quedistas tinham primeiro de conquistar as áreas de pouso escolhidas e defendê-las seguramente contra ataques inimigos. A seguir, eles tinham de construir um imenso aeroporto em campinas atulhadas de obstáculos. Isso significava, entre outras coisas, arrancar uma floresta de troncos de árvore ou trilhos ferroviários, todos ligados a minas, na escuridão da noite, em apenas duas horas e meia. O mesmo campo deveria ser utilizado mais tarde por um segundo comboio de planadores, escalados para pousar ao entardecer.

Havia mais uma tarefa a cumprir. Talvez fosse a mais importante de todas as missões da 6ª Aerotransportada: a destruição da maciça bateria costeira que fora instalada perto de Merville. O serviço de informações aliado acreditava que os quatro poderosos canhões dessa bateria poderiam causar bastante dano à frota de invasão, que se reuniria bem à frente, além de massacrar as tropas que desembarcassem na praia Sword. A Sexta recebera ordens de destruir os canhões até as cinco horas dessa madrugada.

Para realizar todas estas tarefas, 4.255 pára-quedistas da 3ª e da 5ª Brigadas de Pára-Quedistas haviam saltado sobre a Normandia. Durante a queda, eles se espalharam por uma extensa área, vítimas de erros de navegação, de aviões voando rápido demais, que haviam sido forçados para fora de seus cursos pelas baterias antiaéreas e de zonas de aterrissagem incorretamente demarcadas, além dos ventos fortes. Alguns deles tiveram sorte, mas milhares caíram às mais variadas distâncias, entre oito e mais de cinqüenta quilômetros de distância das zonas previstas para desembarque.

Das duas brigadas, foi a 5ª que teve maior sucesso. Seus soldados foram, na sua maioria, largados próximo a seus objetivos, nos arredores de Ranville. Mesmo assim, os comandantes de companhias gastaram quase duas horas para reunir somente metade dos soldados. Dezenas de outros pára-quedistas, entretanto, já se dirigiam diretamente aos objetivos, guiados pelas notas ondulantes das cornetas.

O praça Raymond Batten, do 13º Batalhão, escutou perfeitamente o som das cornetas, porém, embora ele estivesse praticamente no limite de sua zona de aterrissagem, durante algum tempo não conseguiu fazer nada para atender ao chamado. Batten passara arranhando por entre os galhos e folhagem espessos de um pequeno bosque. Estava pendurado em uma árvore, balançando lentamente para frente e para trás, suspenso pelos cordames do pára-quedas, a uns quatro metros e meio do solo. O bosque parecia muito tranqüilo, mas Batten conseguia escutar, à distância, prolongadas rajadas de metralhadoras, o ronco dos aviões e o estrondo das baterias FLAK de fogo antiaéreo. No instante em que tirava a faca da bainha, pronto para cortar os arreios que o prendiam e saltar para o solo, Batten escutou subitamente o som abrupto de uma metralhadora portátil Schmeisser nas cercanias.

Um minuto mais tarde, escutou o roçagar do mato rasteiro sendo afastado por um corpo pesado, enquanto alguém se movia lentamente em sua direção. Batten tinha perdido sua submetralhadora Sten durante a queda e não tinha uma pistola. Ficou pendurado ali, inerme, sem saber se era um soldado alemão ou um colega pára-quedista que vinha para seu lado. "Seja lá quem fosse, chegou e olhou para mim", recorda Batten. "A única saída que me ocorreu foi ficar completamente imóvel, frouxo e de olhos fechados, e ele foi embora, provavelmente pensando que eu havia morrido na queda, justo o que eu queria que o cara pensasse..." Batten desceu da árvore o mais rápido que pôde e seguiu em direção ao som das cornetas, que indicava o ponto de reunião. Mas sua angústia estava longe de terminar. Na orla do bosque, ele encontrou o cadáver de um jovem pára-quedista cujo equipamento não chegara a abrir. A seguir, enquanto se movia cautelosamente ao longo de uma estrada, um homem passou correndo por ele, gritando loucamente:

– Eles pegaram o meu camarada! Eles pegaram o meu camarada!

E, finalmente, quando conseguiu encontrar um grupo de outros pára-quedistas, que também se dirigiam ao ponto de reunião, Batten descobriu que estava marchando ao lado de um homem que parecia estar em total estado de choque. Ele caminhava diretamente para a frente, sem olhar nem para a direita, nem para a esquerda, totalmente inconsciente do fato de que o rifle que segurava firmemente nas mãos estava dobrado praticamente em dois.

Em muitos lugares, durante essa noite, homens como Batten recebiam novos choques, que os lançavam imediatamente nas duras realidades da guerra. Enquanto lutava para livrar-se de seu pára-quedas, o anspeçada Harold Tait, do 8º Batalhão, assistiu ao momento em que um dos transportes Dakota era atingido por fogo antiaéreo. O aeroplano passou velozmente sobre sua cabeça, como um cometa em chamas, adernando primeiro para um e depois para o outro lado, até que explodiu com um barulho terrível a mais ou menos um quilômetro e meio de distância. Tait ficou imaginando se o destacamento de pára-quedistas que ele transportava tivera tempo de saltar.

O praça Percival Liggins, do 1º Batalhão canadense, viu outro avião em chamas. Estava "voando a toda, deixando pedaços para trás, envolvido pelas chamas de ponta a ponta". O pior é que parecia vir diretamente em sua direção. Ficou tão fascinado pela visão que nem conseguiu se mover. Porém a máquina passou velozmente sobre sua cabeça e caiu em um campo logo atrás dele. Ele e alguns outros começaram a correr para o avião, pensando em resgatar qualquer pessoa que ainda estivesse dentro dele, mas "a munição começou a explodir e não conseguimos chegar nem perto".

Para o praça Colin Powell, do 12º Batalhão, na época com vinte anos de idade, que aterrissara a muitos quilômetros da zona marcada para sua descida, o primeiro som da guerra foram gemidos através da noite. Ele se ajoelhou junto de um pára-quedista seriamente ferido, um soldado irlandês, que suplicou baixinho a Powell:

– Acabe comigo, rapaz, por favor...

Powell não conseguiu fazer isso. Ele fez o que estava a seu alcance para deixar o pára-quedista nas condições mais confortáveis possíveis dentro naquela situação e saiu correndo para o ponto de encontro das tropas, prometendo que lhe enviaria auxílio.

Nos poucos momentos iniciais, muitos homens tiveram de depender de sua própria esperteza para sobreviver. Um pára-quedista, o tenente Richard Hilborn, do 1º Batalhão canadense, caiu através do telhado de vidro de uma estufa, "espalhando cacos por toda parte e fazendo um barulho apavorante, só que eu já estava de pé e correndo para longe, antes que o vidro acabasse de cair". Outro caiu exatamente dentro de um poço, como se estivesse atingindo o alvo com o máximo de precisão. Subindo para fora com o auxílio das cordas do pára-quedas, agarrando-se com as mãos e firmando-se com as botas, ele partiu para o ponto de reunião como se nada tivesse acontecido.

Por toda parte, os homens se livravam das situações mais extraordinárias. A maior parte dessas situações já teria sido bastante grave à luz do dia; de noite, em território inimigo, eram complicadas pelo medo e pela imaginação. Esse foi o caso do praça Godfrey Maddison. Estava sentado à beira de um campo de cultivo, aprisionado por uma cerca de arame farpado, incapaz de se mover. Suas duas pernas tinham sido retorcidas pelos fios de arame e o peso de seu equipamento – 56 quilos, incluindo quatro cargas de morteiro, cada uma pesando quatro quilos e meio – o havia empurrado para a frente, entre os rolos de arame, a um ponto tal que ele ficara completamente enleado. Não fora durante a queda: Maddison estava caminhando em direção ao toque de reunir das cornetas da 5ª, quando falseou o pé, perdeu o equilíbrio e caiu diretamente contra a cerca. "Comecei a entrar em pânico", lembra ele. "Estava muito escuro, mas eu pensei que alguém ia me alvejar mesmo assim." No começo, ele não fez nada: ficou parado, esperando e escutando atentamente. Então, convencido de que ninguém o notara, Maddison começou uma luta lenta e dolorosa para se livrar. Teve a impressão de que haviam passado horas antes que conseguisse livrar um dos braços e estendê-lo até as costas, para pegar o alicate que estava preso à parte traseira de seu cinto. Dentro de alguns minutos, ele se havia libertado e avançava novamente na direção de onde provinham os toques de clarim.

Mais ou menos nesse momento, o major Donald Wilkins, do 1º Batalhão canadense, estava rastejando ao longo do que lhe parecia ser o vulto escuro de uma pequena fábrica. Subitamente, avistou um grupo de figuras no gramado fronteiro. Mais que depressa, colou-se ao solo. As silhuetas escuras não se moveram. Wilkins fitou-as firmemente e, depois de um minuto, levantou-se praguejando e foi até lá para confirmar suas suspeitas. Realmente, eram estátuas de pedra decorando um jardim.

Um sargento da mesma unidade teve uma experiência um tanto parecida, só que as figuras avistadas eram perfeitamente reais. O praça Henry Churchill, em uma vala próxima, avistou o sargento, que havia caído em um lençol d'água que lhe dava pelos joelhos, livrar-se das correias do pára-quedas e olhar em torno, desesperado por avistar dois homens se aproximando.

– O sargento esperou – segundo recorda Churchill –, enquanto tentava decidir se eram britânicos ou alemães.

Os homens chegaram mais perto e, sem sombra de dúvida, estavam falando em alemão. A submetralhadora Sten do sargento matracou e "ele os derrubou rapidamente, com uma única rajada".

O inimigo mais sinistro nesses minutos de abertura do Dia D não eram os homens, mas a natureza. As precauções contra o desembarque de pára-quedistas, que haviam sido tomadas por iniciativa de Rommel, pagaram bons dividendos. Os lençóis d'água e os atoladouros do vale do rio Dives artificialmente inundado demonstraram ser armadilhas mortais. Muitos dos homens da 3ª Brigada caíram diretamente nessa área, como se fossem confetes retirados de um saco e espalhados ao acaso. Para esses pára-quedistas, um azar trágico seguia ao outro. Alguns pilotos, envolvidos por nuvens espessas, pensaram que a embocadura do Dives fosse a do Orne e largaram os homens sobre um labirinto de pântanos e alagadiços.

Um batalhão inteiro, composto por setecentos homens, cuja descida deveria ser concentrada na área de um quadrilátero de mais ou menos um quilômetro e meio de lado, foi em vez disso espalhado por mais de oitenta quilômetros quadrados de zona rural, a maior parte atoladouros. E era justamente esse batalhão, o 9º, que fora especialmente treinado para a missão, que recebera a tarefa mais difícil e mais urgente da noite – o assalto e destruição da bateria de Merville. Alguns desses homens levariam dias antes de conseguir reunir-se à sua unidade; muitos deles jamais retornariam.

O número de pára-quedistas que morreu nos baixios do Dives nunca será conhecido com exatidão. Os sobreviventes contaram que os pântanos eram atravessados por um labirinto de valas, com mais de dois metros de profundidade e um metro e vinte de largura, cujo fundo estava recoberto de um limo grudento. Um homem sozinho, carregado de armas, munição e equipamento pesado, não tinha a menor chance de sair para fora de um desses alagados. As mochilas de lona molhadas praticamente dobravam de peso e os homens que conseguiram sobreviver tiveram de abandonar todo o equipamento. E muitos homens que conseguiram, com muita luta, atravessar os pântanos, afogaram-se no rio, alguns à distância de apenas alguns metros da outra margem, onde a terra estava seca.

O praça Henry Humberstone, do 224º Destacamento Médico de Combate Aerotransportado, escapou por um triz de morrer desse jeito. Humberstone caiu nos pântanos, com água até a cintura, sem a menor idéia de onde se encontrava. Tinha esperado descer na zona dos pomares, a oeste de Varaville; em vez disso, tinha caído do lado oriental da zona de salto. Entre ele e Varaville, encontravam-se não somente os pântanos, como o próprio rio Dives. Uma névoa baixa recobria a terra como um cobertor branco e sujo, e Humberstone escutava o coaxar de sapos por toda a volta. Então, à sua frente, escutou o som inconfundível de água corrente. Humberstone cambaleou através dos campos inundados e chegou até o Dives. Enquanto procurava uma maneira de cruzar o rio, enxergou dois homens na margem oposta. Eram membros do 1º Batalhão canadense.

– Como é que eu cruzo o rio? – gritou Humberstone.

– Não tem perigo. É perfeitamente seguro – gritou de volta um dos homens.

O canadense começou a vadear as águas do rio, aparentemente para demonstrar-lhe que realmente era seguro. "Um minuto eu estava olhando pra ele e, no minuto seguinte, ele sumiu", lembra Humberstone. "Ele não gritou, nem pediu socorro, nem nada. Simplesmente se afogou antes que eu ou o parceiro dele que estava na outra margem pudéssemos fazer qualquer coisa."

O capitão John Gwinnett, capelão do 9º Batalhão, estava completamente perdido. Ele também caíra sobre os pântanos. Estava inteiramente só e o silêncio a seu redor era enervante. Gwinnett sabia que tinha de sair dos pântanos. Tinha certeza de que o ataque sobre Merville seria sangrento e queria estar lá junto com os homens.

"O medo", dissera a eles no aeroporto, logo antes de decolarem, "bateu na porta. A Fé foi abrir e não havia ninguém parado lá". A essa altura, Gwinnett ainda não sabia, mas ia levar dezessete horas antes de descobrir um caminho para sair dos campos alagados.

Nesse momento, o comandante da 9ª, tenente-coronel Terence Otway, estava tendo um tremendo acesso de fúria. Ele mesmo fora lançado a quilômetros do ponto de encontro e sabia perfeitamente que seu batalhão deveria estar completamente espalhado. Enquanto Otway marchava rapidamente através da noite, pequenos grupos de seus homens surgiam de toda parte, confirmando suas piores suspeitas. Ele ficou imaginando até que ponto o lançamento teria sido ruim. Será que seu comboio especial de planadores também tinha sido dispersado?

Otway necessitava desesperadamente dos canhões aerotransportados por planadores e de outros equipamentos pesados, se é que esperava que seu plano de assalto fosse obter o menor sucesso, porque sabia muito bem que a posição de Merville não era ocupada por uma bateria comum. Ao redor dela se escalonava uma formidável barreira de defesas em profundidade. Para chegar ao coração da bateria – quatro canhões pesados instalados em bases maciças de concreto e aço –, a 9ª teria de atravessar campos minados, ultrapassar fossos antitanque, penetrar uma cerca de arame farpado com a espessura de quase cinco metros, cruzar um novo campo minado e então combater através de um labirinto de trincheiras e ninhos de metralhadoras. Os alemães consideravam que essas fortificações mortíferas, defendidas por duzentos homens, eram praticamente inexpugnáveis.

Otway não achava que fossem, mas seu plano para destruí-la era elaborado e incrivelmente detalhado. Ele não pretendia deixar nada ao acaso. Primeiro, cem bombardeiros Lancaster, transportando bombas de mil e oitocentos quilos, deveriam saturar a área ocupada pela bateria. Os comboios de planadores deveriam trazer jipes, canhões antitanque, lança-chamas, "torpedos" *Bangalore* (constituídos de longos canos cheios de explosivos, que seriam enfiados sob as barreiras para destruir os arames), detectores de minas, morteiros e até mesmo escadas leves de assédio, feitas de alumínio. Depois de retirar todo esse equipamento especial dos planadores, os homens de Otway deveriam marchar em direção à bateria, separados em onze destacamentos, a fim de iniciar o assalto.

Essa ação requeria um horário detalhado e preciso. Inicialmente, pelotões de reconhecimento examinariam a área e estabeleceriam alvos. As equipes "Rotuladoras" (*Taping*) tinham a missão de remover as minas, abrindo assim corredores seguros, colocando marcações bem visíveis nas áreas que tinham sido limpas para o assalto às fortificações. As equipes "Demolidoras" (*Breaching*) destruiriam os emaranhados de arame farpado com os torpedos Bangalore. Atiradores de elite, operadores de morteiros e metralhadores deveriam assumir posições a fim de cobrir o assalto principal.

O plano de Otway tinha uma surpresa final: ao mesmo tempo em que suas tropas de assalto terrestre abordassem a bateria por terra, três planadores cheios de tropas deveriam fazer uma aterrissagem forçada diretamente *em cima da bateria*, em um avanço combinado e maciço sobre as defesas provindo da terra e do ar.

Partes do plano pareciam suicidas, mas valia a pena correr os riscos, porque os canhões de Merville poderiam matar milhares de soldados britânicos durante seu desembarque na praia Sword. Mesmo que tudo corresse de acordo com o horário preestabelecido para as próximas horas, no momento em que Otway e seus homens conseguissem reunir-se, marchar e atingir a bateria, teriam no máximo uma hora para destruir os canhões. Ele tinha sido informado claramente de que, caso a 9ª não pudesse completar a missão em tempo, a artilharia naval tentaria realizá-la. Isso significava que Otway e seus homens tinham de sair de perto da bateria, não importa qual fosse o resultado, até as cinco horas e meia da manhã. Nesse exato momento, se o sinal radiofônico indicando o sucesso não tivesse sido enviado por Otway, o bombardeio começaria.

Essa era a estratégia planejada. Porém, enquanto Otway corria ansiosamente para o ponto de reunião das tropas, a primeira parte do plano já fracassara. O ataque aéreo da meia-noite e trinta tinha sido um desastre completo: nem uma só bomba havia atingido a bateria. E os erros se multiplicavam: os planadores com os suprimentos vitais não haviam chegado.

No centro da cabeça de ponte da Normandia, no abrigo subterrâneo em que fora instalado o posto de observação alemão que dominava a praia Omaha, o major Werner Pluskat ainda percorria o mar com a luneta de precisão. Ele via as cristas brancas das ondas e nada mais. Sua inquietude não diminuíra; se alguma modificação houvera, era a de que Pluskat cada vez tinha maior certeza de que alguma coisa estava acontecendo. Logo depois que ele chegara ao *bunker*, esquadrilha após esquadrilha de aviões trovejara sobre a costa, ainda que passassem à sua direita e a grande distância; Pluskat calculara a travessia de centenas de aparelhos. Desde o primeiro momento em que os escutara, vinha esperando uma chamada súbita do QG regimental, confirmando suas suspeitas de que a invasão estava de fato principiando. Porém o telefone permanecera silencioso. Nada chegara de Ocker, desde aquela primeira chamada. E agora Pluskat escutou algo de diferente – o lento rugido crescente de um grande número de aviões, dessa vez à sua esquerda. Só que agora o som chegava de trás dele. Os aeroplanos pareciam estar se aproximando da península de Cherbourg, vindos de oeste. Pluskat sentiu-se mais confuso do que nunca. Instintivamente, olhou através de sua luneta mais uma vez, varrendo toda a extensão do mar. A baía permanecia completamente vazia. Não se avistava absolutamente nada.

## 4

Em Ste.-Mère-l'Église, o som dos bombardeios estava muito próximo. Alexandre Renaud, prefeito e farmacêutico local, podia sentir o solo tremendo. Teve a impressão de que os aviões estavam atacando as baterias localizadas em St.-Marcouf e em St.-Martin-de-Varreville, duas localidades que ficavam a apenas alguns quilômetros de distância. Estava extremamente preocupado com o destino da cidadezinha e de sua população. Praticamente a única coisa que as pessoas podiam fazer era abrigar-se nos porões ou em valas abertas para drenagem das hortas e jardins, porque estavam proibidos de sair de casa, em função do toque de recolher. Renaud colocou sua esposa,

Simone, com seus três filhos, no corredor que saía da sala de estar. Tinha vigas grossas que ofereciam uma boa proteção. Eram mais ou menos uma e dez da manhã quando a família se reuniu no abrigo antiaéreo improvisado. Renaud recorda a hora perfeitamente (que, para ele, era meia-noite e dez), porque, justamente nesse momento, começou a escutar batidas urgentes e persistentes na porta da rua.

Renaud deixou a família na parte habitada da casa e atravessou sua farmácia escura até a porta da frente, que dava para a *Place de l'Èglise*[7]. Antes mesmo de chegar à porta, já adivinhava qual era o problema. Através das janelas da loja, podia ver a praça brilhantemente iluminada, destacando as castanheiras que a cercavam e sua grande igreja normanda. A casa de Monsieur Hairon, do outro lado da praça, estava em chamas e o incêndio rugia ferozmente.

Renaud abriu a porta. O chefe do corpo de bombeiros local, resplandecente em seu capacete de bronze polido, que lhe chegava até os ombros, estava parado diante dela.

– Acho que foi atingida por uma bomba incendiária desgarrada. Algum desses aviões deve ter errado o alvo – disse o homem, sem qualquer preâmbulo, estendendo o braço para a casa incendiada. – O fogo está se espalhando depressa. O senhor pode dar um jeito de conseguir que o comandante suspenda o toque de recolher? Vamos precisar de toda a ajuda possível, precisamos de muita gente para organizar uma linha de baldes.

O prefeito correu até o posto de comando alemão, que ficava perto. Rapidamente explicou a situação ao sargento-de-dia, que deu permissão por sua própria conta. Ao mesmo tempo, o alemão convocou a guarda, para vi-

7. A praça da igreja, geralmente localizada no centro da aldeia. (Em francês no original.) (N. do T.)

giar os voluntários que se reunissem. Então Renaud foi até a casa paroquial e avisou o Padre Louis Roulland. O *curé*[8] mandou o sacristão tocar o sino da igreja, enquanto ele, Renaud e alguns outros batiam às portas, pedindo o auxílio dos moradores. Acima de suas cabeças, o sino começou a tocar, o som estridente se espalhando por toda a cidadezinha. As pessoas começaram a aparecer, algumas de pijama ou camisola, outras vestidas pela metade; logo, mais de cem homens e mulheres começaram a passar baldes cheios de água de mão em mão, formando duas longas filas em direção ao local do sinistro. Ao redor deles, postaram-se cerca de trinta guardas alemães, armados de rifles e Schmeissers.

No meio dessa confusão toda, recorda Renaud, o Padre Roulland chamou-o à parte.

– Tenho de falar com você... uma coisa muito importante – disse o padre.

Ele conduziu Renaud até a cozinha da casa paroquial. Sentada em uma cadeira, Madame Levrault, a idosa diretora, estava esperando por eles. Ela estava em estado de choque.

– Um homem caiu no meu canteiro de ervilhas – anunciou, com voz trêmula.

Renaud já estava às voltas com mais problemas do que poderia resolver, porém, mesmo assim, tentou acalmá-la.

– Não se preocupe – disse ele. – Por favor, volte para casa e não saia mais.

Então correu de volta, para auxiliar no combate ao incêndio.

O barulho e a confusão se haviam intensificado em sua ausência. As labaredas já estavam mais altas. Jatos de fagulhas haviam sido projetados contra os galpões que rodeavam a casa e estes também haviam incendiado. Para

---

8. Cura, vigário de aldeia ou povoação. Em francês no original. (N. do T.)

Renaud, a cena tinha todas as qualidades de um pesadelo. Ele ficou praticamente pregado no chão, contemplando os rostos corados e encharcados de suor das pessoas que estavam combatendo o fogo, suas expressões excitadas contrastando com os guardas alemães, pesadões e usando uniformes grossos demais, carregando seus rifles e metralhadoras. Acima da praça, o sino ainda tocava, acrescentando seu som forte e persistente à balbúrdia geral. Foi então que, mais forte que todos os ruídos, escutaram acima de suas cabeças o roncar inconfundível de motores de avião.

O som chegava do oeste – um rugido crescente, um troar que se fazia cada vez mais alto, acompanhando pelo ruído estridente, também cada vez mais próximo, do fogo antiaéreo, à medida que bateria após bateria ao longo da península enquadrava as esquadrilhas. Na praça de Ste.-Mère-l'Èglise todos olharam para cima, imóveis como estátuas, a casa em fogo totalmente esquecida. Então os canhões do próprio povoado começaram a disparar e o ronco ensurdecedor estava logo acima deles. As formações de aviões varreram os céus da aldeia, praticamente tocando as pontas das asas, através de uma barragem de fogo entrecruzado que subia do solo, cada explosão soando como a pancada de um martelo gigantesco. Todos os aeroplanos traziam luzes acesas. Estavam voando tão baixo, que as pessoas na praça instintivamente começaram a se encolher e a se jogar no pavimento ou em seus canteiros, e Renaud recorda que os aviões lançavam "grandes sombras no chão e havia reflexos de luzes vermelhas no solo, que pareciam brilhar do meio dessas sombras".

Onda após onda, as formações de aparelhos voaram sobre eles, os primeiros aviões da maior operação aerotransportada jamais vista na história – 882 aeroplanos, carregando treze mil homens. Esses soldados, das veteranas 101ª e 82ª divisões Aerotransportadas do Exército dos Estados Unidos, dirigiam-se a seis zonas de lançamento, todas elas dentro de um raio de poucos quilômetros ao redor de Ste.-Mère-l'Église. Os pára-quedistas saltavam aos magotes de dentro dos aeroplanos, grupamento após grupamento. Enquanto aqueles que se destinavam à zona mais próxima da aldeia flutuavam lentamente para baixo, dezenas deles escutaram um som incongruente acima do estridor da batalha: o sino de uma igreja dobrando durante a noite.

Para muitos deles, esse foi o último som que escutaram. Apanhados por um vento forte, um certo número de soldados flutuou diretamente para o inferno da *Place de l'Église* – em direção às armas dos guardas alemães, que um capricho do destino colocara em prontidão justamente ali. O tenente Charles Santarsiero, do 506º Regimento da 101ª Divisão, estava parado na porta de seu avião, enquanto este sobrevoava Ste.-Mère-l'Église. "Estávamos a uns cento e vinte metros de altura", recorda ele. "De minha posição, dava para ver fogos acesos e uma porção de *Krauts*[9] correndo por toda parte. Parecia haver uma confusão total no solo, bem embaixo de nós. Dava a impressão de que tinham aberto as portas do inferno. O fogo das baterias antiaéreas FLAK subia em nossa direção, juntamente com um monte de balas de armas portáteis, e os desgraçados daqueles caras que já haviam saltado estavam bem no meio dele, sendo atingidos de toda parte.

Praticamente no mesmo momento que pulou de seu avião, o praça John Steele, do 505º Regimento da 82ª Divisão, viu que, em vez de estar prestes a descer em uma zona de lançamento demarcada por luzes de sinalização, estava se dirigindo para o centro do que parecia ser uma cidade em chamas. Então, avistou soldados alemães e civis franceses correndo freneticamente de um lado para o outro. A maior parte deles, segundo pensou Steele, estava

9. Repolho ou couve. (Em alemão no original.) Apelido dado pelos soldados aliados aos alemães. (N. do T.)

olhando direto para ele. No momento seguinte, ele foi atingido por uma coisa que parecia "um talho de uma faca afiada". Uma bala tinha acertado seu pé. Logo a seguir, Steele avistou uma coisa que o alarmou ainda mais. Balançando nas correias do pára-quedas, incapaz de desviar-se da cidade, ele permanecia totalmente inerme, pendurado no pano de seda, que o carregava diretamente para a torre da igreja erguida de um dos lados da praça.

Um pouco acima de Steele, o soldado-de-primeira-classe Ernest Blanchard escutou os toques do sino e viu o *maelström*[10] de fogo que subia em sua direção. No minuto seguinte, ele viu horrorizado um homem que flutuava quase a seu lado "explodir e praticamente desintegrar-se diante de meus olhos", provavelmente vítima dos explosivos que transportava.

Blanchard começou desesperadamente a repuxar as correias que prendiam a cúpula do pára-quedas, tentando desviar-se da multidão que o esperava lá embaixo, na praça. Mas era tarde demais. Ele caiu com estrondo em um dos castanheiros. A seu redor, os homens estavam sendo mortos com rajadas de metralhadoras. Havia gritos, berros, uivos e gemidos – sons que Blanchard jamais esqueceria. Freneticamente, enquanto as rajadas das metralhadoras se aproximavam, Blanchard cortou as cordas que o prendiam ao pára-quedas. Então saltou para baixo da árvore e começou a correr em pânico, sem perceber que também tinha cortado fora a ponta do polegar esquerdo.

Para os alemães, deve ter parecido que St.-Mère-l'Église estava sendo sufocada por uma nuvem de pára-quedistas e, certamente, os habitantes da aldeia reunidos na praça acharam que estavam no centro de uma grande batalha. De fato, muito poucos americanos – talvez trinta – aterrissaram na povoação e não mais de vinte caíram dentro ou ao redor da praça. Mas esses foram suficientes

10. Redemoinho, turbilhão. (Em norueguês no original.) (N. do T.)

para deixar em pânico a guarnição alemã, composta por um pouco menos de cem homens. Reforços foram mandados às pressas em direção à praça, que parecia ser o ponto focal do ataque; alguns dos alemães recém-chegados, deparando com a cena de fogo e sangue, segundo pensou Renaud, acabaram perdendo todo o controle.

A cerca de quinze metros do ponto da praça em que o prefeito estava parado, um pára-quedista mergulhou na copa de uma árvore e quase imediatamente foi localizado, enquanto tentava freneticamente libertar-se de seus cordames. Diante das vistas de Renaud, "cerca de meia dúzia de alemães esgotou as cargas de suas submetralhadoras diretamente sobre ele e o pobre rapaz ficou pendurado ali, de olhos abertos, como se estivesse olhando para os buracos de bala abertos por todo o seu corpo".

Apanhados no meio do morticínio que se desenrolava por toda parte, as pessoas apinhadas na praça estavam agora completamente alheias à poderosa armada aérea que ainda rugia sem cessar sobre suas cabeças. Milhares de homens estavam pulando nas zonas de lançamento demarcadas para a 82ª, a noroeste da aldeia, e para a 101ª, a leste e um pouco para oeste, entre Ste.-Mère-l'Église e a praia Utah. Porém, de vez em quando, porque o lançamento tinha sido dispersado tão amplamente, alguns pára-quedistas, desgarrados de quase todos os regimentos, foram carregados pelo vento em direção ao holocausto da cidadezinha. Um ou dois desses homens, carregados com munição, granadas e explosivos plásticos, chegaram de fato a cair dentro da casa em chamas. Escutaram-se gritos breves e então uma fuzilaria de tiros e estrondos, à medida que a munição era atingida pelas chamas e explodia.

De permeio a todo esse horror e confusão, um homem tenaz e precariamente prendeu-se à vida. O praça Steele, com seu pára-quedas enrolado na torre da igreja, ficou pendurado logo abaixo da platibanda. Escutou os gritos e berros. Viu alemães e americanos disparando uns contra os outros por toda a praça e nas ruas ao redor. E, quase paralisado de terror, viu as linhas vermelhas e intermitentes dos projéteis, enquanto rajadas de metralhadora e balas perdidas passavam ao seu redor e por cima da sua cabeça. Steele tinha tentado cortar as cordas do seu pára-quedas, mas de algum modo sua faca escapara por entre seus dedos e caíra no pavimento da praça.

Steele então percebeu que sua única esperança era fingir-se de morto. No telhado, somente a alguns metros de distância dele, os metralhadores alvejavam qualquer coisa que avistassem, mas pararam de atirar em Steele. Ele permaneceu parado, tão realisticamente "morto", pendendo das cordas do pára-quedas, que o tenente Willard Young, da 82ª, que passou correndo por ali no auge do combate, ainda recorda "o homem morto pendurado no campanário da igreja." Contando tudo, Steele permaneceu pendurado por mais de duas horas, antes de ser retirado de seu pára-quedas e capturado ainda vivo pelos alemães. Sofrendo de choque e da dor de seu pé estraçalhado, ele absolutamente não recorda o dobre do sino, soando ensurdecedoramente a apenas um ou dois metros de sua cabeça.

O encontro em Ste.-Mère-l'Église foi o prelúdio ao principal ataque aerotransportado americano. Porém, no esquema geral das coisas, essa escaramuça inicial e sangrenta[11] foi totalmente acidental. Embora a aldeia fosse

11. Não fui capaz de determinar quantos foram mortos ou feridos na praça, porque lutas esporádicas continuaram ocorrendo por toda a cidade, até o ataque real, que resultou em sua captura. Mas as melhores estimativas colocam as baixas em apenas doze mortos, feridos ou desaparecidos em combate. A maior parte desses homens eram da Companhia F, 2º Batalhão, 505º Regimento, e existe uma pequena anotação patética em seus registros oficiais, a saber: "O segundo-tenente Cadish e os seguintes praças caíram na cidade e foram mortos quase instantaneamente: Shearer, Blankenship, Bryant, Van Holsbeck e Tlapa". O praça John Steele viu dois homens tombarem na casa incendiada, um dos quais ele acredita ter sido o praça White, de seu próprio destacamento de morteiros, que saltou

um dos principais objetivos da 82ª Aerotransportada, a verdadeira batalha pela posse de Ste.-Mère-l'Église ainda deveria ser travada. Muita coisa tinha de ser realizada antes do assalto, porque a 101ª e a 82ª divisões, como as britânicas, estavam correndo contra o relógio.

Para os americanos, foi designada a missão de defender o flanco direito da área de invasão, do mesmo modo que seus camaradas britânicos foram encarregados de defender o flanco esquerdo. Mas muitas outras coisas dependiam dos pára-quedistas americanos: de fato, era deles que dependia inteiramente o destino de toda a operação da praia Utah.

O principal obstáculo ao sucesso do desembarque na praia Utah era uma corrente de água conhecida como o rio Douve. Como parte de suas medidas antiinvasão, os engenheiros de Rommel tinham executado um plano brilhante, que tirava plena vantagem do Douve e de seu principal afluente, o Merderet. Essas barreiras aquáticas que se estendiam ao longo da parte inferior da massa terrestre da península de Cherbourg, cuja reprodução em um mapa lembra bastante um polegar, fluem para o sul e para o sudeste através de terras baixas, ligam-se com o canal de Carentan, na base da península e, correndo quase paralelamente ao rio Vire, desaguam no Canal da Mancha. Manipulando as eclusas de La Barquette, na época já com um século de construção, alguns quilômetros acima da cidade de Carentan, os alemães tinham inundado uma extensão de solo tão grande que a península, já de natureza pantanosa, ficava quase isolada do restante da Normandia. Deste modo, guarnecendo as poucas estradas,

---

*(continuação da nota 11)*
logo atrás dele. O tenente-coronel William E. Ekman, comandante da 505ª, também informa que "um dos capelães do Regimento... que caiu sobre Ste.-Mère-l'Église, foi capturado e, logo a seguir, executado". (N. do A.)

pontes e caminhos abertos por entre essas áreas intransponíveis, os alemães podiam provocar o engarrafamento de uma tropa de invasão e, eventualmente, destruí-la. No caso de desembarques na costa oriental, as forças alemãs que atacassem do norte e do oeste poderiam fechar a armadilha e empurrar os invasores de volta para o mar.

Essa, pelo menos, era a estratégia geral. Mas os alemães não tinham intenção de permitir que uma invasão sequer chegasse a essa distância; como medidas secundárias de defesa, tinham inundado mais de vinte quilômetros quadrados de terras baixas atrás das praias da costa oriental. A praia Utah ficava quase ao centro desses lagos artificiais. Havia somente uma forma de os homens da 4ª Divisão de Infantaria (além de seus tanques, canhões, veículos e suprimentos) abrirem caminho à força para o interior: ao longo de cinco caminhos encerrados entre as áreas alagadas. Os canhões alemães mantinham essas passagens totalmente sob controle.

Guarnecendo a península e essas barreiras naturais de defesa, havia três divisões alemãs: a 709ª, ao norte e ao longo da costa oriental; a 243ª, defendendo a costa oeste; e a recém-chegada 91ª, no meio das duas e distribuída ao longo da base. Do mesmo modo, estacionada ao sul de Carentan, a uma distância que permitia imediato deslocamento e assalto, encontrava-se uma das melhores e mais aguerridas unidades alemãs da Normandia – o 6º Regimento de Pára-Quedistas, comandado pelo Barão von der Heydte. Além das unidades navais encarregadas da guarnição das baterias costeiras, dos contingentes de defesa antiaérea da *Luftwaffe* e de uma grande variedade de unidades individuais distribuídas nas vizinhanças de Cherbourg, os alemães podiam lançar quase quarenta mil homens quase imediatamente contra qualquer tipo de ataque aliado.

Nessa área pesadamente defendida, a 101ª Divisão, comandada pelo general-de-divisão Maxwell D. Taylor, e a 82ª Divisão, sob as ordens do general-de-divisão

Matthew B. Ridgway, tinham recebido a enorme tarefa de abrir e conservar uma cabeça-de-ponte aérea – uma ilha de defesa entre a área da praia Utah e um ponto bem distante, localizado a oeste, do outro lado da base da península. Eles tinham a missão de abrir o caminho para a 4ª Divisão e conservar as posições conquistadas até que fossem substituídos. Espalhados pela área da península e seus arredores, os pára-quedistas americanos estavam em inferioridade numérica de mais de três contra um.

Sobre o mapa, o contorno da cabeça-de-ponte aérea lembrava a pegada de um pé esquerdo curto e largo, com os dedos menores espalhados ao longo da costa, o dedão sobre as eclusas de La Barquette, acima de Carentan, e o calcanhar atrás e além dos alagadiços de Merderet e Douve. A área tinha aproximadamente vinte quilômetros de comprimento, doze quilômetros de largura na parte dos dedos, encurtando para uns seis quilômetros do lado do calcanhar. Era uma zona imensa, considerando-se que deveria ser defendida por somente treze mil homens, mas tinha de ser tomada em menos de cinco horas.

Os homens de Taylor tinham de capturar uma bateria de seis canhões em St.-Martin-de-Varreville, quase diretamente por trás da praia Utah, e avançar às pressas para assumir o controle de quatro dos cinco caminhos que medeavam entre essa posição e a povoação costeira de Pouppeville. Ao mesmo tempo, as passagens e pontes sobre o rio Douve e o canal de Carentan, particularmente as eclusas de La Barquette, tinham de ser capturadas ou destruídas. Enquanto as "Águias Gritadoras" da 101ª capturavam esses objetivos, os homens de Ridgway deveriam capturar e defender o calcanhar e o lado esquerdo do "pé". Tinham de defender as passagens sobre o Douve e o Merderet, capturar Ste.-Mère-l'Église e conservar as posições ao norte da cidade, a fim de evitar possíveis contra-ataques capazes de investir contra o flanco da cabeça-de-ponte.

Os homens das divisões aerotransportadas haviam recebido ainda outra missão de importância vital. O inimigo tinha de ser expulso de todas as áreas de pouso dos planadores, já que grandes comboios de planadores estavam programados como reforço para os americanos, do mesmo modo que para os britânicos, e deveriam chegar antes da aurora e, novamente, ao escurecer. A primeira revoada, composta por mais de cem planadores, já deveria estar chegando às quatro horas dessa madrugada.

Desde o princípio, os americanos lutavam contra probabilidades esmagadoras. Como as britânicas, as divisões americanas foram espalhadas criticamente ao longo de vastas áreas geográficas. Somente um regimento, o 505º da 82ª Divisão, conseguiu aterrar com precisão. Sessenta por cento de todo o equipamento foi perdido, inclusive a maior parte dos rádios, morteiros e munição. Pior ainda, boa parte dos homens também se perdeu. Desceram a quilômetros de qualquer acidente geográfico reconhecível por meio de seu treinamento anterior com mapas, ficando tão isolados quanto confusos. A rota tomada pelos aviões corria de oeste para leste e os aparelhos levavam somente doze minutos para cruzar a península. Saltar com atraso significava cair no Canal da Mancha; pular cedo demais determinava a descida em algum ponto entre a costa oeste e as áreas inundadas. Alguns grupamentos foram lançados tão mal que, de fato, aterrissaram mais perto do lado ocidental da península que de suas zonas demarcadas do lado leste. Centenas de homens, pesadamente carregados de equipamento, caíram nos pântanos traiçoeiros do Merderet e do Douve. Muitos se afogaram, alguns em pouco mais de meio metro de água. Outros, que pularam tarde demais, tombaram na escuridão sobre o que julgavam ser a Normandia e acabaram se perdendo no Canal.

Um grupamento inteiro de pára-quedistas da 101ª – talvez quinze ou dezoito soldados – morreu dessa maneira. No avião seguinte, o cabo Louis Merlano caiu em uma praia arenosa diretamente em frente de um poste de madeira com a inscrição "*Achtung Minen!*"[12] Ele tinha sido o segundo homem de seu grupamento a saltar. A uma certa distância, Merlano podia escutar o som tranqüilo das ondas batendo na praia. Ele estava deitado em dunas de areia que cercavam os obstáculos antiinvasão de Rommel, somente alguns metros acima da praia Utah. Ainda deitado, tentando recuperar o fôlego, começou a escutar gritos distantes. Merlano só ficou sabendo mais tarde que os gritos vinham do Canal da Mancha, onde os últimos onze homens de seu avião estavam se afogando nesse mesmo momento.

Merlano saiu depressa da praia, deliberadamente ignorando a possibilidade de que seu caminho estivesse minado. Pulou uma cerca de arame farpado e correu em direção a uma sebe. Avistou alguém que chegara lá antes: Merlano não parou. Correu até atravessar uma estrada e começou a subir por uma parede de pedra. Nesse momento, escutou um grito agoniado atrás dele. Virou-se rapidamente em direção ao caminho por onde viera. Um lança-chamas estava incendiando a sebe por onde acabara de passar e, delineada pelas chamas, estava a silhueta de um de seus camaradas pára-quedistas. Estonteado, Merlano se agachou junto à parede. Do outro lado, veio o som de gritos em alemão e rajadas de metralhadora. Merlano estava encurralado em uma área fortemente defendida, cercado de alemães por todos os lados. Preparou-se para lutar pela vida. Mas havia uma coisa que ele tinha de fazer primeiro que tudo. Merlano, que estava destacado para uma unidade de sinalização, tirou de seu bolso um livrinho de comunicações que continha os códigos e as senhas escolhidos para os próximos três dias. O livrinho tinha cinco centímetros de comprimento por

12. "Perigo, minas!" (Em alemão no original.) (N. do T.)

cinco de largura e ele foi arrancando página por página, mastigando e engolindo, até que comeu todas.

Do outro lado da cabeça-de-ponte aérea, os homens afundavam e se debatiam nos pantanais escuros. A água dos rios Merderet e Douve estava pontilhada de pára-quedas de todas as cores, e as pequenas luzes dos fardos de equipamento brilhavam fantasmagoricamente do meio dos alagadiços, do fundo da água. Os homens caíam velozmente do céu, mal conseguindo evitar cair uns por cima dos outros enquanto afundavam, fazendo a água erguer-se em chafarizes. Alguns nunca chegaram a reaparecer. Outros voltaram à superfície ofegantes, lutando para respirar e cortando desesperadamente as correias dos pára-quedas e mochilas de equipamento que os puxavam para baixo novamente.

Como o Capelão John Gwinnett, da 6ª Divisão Aerotransportada britânica, a oitenta quilômetros de distância, o capelão da 101ª, capitão Francis Sampson, afundou nas áreas inundadas. No lugar em que caiu, a água lhe dava acima da cabeça. O sacerdote estava preso no lugar pelo peso de seu equipamento, mas o pano de seda de seu pára-quedas, enfunado pelo vento forte, permanecia aberto acima de sua cabeça. Freneticamente, ele cortou as correias que prendiam seu equipamento ao redor de sua cintura – inclusive o estojo em que transportava a estola e os elementos da eucaristia. Então, com a seda do pára-quedas funcionando como uma grande vela, ele foi assoprado por mais uns cem metros até repousar novamente na água, que neste ponto era rasa. Exausto, permaneceu sentado por uns vinte minutos. Finalmente, desprezando as rajadas de metralhadora e o fogo de morteiro que estavam começando a pipocar e explodir ao seu redor, o Padre Sampson voltou para a área em que primeiro caíra e começou a mergulhar obstinadamente, em busca de seu estojo de comunhão. Acabou conseguindo encontrá-lo, já na quinta tentativa.

Só muito mais tarde o Padre Sampson, recordando a experiência, percebeu que o Ato de Contrição que havia murmurado às pressas, enquanto lutava para sair da água, tinha sido de fato a bênção que costumava proferir antes das refeições.

Em incontáveis pastagens e pequenos campos de cultivo entre a Mancha e as áreas inundadas, os americanos se reuniram através da noite, não atraídos pelo toque de clarins, como os britânicos, mas pelo som de grilos de brinquedo. Suas vidas dependiam de brinquedos de lata vendidos por alguns centavos, confeccionados de forma a estalar quando uma criança os apertava. Um estalido do "grilo" tinha de ser respondido por dois estalidos e, no caso da 82ª, também por uma senha. Dois estalidos requeriam um estalido como resposta. Ao escutar esses sinais, os homens saíam de seus esconderijos, desciam de árvores, subiam de valetas, dobravam os cantos de construções e saudavam-se uns aos outros. O general-de-divisão Maxwell D. Taylor e um soldado não identificado, sem capacete, mas carregando firmemente seu rifle, encontraram-se na extremidade de uma sebe e se abraçaram calorosamente. Alguns pára-quedistas tiveram a sorte de encontrar suas unidades em seguida. Outros viram estranhos rostos na noite e depois a visão confortadora e familiar das minúsculas bandeiras americanas costuradas nos ombros, um pouco acima das marcas de identificação das unidades.

Mesmo extraordinariamente confusos, esses homens se adaptaram rapidamente à situação. Os pára-quedistas veteranos da 82ª, que já haviam sido testados em batalhas anteriores, nos assaltos aerotransportados da Sicília e de Salerno, já faziam uma idéia do que os esperava. Todavia, os membros da 101ª, em seu primeiro salto de combate real, estavam ferozmente determinados a não se deixarem superar por seus colegas mais ilustres. Todos esses homens desperdiçaram o mínimo tempo possível para reunir-se a suas unidades, porque sabiam muito bem que não tinham tempo a perder. Os que tiveram mais sorte e conseguiram identificar de imediato onde se achavam reuniram-se rapidamente e partiram em direção a seus objetivos predeterminados. Os que ficaram perdidos, foram formando pequenos grupos com homens de diferentes companhias, batalhões e regimentos. Soldados da 82ª acabaram sendo conduzidos por oficiais da 101ª, e vice-versa. Os homens das duas divisões combateram lado a lado, muitas vezes por objetivos dos quais nunca tinham ouvido falar e para os quais não tinham sido treinados.

Centenas de homens desceram em pequenos campos, cercados de todos os lados por sebes altas. Os campos pareciam pequenos mundos silenciosos, isolados e assustadores. Dentro deles, cada sombra, cada barulho surdo e cada galhinho quebrado representavam o inimigo. O praça Dutch Schultz, largado em um desses mundos recobertos de sombras, foi incapaz de descobrir uma saída. Decidiu tentar o seu "grilo". Ao primeiro estalido, recebeu uma resposta bem diferente do que esperava: uma rajada de metralhadora. Lançou-se ao solo, apontou seu rifle M-l na direção da metralhadora e apertou o gatilho. Não aconteceu nada. Ele tinha esquecido de carregar o magazine da arma. A metralhadora começou a disparar novamente e Dutch correu para esconder-se na sebe mais próxima.

Fez um novo reconhecimento cuidadoso do campo. Então escutou o estalo de um graveto. Por um momento, Dutch entrou em pânico, mas logo se acalmou, ao avistar seu comandante de companhia, o tenente Jack Tallerday, que atravessava a sebe.

– É você, Dutch? – indagou Tallerday baixinho.

Schulz moveu-se rapidamente para juntar-se a ele. Os dois saíram juntos do campo e logo se encontraram com um grupo que Tallerday já havia reunido. Havia homens da 101ª e de todos os três regimentos da 82ª. Pela primeira vez desde o salto, Dutch relaxou. Não estava mais sozinho.

Tallerday moveu-se ao longo de uma sebe, com seu pequeno grupo escalonado atrás dele. Pouco depois eles escutaram e a seguir avistaram um outro grupo de homens que vinha em sua direção. Tallerday estalou seu grilo e pensou ter escutado o sinal da resposta. "Mas no momento em que nossos dois grupos se aproximaram", conta Tallerday, "tornou-se imediatamente evidente, pela configuração de seus capacetes, que os outros eram alemães". Sucedeu-se então uma dessas ocorrências raras e curiosas, que algumas vezes acontecem durante as guerras. Cada grupo caminhou silenciosamente ao lado do outro, seguindo em direções opostas, como se tivessem sido congelados pelo choque, sem disparar um só tiro. À medida que crescia a distância entre eles, a escuridão ia fazendo desaparecer o pequeno grupo de figuras, como se elas jamais tivessem existido.

Nessa noite, pára-quedistas aliados e soldados alemães se encontraram inesperadamente por toda a Normandia. Nesses encontros, as vidas dos homens dependiam de sua presença de espírito e, freqüentemente, da fração de segundo que levavam para puxar o gatilho. A cinco quilômetros de Ste.-Mère-l'Église, o tenente John Walas, da 82ª, quase tropeçou em uma sentinela alemã, que montava guarda em frente a um ninho de metralhadoras. Por um terrível momento, os dois homens se fitaram. Então, o alemão reagiu. Disparou um tiro à queima-roupa contra Walas. A bala atingiu um parafuso no rifle do tenente, que estava diretamente em frente a seu estômago, arranhou-lhe a mão e ricocheteou. Ambos deram a volta nos calcanhares e fugiram.

Um homem, o major Lawrence Legere, da 101ª, conseguiu livrar-se de suas dificuldades apenas conversando. Em um campo entre Ste.-Mère-l'Église e a praia Utah, Legere tinha reunido um pequeno grupo de homens e os estava liderando em direção ao ponto demarcado para o encontro das tropas. Subitamente, Legere foi interpelado em alemão. Essa língua ele não falava, mas era fluente em francês. Já que os outros homens estavam a alguma distância atrás dele e não tinham sido avistados, Legere, na escuridão reinante no campo, fingiu que era um granjeiro e explicou rapidamente em francês que estivera visitando sua namorada e estava voltando para casa. Desculpou-se por se ter atrasado e estar violando o toque de recolher. Enquanto falava, ocupava-se em remover rapidamente uma tira de fita adesiva de uma granada, que havia sido colocada para impedir a remoção acidental do pino. Ainda falando calmamente, arrancou fora o pino, jogou a granada e atirou-se ao solo, justo no momento em que o artefato explodia. Descobriu que tinha abatido três soldados alemães. "Quando eu retornei para recolher o meu corajoso pequeno bando de soldados", recorda-se Legere, "descobri que eles tinham-se espalhado aos quatro ventos..."

Houve muitos momentos engraçados e até ridículos. Em um pomar escuro, a quilômetro e meio de Ste.-Mère-l'Église, o capitão Lyle Putnam, um dos cirurgiões de batalhão da 82ª, encontrou-se totalmente isolado. Reuniu todo o seu equipamento médico e começou a procurar uma saída. Perto de uma das sebes, avistou uma figura que se aproximava cautelosamente. Putnam paralisou-se imediatamente, inclinou-se para a frente e sussurrou em um cochicho de teatro a senha da 82ª: *"Flash"* (Relâmpago). Houve um momento de silêncio elétrico, enquanto Putnam aguardava a contra-senha, que era *"Thunder"* (Trovão). Para seu espanto, Putnam escutou em vez disso um berro de susto, vindo do outro vulto: "Jesus Cristo!", que saiu "correndo como um louco". O doutor ficou tão zangado que nem se lembrou de assustar-se. A uns oitocentos metros de distância, seu amigo, o capitão George Wood, capelão da 82ª, que também estava sozinho, apertou seu grilo várias vezes. Ninguém respondia. Então, deu um pulo de susto, quando uma voz atrás dele reclamou:

– Pelo amor de Deus, padre, pare com essa droga de barulho!

Envergonhado, o Capelão Wood seguiu o pára-quedista até sair do campo em que se achava.

Nessa mesma tarde, estes dois homens estariam na escolinha de Madame Angèle Levrault, em Ste.-Mère-l'Église, combatendo sua própria guerra – uma batalha em que os uniformes não faziam a menor diferença. Estariam cuidando dos feridos e moribundos dos dois lados.

Por volta das duas horas da madrugada, embora mais de uma hora ainda devesse passar antes que todos os pára-quedistas chegassem ao solo, muitos pequenos grupos de homens determinados já se estavam aproximando de seus objetivos. Um grupo, de fato, já estava atacando seu alvo, um ponto fortificado inimigo, formado por uma série de abrigos individuais escavados no solo, ao redor de ninhos de metralhadora e posições de defesa antitanque, próximo à aldeia de Foucarville, um pouco acima da praia Utah. A posição era considerada de extrema importância, porque controlava todo o tráfego da estrada principal que conduzia à área costeira logo acima da praia Utah – precisamente a estrada que os tanques inimigos teriam de usar para atingir a cabeça-de-ponte. O ataque a Foucarville requeria uma companhia completa, mas, por enquanto, só onze dos homens do capitão Cleveland Fitzgerald se haviam apresentado. Tão determinados estavam Fitzgerald e seu pequeno grupo que eles atacaram a posição sem esperar a chegada de mais tropas. Durante esse primeiro ataque registrado de uma unidade de batalha da 101ª durante o assalto do Dia D, Fitzgerald e seus homens conseguiram chegar até o posto de comando inimigo. Travou-se uma batalha curta e sangrenta. Fitzgerald foi atingido no pulmão por uma sentinela, porém, ao cair, matou o soldado alemão. Finalmente os americanos, em número muito inferior aos defensores, tiveram de recuar para os arredores, a fim de aguardar a aurora e esperar reforços. Sem que eles soubessem, nove pára-quedistas haviam chegado a Foucarville cerca de quarenta minutos antes. Só que haviam caído diretamente sobre o ponto fortificado. Agora, sob os olhos atentos de seus captores, sentavam-se no fundo de um abrigo, sem perceber a batalha que se travava perto dali, enquanto escutavam um soldado alemão que tocava uma gaita-de-boca.

Houve momentos estranhos para todos – particularmente para os generais. Esses se haviam transformado em comandantes sem estado-maior, sem comunicações e sem comandados. O general-de-divisão Maxwell Taylor formou um grupo de vários oficiais, mas com somente um ou dois praças.

– Nunca antes – comentou com seus homens –, tão poucos foram comandados por tantos.[13]

O general-de-divisão Matthew B. Ridgway descobriu que estava sozinho em um campo, pistola na mão e achando que tivera muita sorte. Conforme recordou mais tarde, "se não havia nenhum amigo à vista, pelo menos também não se avistava qualquer inimigo". Seu vice-comandante, o general-de-brigada James J. "Jumpin' Jim" Gavin, o qual, nesse momento, já havia assumido pleno comando das operações dos pára-quedistas da 82ª, estava a quilômetros de distância, nos pântanos do Merderet.

Gavin e um certo número de pára-quedistas estavam tentando salvar fardos de equipamento afundados nos brejos. Era neles que se achavam os rádios, as bazucas, os morteiros e a munição de que Gavin tão desesperadamente necessitava. Ele sabia que, ao raiar da aurora, a par-

---

13. Alusão irônica à frase de Sir Winston Churchill, com referência aos pilotos da Real Força Aérea que impediram a destruição das cidades inglesas pela *Luftwaffe* alemã: "Nunca tantos deveram tanto a tão poucos," objeto de muitas paródias e trocadilhos. (N. do T.)

te da cabeça-de-ponte aérea correspondente ao "calcanhar", que ele e seus homens deveriam defender, estaria sob pesado ataque. Enquanto permanecia em pé no brejo, com água que lhe dava pelos joelhos, supervisionando os soldados que pescavam o material, outras preocupações se acotovelavam na mente de Gavin. Primeiro, nem sequer tinha certeza do lugar em que se achava; além disso, não sabia o que fazer com um grande número de homens feridos que, de uma maneira ou de outra, haviam se juntado a seu pequeno grupo e agora estavam deitados ao longo das margens do pântano.

Cerca de uma hora antes, ao ver luzes vermelhas e verdes piscando do lado oposto das águas, Gavin tinha enviado seu ajudante-de-ordens, o tenente Hugo Olson, a fim de descobrir o que significavam. Esperava que fossem luzes acesas para facilitar a reunião de dois dos batalhões da 82ª. Olson não retornara e Gavin já estava ansioso. Um de seus oficiais, o tenente John Devine, estava na metade do rio, completamente nu e mergulhando para encontrar fardos. "Cada vez que ele vinha à tona, parecia uma estátua de mármore branco", recorda Gavin. "Eu não conseguia parar de pensar que, se ele fosse enxergado pelos alemães, não teria escapatória."

Repentinamente, uma figura solitária veio cambaleando através do atoleiro. Estava coberta de barro e de limo e tão molhada que dava para torcer. Era Olson, retornando para relatar que havia uma estrada de ferro diretamente à frente de Gavin e seus homens, correndo sobre um talude alto que serpenteava através dos pântanos. Era a primeira boa notícia que recebiam essa noite. Gavin sabia que só havia uma ferrovia no distrito – a linha Cherbourg-Carentan, que atravessava o vale do Merderet. O general ficou um pouco mais aliviado. Pela primeira vez, tinha certeza de onde se achava.

Em um pomar de macieiras, situado nos arredores de Ste.-Mère-l'Église, o homem que deveria comandar a defesa dos acessos setentrionais à cidade – o flanco da cabeça-de-ponte da invasão pela praia Utah – estava sofrendo dores e procurando não demonstrar. O tenente-coronel Benjamin Vandervoort, da 82ª, tinha quebrado um tornozelo na queda, mas havia decidido permanecer em combate, não importando o que lhe acontecesse.

O azar vinha perseguindo Vandervoort. Ele sempre levava suas tarefas a sério, algumas vezes a sério demais. Diferente de muitos outros oficiais do Exército, Vandervoort nunca tivera um apelido popular, nem tinha permitido o tipo de relacionamento fácil e íntimo com seus homens que era apreciado por outros oficiais. A Normandia mudaria tudo isso – e mais ainda. Ela o tornaria, como o general-de-divisão Matthew B. Ridgway recordou mais tarde, "um dos comandantes de batalha mais corajosos e resistentes que jamais conheci". Vandervoort combateu com o tornozelo quebrado durante quarenta dias, lado a lado com os homens, cuja aprovação era o que ele mais desejava.

O cirurgião do batalhão de Vandervoort, o capitão Putnam, ainda zangado por causa de seu encontro com o estranho pára-quedista na sebe, encontrou o coronel e alguns de seus homens no pomar. Putnam ainda recorda vividamente sua primeira impressão de Vandervoort: "Ele estava sentado, envolto em uma capa de chuva, estudando um mapa com uma lanterna. Ele me reconheceu e acenou para que eu chegasse mais perto. Em voz baixa, pediu que eu desse uma olhada em seu tornozelo com a maior discrição possível. Era óbvio que o tornozelo estava quebrado. Ele insistiu em recolocar sua bota de pára-quedista e nós a amarramos o mais forte possível". Então, diante dos olhos de Putnam, Vandervoort pegou seu rifle e, usando-o como uma muleta, deu um passo em frente. Olhou para os homens a seu redor.

– Bem – disse ele –, vamos embora.

E seguiu caminhando através dos campos.

Como os pára-quedistas britânicos na zona oriental, os americanos – soltando piadas, pranteando os mortos, aterrorizados ou curtindo dores – começaram a cumprir a missão para a qual tinham sido enviados à Normandia.

Foi este, então, o começo. Os primeiros invasores do Dia D, quase dezoito mil americanos, britânicos e canadenses, distribuíram-se ao longo dos flancos do campo de batalha da Normandia. Entre eles, ficavam as cinco praias em que se realizaria a invasão principal e, além do horizonte, aproximando-se inexoravelmente, a poderosa frota de invasão de cinco mil navios. O primeiro dos navios, o U.S.S. *Bayfield,* transportando o comandante da Força U da Marinha, o contra-almirante D. P. Moon, encontrava-se nesse momento a uns vinte quilômetros da praia Utah, preparando-se para lançar âncora.

Lentamente, o grande plano de invasão estava começando a desdobrar-se – e os alemães ainda permaneciam cegos, alheios a tudo. Houve muitas razões. O mau tempo, sua falta de reconhecimento aéreo (somente alguns aviões tinham sido lançados a sobrevoar as áreas de embarque nas semanas anteriores: todos tinham sido abatidos), a crença teimosa de que a invasão *devia* realizar-se em Pas-de-Calais, a confusão e superposição de seus próprios comandos e o fracasso em levar a sério as mensagens destinadas ao movimento de resistência, que haviam sido devidamente decifradas – tudo isso exercera alguma influência. Até mesmo suas instalações de radar falharam naquela noite. Aquelas que não haviam sido bombardeadas, tinham ficado confusas em função dos aeroplanos aliados que haviam sobrevoado a costa, espalhando pacotes de "janelas", tiras de folhas de estanho que recobriam as telas de radar com sinais falsos, conhecidos como "neve". Uma única estação tinha enviado seu relatório. Declarava somente: "Tráfego normal ao longo do Canal."

Mais de duas horas haviam transcorrido desde que os primeiros pára-quedistas desceram ao solo. Somente agora os comandantes alemães da Normandia estavam começando a perceber que alguma coisa importante poderia estar ocorrendo. Os primeiros relatórios isolados estavam começando a chegar e, lentamente, como um paciente despertando da anestesia, os alemães se acordavam.

## 5

O general Erich Marcks estava em pé diante de uma longa mesa, estudando os planos de guerra distribuídos à sua frente, cercado por seu estado-maior. Seus oficiais tinham permanecido com ele desde a festa de aniversário, dando informações ao comandante do 84º Corpo, com vistas à participação deste nos jogos de guerra de Rennes. De vez em quando, o general pedia outro mapa. Seu oficial de informações, o major Friedrich Hayn, teve a impressão de que Marcks estava se preparando para o *Kriegsspiel* como se fosse uma verdadeira batalha, em vez de uma simples invasão teórica da Normandia.

No meio de sua discussão, tocou o telefone. A conversa cessou, enquanto Marcks apanhava o receptor. Hayn recorda que, "enquanto ele escutava, o corpo do general parecia se retesar". Marcks fez um sinal ao seu chefe de estado-maior para que pegasse o fone da extensão. O homem que telefonara era o general-de-divisão Wilhelm Richter, comandante da 716ª Divisão, que defendia a costa acima de Caen.

– Pára-quedistas desceram a leste do rio Orne – relatou Richter a Marcks. – A área parece ser ao redor de Breville e Ranville... ao longo da orla setentrional da floresta de Bavent...

Esse era o primeiro relatório oficial do ataque aliado a chegar a qualquer posto de comando alemão de uma certa importância. "Para nós foi", declarou Hayn, "como se tivéssemos sido atingidos por um raio." Eram duas horas e onze minutos da madrugada, de acordo com o horário britânico de verão.

Marcks imediatamente telefonou ao general-de-divisão Max Pemsel, o chefe do estado-maior do 7º Exército. Às duas horas e quinze minutos, Pemsel colocou o 7º em *Alarmstruffe II,* o mais elevado estado de prontidão. Haviam-se passado quatro horas desde que a segunda mensagem com os versos de Verlaine havia sido interceptada. Agora, finalmente, o 7º Exército, em cuja área a invasão já começara, tinha sido alertado.

Pemsel não perdeu tempo. Telefonou logo para acordar o comandante do 7º, o marechal Friedrich Dollmann.

– General – disse Pemsel –, acredito que a invasão começou. O senhor pode fazer a gentileza de vir até aqui imediatamente?

Ao largar o fone no gancho, Pemsel subitamente recordou-se de uma coisa. No meio de uma pilha de boletins de informações que chegara durante a tarde, viera uma mensagem enviada por um agente de espionagem estacionado em Casablanca. Ele havia especificamente declarado que a invasão ocorreria na Normandia, no dia 6 de junho.

Enquanto Pemsel esperava que Dollmann aparecesse, o 84º Corpo enviou novo relatório: "Descida de pára-quedistas perto de Montebourg e St.-Marcouf, na península de Cherbourg. As tropas já se encontram parcialmente engajadas em batalha.[14] Prontamente, Pemsel cha-

---

14. Houve considerável controvérsia em torno dos horários das reações alemãs contra a invasão e com referência às mensagens que foram passadas de um quartel-general para outro. Quando comecei minha pesquisa, o marechal Franz Halder, antigo chefe do Estado-Maior Central alemão

mou o chefe do estado-maior do próprio Rommel, o general-de-divisão dr. Hans Speidel, no Grupo de Exército B. Eram 2h35min.

Mais ou menos na mesma hora, o general Hans Von Salmuth, em seu QG do 15º Exército, localizado próximo à fronteira belga, estava tentando obter algumas informações de primeira mão. Embora o grosso de suas tropas estivesse localizado em regiões muito distantes das atingidas pelos ataques aerotransportados, uma divisão, a 711ª, comandada pelo general-de-divisão Josef Reichert, guarnecia posições a leste do rio Orne, que constituía a linha limítrofe entre os 7º e 15º Exércitos. Diversas mensagens haviam chegado da 711ª. Uma relatava que realmente alguns pára-quedistas estavam descendo perto do QG de Cabourg; uma segunda anunciava que estavam sendo travados combates ao redor do posto de comando.

Von Salmuth decidiu descobrir por si mesmo. Ele telefonou a Reichert:

– Que diabo está acontecendo por aí? – quis saber Von Salmuth.

– Meu general – respondeu a voz angustiada de Reichert, vinda da outra ponta do fio telefônico –, se o senhor me permitir, vou deixar que o senhor mesmo escute.

O interlocutor fez uma pausa e então Von Salmuth pôde escutar claramente, através do fone, o crepitar de rajadas de metralhadora.

---

*(continuação da nota 14)*

(agora adido à seção histórica do Exército dos Estados Unidos na Alemanha), declarou especificamente que eu não deveria "acreditar em nenhuma informação que venha do nosso lado, a não ser que corresponda exatamente aos registros dos Diários de Guerra oficiais de cada QG". Segui o seu conselho. Todas as horas mencionadas (corrigidas para corresponder ao horário de verão britânico), todos os registros de relatórios e de telefonemas pertinentes às atividades militares alemãs provêm diretamente dessas fontes. (N. do A.)

– Muito obrigado – disse Von Salmuth, desligando. Imediatamente, ele também telefonou ao quartel-general do Grupo de Exército B, informando que, no QG da 711ª, "o estridor da batalha já podia ser escutado".

Os telefonemas de Pemsel e de Von Salmuth, chegados quase simultaneamente, transmitiram ao QG de Rommel as primeiras notícias do ataque aliado. Seria essa a invasão esperada há tanto tempo? Nesse momento, ninguém do Grupo de Exército B estava preparado para responder. De fato, o ajudante-de-ordens naval de Rommel, o Vice-Almirante Friedrich Ruge, distintamente recorda que, à medida que novos relatórios sobre tropas aerotransportadas iam se acumulando, alguém dizia que "eram somente bonecos disfarçados de pára-quedistas".

Quem quer que tivesse feito essa observação tinha uma certa razão. Para aumentar a confusão dos alemães, os Aliados tinham largado centenas de manequins de borracha, perfeitamente confeccionados para parecerem humanos à distância, usando uniformes de pára-quedistas, os quais foram lançados ao sul da área de invasão da Normandia. Presos a cada um deles, havia fiadas de busca-pés, que explodiam ao descer, dando a impressão de um combate com armas leves. Durante mais de três horas, alguns desses bonecos de borracha deveriam enganar o general Marcks, fazendo-o acreditar que os pára-quedistas tinham descido em Lessay, a uns quarenta quilômetros a sudoeste de seu próprio quartel-general.

Esses foram minutos estranhos, que provocaram grande confusão no estado-maior de Von Rundstedt, no OB West de Paris, do mesmo modo que desnortearam os oficiais de Rommel em La Roche-Guyon. Os relatórios começaram a se empilhar, chegando de toda parte – relatos freqüentemente imprecisos, algumas vezes incompreensíveis e sempre contraditórios.

O QG da *Luftwaffe*, em Paris, anunciou que "cinqüenta a sessenta bimotores estão chegando" à península de Cherbourg e que pára-quedistas tinham descido "perto de Caen". O QG do almirante Theodor Krancke – o *Marinegruppenkommando West* – confirmou a descida de pára-quedistas, avisando nervosamente que o inimigo havia chegado muito perto de uma de suas baterias costeiras e então acrescentou que "parte do lançamento de pára-quedistas era composta por bonecos de palha". Nenhum dos relatórios mencionava os americanos na península de Cherbourg – todavia, nesse momento, uma das baterias navais em St.-Marcouf, logo acima da praia Utah, tinha informado ao quartel-general de Cherbourg que uma dúzia de americanos tinham sido capturados. Alguns minutos após sua primeira mensagem, a *Luftwaffe* mandou outro boletim telefônico. Pára-quedistas, segundo informaram, tinham descido perto de Bayeux. De fato, nenhum chegou a cair por lá.

Em ambos os postos de comando, os homens responsáveis tentavam desesperadamente avaliar aquela erupção de pontos vermelhos que brotava em seus mapas. Os oficiais do Grupo de Exército B telefonavam aos oficiais da mesma graduação no OB West, resumiam a situação e chegavam às mais variadas conclusões, muitas das quais, à luz do que estava de fato ocorrendo, pareciam incríveis. Por exemplo, quando o oficial de informações substituto do OB West, o major Doertenbach, chamou o Grupo de Exército B reclamando um relatório, recebeu a resposta de que "o chefe do Estado-Maior considera a situação com equanimidade" e que "havia uma possibilidade de que os pára-quedistas mencionados sejam meramente tripulações de bombardeiros, que abandonaram aeroplanos atingidos pelo fogo antiaéreo".

O 7º Exército não pensava assim. Por volta das três horas da madrugada, Pemsel estava convencido de que o *Schwerpunkt*[15] – o assalto principal – seria realizado na

15. Literalmente, "o centro de gravidade", o ponto em que seria mais difícil efetuar uma resistência. (Em alemão no original.) (N. do T.)

Normandia. Seus mapas mostravam descida de pára-quedistas nas duas extremidades da área defendida pelo 7º – na península de Cherbourg e a leste do rio Orne. Agora, também estavam chegando relatórios alarmantes das bases navais em Cherbourg. Usando aparelhos de localização sonora, semelhantes a sonares, além do equipamento de radar, as estações estavam captando ecos de navios em manobras na baía do Seine.

Na mente de Pemsel, não havia agora a menor dúvida – a invasão havia começado. Ele telefonou para Speidel:

– Os desembarques aéreos – disse Pemsel – constituem a primeira fase de uma ação inimiga muito maior.

Logo a seguir, acrescentou:

– Sons de motores estão se tornando audíveis em alto-mar.

Mas Pemsel não conseguiu convencer o chefe do estado-maior de Rommel. A resposta de Speidel, conforme o registro do diário telefônico do 7º Exército, foi que "esse problema ainda se encontra localmente confinado". A estimativa que ele transmitiu a Pemsel nessa ocasião foi resumida no Diário de Guerra, onde se pode ler: "O chefe do estado-maior do Grupo de Exército B acredita que, por enquanto, essa não deve ser considerada uma operação em larga escala".

Ao mesmo tempo que Pemsel e Speidel conversavam pelo telefone, os últimos pára-quedistas dos dezoito mil homens que compunham o assalto aerotransportado estavam flutuando em sua descida sobre a península de Cherbourg. Sessenta e nove planadores, carregados de homens, canhões e equipamento pesado, estavam cruzando as costas da França, a caminho das áreas de desembarque britânicas, próximo a Ranville. E, a vinte quilômetros de distância das cinco praias escolhidas para a invasão da Normandia, o *Ancon,* navio capitânia da Força Tarefa O, sob o comando do contra-almirante John L.

Hall, acabava de lançar âncora. Em longas filas atrás dele, navegavam os transportes que traziam os homens destinados a desembarcar na primeira onda de ataque sobre a praia Omaha.

Mas em La Roche-Guyon, ainda não havia nada que indicasse a imensidão do ataque aliado e, em Paris, o OB West endossou a primeira estimativa de Speidel sobre a situação. O habilidoso chefe de operações de Von Rundstedt, o general-de-exército Bodo Zimmermann, informado da conversa de Speidel com Pemsel, enviou uma mensagem em que concordava com Speidel: "O setor de operações do OB West sustenta que essa não é uma operação aerotransportada em grande escala, especialmente porque o Almirantado da Costa do Canal (o QG de Krancke) relatou que o inimigo está lançando bonecos de palha".

Dificilmente pode-se culpar estes oficiais por terem ficado tão completamente desnorteados. Estavam a muitos quilômetros de distância das zonas de combate real e dependiam inteiramente dos relatórios que lhes chegavam às mãos. Esses eram tão localizados e tão confusos, que até mesmo os oficiais mais experimentados acharam impossível avaliar a magnitude do assalto – ou até mesmo perceber um padrão geral que emergisse dos ataques aliados. Se essa era a invasão, estava mesmo sendo dirigida à Normandia? Somente o 7º Exército parecia ser dessa opinião. Talvez os ataques de pára-quedistas fossem simplesmente uma manobra diversionista, destinada a atrair atenção para uma área diferente daquela em que seria lançada a invasão real – contra o maciço 15º Exército do general Hans Von Salmuth, em Pas-de-Calais, onde praticamente todo mundo acreditava que os Aliados de fato atacariam. O chefe do EM do 15º Exército, o general-de-divisão Rudolf Hofmann, tinha tanta certeza de que o ataque principal seria desfechado contra a área dominada pelo 15º Exército que telefonou a Pemsel e apostou um jantar com ele como sua própria posição era a correta.

– Esta aposta, você vai perder – declarou Pemsel com a maior segurança.

Entretanto, a essa altura dos acontecimentos, nem o Grupo de Exército B, nem o OB West dispunham de dados suficientes para tirar qualquer conclusão. Eles alertaram as defesas da costa sobre a possibilidade de uma invasão e ordenaram que fossem tomadas medidas contra os ataques dos pára-quedistas. Então, todo mundo ficou esperando pela chegada de maiores informações. Havia pouco mais que pudessem fazer.

Nesse momento, as mensagens inundavam os postos de comando por toda a extensão da Normandia. Um dos primeiros problemas para algumas das divisões era o de encontrar seus próprios comandantes – os generais que já haviam partido para o *Kriegsspiel,* os jogos de guerra de Rennes. Embora a maioria deles fosse localizada rapidamente, dois – o general-de-exército Karl von Schlieben e o general-de-divisão Wilhelm Falley, ambos comandando divisões na península de Cherbourg – não podiam ser localizados. Von Schlieben estava dormindo em seu quarto de hotel, em Rennes, enquanto Falley ainda estava em seu carro, viajando nessa direção.

O almirante Krancke, comandante naval na frente ocidental, estava em uma viagem de inspeção a Bordeaux. Seu chefe de estado-maior acordou-o em seu quarto de hotel.

– Descidas de pára-quedistas estão ocorrendo próximo a Caen – informou a Krancke. – O OB West insiste que esse é apenas um ataque diversionista e não a invasão real, mas estamos captando os ecos de navios em alto-mar. Acreditamos que seja a invasão verdadeira.

Krancke imediatamente alertou as escassas forças navais de que dispunha e, logo a seguir, partiu para seu posto de comando em Paris.

Um dos homens que receberam suas ordens, em Le Havre, já era uma lenda na Marinha Alemã. O capitão-de-corveta Heinrich Hoffmann tinha-se tornado famoso como comandante de vedetas-torpedeiras[16]. Quase desde o começo da guerra, suas flotilhas numerosas e rápidas de torpedeiros tinham percorrido todo o Canal da Mancha, atacando navios mercantes onde quer que os encontrassem. Hoffmann também estivera em ação durante a incursão britânica sobre Dieppe e havia escoltado ousadamente os encouraçados alemães *Scharnhorst, Gneisenau* e *Prinz Eugen,* em sua dramática investida de Brest à Noruega, em 1942.

Quando a mensagem do quartel-general chegou, Hoffmann se achava na cabine do T-28, o torpedeiro capitânia de sua 5ª Flotilha, preparando-se para sair em uma missão de lançamento de minas marinhas. Imediatamente, ele convocou os comandantes de todos os outros barcos. Todos eram homens jovens e, embora Hoffmann os avisasse de que "esta deveria ser a invasão", a notícia não os surpreendeu. Na verdade, já a estavam esperando. Somente três de seus seis barcos estavam prontos, mas Hoffmann não podia esperar enquanto os outros eram carregados com torpedos. Alguns minutos mais tarde, os três pequenos barcos largaram de Le Havre. Na ponte do T-28, com seu boné branco de marinheiro empurrado bem para trás da cabeça, como de costume, Hoffmann, na época com trinta e quatro anos, olhava fixamente para a escuridão à frente. Atrás dele, os outros dois barquinhos, navegando em fila indiana e sacudidos pelas ondas, seguiam cada manobra do barco-líder.

---

16. Em inglês, "*E-boats*", abreviatura de "*escort-boats*", navios rápidos e de linhas elegantes, dotados de dois a oito tubos lança-torpedos em cada costado, dependendo do comprimento do barco, utilizados especialmente como escoltas de comboios ou de belonaves maiores. Este tipo de navio de pequeno porte era conhecido em alemão como *Torpedoboot,* de onde provém sua identificação pela letra T seguida de um número de série. (N. do T.)

Navegaram através da noite a mais de vinte e três nós – dirigindo-se cegamente em direção à maior e mais poderosa frota jamais reunida.

Pelo menos eles estavam em ação. Provavelmente os homens mais desnorteados da Normandia, durante essa noite, eram os 16.242 veteranos da aguerrida 21ª Divisão Blindada *panzer*, que já fizera parte do famoso *Afrika Korps*, de Rommel. Controlando os caminhos de acesso a todas as aldeias e povoados, ao redor de todos os bosques na área que ficava a quarenta quilômetros a sudeste de Caen, esses homens permaneciam sentados, praticamente na beira do campo de batalha, a única divisão blindada em distância próxima o suficiente para deslocar-se contra o assalto aerotransportado britânico, sendo igualmente as únicas tropas veteranas estacionadas na região.

Desde o aviso de alerta, oficiais e praças estavam parados junto a seus tanques e veículos de lagartas, com os motores ligados, esperando pela ordem de avançar. O coronel Hermann von Oppeln-Bronikowski, no comando do regimento de tanques da divisão, não podia entender a razão do atraso. Tinha sido acordado, pouco depois das duas horas, pelo comandante da 21ª, general-de-exército Edgar Feuchtinger.

– Oppeln – dissera Bronikowski, com a respiração entrecortada –, imagine! *Eles* desembarcaram!...

Ele informara Bronikowski a respeito da situação e lhe dissera que, assim que a divisão recebesse suas ordens, ele deveria "limpar a área entre Caen e a costa imediatamente". Mas não viera qualquer ordem. Com sua cólera e impaciência crescendo cada vez mais, Bronikowski continuava a esperar.

A quilômetros de distância, os relatórios mais desorientadores de todos vinham sendo recebidos pelo tenente-coronel Priller, da *Luftwaffe*. Ele e seu ala, o sargento Wodarczyk, haviam ido para as respectivas camas aos tropeções por volta da uma hora, no aeroporto da 26ª Esquadrilha de Combate, perto de Lille, agora completamente deserto. Tinham conseguido afogar sua raiva do Alto Comando da *Luftwaffe* com diversas garrafas de excelente conhaque. Agora, bem no meio de seu sono de bêbado, Priller escutara o toque do telefone, como se viesse de enorme distância. Acordou-se lentamente, enquanto sua mão esquerda tateava a mesinha de cabeceira até encontrar o telefone.

O quartel-general do Segundo Corpo de Combate estava na linha.

– Priller – disse o oficial de operações –, parece que alguma espécie de invasão está acontecendo. Sugiro que você ponha sua esquadrilha em estado de alerta.

Mesmo tonto de sono, a cólera de Pips Priller prontamente ferveu de novo. Os 124 aviões sob seu comando tinham acabado de ser transferidos da área de Lille, justamente na tarde anterior, e agora a coisa que ele mais temia estava acontecendo. A linguagem que Priller usou na conversa, conforme ele recorda, não pode ser impressa, mas, depois de dizer a seu interlocutor o que havia de errado com o quartel-general do corpo e com o inteiro Alto Comando da *Luftwaffe,* o ás de combate aéreo rugiu:

– Mas que inferno! Quem é que eu vou alertar? *Eu já* estou em alerta. Wodarczyk está em alerta! Mas vocês, seus cabeças-de-bagre, *sabem muito bem* que eu só tenho dois malditos aviões!

E dito isso, bateu o fone no gancho com toda a força.

Alguns minutos mais tarde, o telefone tocou de novo.

– O que é que foi dessa vez? – berrou Priller no bocal.

Era o mesmo oficial.

– Meu caro Priller – disse ele –, sinto muito mesmo. Foi tudo um engano. Acho que um relatório errado chegou às nossas mãos. Está tudo bem, não há invasão alguma.

Priller ficou tão furioso que nem conseguiu responder. Pior que isso, sabia que não ia conseguir adormecer de novo.

Apesar da confusão, hesitação e indecisão nos altos níveis de comando, os soldados alemães que entraram em contato real com o inimigo estavam reagindo rapidamente. Milhares deles já estavam em movimento e, diversamente dos generais do Grupo de Exército B e do OB West, esses homens não tinham a menor dúvida de que a invasão já se lançava sobre eles. Muitos já haviam entrado em combate, lutando em escaramuças isoladas ou em duelos individuais desde que os primeiros britânicos e americanos haviam caído do céu. Milhares de outros soldados já haviam sido alertados e esperavam atrás de formidáveis defesas costeiras, dispostos a repelir uma invasão, não importando onde ela chegasse. Estavam apreensivos, mas cheios de determinação.

No QG do 7º Exército, o único comandante de alta patente que não estava desnorteado reuniu seu estado-maior. Na sala de mapas abundantemente iluminada, o general Pemsel ergueu-se diante de seus oficiais. Sua voz permanecia calma e no mesmo tom baixo de costume. Somente suas palavras traíam sua profunda preocupação.

– Cavalheiros – disse a eles –, estou convencido de que a invasão estará sobre nós por volta do alvorecer. Nosso futuro dependerá de como combatermos neste dia. Exijo de cada um dos senhores todo o esforço e sacrifício de que sejam capazes.

Na Alemanha, a oitocentos quilômetros de distância, o homem que poderia ter concordado com Pemsel – o singular oficial que tinha vencido muitas batalhas através de sua habilidade espantosa de enxergar claramente nas situações mais desorientadoras – estava adormecido. No Grupo de Exército B, a situação ainda não era considerada séria o suficiente para convocar o marechal-de-campo Erwin Rommel.

# 6

Os primeiros reforços já alcançavam as tropas aerotransportadas. Na área da 6ª Divisão Aerotransportada britânica, sessenta e nove planadores aterrissaram, quarenta e nove deles no campo de pouso correto, próximo a Ranville. Outras pequenas unidades de planadores haviam aterrissado anteriormente – principalmente a força do major Howard, sobre as pontes, e uma formação carregando equipamento pesado para a divisão –, mas este era o comboio principal de planadores. Os sapadores tinham realizado bem sua tarefa. Não tinham tido tempo para desobstruir totalmente a longa pista de pouso necessária, mas haviam dinamitado o suficiente para que a força descesse. Depois da chegada dos planadores, a zona de pouso mostrava um aspecto fantástico. À luz da lua, parecia um cemitério pintado por Dali. As máquinas acidentadas, com asas dobradas, carlingas esmagadas e caudas loucamente retorcidas, jaziam por todos os lados. Não parecia possível que qualquer ser humano pudesse ter sobrevivido àquelas quedas estraçalhadoras, todavia as baixas tinham sido leves. Mais homens tinham sido feridos pela ação das baterias antiaéreas do que durante as aterrissagens forçadas.

O comboio também trouxera o comandante da 6ª Divisão Aerotransportada, general-de-divisão Richard Gale, além de seu estado-maior e boa quantidade de tropas adicionais, equipamento pesado e os importantíssimos canhões antitanque. Os homens tinham-se derramado atabalhoadamente para fora das aberturas dos planadores, de armas nas mãos, esperando encontrar o campo de pouso sob intenso fogo inimigo; em vez disso, encontraram um silêncio estranho e quase pastoral. O sargento John Hutley, pilotando um planador Horsa, havia esperado uma recepção mais fogosa e dissera a seu co-piloto:

– Saia o mais depressa que puder, no mesmo momento em que atingirmos o solo; e corra até achar alguma espécie de proteção.

Mas os únicos sinais de batalha vinham bem de longe; Hutley podia ver no horizonte os riscos multicoloridos das balas traçadoras e escutar o matraquear das metralhadoras chegando de Ranville, que ficava perto. Ao redor dele, o campo de pouso estava tomado de uma atividade frenética, enquanto os homens salvavam os equipamentos dos aviões destroçados e atrelavam os canhões antitanque nos ganchos de reboque dos jipes. Havia até uma sensação de alegria no ar, agora que a perigosa travessia havia terminado. Hutley e os homens que ele transportara sentaram-se na cabina destroçada de seu planador e tomaram uma caneca de chá antes de partir para Ranville.

Do outro lado do campo de batalha da Normandia, na península de Cherbourg, os primeiros comboios americanos de planadores estavam chegando. Sentado no lugar do co-piloto do primeiro planador destinado à 101ª Divisão, vinha o subcomandante divisional, o general-de-brigada Don Pratt, o oficial que havia ficado tão alarmado, ainda na Inglaterra, quando um chapéu foi lançado sobre a cama em que ele estava sentado. Pratt estava, segundo diziam, "tão excitado quanto um garoto de escola" por estar participando de seu primeiro vôo planado. Alinhados a intervalos regulares por trás deles, pairava uma procissão de cinqüenta e dois planadores, em formações de quatro, cada um rebocado por um aeroplano Dakota. O comboio trazia jipes, canhões antitanque, uma unidade médica aerotransportada completa e até mesmo um pequeno *bulldozer*[17].

17. Máquina de terraplanagem, inventada em 1876, que consiste de uma lâmina horizontal de aço grossa, pesada e de arestas espessas e sem fio, movida por um trator e destinada a empurrar terra e outros materiais por distâncias curtas, especialmente na construção de estradas. (N. do T.)

Na parte superior do nariz do planador que transportava Pratt, tinha sido pintado um imenso número 1. Uma imensa "águia gritadora", o emblema da 101ª, juntamente com uma bandeira americana, adornavam a lona de ambos os lados do compartimento do piloto. Na mesma formação, o Técnico Cirurgião Emile Natalle olhou pela janela, em direção às explosões de obuses e aos veículos em chamas abaixo, e viu "uma muralha de fogo subindo para nos saudar". Ainda atrelados a seus aviões-reboque, os planadores oscilavam de um lado para o outro, deslizando através "de um fogo antiaéreo tão grosso que dava para se pousar em cima dele..."

Diferentemente dos aviões que haviam trazido os pára-quedistas, os planadores chegavam diretamente do Canal da Mancha e abordavam a península pelo lado leste. Alguns segundos após ultrapassarem a costa, avistaram as luzes do campo de pouso demarcado em Hiesville, a seis quilômetros e meio de Ste.-Mère-l'Église. Um a um, os longos cabos rebocadores de náilon, cada um deles com cerca de noventa metros, foram sendo soltos, e os planadores começaram a descer, o ar sussurrando contra as fuselagens e fazendo farfalhar as lonas laterais. O planador de Natalle ultrapassou a zona de pouso e foi cair em um campo cheio dos "aspargos de Rommel" – linhas de postes grossos e pesados enterrados no solo como obstáculos antiplanadores. Sentado em um jipe dentro do planador, Natalle olhava por uma das vigias e contemplou, com uma fascinação cheia de horror, que as asas tinham sido cortadas e os postes corriam em direção oposta ao aparelho. Então, escutou um barulho rascante e o planador quebrou-se em dois – diretamente atrás do jipe em que Natalle estava sentado.

– O bom da coisa é que ficou muito fácil de sair – comentou ele.

A pequena distância dali estavam os destroços do Planador nº 1. Derrapando por uma pastagem inclinada, seus freios incapazes de deter uma corrida de cento e sessenta quilômetros por hora, tinha batido de frente contra uma sebe. Natalle encontrou o piloto, que tinha sido jogado fora da cabina, deitado junto à sebe, com as duas pernas quebradas. O general Pratt morrera instantaneamente, esmagado pelas ferragens do nariz da cabina. Foi o primeiro oficial-general de ambos os lados a morrer no Dia D.

Pratt foi uma das poucas baixas sofridas durante as aterrissagens da 101ª Divisão. Quase todos os planadores da Divisão desceram no campo de pouso preparado em Hiesville, ou bem perto dali. Embora a maior parte deles estivesse dispersa, seu equipamento chegou praticamente intacto. Foi uma façanha notável. Poucos dos pilotos tinham realizado mais do que três ou quatro aterrissagens de treinamento, e todos os treinos tinham sido feitos à luz do dia.[18]

Embora a 101ª tivesse tido sorte, a 82ª não teve. A inexperiência dos pilotos foi quase desastrosa para o comboio de cinqüenta planadores da 82ª. Menos de metade de suas formações encontrou o campo de pouso correto, a noroeste de St.-Mère-l'Église; o restante foi lavrando o solo irregular até bater contra prédios ou sebes espessas, mergulhar em rios ou afundar nos brejos do Merderet. Os equipamentos e veículos tão desesperadamente necessários foram espalhados por toda parte, e as baixas foram pesadas. Só dos pilotos, morreram dezoito nos primeiros

---

18. Havia também escassez de pilotos de planadores. "Houve um período", recorda o general Gavin, "em que acreditamos que não íamos conseguir os suficientes. Durante a invasão, cada assento de co-piloto era ocupado por um militar aerotransportado. Incrível como possa parecer, esses soldados não haviam recebido o menor treinamento em pilotagem de planadores e nem sequer tinham horas de vôo em aeroplanos. Alguns se encontraram subitamente responsáveis por um piloto ferido e um planador completamente carregado, enquanto desciam de permeio a um espaço cheio do fogo antiaéreo das baterias FLAK durante o dia 6 de junho. Felizmente,

minutos. Um planador superlotado de tropas voou diretamente sobre a cabeça do capitão Robert Piper, o vice-comandante do 505º Regimento e, para seu horror, "arrancou a chaminé da casa de uma granja, caiu no pátio dos fundos, capotou várias vezes pelo chão e foi esmagar-se contra uma grossa parede de pedra. Não veio sequer um gemido de dentro dos destroços".

Para a 82ª, pressionada pelo tempo e pela quantidade de missões a cumprir, a ampla dispersão do comboio de planadores foi uma calamidade. Levariam horas remexendo nos destroços, para encontrar e retirar os poucos canhões e suprimentos que não haviam sido destruídos na queda. Enquanto isso, os pára-quedistas teriam de combater com as armas que eles mesmos haviam trazido. Mas isso, afinal de contas, era o procedimento padrão dos corpos de pára-quedistas: eles tinham sido treinados para lutar com o que tivessem, até serem substituídos.

Agora, os homens da 82ª que defendiam a retaguarda da cabeça-de-ponte aérea – as pontes sobre o Douve e o Merderet – já se encontravam em posição e enfrentavam os primeiros avanços de reconhecimento dos alemães. Esses pára-quedistas não dispunham de veículos, não tinham canhões antitanque, só haviam trazido umas poucas bazucas, metralhadoras e morteiros. Pior, não havia escapado intacto nenhum aparelho de comunicação. Eles não faziam idéia do que estava acontecendo a seu redor, quais posições eram mantidas, que objetivos haviam sido tomados. O mesmo ocorria com os homens da 101ª, com a diferença de que a sorte da guerra lhes

---

*(continuação da nota 18)*

o tipo de planador que estávamos empregando não era muito difícil de pilotar ou de aterrissar. Porém, ser obrigado a realizar esta espécie de missão pela primeira vez durante combate real, era uma experiência suficiente para deixar sóbrio qualquer homem; o tipo de coisa que tornava uma pessoa religiosa." (N. do A.)

permitira conservar a maior parte de seu equipamento. Mas os soldados de ambas as divisões estavam espalhados e isolados, ainda que pequenos grupos estivessem combatendo em direção a seus principais objetivos – e conseguindo capturar alguns pontos fortificados.

Em Ste.-Mère-l'Église, enquanto os aldeães estupefatos espiavam por trás dos postigos e persianas fechadas de suas janelas, pára-quedistas do 505º Regimento da 82ª Divisão deslizavam cautelosamente ao longo das ruas vazias. O sino da igreja já silenciara. No campanário, o pára-quedas vazio do praça John Steele ondulava frouxamente ao vento, e, de quando em vez, as brasas ainda incandescentes do que restava da casa de Monsieur Hairon provocavam uma breve erupção de chamas, silhuetando brevemente as árvores da praça. Ocasionalmente, a bala de um atirador de elite sibilava furiosa através da noite, mas este era o único som que se percebia; por toda parte reinava um silêncio cheio de expectativa e inquietação.

O tenente-coronel Edward Krause, comandante do ataque, tinha esperado uma luta feroz pela posse de Ste.-Mère-l'Église, porém, com a exceção de alguns atiradores de emboscada, tinha a impressão de que a guarnição se retirara. Os homens de Krause rapidamente se aproveitaram da situação: ocuparam edifícios, colocaram barreiras nas ruas, montaram ninhos de metralhadoras, cortaram cabos telefônicos e até mesmo os fios da eletricidade. Outros destacamentos prosseguiam na lenta varredura da cidadezinha, movendo-se como sombra de cerca para cerca e de porta para porta, todos convergindo para o centro da cidade, a Place de l'Église.

Atravessando por detrás da igreja, o soldado-de-primeira-classe William Tucker atingiu a praça e assestou sua metralhadora por trás de um tronco de árvore. A seguir, enquanto examinava a praça iluminada pelo luar, viu o pano de um pára-quedas e, jazendo exatamente a seu lado, um soldado alemão morto. Do outro lado da praça, divisava as formas enroscadas e alquebradas de outros corpos. Enquanto Tucker permanecia sentado, imóvel na semi-escuridão, tentando entender o que havia acontecido antes de sua chegada, começou a pressentir que não estava sozinho – pior, que havia alguém parado atrás dele. Segurando a pesada metralhadora, ele girou de repente. Seus olhos estavam ao nível de um par de botas, que balançava lentamente, para frente e para trás. Tucker rapidamente recuou um passo. Era um pára-quedista morto, pendurado nos galhos da árvore pelos cordames de seu pára-quedas, fitando-o com os olhos ainda abertos.

Então, outros pára-quedistas também entraram na praça e, subitamente, também viram os corpos de seus camaradas balançando nas árvores. O tenente Gus Sanders lembra que "os homens ficaram parados ali, olhando fixamente, cheios de uma cólera terrível". O tenente-coronel Krause ingressou na praça. Enquanto olhava para os soldados mortos, disse somente três palavras: "Ah, meu Deus..."

Então Krause tirou uma bandeira americana de seu bolso. Era velha e gasta – a mesma bandeira que o 505º havia hasteado sobre Nápoles. Krause tinha prometido a seus homens que "antes do alvorecer do Dia D, esta bandeira estará drapejando sobre Ste.-Mère l'Église". Ele caminhou até a Prefeitura Municipal e, no mastro colocado ao lado da porta, hasteou as cores nacionais. Não houve qualquer cerimônia. Na praça dos pára-quedistas mortos, o combate havia terminado. As estrelas e faixas ondularam sobre a primeira cidade a ser libertada pelos americanos na França.

No quartel-general do 7º Exército Alemão, em Le Mans, foi recebida uma mensagem do 84º Corpo do general Marcks. O texto era: "As comunicações com Ste.-Mère-l'Église estão cortadas..." Eram quatro horas e trinta minutos da madrugada.

As Îles-St.-Marcouf são dois pilares de rocha desnuda a uns cinco quilômetros mar adentro na praia Utah. No vasto e complicado plano de invasão, as ilhas tinham permanecido despercebidas até três semanas antes do Dia D. Então o Comando Supremo decidiu que poderiam servir como base para baterias pesadas. Ignorar as ilhas, portanto, era um risco que ninguém estava disposto a correr. Às pressas, 132 homens dos 4º e 24º esquadrões de Cavalaria do Exército dos Estados Unidos foram treinados para um assalto prévio, a ser realizado antes da Hora H. Esses homens desembarcaram nas ilhas por volta das 4h30min. Não encontraram nenhum canhão, não enfrentaram qualquer soldado – somente a morte súbita. Isso porque, no momento em que os homens do tenente-coronel Edward C. Dunn subiam das praias, foram capturados em um horrível labirinto de campos minados. Eram as temíveis Minas S – que saltavam no ar quando alguém pisava nelas e explodiam, estripando o atacante incauto com bolas de metal semelhante a balas e que haviam sido espalhadas como sementes de relva.

Dentro de minutos, a noite foi rasgada pelo relâmpago das explosões e pelos horríveis gritos dos homens esfacelados. Três tenentes foram feridos quase imediatamente, dois praças foram mortos, e o tenente Alfred Rubin, ele próprio uma baixa, jamais esqueceria "a visão de um homem caído no solo, à sua frente, cuspindo bolas de metal". Ao final do dia, suas perdas tinham subido a dezenove mortos e feridos. Cercado pelos mortos e moribundos, o tenente-coronel Dunn enviou o sinal de sucesso: "Missão cumprida". Estas foram as primeiras tropas aliadas a invadir a Europa de Hitler desde o mar. Contudo, no esquema geral das coisas, sua ação foi meramente uma nota de pé de página ao relato do Dia D, uma vitória amarga e inútil.

Na zona britânica, quase na costa, a somente uns cinco quilômetros a leste da praia Sword, o tenente-coronel Terence Otway e seus homens jaziam no solo, sob pesado fogo de metralhadoras, justamente na orla do arame farpado e dos campos minados que protegiam a maciça bateria de Merville. A situação de Otway era desesperadora. Em todos os seus meses de treinamento, ele nunca havia imaginado que cada fase de seu elaborado plano de assalto à bateria costeira, a ser executado conjuntamente por terra e por ar, fosse funcionar exatamente como planejado. Mas tampouco previra sua desintegração total. Todavia, de uma maneira ou de outra, era exatamente isso que ocorrera.

O bombardeio havia falhado. O comboio especial de planadores se havia perdido e, com ele, a artilharia, os lança-chamas, os morteiros, os detetores de minas e até mesmo as escadas de assalto. De seu batalhão de setecentos homens, Otway só conseguira juntar cento e cinqüenta e, para tomar a bateria guarnecida por duzentos adversários, esses soldados dispunham somente de seus rifles, submetralhadoras Sten, granadas, uns poucos torpedos *Bangalore* e uma única metralhadora pesada. Apesar de todos esses percalços, os homens de Otway tinham enfrentado cada problema, descobrindo brilhantes soluções improvisadas.

Armados apenas com alicates, eles haviam cortado passagens iniciais através da barricada externa de arame farpado e colocado seus poucos torpedos *Bangalore* em posição para explodir o resto. Um grupo de homens havia conseguido limpar um caminho através dos campos de minas. Tinha sido uma tarefa horripilante. Eles haviam rastejado sobre as mãos e os joelhos através das vias de acesso enluaradas que conduziam à bateria, tateando até encontrar os arames que acionariam as minas quando alguém neles tropeçasse e espetando o solo à sua frente com as pontas das baionetas.

Agora, os 150 homens de Otway se agachavam ou se estendiam em valetas, crateras de bombas, ao longo de sebes, esperando a ordem de ataque. O comandante da 6ª Aerotransportada, o general Gale, dera as seguintes instruções a Otway: "Seu estado de espírito deve ser o de que você simplesmente não pode contemplar a possibilidade de fracasso em um ataque direto..." Observando os homens à sua volta, Otway sabia que as baixas seriam altas. Mas os canhões da bateria tinham de ser silenciados – poderiam massacrar as tropas que descessem na praia Sword. A situação era, segundo ele pensava, desesperadamente injusta, mas não havia alternativa. Ele tinha de atacar. Percebia isso tão bem quanto sabia que a última parte de seu plano tão cuidadosamente traçado e detalhado também estava condenada ao fracasso.

Os três planadores destinados a executar aterrissagens forçadas diretamente sobre a bateria, no momento em que o ataque terrestre fosse iniciado, também não desceriam, a não ser que recebessem um sinal combinado de antemão – um foguete que explodiria de modo a formar uma estrela no ar, a ser disparado por um morteiro especial. Acontece que Otway não achara o foguete, nem tinha conseguido encontrar o morteiro. Ele tinha cargas para uma pistola Very de sinalização, mas a combinação era de que essas somente seriam usadas para assinalar o sucesso do ataque. Sua última chance de obter algum auxílio também desaparecera.

Os planadores haviam chegado a tempo. Os aviões-rebocadores assinalaram com suas luzes de pouso e então desligaram as máquinas. Na verdade, eram somente dois planadores, cada um trazendo cerca de vinte homens. O terceiro, cujo cabo se partira durante a travessia do Canal, tinha planado em segurança de volta à Inglaterra. Agora, os pára-quedistas escutaram o suave farfalhar dos aparelhos, enquanto passavam por cima da bateria. Incapaz de fazer qualquer coisa, Otway observou os planadores, silhuetados contra a lua, perderem gradualmente altura e girarem ao redor do objetivo, enquanto seus pilotos esquadrinhavam o céu em uma busca desesperada pelo sinal que ele não podia enviar. Enquanto os planadores circulavam cada vez mais baixo, os alemães abriram fogo. As metralhadoras que haviam mantido os soldados colados ao solo voltaram-se agora contra os dois planadores. Torrentes de balas traçadoras de vinte milímetros rasgaram os flancos de lona desprotegidos. Mesmo assim, os planadores continuaram em seu movimento giratório, seguindo as instruções do plano, teimosamente esperando pelo sinal. E Otway, em agonia, quase em lágrimas, não podia fazer nada.

Então, os planadores desistiram. Um deles fez uma grande volta e foi aterrissar a uns seis quilômetros de distância. O outro passou tão baixo sobre os homens que esperavam ansiosos que os praças Alan Mower e Pat Hawkins pensaram que ele ia se jogar contra a bateria, mesmo sem receber o sinal de ataque. Mas, no último momento, ele ergueu o nariz, ganhou uma certa altura e foi cair, em vez disso, sobre um bosque localizado a pequena distância. Instintivamente, alguns dos homens começaram a se levantar e a deixar seus esconderijos, com intenção de ajudar os sobreviventes. Mas foram detidos imediatamente:

– Não se movam! Nao deixem suas posições! – cochicharam nervosamente os oficiais.

Agora, não havia mais o menor motivo para esperar. Otway ordenou o ataque. O praça Mower escutou seu grito de comando:

– Vamos avançar e entrar todos juntos! De uma forma ou de outra, vamos conquistar essa maldita bateria!

E todos avançaram.

Com um rugido e uma explosão ofuscante, os torpedos *Bangalores* abriram grandes rasgões na teia de arame farpado. O tenente Mike Dowling gritou:

– Avançar! Avançar!

Novamente, uma trombeta de caça soou através da noite. Aos berros e atirando sem parar, os pára-quedistas de Otway se precipitaram na fumaça das explosões e cruzaram a barreira de arame farpado. À frente deles, do outro lado da terra-de-ninguém apinhada de campos minados, trincheiras bem defendidas e ninhos de metralhadoras, erguia-se a volumosa silhueta da bateria. Subitamente, luzes de sinalização vermelhas explodiram acima das cabeças dos pára-quedistas atacantes, e imediatamente os ninhos de metralhadoras, as submetralhadoras Schmeisser e o fogo dos rifles alemães se derramaram sobre eles, como uma saudação mortal. Através da barragem mortífera, os pára-quedistas se agacharam, se arrastaram, correram, caíram no chão e correram outra vez. Mergulhavam em crateras de bombas, puxavam-se à viva força para fora e seguiam de novo em frente. As minas começaram a explodir. O praça Mower escutou um berro de dor e então alguém gritou:

– Parem! Parem! Tem mina por toda parte!

À sua direita, Mower viu um cabo gravemente ferido, sentado no solo e sacudindo os braços freneticamente para espantar os homens que se aproximavam, enquanto gritava:

– Nem cheguem perto de mim! Nem cheguem perto de mim!

Acima do matraquear das armas, da explosão das minas e dos gritos dos homens, o tenente Alan Jefferson, bem à frente do avanço, continuava a soprar sua corneta de caça. Subitamente, o praça Sid Capon escutou uma mina explodir e viu Jefferson caindo. Ele correu para ajudar o tenente, mas Jefferson gritou-lhe:

– Proteja-se! Proteja-se!

Então, deitando-se no solo ensangüentado, Jefferson levou a corneta até os lábios e começou a tocar de novo. Agora, só havia gritos e berros e os relâmpagos das granadas, enquanto os pára-quedistas se empilhavam para dentro das trincheiras e combatiam peito a peito com os inimigos. O praça Capon, chegando a uma das trincheiras, subitamente viu-se face a face com dois alemães. Um deles rapidamente levantou uma caixa de medicamentos da Cruz Vermelha bem acima de sua cabeça, em sinal de rendição e começou a gritar:

– *Russki! Russki!*

Eram dois "voluntários" russos. Por um momento, Capon ficou sem saber o que fazer. Então ele avistou outros alemães, que também se haviam rendido, enquanto alguns pára-quedistas os conduziam ao longo da trincheira. Ele entregou seus dois prisioneiros e correu novamente em direção à bateria.

Lá encontrou Otway, o tenente Dowling e cerca de quarenta homens, combatendo ferozmente. Os pára-quedistas que haviam limpado as trincheiras e os abrigos individuais corriam ao redor das fortificações de concreto reforçadas por montes de terra compactada, esvaziando suas submetralhadoras Sten e lançando granadas por todas as aberturas que avistavam. A batalha era sangrenta e selvagem. Os praças Mower e Hawkins, acompanhados por um camarada que trazia uma metralhadora Bren, correndo através de uma torrente de explosões de morteiro e rajadas de metralhadora, atingiram um dos lados da bateria, encontraram uma porta aberta e se jogaram para dentro. O cadáver de um metralhador alemão jazia na passagem: aparentemente, não havia mais ninguém por ali.

Mower deixou os outros dois homens junto à porta e caminhou ao longo da passagem. Chegou a uma sala grande, onde havia um canhão pesado, montado em uma plataforma. Ao redor, estavam amontoadas grandes pilhas de obuses. Mower correu de volta até onde estavam seus amigos e, cheio de entusiasmo, delineou seu plano de "explodir esse negócio inteiro, detonando granadas no meio dos obuses". Mas não tiveram chance. Enquanto os três homens discutiam a idéia, houve o estrondo de uma explosão. O metralhador morreu instantaneamente. Hawkins foi atingido no estômago. Mower pensou que suas costas "tinham sido abertas de cima a baixo por mil agulhas em brasa". Não conseguiu mais controlar as pernas. Elas começaram a tremer involuntariamente – do mesmo jeito que ele tinha visto cadáveres se contorcendo. Teve certeza de que ia morrer, não queria acabar daquela maneira e se pôs a gritar por socorro. Ele começou a chamar sua mãe.

Por toda parte ao redor da bateria, os alemães se rendiam. O praça Capon chegou onde estavam os homens sob comando de Dowling justamente a tempo de ver "os alemães se empurrando uns aos outros para sair por uma porta e quase suplicando para se entregar". O destacamento de Dowling rebentou os canos de dois dos canhões disparando dois obuses ao mesmo tempo, enquanto desativava temporariamente os outros dois. Então Dowling encontrou Otway. Ficou em posição de sentido diante do coronel, porém com a mão direita apertando o lado esquerdo do peito. Ele falou:

– A bateria foi tomada conforme as ordens, senhor. Os canhões estão destruídos.

A batalha terminara. Havia durado somente quinze minutos. Otway disparou um foguete de sinalização amarelo – o sinal combinado para informar a vitória – com sua pistola Very. Foi avistado por um avião de reconhecimento da *Royal Air Force,* que transmitiu a notícia pelo rádio para o H.M.S. *Arethusa,* ancorado próximo à costa, exatamente um quarto de hora antes que o cruzador começasse a bombardear a bateria. Ao mesmo tempo, o oficial de sinalização de Otway enviou uma mensagem por pombo-correio, confirmando o sucesso. Tinha transportado o pássaro consigo durante toda a batalha. Presa firmemente a uma de suas patinhas, dentro de uma cápsula de plástico, seguia uma tira de papel com a palavra-código: "*Hammer*" (martelo). Momentos depois, Otway encontrou o corpo sem vida do tenente Dowling. Ele já estava morrendo, enquanto permanecera de pé à sua frente para apresentar seu relatório.

Otway liderou seu batalhão desfalcado para fora da ensangüentada bateria de Merville. Não recebera ordens para defender a bateria depois que os canhões tivessem sido destruídos. E seus homens ainda tinham outras missões a executar durante o Dia D. Eles fizeram somente vinte e dois prisioneiros. Dos duzentos alemães, não menos de 178 estavam mortos ou moribundos, porém Otway perdera quase metade de seus próprios homens – setenta mortos ou feridos. Ironicamente, os quatro canhões tinham só a metade do calibre que fora relatado. Pior ainda, dentro de quarenta e oito horas, os alemães estariam guarnecendo novamente a bateria, dois dos canhões seriam recuperados e estariam disparando sobre as praias. Contudo, durante as poucas horas críticas que se seguiram, a bateria de Merville permaneceria silenciosa e deserta.

A maior parte dos homens que sofrera os ferimentos mais graves teve de ser deixada para trás, pois os homens de Otway não dispunham nem de suprimentos médicos suficientes, nem dos meios de transporte para carregar os feridos. Mower foi transportado sobre uma tábua. Os ferimentos de Hawkins eram terríveis demais para que ele pudesse ser movimentado. No entanto, ambos sobreviveriam – mesmo Mower, que tinha cinqüenta e sete estilhaços enterrados em seu corpo. A última coisa que Mower recorda da batalha, enquanto eles evacuavam a bateria, foram os gritos comoventes de Hawkins:

– Camaradas, pelo amor de Deus, não me deixem sozinho aqui!

Então a voz foi ficando cada vez mais fraca e, misericordiosamente, Mower afundou na inconsciência.

Já era quase a hora da alvorada – aquela mesma aurora em função da qual dezoito mil pára-quedistas vinham lutando. Em menos de cinco horas, eles haviam mais do que satisfeito todas as expectativas do general Eisenhower e de seus comandantes. Os exércitos aerotransportados haviam semeado a confusão entre o inimigo e interrompido suas comunicações, enquanto, nesse mesmo momento, defendiam os flancos em ambas as extremidades da área de invasão da Normandia e, ao cumprirem mais essa missão, tinham em grande parte bloqueado o movimento dos reforços inimigos.

Na zona britânica, as tropas do major Howard, transportadas por planadores, estavam mantendo firmemente as vitais pontes de Caen e do Orne. Quando a alvorada chegou, as cinco pontes sobre o Dives haviam sido demolidas. O tenente-coronel Otway e os remanescentes de seu batalhão exausto haviam colocado fora de ação a bateria de Merville; ao mesmo tempo, outros pára-quedistas haviam tomado posição nos pontos elevados que dominavam Caen. Desse modo, as principais tarefas designadas aos britânicos haviam sido realizadas e, enquanto as várias artérias pudessem ser mantidas, os contra-ataques alemães seriam retardados ou completamente impedidos.

Na outra extremidade das cinco praias de invasão da Normandia, os americanos, apesar do terreno mais difícil e de uma variedade de missões bem maior, tinham-se saído igualmente bem. Os homens do tenente-coronel Krause defendiam o centro-chave de comunicações que era Ste.-Mère-l'Église. Ao norte da cidade, o batalhão do tenente-coronel Vandervoort havia cortado a principal estrada de Cherbourg, que percorria toda a península, e estava de prontidão para repelir qualquer ataque que tentasse retomar a via. O general-de-brigada Gavin e suas tropas estavam entrincheirados ao longo da área estratégica do vale do Merderet e das passagens do Douve, defendendo firmemente a retaguarda da cabeça-de-ponte de invasão na praia Utah.

A 101ª Divisão, do general Maxwell Taylor, ainda estava em boa parte dispersa; ao raiar da aurora, a força conjunta da Divisão que se conseguira reunir era de apenas mil e cem homens de um total de seis mil e seiscentos. A despeito dessa fraqueza, os pára-quedistas tinham atingido o local da bateria de canhões de St.-Martin-de-Varreville, somente para descobrir que os canhões tinham sido removidos. Outros soldados já avistavam as vitais eclusas de La Barquette, a chave para as zonas alagadas ao longo da base da península. E, embora nenhuma das estradas que saíam de Utah tivesse sido tomada, grupos de soldados se dirigiam para elas e já dominavam a orla ocidental das áreas inundadas, logo acima da própria zona praiana.

Os homens dos exércitos aerotransportados aliados haviam invadido o continente pelo ar e garantido uma zona segura inicial para a invasão principal, que viria do mar. Agora, eles aguardavam a chegada das forças transportadas por via marítima, com as quais eles invadiriam a Europa de Hitler. As forças-tarefas americanas já estavam a vinte quilômetros das praias Utah e Omaha. Para as tropas americanas, faltava exatamente uma hora e quinze minutos para a Hora H – seis horas e trinta minutos da manhã.

## 7

Às quatro e quarenta e cinco, o submarino de bolso do tenente George Honour, o X-23, subiu à superfície de um mar encapelado, a cerca de quilômetro e meio da costa da Normandia. A trinta e dois quilômetros de distância, seu parceiro, o X-20, também veio à superfície. Esses dois navios de pouco mais de dezessete metros de comprimento estavam agora em posição, cada um deles demarcando uma extremidade da área de invasão Britânico-Canadense – as três praias de codinomes Sword, Juno e Gold. Agora, cada tripulação tinha de erguer um mastro, em cuja parte superior estava ligada uma lâmpada de sinal intermitente, instalar todos os outros aparelhos de sinalização visual e de rádio e esperar que os primeiros navios britânicos se orientassem por meio desses sinais.

No X-23, Honour abriu com esforço a escotilha e subiu rigidamente para a passagem estreita. As ondas rolavam sobre o pequeno convés e ele tinha de se agarrar firmemente para não ser arrastado para o mar. Por trás dele, começou a subir sua tripulação exausta. Eles se firmaram nos gradis de proteção, com água correndo por entre suas pernas, respirando o frio ar da noite com sofreguidão. Tinham estacionado ao largo da praia Sword desde antes da aurora de 4 de junho e permanecido submersos mais de vinte e uma horas por dia. Contando tudo, desde sua partida de Portsmouth a 2 de junho, tinham ficado sessenta e quatro horas sob as águas do Canal.

Mesmo agora, suas atribulações estavam longe de haver terminado. Nas praias britânicas, a Hora H variava entre sete e sete e meia da manhã. Assim, por mais duas horas, até que a primeira onda de embarcações de assalto chegasse, os submarinos de bolso teriam de manter suas posições. Isso significava que, até esse momento, o X-20 e o X-23 ficariam expostos na superfície. Seriam alvos pequenos, porém fixos, para a baterias alemãs da praia. E logo estariam em plena luz do dia.

# 8

Por toda parte, os homens esperavam por esse alvorecer, mas ninguém com tanta ansiedade quanto os alemães. Isso porque agora uma qualidade nova e agourenta tinha começado a se evidenciar no meio do redemoinho de mensagens que chegavam aos quartéis-generais de Rommel e Von Rundstedt. Ao longo de toda a costa de invasão, as bases navais do almirante Krancke estavam captando os ecos de navios – não de um ou dois, como antes, mas de dezenas e dezenas deles. Já fazia uma hora que os relatórios se acumulavam. Finalmente, um pouco antes das cinco da manhã, o persistente general-de-divisão Pemsel, do 7º Exército, telefonou ao chefe do estado-maior de Rommel, o general-de-divisão Speidel, e disse sem maiores preâmbulos:

– Há muitos barcos se concentrando entre as embocaduras do Vire e do Orne. Isso leva a concluir que um desembarque inimigo e um ataque em larga escala contra a Normandia estejam iminentes.

O marechal-de-campo Gerd Von Rundstedt, em seu quartel-general, o OB West, nos arredores de Paris, já chegara a uma conclusão um tanto semelhante. Para ele, o assalto à Normandia realmente estava iminente, mas lhe parecia ainda ser um "ataque diversionista", e não a real invasão. Mesmo assim, Von Rundstedt se movera rapidamente. Já havia ordenado a duas maciças divisões blindadas – a 12ª das *Waffen SS* e a *Panzer Lehr*, ambas posicionadas em reserva perto de Paris – para reunir forças e partir depressa para a zona costeira.

Tecnicamente, ambas as divisões dependiam diretamente do QG de Hitler, o OKW, não devendo ser lançadas em combate sem aprovação expressa do *Führer*. Mas Von Rundstedt tinha corrido o risco; simplesmente não podia acreditar que Hitler faria qualquer objeção ou contrariaria suas ordens. Agora, convencido de que todas as evidências apontavam para a Normandia como a área em que seria lançado o "ataque diversionista", Von Rundstedt enviou uma solicitação oficial ao OKW para a liberação das reservas. "O OB West," – explicava a mensagem enviada via teletipo – "está perfeitamente consciente de que, se esta for de fato uma operação inimiga em larga escala, ela só poderá ser enfrentada com sucesso se forem tomadas ações imediatas. Isso envolve o comprometimento, ainda no dia de hoje, das reservas estratégicas disponíveis... que são a 12ª Divisão das Waffen SS e a Divisão Blindada Panzer Lehr. Se elas se reunirem rapidamente e começarem a marcha bem cedo, poderão ingressar na batalha que se travará nas costas marítimas durante este dia. Sob tais circunstâncias, o OB West requer, portanto, ao OKW que libere as reservas..." Era somente uma mensagem burocrática de cortesia, simplesmente *pro forma,* para que ficasse registrada nos diários de guerra.

No quartel-general de Hitler, localizado em Berchtesgaden, no clima perfumado e irreal das florestas da Baviera meridional, a mensagem foi entregue ao escritório do marechal Alfred Jodl, o chefe de operações. Nessa hora, Jodl estava dormindo, e seu estado-maior acreditou que a situação ainda não era suficientemente grave para que seu sono fosse perturbado. A mensagem podia esperar até que ele levantasse.

A não mais de cinco quilômetros de distância, no retiro montanhoso de Hitler, o *Führer* e sua esposa, Eva Braun, também estavam adormecidos. Hitler tinha ido deitar-se às quatro da madrugada, como de costume, e seu médico pessoal, o dr. Morell, lhe havia administrado um remédio para dormir (nos últimos tempos, ele não conseguia dormir sem ele). Por volta das cinco horas, o ajudante-de-ordens naval de Hitler, o almirante Karl Jesko von Puttkamer, foi acordado por um telefonema proveniente do quartel-general de Jodl. O interlocutor de Puttkamer – que ele não consegue recordar quem foi – informou-o de que "tinha havido uma espécie de desembarque inimigo na França". Ainda não se sabia nada de preciso – de fato, disse a Puttkamer, "as primeiras mensagens são extremamente vagas". Por acaso Puttkamer achava que o *Führer* deveria ser informado? Os dois homens debateram o assunto e decidiram não acordar Hitler. Puttkamer recorda que "não havia mesmo muita coisa a lhe dizer, e nós dois ficamos com medo de que, caso eu o acordasse a esta hora, ele pudesse iniciar um de seus infindáveis acessos nervosos, os quais, freqüentemente, conduziam às decisões mais absurdas". Puttkamer decidiu que, pela manhã, haveria tempo suficiente para transmitir as notícias a Hitler. Desligou a lâmpada e voltou a dormir.

Na França, os generais do OB West e do Grupo de Exército B sentaram-se para esperar o desenrolar dos fatos. Eles haviam alertado suas forças e convocado as reservas blindadas: agora, a próxima decisão pertencia aos Aliados. Ninguém fazia noção da magnitude do próximo assalto. Ninguém sabia – ou sequer podia adivinhar – o tamanho da frota aliada. E, embora tudo apontasse para a Normandia, ninguém realmente tinha certeza de onde seria desfechado o ataque principal. Os generais alemães, indubitavelmente, tinham feito tudo quanto estava a seu alcance. O resto dependia dos soldados comuns da *Wehrmacht* que guarneciam as costas. Subitamente, eles haviam adquirido grande importância. A partir de suas fortificações costeiras, os soldados do *Reich* olhavam para o mar, imaginando se esse era mais um alerta de treinamento ou se, finalmente, chegara ao ataque verdadeiro.

O major Werner Pluskat, em seu *bunker* acima da praia Omaha, não recebera qualquer notícia de seus superiores desde a uma hora da madrugada. Estava com frio, cansado e exasperado. Sentia-se totalmente isolado.

Não podia entender por que não recebera qualquer relatório ou ordem, nem do quartel-general regimental, nem do QG da Divisão. Para falar a verdade, o próprio fato de que seu telefone permanecera silencioso durante toda a noite era um bom sinal: deveria significar que nada de sério estava acontecendo. Mas... e os pára-quedistas? E as formações maciças de esquadrilhas? Pluskat não conseguia livrar-se da inquietação, que parecia roer-lhe os ossos. Mais uma vez ele girou as lunetas de artilharia e esquadrinhou o mar; à esquerda, ele identificou a massa escura da península de Cherbourg e começou outra lenta varredura do horizonte. Os mesmos bancos de brumas baixas foram ampliados diante de seus olhos, os mesmos pontos em que a água refletia a luz oscilante do luar, o mesmo mar encapelado e inquieto. Nada havia mudado. Tudo parecia cheio de paz.

Atrás dele, no interior do *bunker,* seu cão Harras estava esticado no chão e adormecido. Um pouco mais adiante, o capitão Ludz Wilkening e o tenente Fritz Theen conversavam baixinho. Pluskat foi até onde eles estavam.

– Ainda não há nada sobre o mar – disse a eles. – Estou quase desistindo...

Contudo, caminhou de volta até a abertura de onde se projetava a objetiva da luneta e ficou olhando para os primeiros raios de luz que começavam a cortar o céu. Decidiu esquadrinhar o mar uma última vez, mais por descargo de consciência: realizar uma última observação rotineira, sem qualquer motivo especial.

Cansado e aborrecido, ele girou a luneta novamente para a esquerda. Lentamente, foi acompanhando a fímbria do horizonte. Chegou justamente ao centro da baía. De repente, parou o movimento das lentes. Todo o corpo de Pluskat se enrijeceu, enquanto ele fitava o mar intensamente.

Através do nevoeiro, que se espalhava lentamente e ia ficando cada vez mais rarefeito, o horizonte estava a encher-se magicamente de navios – barcos de todos os tamanhos e descrições, navios que se moviam casualmente em torno uns dos outros, como se já estivessem ancorados há horas ali e só agora começassem a içar as correntes das âncoras. Parecia haver milhares. Era uma armada fantasmagórica que, de alguma forma, tinha surgido do nada. Pluskat ficou parado, olhando, congelado pela descrença, sem conseguir dizer uma palavra, acometido de um sentimento que nunca experimentara antes em sua vida. Nesse momento, o mundo do leal soldado Pluskat começou a cair aos pedaços. Ele comentou mais tarde que, nestes primeiros momentos, soube com plena certeza e a maior tranqüilidade que "este era o fim da Alemanha".

Voltou-se para Wilkening e Theen e, de um jeito estranho, disse simplesmente:

– Chegou a invasão. Olhem vocês mesmos.

Então, pegou o telefone e ligou para o major Block, no quartel-general da 352ª Divisão.

– Block – disse Pluskat –, chegou a invasão. Acho que há uns dez mil navios se aproximando da costa.

Enquanto falava, ele percebeu que suas palavras pareceriam inacreditáveis.

– Ora, controle-se, Pluskat! – escutou a voz surpresa e descrente de Block. – Nem os americanos e britânicos juntos conseguem juntar tantos navios! Ninguém tem tantos navios!

A descrença de Block tirou Pluskat de seu torpor.

– Se você não me acredita – berrou subitamente ao fone –, então venha até aqui e veja você mesmo! É uma coisa fantástica! É simplesmente inacreditável!...

Houve uma pequena pausa e então Block falou:

– Para que lado se dirigem esses navios?

Pluskat, com o fone na mão, olhou pela vigia do abrigo subterrâneo e replicou:

– Direto para cima de mim!

# Terceira Parte

# O DIA

## 1

Nunca houvera um alvorecer como esse. Na luz acinzentava de névoa, a grande frota aliada fundeara diante das cinco praias destinadas à invasão da Normandia, cheia de uma majestosa e assustadora grandeza. O mar fervilhava de navios. Os galhardetes de batalha ondulavam ao vento por todo o horizonte, desde a extremidade da praia Utah, na península de Cherbourg, até a praia Sword, próxima da foz do Orne. Delineados contra o céu, junto à fímbria do horizonte, avistavam-se os ameaçadores encouraçados, os cruzadores imponentes, os destróieres esguios e velozes como cães caçadores. Por detrás deles, flutuavam as naus de comando, mais atarracadas, eriçadas pelas florestas espinhosas das antenas. E, atrás destas, vinham os comboios de transporte abarrotados de tropas e lanchões de desembarque, de menor altura e mais lentos em romper as águas. Circulando os transportes da vanguarda, esperando pelo sinal para lançar-se às praias, navegavam enxames de barcos de desembarque, subindo e descendo pelas as ondas agitadas, superlotados pelos homens que deveriam descer nas primeiras ondas de assalto.

A grande massa de navios distribuídos pela superfície das águas reverberava de som e de atividade. Os motores guinchavam ou roncavam ritmadamente, enquanto os barcos patrulheiros corriam para cá e para lá por entre as embarcações de assalto menos ágeis. As roldanas dos molinetes rangiam enquanto os botalós empurravam pausadamente para fora do convés os veículos anfíbios que seriam descidos para o mar. As correntes estalavam nos turcos à medida que os barcos de assalto eram cuidadosamente descidos em direção às ondas agitadas. As embarcações de desembarque, atopetadas de homens de rostos pálidos, estremeciam e se chocavam contra os altos cascos de aço dos transportadores. Megafones berravam: "Mantenham-se em linha! Mantenham-se em linha!", orientando as lanchas da guarda-costeira a colocar em formação os barcos de assalto oscilantes. Dentro dos grandes transportadores, os homens se apertavam contra os gradis laterais, esperando sua vez de descer pelas escadas escorregadias ou por redes de cordas grossas e ocupar seus lugares nos lanchões de desembarque balançantes e encharcados pelos borrifos das ondas. Dominando tudo isso, através de alto-falantes dos sistemas de transmissão dos navios, chegava um fluxo constante das mais variadas mensagens e exortações:

– Combatam para levar as tropas até a praia, combatam para salvar seus navios e, se ainda tiverem forças, combatam para salvar a si mesmos!... Vá até lá, Quarta Divisão, e mande esses desgraçados pro inferno!... Não esqueçam, os Casacas Vermelhas[1] sempre marcham na linha de frente!... *Rangers* dos Estados Unidos, guarneçam seus postos!... Lembrem-se de Dunquerque!... Lembrem-se de Coventry!... Deus abençoe a todos!... *Nous mourrons sur le sable de notre France chérie, mais nous ne retournerons pas!* [Morreremos sobre as areias de nossa França querida, mas não recuaremos!]... Tá na hora, minha gente, agarrem as armas, ponham as mochilas, a passagem é só de ida e chegou o fim da linha!... Vigésima Nona, vamos em frente!...

---

1. Alusão aos uniformes tradicionais (ainda usados em desfiles e ocasiões de gala) das tropas britânicas, que as tornavam alvos fáceis, mas só foram definitivamente substituídos por uniformes de combate mais discretos a partir da Primeira Guerra Mundial. (N. do T.)

E então soaram por toda a frota as duas mensagens mais importantes, que a maioria dos sobreviventes recorda até hoje:

– Todos os barcos, avançar!...

E, logo a seguir:

– Pai Nosso, que estás no céu, santificado seja o Vosso Nome...

Ao longo das amuradas opressivas, muitos homens deixaram suas posições predeterminadas para dar adeus a camaradas que iam descer para outras embarcações. Soldados e marujos, que haviam desenvolvido fortes laços de amizade durante as longas horas passadas a bordo, desejaram boa sorte uns aos outros. E centenas de homens arranjaram tempo para trocar endereços, "só para um caso de necessidade"... O sargento-especialista Roy Stevens, da 29ª Divisão, abriu caminho com o maior esforço através dos conveses superlotados, em busca de seu irmão gêmeo. "Eu finalmente o encontrei", relatou. "Ele sorriu e me estendeu a mão. Aí eu disse: 'Não, deixa pra lá. Vamos apertar as mãos quando chegarmos na primeira encruzilhada da França, como a gente planejou'. Então nos despedimos e nunca mais... nunca mais o encontrei..." No H. M. S. *Prince Leopold,* o tenente Joseph Lacy, capelão do 5º e do 2º batalhões de *Rangers,* ficou andando entre os homens que aguardavam a hora de partir, e o soldado-de-primeira-classe Max Coleman escutou-o dizer:

– Daqui para frente, sou eu que rezo por vocês. O que vocês vão fazer hoje já vai valer por uma porção de orações.

Em todos os navios, os oficiais concluíram seus discursos de despedida, com os quais pretendiam animar as tropas, com o tipo de frase colorida ou memorável que acharam melhor indicada para a ocasião – algumas vezes, com resultados inesperados. O tenente-coronel John O'Neill, cuja unidade especial de engenharia de combate deveria desembarcar nas praias Utah e Omaha na primeira onda de assalto, com o objetivo de destruir os obstáculos minados, achou que tinha a conclusão ideal para seu discurso de desembarque, ao proclamar com uma voz trovejante:

– Aconteça o que acontecer, mesmo que tenham de atravessar um inferno de fogo ou uma inundação, rebentem esses malditos obstáculos!

De algum lugar próximo, uma voz observou:

– Garanto que esse f.d.p. tá com tanto medo quanto a gente!...

O capitão Sherman Burroughs, da 29ª Divisão, contou ao capitão Charles Cawthon que pretendia recitar o poema *O fuzilamento de Dan McGrew*, enquanto estivesse a caminho da praia. O tenente-coronel Elzie Moore, comandando outra unidade de engenharia, também destinada a abrir caminho na praia Utah, não tinha feito um discurso. Ele tivera vontade de recitar um trecho muito apropriado, extraído da história de outra invasão da França, uma cena de batalha da peça teatral *Henrique V*, de Shakespeare, mas só conseguia lembrar o primeiro verso: "Mais uma vez na frente de batalha, meus amigos..." Acabou desistindo da idéia. O major C. K. "Banger" King, da 3ª Divisão Britânica, que desembarcaria na primeira onda de assalto sobre a praia Sword, pretendia ler outra citação da mesma peça. Ele se dera ao trabalho de escrever os versos que queria pronunciar. Terminavam com a passagem: "Aquele que sobreviver a este dia e voltar em segurança para casa / poderá perfilar-se, cheio de orgulho, cada vez que esta batalha for mencionada..."

O ritmo aumentava. Ao largo das praias americanas, cada vez mais barcos cheios de soldados se juntavam às irrequietas embarcações de assalto que rodeavam incessantemente as naves de que tinham sido descidas. Empapados, enjoados, cheios de desconforto, eram justamente esse homens que liderariam a marcha sobre a Normandia, através das praias Omaha e Utah. Na áreas de transporte, o trasbordamento estava em plena atividade. Era uma operação complexa e perigosa. Os soldados carregavam tanto equipamento que mal conseguiam se mover. Cada um trazia um salva-vidas de borracha e, além das armas, bornais, ferramentas para cavar trincheiras, máscaras de gás, estojos de primeiros socorros, cantis, facas e rações, todos traziam quantidades adicionais de granadas, explosivos e munição – muitas vezes até 250 cartuchos. Mais ainda, muitos homens estavam carregando o equipamento necessário para executar suas tarefas especializadas. Alguns homens calculam que pesavam pelo menos uns cento e cinqüenta quilos enquanto balançavam ao longo dos tombadilhos a caminho de seus barcos de assalto. Toda essa parafernália era necessária, mas parecia ao major Gerden Johnson, da 4ª Divisão de Infantaria, que seus homens estavam sendo "forçados a caminhar em passo de tartaruga". O tenente Bill Williams, da 29ª, achou que seus homens estavam tão sobrecarregados que "não lhes sobrariam forças para combater". O praça Robert Mozgo, olhando para baixo, desde o costado de seu transporte e vendo a embarcação de assalto que se esbarrava contra o casco e subia e descia da forma mais enjoativa com o movimento das ondas, pensou que, se ele e seu equipamento pudessem embarcar em um desses botes, "metade da batalha já estaria ganha..."

Muitos homens, tentando equilibrar a si mesmos e a seu pesado equipamento enquanto desciam pelas redes laterais, bastante semelhantes a teias de aranha, tornaram-se baixas muito antes de ouvirem o primeiro tiro. O cabo Harold Janzen, de uma unidade de morteiros, carregado com dois rolos de cabo e diversos telefones de combate, tentou calcular o período de subida e descida da embarcação que se encontrava abaixo dele. Saltou no momento que julgou adequado, mas pegou o barco na descida, caiu em queda livre três metros e meio até o fundo do barco e desmaiou ao bater a cabeça no cabo da própria carabina. E houve ferimentos muito mais sérios. O sargento Romeo Pompei ouviu alguém berrando abaixo dele, olhou e viu um homem agarrando-se em agonia nas malhas da rede de embarque, depois que o barco de assalto esmagara um de seus pés contra o casco do transporte. O próprio Pompei escorregou da rede, caiu de cabeça para baixo no fundo do barco e quebrou alguns de seus dentes incisivos.

As tropas que ocuparam os barcos ainda no convés e foram baixadas por meio de turcos não tiveram sorte muito melhor. O major Thomas Dallas, um dos comandantes de batalhão da 29ª, acompanhado por seu estado-maior, ficou suspenso a meia altura entre a amurada do transporte e o nível do mar quando as correntes dos turcos remontaram nas roldanas. Ficaram pendurados por uns vinte minutos – a mais ou menos um metro e vinte abaixo da saída do esgoto das "cabeças", como eram chamados os banheiros dos transportes.

– As latrinas estavam sendo usadas constantemente – recorda ele –, e, durante estes vinte minutos, a descarga inteira caiu dentro de nosso barco...

As ondas estavam tão altas, que muitos dos lanchões de assalto pulavam para cima e para baixo, como ioiôs monstruosos, cujos barbantes eram as correntes dos turcos. Um barco carregado de *Rangers* já havia descido meta de da distância até o mar, junto ao casco do H.M.S. *Prince Charles,* quando um enorme vagalhão se ergueu e quase jogou a embarcação de volta ao tombadilho. A onda recuou, e o barco caiu como um elevador até ser retido violentamente pelos cabos, sacudindo e fazendo saltar os ocupantes enjoados, como se fossem manequins de gesso.

Enquanto desciam nos pequenos barcos, os soldados veteranos explicavam aos recrutas que embarcavam com eles quais os incômodos e perigos que deveriam esperar. No H.M.S. *Empire Anvil,* o cabo Michael Kurtz, da 1ª Divisão, reuniu seu esquadrão a seu redor.

– Eu quero que todos vocês fiquem com a cabeça por baixo da amurada – preveniu. – Assim que nos localizarem, os inimigos vão começar a atirar em nós. Se vocês tiverem sorte, tá ótimo. Se vocês não tiverem, que inferno, é um bom lugar pra se morrer. Agora, vamos embora!...

Enquanto Kurtz e seu esquadrão subiam em seu barco, ainda preso nos turcos, escutaram gritos mais abaixo. A corrente de um dos turcos que o suspendia havia arrebentado e o barco virara, suspenso de um lado só, derrubando os homens no mar. O barco de Kurtz foi abaixado sem problemas. Então, eles viram os homens do outro barco nadando nas proximidades do casco do transporte. Enquanto o barco de Kurtz se afastava, um dos soldados que estavam flutuando na água gritou:

– Até logo, otários!

Kurtz olhou em volta, contemplando os homens de seu barco. Em cada rosto viu a mesma expressão vazia das estátuas de um museu de cera.

Eram cinco e meia da manhã. As tropas da primeira onda de assalto já haviam percorrido metade da distância até as praias. Esse grande assalto marítimo, que o mundo livre se esforçara tanto para organizar, estava sendo liderado por uma vaga de apenas uns três mil homens. Eram as equipes de combate das 1ª, 29ª e 4ª divisões, com o acréscimo de algumas unidades – equipes de demolição submarina do Exército e da Marinha, batalhões de tanques e esquadrões de *Rangers* (tropas de choque). Cada equipe de combate recebera uma zona de desembarque específica. Por exemplo, a 1ª Divisão do 16º Regimento, do general-de-divisão Clarence R. Huebner, deveria atacar metade da praia Omaha, enquanto a 29ª, do 116º Regimento, do general-de-divisão Charles H. Gerhardt, assaltaria a outra metade.[2] Essas zonas tinham sido subdivididas em setores, cada um

2. Embora as equipes de combate da 1ª e da 29ª divisões compartilhassem do ataque em pé de igualdade, os desembarques em si estavam tecnicamente sob o comando da 1ª Divisão durante a fase inicial do ataque. (N. do A.).

com seu próprio codinome. Os homens da 1ª Divisão desembarcariam em *Easy Red* (vermelho fácil), *Fox Green* (raposa verde) e *Fox Red* (raposa vermelha). Os soldados da 29ª deveriam abordar os setores denominados *Charlie* (Carlinhos), *Dog Green* (cachorro verde), *Dog White* (cachorro branco), *Dog Red* (cachorro vermelho) e *Easy Green* (verde fácil).

Os horários de desembarque para as duas praias, Omaha e Utah, tinham sido agendados para acontecer com diferença de minutos. Na metade da praia Omaha, designada para a 29ª Divisão, à Hora H menos cinco minutos – 6h25min –, trinta e dois tanques anfíbios deveriam navegar até Dog White e Dog Green e tomar posição de fogo na linha da água, à beira da praia, a fim de cobrir a primeira fase do assalto. Justamente na Hora H – 6h30min –, oito transportes LCT trariam mais tanques, desembarcando-os diretamente do mar nos setores Easy Green e Dog Red. Um minuto mais tarde, às 6h31min, as tropas de assalto se lançariam sobre a praia em todos os setores. Dois minutos depois, às 6h33min, chegaria a vez do corpo de engenheiros para demolição submarina; eles tinham a difícil tarefa de limpar dezesseis faixas de cinqüenta jardas (quarenta e cinco metros) de largura cada uma, através das minas e dos obstáculos da praia. Dispunham de apenas vinte e sete minutos para realizar essa tarefa apavorante. A seis minutos de intervalo, das sete horas em diante, cinco ondas de assalto, compondo o principal contingente de ataque, iniciariam seus desembarques.

Esse era o plano de desembarque básico para ambas as praias. A concentração de forças havia sido tão cuidadosamente planejada que dentro de uma hora e meia se esperava desembarcar equipamento pesado na praia Omaha, como peças de artilharia; até mesmo guindastes, caminhões semilagartas e veículos de recuperação de tanques estavam projetados para desembarque ao redor das dez horas e meia. Era um horário complicado e detalhista, que, falando francamente, dava a impressão de não poder ser cumprido – mas, com toda a probabilidade, os idealizadores também tinham tomado isso em consideração.

Por enquanto, as tropas de assalto da primeira onda não conseguiam divisar as praias enevoadas da Normandia. Estavam ainda a mais de quinze quilômetros de distância. Algumas belonaves já estavam duelando com as baterias costeiras da marinha alemã, mas a ação parecia uma coisa remota e impessoal para os soldados embarcados – ninguém atirava diretamente sobre eles. O enjôo ainda era seu pior inimigo. Poucos sentiam-se capazes de controlar os próprio estômagos. As lanchas de assalto, cada uma carregada com mais ou menos trinta homens e todo o seu pesado equipamento, penetravam tão fundo na água e as amuradas estavam tão baixas que as ondas rolavam para dentro de um lado e saíam pelo outro. Com cada onda, as extremidades dos barcos subiam e desciam, ao mesmo tempo que os lados oscilavam; o coronel Eugene Caffey, da 1ª Brigada Especial de Engenharia, recorda que alguns dos homens em seu barco "simplesmente ficavam deitados, com a água passando de um lado para outro por cima deles, parecendo não se importar mais se iam viver ou morrer". Todavia, para aqueles que ainda não tinham sido incapacitados pelas náuseas, a contemplação da grande frota de invasão ancorada a seu redor, aqueles navios imensos erguendo-se muito acima de seus pequenos barcos, era uma visão de assombro e maravilhamento. No barco de engenheiros de demolição em que viajava o cabo Gerald Burt, um homem comentou, um tanto desapontado, que gostaria de ter tido a lembrança de trazer sua câmera fotográfica.

A QUASE CINQÜENTA quilômetros de distância, o capitão-de-corveta Heinrich Hoffmann, na lancha torpedeira que liderava a sua 5ª Flotilha, observou um nevoeiro estranho e irreal cobrindo o mar à sua frente. Enquanto Hoffmann observava, um único aeroplano voou para fora da brancura. Isso confirmou suas suspeitas – deveria ser uma cortina de fumaça. Hoffmann, seguido pelas outras duas lanchas torpedeiras, mergulhou no banco de névoa para investigar – e recebeu o maior choque de sua vida. Do outro lado, viu-se face a face com um conjunto esmagador de navios de guerra – quase a frota britânica inteira. Para cada lado que olhasse, avistava encouraçados, cruzadores e destróieres erguendo-se do mar encapelado, muito acima de sua minúscula flotilha. "Tive a impressão de estar sentado em um barquinho a remo", recordou Hoffmann. Quase instantaneamente, os obuses começaram a cair ao redor de seus barcos, que manobraram e se retorceram para evitar os projéteis. Sem um minuto de hesitação, o atrevido Hoffmann ordenou o ataque, mesmo estando em uma inferioridade numérica inacreditável. Segundos depois, na única ofensiva naval alemã do Dia D, dezoito torpedos cortavam as águas como facas afiadas em direção à imensa frota aliada.

Na ponte do destróier norueguês *Svenner*, o tenente da Marinha Real Desmond Lloyd detectou a chegada dos torpedos. O mesmo foi feito por oficiais nas pontes das grandes belonaves, o *Warspite*, o *Ramillies* e o *Largs*. O *Largs* prontamente reverteu os motores a toda velocidade para a popa. Dois torpedos passaram a meio caminho entre o *Warspite* e o *Ramillies*. O *Svenner* não conseguiu sair do caminho. Seu capitão gritou:

– Toda a força a bombordo! Toda a velocidade avante e a estibordo! Toda a velocidade a ré e a bombordo! – em um esforço vão para girar o destróier e fazer com que os torpedos passassem em um curso paralelo ao do navio.

O tenente Lloyd, assistindo à aproximação mortífera com seus binóculos, percebeu que os torpedos iam bater diretamente sob a ponte de comando. A única coisa em que conseguia pensar era: "Até que altura eu vou saltar?" Com agonizante lentidão, o *Svenner* girou para bombordo e, por um momento, Lloyd pensou que poderiam escapar. Mas a manobra falhou. Um dos torpedos atingiu justamente o compartimento das caldeiras. O *Svenner* pareceu erguer-se inteiramente para fora d'água, estremeceu violentamente e quebrou-se em dois. Próximo dali, o Chefe das Máquinas Robert Dowie, no caça-minas H. M. S. *Dunbar,* ficou espantadíssimo ao ver o destróier afundar de repente, com "a proa e a popa viradas para cima, de forma a desenhar um perfeito V". Houve trinta baixas. O tenente Lloyd, ileso, nadou sem destino durante uns vinte minutos, mantendo na superfície um marinheiro que havia quebrado a perna, até que ambos foram apanhados pelo destróier *Swift.*

Para Hoffmann, que fez a volta rapidamente e chegou à segurança do outro lado da cortina de fumaça, o mais importante agora era dar o alarma. Transmitiu as notícias para Le Havre serenamente, mas com a maior prontidão, sem perceber que sua antena de rádio tinha sido arrancada durante a breve batalha que acabara de transcorrer.

EM SUA NAU CAPITÂNIA, o encouraçado *Augusta,* ancorado diante das praias americanas, o general-de-exército Omar N. Bradley tapou os ouvidos com chumaços de algodão e assestou seus binóculos sobre as lanchas de desembarque que se aproximavam rapidamente das praias. Suas tropas, os homens do 1º Exército dos Estados Unidos, moviam-se para o combate sem hesitação. Bradley estava profundamente preocupado. Até algumas horas antes, ele havia acreditado que uma divisão alemã "estática", a 716ª, de qualidade inferior de combate e distribuída por uma extensão grande demais, estava guarnecendo a área costeira aproximadamente desde a praia Omaha e seguindo em direção leste até a zona designada para os britânicos. Entretanto, logo antes de sua partida da Inglaterra, o serviço de informações aliado lhe havia transmitido a notícia de que uma nova divisão alemã tinha sido transferida para a área de invasão. A notícia havia chegado tarde demais para que Bradley a transmitisse a suas tropas, que já haviam recebido suas instruções de combate e estavam "seladas", isto é, haviam recebido missões irrevogavelmente determinadas. Agora, os homens da 1ª e da 29ª divisões estavam seguindo para a praia Omaha, sem saber que a veterana 352ª Divisão alemã, resistente e endurecida por muitas batalhas, estava agora guarnecendo suas defesas.[3]

Bradley rezava para que o bombardeio naval que estava para começar tornasse mais fácil o cumprimento de sua missão. A alguns quilômetros de distância, o contra-almirante Jaujard, comandante do cruzador leve francês *Montcalm,* dirigiu-se a seus oficiais e soldados:

– *C'est une chose terrible et monstrueuse que d'être obligé de tirer sur notre propre patrie* – disse ele, com a voz cheia de emoção –, *mais je vous demande de le faire aujourd'hui.* [É uma coisa terrível e monstruosa sermos obrigados a disparar sobre nossa própria pátria, mas eu exijo que o façam durante o dia de hoje.]

A seis quilômetros e meio ao largo da praia Omaha, no destróier U.S.S. *Carmick,* o Comandante Robert O. Beer apertou um botão em seu sistema de intercomunicações e disse:

---

3. O serviço de informações aliado operava sob a impressão de que a 352ª apenas recentemente havia assumido essas posições e somente para "um exercício de defesa". De fato, algumas unidades haviam estacionado na zona costeira, defendendo fortificações por trás da praia Omaha, há mais de dois meses – havia algumas que estavam há mais tempo ainda. Pluskat e seus canhões, por exemplo, guarneciam a mesma posição desde março. Contudo, até 4 de junho, o serviço de informações aliado ainda supunha que a 352ª estivesse nos arredores de St.-Lô, a mais de trinta e dois quilômetros de distância. (N. do A.)

– Agora escutem isto! Esta é provavelmente a maior festa, meus rapazes, a que vocês assistirão – então, vamos todos para a pista de dança e dar o maior baile neles!...

Eram 5h50min. A essa altura, os navios de guerra britânicos já estavam bombardeando suas praias há mais de vinte minutos. Agora deveriam começar os bombardeios na zona americana. A inteira área de invasão entrou em erupção com uma tempestade de fogo trovejante. O redemoinho de som rugia de um lado para outro, ao longo da costa normanda, enquanto os grandes navios firmemente martelavam seus alvos preestabelecidos. Os céus acinzentados se iluminaram com os relâmpagos quentes de seus canhões enquanto, ao longo das praias, grandes nuvens de fumaça negra começaram a se reunir no ar. Ao largo das praias Sword, Juno e Gold, os encouraçados *Warspite* e *Ramillies* projetavam toneladas de aço de seus canhões de quinze polegadas contra as poderosas baterias de canhões alemãs em Le Havre e ao redor da embocadura do rio Orne. Os cruzadores e destróieres, executando constantes manobras, lançavam rios de obuses sobre as casamatas, abrigos subterrâneos de concreto e redutos semi-subterrâneos. Com incrível precisão, o H.M.S. *Ajax*, cuja pontaria já era famosa desde o conhecido encontro no rio da Prata[4], fez saltar uma bateria de quatro canhões de seis polegadas (156mm de diâmetro), situada a uma distância de quase dez quilômetros. Ao largo da praia Omaha, os grandes encouraçados *Texas* e *Arkansas*, que somavam um poder de fogo de dez canhões de 14 polegadas (364mm), doze de 12 polegadas (312mm) e doze de 5 polegadas (130mm), lançaram seiscentos obuses sobre a posição da bateria costeira de Pointe du Hoc em um

4. Em que foi destruído o alemão *Admiral Graf Spee*, atingido por um impacto direto no leme e afundado por ordem de seu comandante, para não cair em mãos inimigas, em 17 de dezembro de 1939. (N. do A.)

esforço enérgico para facilitar a subida dos batalhões de *Rangers,* que simultaneamente avançavam para os rochedos verticais de trinta metros de altura. Ao largo da praia Utah, o encouraçado *Nevada* e os cruzadores *Tuscaloosa, Quincy* e *Black Prince* pareciam inclinar-se para trás a cada vez que projetavam salva após salva contra as baterias costeiras. Enquanto os grandes navios lançavam seus projéteis de uma distância de oito a dez quilômetros da costa, os destróieres, pequenos em comparação, avançavam a distâncias de três quilômetros, em certos casos até mesmo a quilômetro e meio da praia e, alinhados ao comprido, de proa a popa, enviavam pelos canhões laterais um fogo de saturação sobre alvos localizados ao longo de toda a rede de fortificações costeiras.

As salvas assustadoras do bombardeio naval causaram profunda impressão sobre os homens que as assistiram e escutaram. O subtenente Richard Ryland, da Marinha Real, sentiu um imenso orgulho diante da "aparência majestosa dos encouraçados" e ficou imaginando "se essa seria a derradeira ocasião em que tal espetáculo poderia ser visto". A bordo do U.S.S. *Nevada,* Charles Langley, auxiliar de terceira classe do Corpo de Intendência, sentiu-se quase aterrorizado ao perceber o poder de fogo maciço da frota. Ele não conseguia ver "como qualquer exército teria a menor possibilidade de resistir a um tal bombardeio" e acreditava que "nesse ritmo, a frota poderia levantar âncora dentro de duas ou três horas". Dentro das rápidas lanchas de assalto, enquanto esse telhado trovejante de fogo e aço se estendia sobre suas cabeças, os homens mareados, ensopados e infelizes, obrigados a esvaziar os barcos continuamente com seus próprios capacetes, olhavam para o alto e soltavam gritos de entusiasmo.

Agora, um novo som reverberava sobre a frota. Lentamente a princípio, como o zumbido das asas de uma abelha distante, depois se ampliando até um enorme *crescendo* de som, surgiram os bombardeiros e os caças. Eles sobrevoaram precisamente a armada maciça, as pontas das asas quase se tocando, esquadrilha após esquadrilha – nove mil aviões, *Spitfires, Thunderbolts* e *Mustangs,* assobiaram estridentemente sobre as cabeças dos homens. Aparentemente desprezando a chuva de projéteis lançada pela frota, eles bombardeavam as praias e os promontórios que levavam ao interior, ascendiam velozmente, giravam e atacavam de novo. Acima deles, recortando o céu a todas as altitudes de cruzeiro, voavam os bombardeiros americanos de médio porte B-26, da 9ª Divisão da Aeronáutica, e, acima desses, fora do alcance da vista, na pesada cobertura de nuvens, zumbiam os bombardeiros pesados – os *Lancasters, Fortresses* (as "Fortalezas-Voadoras") e *Liberators* da RAF e da 8ª Divisão da Força Aérea dos Estados Unidos. Parecia impossível que o céu pudesse sustentar a todos. Os homens erguiam os olhos para o alto, as lágrimas apontando, os rostos contorcidos por uma súbita emoção quase grande demais para suportar. Agora, tudo daria certo, pensavam eles. Lá estava a proteção aérea – o inimigo ficaria encurralado, sem poder sair de seus abrigos, todos os canhões seriam destruídos, as praias ficariam perfuradas de ponta a ponta em crateras protetoras. O que eles não sabiam era que os 329 bombardeiros pesados destinados à zona de Omaha estavam impossibilitados de ver os alvos através da pesada cobertura de nuvens e, temendo atingir seus próprios soldados, decidiram descarregar suas treze mil bombas terra adentro, até cinco quilômetros de distância de seus alvos, os mortíferos canhões da praia Omaha.[5]

5. Havia oito abrigos subterrâneos de concreto, com canhões de 75 milímetros ou calibre maior; 35 casamatas com peças de artilharia de tamanhos variados e/ou armas automáticas; quatro baterias de artilharia; dezoito canhões antitanque; seis abrigos de morteiros; 35 sítios de lançamento de foguetes, cada um equipado com quatro tubos lança-foguetes de 38 milímetros; e, pelo menos, oitenta e cinco ninhos de metralhadoras. (N. do A.)

A ÚLTIMA EXPLOSÃO CHEGARA muito perto. O major Werner Pluskat sentiu as paredes de seu *bunker* estremecerem com tanta violência que imaginou que tudo ia rachar e desabar. Outro obus atingiu a face do rochedo justamente na base de sua posição oculta. O choque foi tão forte que Pluskat girou sobre si mesmo e foi lançado para trás. Bateu pesadamente de costas contra o piso de concreto. Poeira, terra e fragmentos de concreto choveram sobre seu corpo. Ele não conseguia ver nada através das nuvens de poeira branca, só conseguia escutar os gritos de seus homens. E outra vez e outra os obuses se esmagaram contra o penhasco. Pluskat estava tão estonteado por efeito dos impactos que mal conseguia falar.

O telefone começou a tocar. Era o quartel-general da 352ª Divisão.

– Qual é a situação? – indagou uma voz.

– Estamos sendo bombardeados – conseguiu dizer Pluskat. – Pesadamente bombardeados.

De algum lugar, bem atrás de sua posição, ele escutava agora a explosão de outras bombas. Uma outra salva de obuses atingiu o alto do rochedo, enviando uma avalanche de terra e pedra, parte da qual entrou pelas seteiras do *bunker*. O telefone tocou novamente. Dessa vez, Pluskat nem conseguiu encontrá-lo. Deixou que tocasse. Percebeu que estava coberto da cabeça aos pés por uma poeira branca e fina e que seu uniforme estava todo rasgado.

Por alguns momentos o bombardeio se interrompeu e, através de uma espessa cortina de poeira, Pluskat viu Theen e Wilkening atirados no chão de concreto. Gritou para Wilkening:

– É melhor correr para seu posto enquanto pode!...

Wilkening olhou mal-humorado para Pluskat – seu posto de observação ficava no outro abrigo subterrâneo, a uma certa distância. Pluskat aproveitou o intervalo para telefonar a todas as suas baterias. Para seu espanto, nenhum de seus vinte canhões – todos da marca Krupp, novinhos em folha e de variados calibres – tinha sido atingido. Ele não podia entender como as baterias, localizadas em média a uns oitocentos metros da costa, tinham escapado ao intenso bombardeio; nem sequer havia baixas entre os membros das equipagens. Pluskat começou a acreditar que os postos de observação junto às praias estavam sendo atacados por engano, por pensarem que eram as verdadeiras baterias. Os danos provocados ao redor de seu próprio posto avançado pareciam indicações desse engano.

O fone tocou justamente quando o bombardeio recomeçava. A mesma voz que ele havia escutado antes exigiu ser informada "da localização exata dos bombardeios".

– Pelo amor de Deus! – gritou Pluskat. – Estão caindo por toda parte! O que você quer que eu faça? Que saia do abrigo e vá medir a distância entre os buracos com uma régua?

Ele bateu com o fone no gancho e lançou os olhos ao redor. Ninguém no abrigo parecia ferido. Wilkening já havia partido para seu próprio *bunker;* Theen observava através de uma das aberturas. Então Pluskat notou que seu cão Harras tinha desaparecido. Mas agora ele tinha pouco tempo para se preocupar com o grande animal. Ele apanhou novamente o fone, caminhou até a segunda abertura e olhou para fora. Parecia haver ainda mais barcos de assalto no mar do que quando olhara pela primeira vez; e também estavam bem mais perto agora. Logo estariam ao alcance de seus canhões.

Ele telefonou ao coronel Ocker no QG regimental:

– Todos os meus canhões estão intactos – relatou.

– Bom – disse Ocker. – Acho melhor você retornar a seu posto de comando imediatamente.

Pluskat telefonou a seus oficiais de artilharia.

– Estou voltando para o QG – informou-os. – Lembrem-se de que nenhum canhão deve disparar até que o inimigo chegue à beira da praia.

As embarcações de desembarque, transportando as

tropas da 1ª Divisão americana a seu setor de assalto na praia Omaha, não tinham grande distância a percorrer agora. Entretanto, por trás dos rochedos que dominavam Easy Red, Fox Green e Fox Red, as guarnições das quatro baterias de Pluskat somente esperavam que os barcos chegassem um pouco mais perto.

> "Aqui é Londres chamando.
>
> Transmito a todos vocês uma instrução urgente do supremo comandante. As vidas de muitos de vocês dependerão da rapidez e total obediência a seu cumprimento. Ela é dirigida particularmente a todos os moradores de qualquer área localizada a uma distância de até trinta e cinco quilômetros das costas marítimas."

Michel Hardelay estava parado em frente a uma das janelas da casa de sua mãe, em Vierville, na extremidade ocidental da praia Omaha, observando as primeiras manobras da invasão. Os canhões ainda disparavam e Hardelay podia sentir o impacto através das solas de seus sapatos. A família inteira – a mãe de Hardelay, seu irmão, sua sobrinha e a empregada – havia-se reunido na sala de visitas. Agora não havia mais margem para dúvidas; todos concordavam: a invasão ia ocorrer diretamente em Vierville. Hardelay assumiu uma posição filosoficamente resignada com relação à sua casa de praia: agora, ela seria certamente destruída. Ao fundo da sala, o rádio transmitia a mensagem da BBC, que tinha sido repetida sem cessar por mais de uma hora, a qual prosseguia:

"Saiam de suas cidades e aldeias imediatamente, informando, por ocasião de sua partida, a qualquer vizinho que não tenha recebido este aviso... Permaneçam longe das estradas de maior movimento... Vão a pé e não levem consigo nada que não possam transportar facilmente... Procurem chegar o mais rápido possível ao campo aberto... Nunca se reúnam em grandes grupos que possam ser considerados por engano como concentrações de tropas..."

Hardelay imaginou se o alemão montado faria hoje sua excursão diária até as equipagens dos canhões, a fim de levar-lhes o café-da-manhã. Olhou para o relógio: se o soldado viesse hoje, estava quase na hora. Então Hardelay o avistou, no mesmo cavalo de ancas largas, com as mesmas latas balançantes em que ele sempre trazia o café. O homem cavalgou calmamente estrada abaixo, dobrou a curva – e avistou a frota. Por um segundo ou dois ele permaneceu imóvel na sela. Então pulou fora do cavalo, tropeçou, estatelou-se na estrada, levantou-se e saiu correndo em busca de abrigo. O cavalo continuou sua marcha lenta, seguindo estrada abaixo até a aldeia. Eram seis e quinze da manhã.

## 2

A essa altura, as longas filas ondulantes de embarcações de assalto já estavam a menos de um quilômetro e meio das praias Omaha e Utah. Para os três mil americanos designados para a primeira onda de assalto, só faltavam quinze minutos para a Hora H.

O barulho era ensurdecedor enquanto os barcos, deixando longas esteiras brancas como serpentinas de água demarcando seu curso, avançavam decididamente para as praias. Dentro das lanchas inclinadas para trás e oscilantes, os homens tinham de gritar, se quisessem ser escutados acima do rugido dos motores diesel. Acima deles, como um grande guarda-chuva de aço, ainda trovejavam os obuses da frota. Ecoando desde as costas, escutavam-se as explosões estrondosas do "bombardeio em tapete", o bombardeio de saturação das forças aéreas aliadas. Estranhamente, os canhões da Muralha do Atlântico permaneciam silenciosos. As tropas viam a linha costeira que se estendia à sua frente e ficavam imaginando a razão da ausência de fogo inimigo. Talvez, pensaram muitos, o desembarque acabasse se realizando sem grandes dificuldades.

As grandes rampas quadradas dos barcos de assalto, por enquanto ainda erguidas nas proas, avançavam de frente sobre cada onda, e a água verde, gelada e espumante, recobria a todos. Não havia heróis ansiosos por glória nesses barcos – apenas homens congelados, temerosos e nauseados, tão apertados uns contra os outros, tão sobrecarregados de equipamento pesado que, freqüentemente, não havia lugar para vomitar, exceto sobre os companheiros. O repórter Kenneth Crawford, da *Newsweek,* que pedira para ser designado para a primeira onda de assalto, escutou um jovem soldado da 4ª Divisão, coberto pelo próprio vômito, sacudindo a cabeça lentamente, completamente enjoado e cheio de nojo por si mesmo.

– Esse cara Higgins[6] – resmungou ele –, não tem razão nenhuma pra andar por aí todo vaidoso, nem pra ficar se gabando que inventou esse maldito barco.

Alguns homens nem sequer tinham tempo para sentir enjôo – estavam esvaziando desesperadamente a água que entrava em suas lanchas, lutando para salvar as próprias vidas. Quase a partir do momento em que as embarcações de assalto saíram das naves-mães, grande parte dos barcos tinha começado a se encher de água. No começo, os homens não haviam dado grande atenção às águas que se sacudiam ao redor de suas pernas; era só mais um desconforto que se viam forçados a aturar. O tenente George Kerchner, dos *Rangers,* contemplava o nível da água su-

6. Andrew Jackson Higgins(1886-1952), inventor e fabricante de barcos americano. (N. do T.)

bindo lentamente no fundo do barco e começou a imaginar se podia ser um problema sério. Tinham-lhe informado que as lanchas de desembarque não podiam afundar. Mas então, em seu rádio portátil, os soldados de Kerchner escutaram um pedido de socorro: "Esta é a lancha 860! Esta é a lancha 860! Estamos afundando! Estamos afundando!" Depois, veio uma exclamação final: "Meu Deus, nós afundamos!..." Imediatamente, Kerchner e seus soldados começaram a tirar a água do fundo do barco com as mãos e os capacetes.

Na embarcação que seguia diretamente atrás da lancha de Kerchner, o sargento Regis McCloskey, também dos *Rangers,* tinha suas próprias dificuldades. McCloskey e seus homens já vinham baldeando o próprio barco fazia mais de hora. Estavam justamente no barco que trazia toda a munição para o ataque a Pointe du Hoc, além das mochilas e equipamento dos próprios *Rangers* nele embarcados. O barco estava tão cheio de água, que McCloskey tinha certeza de que iam afundar. Sua única esperança estava em aliviar o peso da embarcação, que vadeava o mar com água quase até a amurada. McCloskey ordenou aos soldados que lançassem fora todo o equipamento que não fosse de primeira necessidade. Rações, mudas de roupas, mochilas, tudo voou por sobre a amurada. O próprio McCloskey atirava tudo nas águas agitadas. Em uma mochila, estavam mil e duzentos dólares que o praça Chuck Vella tinha ganho em um jogo de dados; em outra, a dentadura do primeiro-sargento Charles Frederick.

As lanchas de desembarque começaram a afundar diante das áreas das praias Omaha e Utah – dez ao largo de Omaha, sete em Utah. Alguns homens foram apanhados por barcos de resgate que vinham logo atrás, enquanto outros ficavam flutuando e se debatendo durante horas, até serem finalmente resgatados. E alguns soldados, cujos gritos ou pedidos de socorro não foram escutados por ninguém, foram arrastados para o fundo por seu equipamento pesado e suas munições. Afogaram-se à vista das praias, sem terem disparado um único tiro.

De um momento para outro, a guerra assumiu um caráter pessoal. As tropas que se dirigiam para a praia Utah viram um barco de controle, que conduzia uma das ondas de ataque, empinar subitamente para fora das águas e explodir. Segundos depois, cabeças surgiram à superfície e os sobreviventes tentaram salvar-se, agarrando-se aos destroços. Uma segunda explosão seguiu-se quase imediatamente. A tripulação de uma balsa de desembarque, tentando descarregar quatro dos trinta e dois tanques anfíbios destinados à praia Utah, tinha lançado a rampa diretamente sobre uma mina marítima submersa. A frente da embarcação saltou para cima e o sargento Orris Johnson, em uma lancha próxima, ficou congelado de horror, enquanto um tanque "era arremessado a mais de trinta metros no ar, dava lentamente uma cambalhota, mergulhava de novo na água e desaparecia". Entre os muitos mortos, como Johnson saberia mais tarde, estava o seu amigo e camarada, o tripulante de tanque Don Neill.

Centenas de homens que se dirigiam para a praia Utah viram os cadáveres e escutaram os berros e gritos de socorro dos homens que se afogavam. Um homem, o guarda Francis X. Riley, da Guarda Costeira, recorda vividamente a cena. Esse oficial de vinte e quatro anos, comandando uma das lanchas de desembarque, só podia escutar "os pedidos de socorro angustiados dos soldados e marinheiros feridos ou em estado de choque, enquanto eles nos suplicavam para recolhê-los das ondas". Mas as ordens de Riley eram de "desembarcar as tropas no horário, quaisquer que fossem as baixas". Tentando ignorar mentalmente os gritos, Riley ordenou que o barco seguisse diretamente por entre os homens que se afogavam. Era a única coisa que podia fazer. As ondas de assalto passaram velozmente. Quando o barco que transportava o tenente-coronel James Batte e soldados do 8º Regimento de Infantaria da 4ª Divisão passou por um grupo de cadáveres, Batte escutou um de seus homens de rosto acinzentado pela mareação resmungar:

– Esses caras é quem têm sorte – nunca mais vão enjoar...

A visão dos corpos flutuando na água, a fadiga e a tensão da longa viagem desde os navios-transporte e agora a agourenta proximidade das extensões de areia lisa estendidas frente às dunas da praia Utah arrancaram violentamente os homens de sua letargia. O cabo Lee Cason, que acabara de fazer vinte anos, subitamente percebeu que estava "xingando Hitler e Mussolini com todos os palavrões que me lembrava, porque a culpa era deles de estarmos metidos nessa encrenca". Seus companheiros se surpreenderam com sua veemência – nunca tinham escutado esse tipo de linguagem da boca de Cason. A essa altura, em muitos barcos, os soldados nervosos examinavam e tornavam a examinar seu armamento. Os homens demonstravam tanto ciúme de sua munição que o coronel Eugene Caffey não conseguiu que um único homem em seu barco lhe desse um pente de balas para seu rifle. Caffey, que não deveria desembarcar até as nove horas, tinha entrado escondido em um dos barcos do 8º Regimento de Infantaria, em um esforço para juntar-se à sua veterana 1ª Brigada de Engenharia. Para não chamar a atenção, ele não trouxera nenhum equipamento e, embora todos os homens a bordo estivessem sobrecarregados de munição, "agarravam-se ciumentamente a ela, como se suas vidas dependessem disso". Caffey finalmente conseguiu carregar seu rifle, insistindo com oito homens até que cada um deles lhe desse uma bala.

Nas águas ao largo da praia Omaha ocorrera um desastre. Quase metade da força de tanques anfíbios, destacada para apoiar as tropas de assalto, havia afundado. O plano requeria sessenta e quatro desses tanques, que seriam lançados ao mar entre três e meio e cinco quilômetros de distância da costa. Daí em diante, eles teriam de se locomover pela força de seus próprios motores até a praia. Trinta e dois deles tinham sido designados para a área da 1ª Divisão – os setores Easy Red, Fox Green e Fox Red. Os batelões que os transportavam atingiram suas posições, as rampas de deslanche foram baixadas e vinte e nove tanques foram descidos nas ondas encapeladas. Os veículos anfíbios, que tinham um aspecto muito estranho, com seus grandes balões de lona cheios de ar lembrando as saias enfunadas de uma mulher vadeando um riacho, mas que nos testes haviam demonstrado ser capazes de suportar todo o peso do veículo na superfície da água, começaram a furar as ondas em direção à praia. Então, a tragédia surpreendeu os homens do 741º Batalhão Blindado. Sob os golpes pesados das ondas, as "asas aquáticas" começaram a se rasgar, os suportes rebentaram, os motores foram inundados e, um após o outro, vinte e sete dos tanques afundaram. Os tripulantes saíram às pressas pelas escotilhas, inflando os salva-vidas e saltando no mar. Alguns conseguiram inflar também barcos salva-vidas de borracha. Outros desceram até o fundo em seus ataúdes de aço.

Dois dos tanques, maltratados e quase inundados, ainda navegavam para a praia. As tripulações de três outros tiveram a sorte de subir a um batelão de desembarque cuja rampa empacou na descida. Mais tarde, os três veículos foram colocados ilesos na praia. Os restantes trinta e dois tanques – destinados à parte da praia designada para a 29ª Divisão – permaneceram a bordo em segurança. Os oficiais encarregados do transporte que os carregava, horrorizados com o desastre que haviam contemplado, sabiamente decidiram levar sua força diretamente até a linha costeira. Contudo, a perda dos tanques da 1ª Divisão custaria centenas de baixas dentro dos próximos minutos.

A partir de três quilômetros da praia, as tropas de

assalto começaram a avistar os vivos e os mortos flutuando na água. Os mortos moviam-se tranqüilamente, carregados pela maré em direção às costas, como se estivessem determinados a unir-se a seus compatriotas americanos durante a invasão. Os vivos subiam e desciam com o movimento das ondas, suplicando horrivelmente pelo socorro que os barcos não podiam prestar. O sargento Regis McCloskey, em seu transporte de munição que avançava agora em segurança, via os homens dentro d'água berrando desesperados, "gritando por socorro, suplicando que parássemos – e nós não podíamos. Não podíamos parar para pegar nada, nem para ajudar ninguém". Rangendo os dentes, McCloskey virou o rosto enquanto seu barco passava velozmente e então, segundos mais tarde, vomitou sobre a amurada. O capitão Robert Cunningham e seus homens também avistaram a luta dos sobreviventes contra o mar. Instintivamente, a sua tripulação de marinheiros virou o barco na direção dos homens que estavam na água. Uma lancha rápida cortou-lhes o caminho. Pelo alto-falante vieram as palavras severas: "Vocês não são um veículo de resgate! Vão direto para a praia!" Em outro barco ali perto, o sargento Noel Dube, de um batalhão de engenharia, murmurou o Ato de Contrição.

Agora a mortífera música marcial do bombardeio pareceu crescer e expandir-se enquanto as finas linhas onduladas das embarcações de assalto se aproximavam da praia Omaha. Os navios de desembarque fundeados a cerca de um quilômetro ao largo uniram-se ao bombardeamento; milhares de foguetes faiscantes passaram assoprando sobre as cabeças dos assaltantes. Para os soldados, parecia inconcebível que alguém ou qualquer coisa pudesse sobreviver ao peso maciço de poder de fogo que chicoteava as defesas alemãs. A praia estava envolta em um nevoeiro azulado, colunas de fumaça da grama incendiada se encurvavam e desciam preguiçosamente dos rochedos. Os canhões alemães permaneciam em silêncio.

Os barcos prosseguiram velozmente. Na linha de arrebentação e subindo por toda a extensão da praia, os homens podiam agora avistar a selva letal de obstáculos de aço e concreto. Estavam espalhados por toda parte, enrolados em arame farpado e encimados por minas de contato. Eram tão cruéis e tão feios quanto os homens haviam esperado.

Por detrás das defesas, a própria praia estava deserta: nada nem ninguém se movia sobre ela. Os barcos foram chegando cada vez mais perto. Quatrocentos e cinqüenta metros... quatrocentos metros... Nada de fogo inimigo. Através de ondas da altura um metro e vinte a um metro e meio, as embarcações de assalto lançaram-se para a frente; agora, o grande bombardeio começou a deixar a zona da praia, indo atingir alvos mais para o interior. Os primeiros barcos estavam a uns 350 metros da praia quando os canhões alemães – os mesmos canhões que poucos ainda acreditavam tivessem sido capazes de sobreviver a um bombardeio aéreo e marítimo tão furioso e tão intenso – abriram fogo.

Através do estrondo e do clamor, um som mais próximo e mais mortal que todos os outros começou a ser escutado – os baques das balas de metralhadora estalando contra o aço das proas em forma de focinho dos barcos. A artilharia rugia. Caía uma chuva de projéteis de morteiros. Ao longo dos seis quilômetros e meio da praia Omaha, os canhões alemães castigavam as embarcações de assalto.

A Hora H havia chegado.

Eles desembarcaram na praia Omaha, homens comuns, nada parecidos com heróis de cinema, chapinhando na água, gente que não despertava a inveja de ninguém. Nenhum galhardete de batalha drapejava acima de suas cabeças, não soava qualquer corneta, não se ouvia nenhum clarim. Mas a História estava a seu lado. Vinham de regimentos que haviam participado de batalhas famosas, Valley Forge, Stoney Creek, Antietam, Gettysburg, que haviam combatido em Argonne.[7] Tinham atravessado as praias da África do Norte, da Sicília e de Salerno. Agora tinham sido enviados para cruzar mais uma praia. Os sobreviventes a chamariam de "Omaha Sangrenta".

O fogo mais intenso provinha dos rochedos e dos altos penhascos que se erguiam em ambas as extremidades da praia, que se encurvava como a lua em quarto crescente – no setor Dog Green da 29ª Divisão a oeste e no setor Fox Green da 1ª Divisão a leste. Aqui os alemães haviam concentrado suas defesas mais poderosas, a fim de controlar dois dos principais acessos à praia, conduzindo a Vierville e Colleville. Em todos os pontos ao longo da praia, os homens encontraram um pesado fogo inimigo quando seus barcos chegavam à linha da arrebentação, mas as tropas que desembarcaram em Dog Green e em Fox Green não tiveram a menor chance. Os artilheiros alemães estabelecidos nos rochedos olhavam para baixo, quase diretamente sobre as embarcações inundadas que subiam e desciam ao sabor das ondas em direção a esses setores da praia. Desajeitados e lentos, os barcos de assalto estavam quase estacionários na água. Os timoneiros, que já tentavam desesperadamente controlar os lemes para manobrar suas pesadas naves através da floresta de obstáculos minados, tinham agora de enfrentar também as rajadas de fogo que brotavam dos penhascos.

Alguns barcos, incapazes de encontrar um caminho através do labirinto de obstáculos e do enervante fogo que provinha dos rochedos, recuaram e começaram a va-

---

7. A batalha de Valley Forge foi travada na Guerra da Independência dos Estados Unidos (1775-1776); Stoney Creek, Antietam e Gettysburg durante diversos períodos da Guerra da Secessão (1861-1865); Argonne na Primeira Guerra Mundial (1914-1918, com participação americana a partir de 1917). (N. do T.)

guear sem destino ao longo das praias, procurando um lugar menos defendido para o desembarque. Outros, teimosamente tentando aportar em seus setores designados, foram alvejados com tanta precisão que os homens começaram a pular pelas amuradas nas águas profundas, onde eram imediatamente atingidos pelo fogo das metralhadoras. Algumas embarcações de desembarque foram feitas em pedaços no momento em que chegaram. O barco de assalto do segundo-tenente Edward Gearing, ocupado por trinta homens da 29ª Divisão, desintegrou-se em um momento de luz ofuscante a 250 metros da subida para Vierville, no setor Dog Green. Gearing e seus homens foram lançados para fora do barco e espalhados pelas águas. Em choque e quase se afogando, o tenente de dezenove anos veio à tona a vários metros de distância do lugar em que seu barco afundara. As cabeças de outros sobreviventes começaram também a pipocar para fora da água. Suas armas, equipamento e capacetes tinham sumido. O timoneiro tinha desaparecido com o barco e ali perto, um dos homens de Gearing, lutando sob o peso de um volumoso aparelho de rádio amarrado às suas costas, começou a gritar: "Pelo amor de Deus, eu estou me afogando!" Ninguém conseguiu chegar perto do radioperador antes que ele afundasse. Para Gearing e os homens que restavam de seu destacamento, as aflições estavam somente começando. Levariam três horas até conseguir dar à praia. Ao chegar lá, Gearing descobriria que era o único oficial sobrevivente de sua companhia. Todos os demais estavam mortos ou seriamente feridos.

Por toda a extensão da praia Omaha, o momento em que as rampas eram baixadas parecia ser o sinal para renovação de um fogo de metralhadoras mais concentrado. Novamente, o fogo mais mortífero recaía nos setores Dog Green e Fox Green. Os barcos da 29ª Divisão que aportavam em Dog Green atolaram em bancos de areia submersos. As rampas foram abaixadas e os homens desceram em lugares nos quais a altura da água variava de de noventa centímetros a um metro e oitenta. Só tinham um objetivo em mente – atravessar a extensão de água, cruzar duzentos metros de areia coberta de obstáculos minados, trepar pela ladeira que subia gradualmente em direção à terra e então conseguir uma espécie de cobertura ao abrigo duvidoso dos muros construídos junto à praia para controle das dunas de areia. Mas sobrecarregados com tanto equipamento, incapazes de correr na água funda, sem qualquer tipo de proteção, os homens eram facilmente apanhados no fogo cruzado das metralhadoras e das armas portáteis.

Os homens nauseados, já exaustos pelas longas horas passadas nos transportes e nos barcos de assalto, descobriram que tinham de lutar pela vida em uma extensão de água que freqüentemente dava acima de suas cabeças. O praça David Silva viu os homens à sua frente serem ceifados à medida que desciam da rampa. Quando chegou sua vez, ele pulou em água que lhe dava pelo peito e, atolado na areia pelo peso de seu equipamento, contemplou como enfeitiçado as balas que levantavam respingos na superfície ao seu redor. Dentro de segundos, as rajadas das metralhadoras haviam perfurado sua mochila, suas roupas e seu cantil. Silva sentiu-se "como um pombo na linha de tiro". Ele achou ter localizado o alemão que atirava sobre ele, mas não podia responder ao fogo. O cano de seu rifle estava cheio de areia. Silva vadeou adiante, determinado a chegar nas areias que via à frente. Finalmente conseguiu dar à praia e correu para o abrigo do muro construído para impedir o avanço das dunas sem perceber um só momento que tinha sido ferido duas vezes, nas costas e na perna direita.

Os homens caíam por toda a linha da praia. Alguns foram mortos instantaneamente, outros suplicavam a ajuda do corpo médico em vozes de cortar o coração, enquanto o subir da maré lentamente os ia encobrindo. Entre os mortos estava o capitão Sherman Burroughs. Seu amigo, o capitão Charles Cawthon, viu seu corpo subindo e descendo com o movimento das ondas que invadiam a praia. Cawthon imaginou se Burroughs tivera tempo de recitar *O Fuzilamento de Dan McGrew* para seus homens durante a corrida para a praia, conforme tinha planejado. E, quando o capitão Carroll Smith passou pelo cadáver, não pôde evitar de pensar que, pelo menos, Burroughs "não mais sofreria com suas constantes enxaquecas". Burroughs levara um tiro justamente na cabeça.

Durante os primeiros poucos minutos da carnificina em Dog Green, uma companhia inteira foi posta fora de ação. Menos de um terço dos homens sobreviveu à sangrenta caminhada dos barcos até a beira da praia. Seus oficiais foram mortos, gravemente feridos ou desapareceram, enquanto os homens, sem armas e em estado de choque, permaneceram encolhidos na base dos recifes durante o dia inteiro. Outra companhia no mesmo setor sofreu baixas ainda maiores. A Companhia C, do Segundo Batalhão de Tropas de Choque, tinha recebido ordens para destruir os pontos fortificados pelo inimigo na Pointe de la Percée, um pouco a oeste de Vierville. Os *Rangers* desembarcaram de dois barcos de assalto, juntamente com a primeira onda a aportar em Dog Green. Foram dizimados. O barco dianteiro foi afundado quase em seguida pelo fogo da artilharia e doze homens foram mortos instantaneamente. No momento em que a rampa da segunda lancha de assalto foi baixada, rajadas de metralhadora cobriram os *Rangers* que desciam, matando ou ferindo quinze deles. Os restantes partiram na direção dos rochedos. Os homens foram caindo um após o outro. O soldado-de-primeira-classe Nelson Noyes, cambaleando sob o peso de uma bazuca, correu cem metros antes de ser forçado a jogar-se no solo. Alguns minutos depois, ele se ergueu e correu de novo. Quando atingiu a faixa do final da praia, coberta de cascalho, levou um tiro de metralhadora na perna. Caindo no chão, Noyes viu os dois alemães que o tinham derrubado olhando para ele do alto do penedo. Apoiando-se nos cotovelos, ele abriu fogo com sua Tommy Gun[8] e derrubou os dois. No momento em que o capitão Ralph E. Goranson, comandante da companhia, atingiu a base do rochedo, só restavam trinta e cinco *Rangers* de sua equipe de setenta. Ao cair da noite, restariam somente doze.

Infortúnio empilhou-se sobre infortúnio para os homens na praia Omaha. Agora os soldados descobriam que tinham sido desembarcados longe de seus setores. Alguns chegaram a terra a mais de três quilômetros de distância de suas áreas de desembarque originais. Destacamentos da 29ª viram-se misturados com os homens da 1ª Divisão. Por exemplo, as unidades destinadas ao desembarque em Easy Green, que deveriam combater até conquistar uma estrada que desse acesso a Les Moulins, se encontraram na extremidade oriental da praia, no inferno de Fox Green. Quase todas as lanchas de desembarque aportaram um pouco a leste de seus pontos designados. Um barco de controle que foi arrastado para fora de sua estação, uma forte corrente de oeste que arrastava para leste ao longo da praia, o nevoeiro e a fumaça do capim em chamas que obscureciam os pontos característicos da paisagem costeira, tudo contribuiu para que os desembarques fossem feitos em lugares errados. Companhias que haviam sido treinadas para capturar determinados objetivos nunca chegaram perto deles. Pequenos grupos se viram encurralados pelos disparos alemães e isolados em áreas irreconhecíveis, freqüentemente sem oficiais nem meios de comunicação.

Os engenheiros especialistas em demolições das unidades conjuntas do Exército e da Marinha, que tinham a tarefa de explodir os obstáculos até abrir caminhos atra-

8. Gíria militar para a submetralhadora Thompson. Por extensão, qualquer metralhadora portátil, submetralhadora ou fuzil-metralhadora. (N. do T.)

vés das praias, não somente foram largamente espalhados como foram trazidos às praias com um atraso de minutos cruciais. Esses homens frustrados puseram-se a trabalhar onde quer que se encontrassem. Mas combatiam em uma batalha de antemão perdida. Nos poucos minutos que tiveram antes que as próximas vagas de tropas se derramassem sobre as praias, os engenheiros conseguiram limpar apenas cinco caminhos e meio, em vez dos dezesseis que haviam sido planejados. Trabalhando com uma pressa desesperadora, as equipes de demolição eram atrapalhadas de todas as maneiras possíveis – os soldados de infantaria vadeavam as águas pelo meio deles, outros se abrigavam justamente atrás dos obstáculos que estavam a ponto de explodir e as lanchas de desembarque, impelidas pelas ondas da maré alta, aportavam quase em cima delas. O sargento Barton A. Davis, do 299º Batalhão de Engenharia de Combate, percebeu que uma lancha de assalto estava navegando diretamente em sua direção. Estava cheia de soldados da 1ª Divisão e avançou diretamente através dos obstáculos. Houve uma tremenda explosão e o barco desintegrou-se. Davis teve a impressão de que todos a bordo tinham sido lançados aos ares simultaneamente. Corpos e partes de corpos começaram a chover ao redor dos destroços em chamas. "Vi pontos pretos, que eram as cabeças dos homens, tentando nadar através da gasolina que se havia espalhado na água e, enquanto nós imaginávamos o que seria possível fazer, um torso sem cabeça voou uns quinze metros pelo ar e aterrissou com um barulho nauseante pertinho de nós." Davis não entendia como alguém poderia ter sobrevivido a essa tremenda explosão, mas dois homens escaparam. Eles foram puxados para fora da água, com muitas queimaduras, mas vivos.

Mas o desastre que Davis tinha assistido não era pior do que aquele que acometera os homens heróicos de sua própria unidade, a Força-Tarefa Especial de Engenharia Conjunta do Exército e da Marinha. As lanchas de desembarque cheias de explosivos tinham sido bombardeadas, e as carcaças das embarcações jaziam em chamas na beira da praia. Os engenheiros que tripulavam pequenos barcos de borracha carregados de explosivo plástico e detonadores foram feitos em pedaços ainda na água, quando o fogo inimigo detonou suas cargas de demolição. Os alemães, vendo os engenheiros a trabalhar por entre os obstáculos, aparentemente lhes dedicaram uma atenção toda especial. Enquanto as equipes amarravam suas cargas para destruir os obstáculos, os atiradores de elite miravam cuidadosamente nas minas ligadas a estes. Em outras ocasiões, eles pareciam esperar até que os engenheiros tivessem preparado linhas inteiras dos obstáculos em forma de cavaletes ou tetraedros de aço para explodir ao mesmo tempo. Então os próprios alemães detonavam os obstáculos com fogo de morteiros, antes que os engenheiros tivessem tempo de sair da área. No final do dia, as baixas chegavam a quase cinqüenta por cento. O próprio sargento Davis era uma delas. Ao cair da noite, estava a bordo de um navio-hospital com uma perna ferida, voltando para a Inglaterra.

Eram sete horas da manhã. A segunda onda de tropas de assalto chegou ao matadouro em que a praia Omaha se havia transformado. Os homens chapinhavam para a praia sob o fogo de saturação inimigo. As embarcações de desembarque foram juntar-se ao cemitério crescente de veículos despedaçados e em chamas. Cada linha de embarcações dava sua própria contribuição sangrenta para a maré alta e, por toda a extensão da faixa de praia em forma de meia-lua, os mortos americanos se esfregavam gentilmente uns contra os outros enquanto a água subia e descia.

Empilhados ao longo da praia, acumulavam-se os destroços da invasão. Equipamentos pesados e suprimentos, caixas de munição, rádios rebentados, telefones de combate, máscaras contra gás, pás arredondadas de cabo curto para cavar trincheiras, cantis, capacetes de aço e salva-vidas estavam espalhados por toda parte. Grandes carretilhas de arame, rolos de corda, caixas de rações, detetores de minas e centenas de armas, desde rifles quebrados até bazucas amassadas, recobriam a areia. Os destroços retorcidos dos batelões de desembarque erguiam pontas para fora da água nas posições mais estranhas, como um cenário montado por loucos. Tanques em chamas lançavam grandes espirais de fumaça negra no ar. Patrolas jaziam de lado entre os obstáculos. Ao largo do setor Easy Red, flutuando sem destino certo entre o material de guerra abandonado, alguns homens viram um violão.

Pequenas ilhas de homens feridos pontilhavam as areias. As tropas de passagem perceberam que aqueles que ainda podiam, sentavam-se bem eretos, como se estivessem imunes a novos ferimentos. Permaneciam silenciosos, aparentando indiferença perante as cenas e os sons que os circundavam. O subtenente Alfred Eigenberg, enfermeiro adido à 6ª Brigada Especial de Engenharia, recorda "uma terrível demonstração de boas maneiras da parte dos homens mais seriamente feridos". Em seus primeiros minutos na praia, Eigenberg encontrou tantos feridos que ele não sabia "onde começar ou por quem". Em Dog Red, ele encontrou um soldado muito moço sentado na areia da praia com a perna "aberta do joelho até a virilha em um talho tão limpo como se tivesse sido feito pelo bisturi de um cirurgião". A ferida era tão profunda que Eigenberg podia ver claramente a artéria femural pulsando. Além disso, o soldado estava em choque profundo. Calmamente, ele informou a Eigenberg:

– Eu engoli minhas pílulas de sulfa e espalhei toda a minha sulfa em pó sobre a ferida. Acho que vou ficar bem, não vou?

Eigenberg, na época com dezenove anos, nem sabia

o que dizer. Ele aplicou no soldado uma injeção de morfina e lhe disse:

– É claro que você vai ficar bem.

Depois, juntando firmemente as duas metades da coxa do rapaz, cortadas precisamente ao comprido, Eigenberg fez a única coisa em que conseguiu pensar no momento – fechou a ferida cuidadosamente com alfinetes de segurança, do tipo que se usava para prender fraldas.

Os homens da terceira onda de assalto se derramaram sobre o caos, confusão e morte da praia – e foram detidos. Minutos depois, chegou a quarta onda – e parou também. Os homens jaziam na praia, ombro contra ombro, deitados na areia, nas pedras e nos fragmentos rochosos. Acocoravam-se por trás dos obstáculos; abrigavam-se entre os corpos dos mortos. Impedidos de se mover pelo fogo inimigo que esperavam já estivesse neutralizado, confusos por terem desembarcado nos setores errados, espantados por não encontrarem as crateras de bombas onde pretendiam abrigar-se, as quais acreditavam terem sido abertas pelo pesado bombardeio da força aérea, chocados pela devastação e morte que viam a seu redor, os homens ficaram imóveis nas praias, como se estivessem congelados. Pareciam tomados por uma estranha paralisia. Esmagados pelo cenário à sua volta, muitos acharam que a batalha estava perdida. O sargento William McClintock, do 741º Batalhão Blindado, encontrou um homem sentado à beira d'água, que parecia não dar a mínima para as balas de metralhadora que abriam pequenos buracos na areia a seu redor. Estava sentado ali, "jogando pedrinhas na água, chorando baixinho, como se estivesse com o coração partido de mágoa".

O choque não duraria por muito tempo. Aqui e ali, pequenos grupos de homens, percebendo que a permanência na praia significaria morte certa, começaram a se erguer e avançar.

A QUINZE QUILÔMETROS de distância, na praia Utah,

os homens da 4ª Divisão enxameavam para a praia e avançavam rapidamente para o interior. A terceira onda de barcos de assalto estava chegando e ainda não havia encontrado virtualmente qualquer oposição. Alguns obuses caíram na praia, algumas rajadas de metralhadora matraquearam, ouviram-se alguns tiros de rifles isolados, mas não ocorreu nada de semelhante ao feroz combate corpo-a-corpo que os homens tensos e bem preparados da 4ª Divisão estavam esperando. Para muitos dos homens, o desembarque quase pareceu um exercício de rotina. O soldado-de-primeira-classe Donald N. Jones, que participou da segunda onda de invasão, sentia-se como se estivesse em "apenas outro exercício de invasão". Outros homens acharam que o assalto era um anticlímax; os longos meses de treinamento em Slapton Sands, na Inglaterra, tinham sido mais difíceis.

O soldado-de-primeira-classe Ray Mann sentiu-se um pouco "desapontado", porque "o desembarque, contando tudo, simplesmente não foi o bicho". Até mesmo os obstáculos de praia não eram tão ruins como todos esperavam. Somente alguns cones de concreto e triângulos e ouriços de aço estavam espalhados pela praia. Poucos deles estavam minados e todos estavam bem à vista, o que facilitava o trabalho dos engenheiros. As equipes de demolição já estavam trabalhando sem problemas. Já haviam aberto, por meio de explosões, um espaço com a largura de uns cinqüenta metros ao longo das defesas; tinham rebentado uma passagem no muro construído no alto da praia; uma hora depois, eles já haviam limpado e tornado segura a praia inteira.

Espalhados a intervalos regulares, ao longo da praia de quilômetro e meio, com as saias de lona pendendo frouxas ao redor, estavam estacionados os tanques anfíbios – uma das grandes razões por que o ataque obtivera tanto sucesso. Subindo pesadamente das ondas com as primeiras levas de assalto, eles haviam dado um apoio trovejante às tropas que corriam velozmente para conquistar a praia. Os tanques e o bombardeamento anterior ao assalto pareciam haver despedaçado as defesas e desmoralizado as tropas alemãs que guarneciam as posições além da praia. Todavia, o assalto também recebera sua parcela de sofrimento e morte. Quase no momento em que pisou na praia, o soldado-de-primeira-classe Rudolph Mozgo encontrou o primeiro homem morto. Um tanque recebera um impacto direto e Mozgo viu "um dos tripulantes pendurado na escotilha, com a metade do corpo para fora". O segundo-tenente Herbert Taylor, da Primeira Brigada Especial de Engenharia de Combate, ficou apavorado quando um homem "foi decapitado por uma rajada de artilharia a uns seis metros de distância de minha posição". E o soldado-de-primeira-classe Edward Wolfe passou por um americano morto "que estava sentado na praia, as costas apoiadas em um poste, como se estivesse adormecido". Ele parecia tão natural e tranqüilo que Wolfe, mesmo vendo que era um cadáver, "sentiu um impulso de estender a mão e acordá-lo com uma sacudidela".

Caminhando pesadamente e sem parar pelas areias da praia, ocasionalmente massageando seu ombro artrítico, estava o general-de-brigada Theodore Roosevelt. Esse oficial de cinqüenta e sete anos – o único general que desembarcou na primeira onda de assalto – tinha insistido em receber a missão. Seu primeiro requerimento tinha sido rejeitado, mas Roosevelt prontamente entrou com um segundo. Em uma nota manuscrita que enviou ao comandante da 4ª Divisão, o general-de-divisão Raymond O. Barton, Roosevelt defendeu sua petição com o argumento de que "os rapazes ficarão mais tranqüilos ao verem que eu estou ali junto com eles". Barton concordou com relutância, mas a decisão deixou-o inquieto e cheio de remorsos por bastante tempo. "Quando eu dei adeus a Ted na Inglaterra", rememora ele, "não esperava nunca mais vê-lo vivo novamente." O determinado Roosevelt estava perfeitamente vivo. O sargento Harry Brown, do 8º Regimento de Infantaria, ficou observando enquanto ele, "com a bengala em uma das mãos e um mapa aberto na outra, caminhava empertigado pela praia, como se estivesse examinando um terreno para ver se compraria ou não". De quando em vez, um projétil de morteiro explodia na praia, lançando uma chuva de areia no ar. Roosevelt parecia ficar aborrecido, pelo jeito impaciente com que esfregava o uniforme a fim de sacudir os grãos de areia.

Mas quando os barcos da terceira onda aportaram e os homens começaram a vadear para a praia, escutou-se o súbito assobio de projéteis alemães calibre 88, e os obuses começaram a explodir no meio das tropas que chegavam. Uma dúzia de homens foi abatida. Segundos depois, uma figura solitária emergiu da fumaça da explosão de um obus. Seu rosto estava negro, o capacete e o equipamento haviam sido arrancados. Veio subindo pela praia em completo choque, os olhos fixos à frente. Gritando por um enfermeiro, Roosevelt correu até o homem. Colocou o braço ao redor dos ombros do soldado:

– Filho – disse ele, gentilmente –, acho que vamos colocar você em um dos barcos que vão voltar com os feridos.

Por enquanto, somente Roosevelt e alguns de seus oficiais sabiam que o desembarque em Utah tinha sido feito no lugar errado. Tinha sido um erro afortunado; pesadas baterias, que poderiam ter dizimado a tropa, ainda estavam intactas e esperando no lugar planejado para o assalto. Houve grande número de razões para efetuar o desembarque no lugar errado. Confuso pela fumaça provocada pelo bombardeio naval, que havia obscurecido todas as características distintas da praia, apanhado por uma forte corrente que se movia ao longo da costa, um único barco controle havia guiado a primeira onda de assalto para um ponto de desembarque a quase dois quilômetros ao sul da praia original. Em vez de invadir a praia que ficava em frente aos Acessos 3 e 4 – duas das cinco estradas vitais em direção às quais a 101ª Divisão Aerotransportada se locomovia –, a cabeça-de-ponte inteira se havia desviado quase mil e oitocentos metros e estava agora diretamente à frente do Acesso 2. Ironicamente, nesse momento, o tenente-coronel Robert E. Cole e um bando misto de 75 pára-quedistas da 101ª e da 82ª tinham acabado de atingir a extremidade ocidental do Acesso 3. Foram os primeiros pára-quedistas a atingir qualquer dos cinco caminhos de acesso ao interior. Cole e seus homens se esconderam nos brejos e ficaram aguardando calmamente; ele esperava que os homens da 4ª Divisão surgissem a qualquer momento.

Na praia, junto à entrada do Acesso 2, Roosevelt estava a ponto de tomar uma decisão importante. Daqui para a frente, a cada cinco minutos, onda após onda de homens e veículos aportariam à praia – trinta mil homens e três mil e quinhentos veículos. Roosevelt tinha de decidir se traria as ondas sucessivas para essa área nova, relativamente calma, com apenas uma entrada de acesso para o interior, ou se desviaria todas as novas tropas e seu equipamento para a praia Utah original, a fim de tomar os dois acessos. Se a única entrada para o interior não pudesse ser capturada e defendida, uma multidão confusa de homens e veículos ficaria encurralada na praia, um verdadeiro pesadelo. O general reuniu em um círculo apertado os seus comandantes de batalhão, a fim de realizar uma conferência. A decisão foi tomada. Em vez de lutar pelos objetivos planejados, que estavam na praia original, a 4ª Divisão se moveria para o interior através do único caminho de acesso, tomando as posições alemãs, onde e quando as encontrasse.

Agora, tudo dependia de movimentar-se com a maior rapidez possível, antes que o inimigo se recuperasse do choque inicial do desembarque. A resistência era fraca, e os homens da 4ª Divisão estavam subindo depressa pelas ladeiras que conduziam à praia. Roosevelt voltou-se para o coronel Eugene Caffey, da 1ª Brigada Especial de Engenharia:

– Eu vou seguir em frente com as tropas – informou a Caffey. – O senhor trate de avisar à Marinha para trazer os reforços para cá. Vamos começar a guerra a partir daqui.

AO LARGO DA PRAIA Utah, os canhões do U.S.S. *Corry* pareciam em brasa com o calor dos constantes disparos. Estavam atirando tão depressa que alguns marinheiros tinham sido colocados nas torretas laterais, lançando jatos de água com mangueiras sobre os canos das peças de artilharia. Quase desde o momento em que o capitão-de-corveta George D. Hoffmann havia manobrado seu destróier para posição de tiro e largado a âncora, os canhões do *Corry* vinham martelando a terra com projéteis, na proporção de oito obuses de 130 milímetros de diâmetro por segundo. Uma das baterias alemãs jamais incomodaria ninguém; o *Corry* a fizera em pedaços com 110 acertos diretos.

Os alemães estavam devolvendo o fogo – com grande violência. O *Corry* era o único destróier que os localizadores alemães conseguiam enquadrar. Aeroplanos lança-fumaça tinham sido designados para proteger o grupo de bombardeamento de "apoio terrestre próximo", mas o avião destinado ao *Corry* havia sido abatido. Uma bateria em particular, nos penhascos que dominavam a costa acima de Utah – as centelhas das explosões a localizavam nas proximidades da aldeia de St.-Marcouf –, parecia estar concentrando toda a sua fúria sobre o flanco exposto do destróier. Hoffmann decidiu recuar um pouco, antes que fosse tarde demais. "Nós giramos o timão", recorda o radioperador de terceira classe Bennie Glisson, "e lhes mostramos a bunda, que nem a solteirona fez com o fuzileiro naval..."

Mas o *Corry* estava em águas rasas, próximo a um certo número de recifes afiados como facas. Seu piloto não podia aumentar a velocidade em sua busca pela segurança, pelo menos até livrar-se da barreira de recifes. Por alguns minutos, ele foi obrigado a um perigoso jogo de gato-e-rato com os artilheiros alemães. Tentando antecipar suas salvas, Hoffmann fez o *Corry* executar uma série de manobras súbitas. Avançou para a frente, reverteu os motores e andou de ré, virou a bombordo, depois a estibordo, parou as máquinas de repente, ligou de novo e avançou outra vez. E o tempo todo, seus canhões seguiam alvejando a bateria que o assediava.

Bem perto dali, um navio da mesma série, o destróier U.S.S. *Fitch,* viu a situação em que se achava seu co-irmão e começou a atirar também sobre os canhões de St.-Marcouf. Mas os alemães tinham boa pontaria e não davam folga. Quase cercado pelos obuses que caíam à sua direita e à sua esquerda, Hoffmann foi retirando o *Corry* lentamente do centro do alvo, polegada a polegada. Finalmente, certo de que já deixara para trás os recifes submersos, ele ordenou:

– Girar todo o timão para a direita! Toda velocidade à frente!

O *Corry* moveu-se para a frente de sopetão. Hoffmann olhou para trás. As salvas alemães faziam repuxos justamente na sua esteira, lançando grandes nuvens de borrifos no ar. Ele respirou, mais aliviado: tinha conseguido. Foi nesse instante que acabou sua sorte. Rasgando as águas a mais de vinte e oito nós (uns 52km por hora), o *Corry* bateu de frente em uma mina submersa.

Houve uma grande explosão que pareceu jogar o destróier sobre um de seus costados e em direção às ondas. O choque foi tão grande que Hoffmann ficou aparvalhado. Teve a impressão de que "o navio tinha sido erguido por um terremoto". Na cabina de radiotransmissão, Bennie Glisson, que estava olhando por uma vigia, subitamente sentiu que tinha sido "jogado dentro de uma betoneira em funcionamento". Foi arrancado do convés e lançado de cabeça contra o teto, caindo depois sobre o assoalho de aço e esmagando um joelho.

A mina tinha cortado o *Corry* praticamente em dois. Atravessando o convés principal havia uma fenda de mais de trinta centímetros de largura. A proa e a popa apontavam loucamente para cima; praticamente tudo o que conservava o destróier inteiro era a superestrutura do convés. As caldeiras e a sala de máquinas estavam inundadas. Houve muito poucos sobreviventes no compartimento das caldeiras número dois – os homens que se achavam lá morreram escaldados quase imediatamente, quando a caldeira explodiu. O leme tinha emperrado. A energia havia acabado; todavia, de alguma maneira, envolto no vapor e fogo de sua agonia de morte, o *Corry* continuava a cortar as águas velozmente. Subitamente, Hoffmann percebeu que alguns de seus canhões prosseguiam disparando – mesmo sem energia, seus artilheiros continuavam a carregar e atirar manualmente.

A pilha de aço retorcido que tinha sido o *Corry* arrastou-se mar adentro por quase mil metros antes de finalmente interromper seu curso. Então, as baterias alemãs localizaram exatamente o alvo.

– Abandonar o navio! – ordenou Hoffmann.

Nos próximos minutos, pelo menos nove impactos de obuses perfuraram os destroços. Um deles fez explodir a munição dos canhões de 40 milímetros. Outra acionou o gerador de fumaça no ventilador da cauda, quase asfixiando a tripulação que lutava para entrar nos botes salva-vidas e nas jangadas de borracha inflável.

A água do mar já estava a mais de meio metro acima do nível do convés principal quando Hoffmann, lançando um último olhar a seu redor, mergulhou por sobre a amurada e nadou para uma balsa. Logo atrás dele, o *Corry* desceu calmamente até o fundo raso, seus mastros e parte da superestrutura permanecendo acima da superfície das águas. Foi a única perda importante da Marinha dos Estados Unidos no Dia D. Dos 294 homens de Hoffmann, treze haviam morrido ou estavam desaparecidos e trinta e três foram feridos – mais baixas do que a tropa tinha sofrido em todos os desembarques na praia Utah até esse momento.

Hoffmann pensara ter sido o último homem a abandonar o *Corry*. Mas não foi. Ninguém conseguiu descobrir quem foi o último homem, porém, enquanto os botes remavam para longe, homens em outros barcos viram um marinheiro subir pela popa do *Corry*. Ele pegou a bandeira, que tinha sido derrubada por uma explosão e depois, nadando ou caminhando sobre os destroços, alcançou o mastro principal. Do convés do U.S.S. *Butler*, o timoneiro Dick Scrimshaw ficou olhando, cheio de surpresa e admiração, enquanto o marinheiro, obuses ainda caindo ao seu redor, calmamente amarrava a bandeira aos cordões e a hasteava até o topo do mastro. Então, mergulhou e saiu nadando. Acima dos restos do *Corry*, Scrimshaw viu a bandeira molhada permanecer pendurada e frouxa por alguns momentos. Logo a seguir, ela se enfunou e ficou drapejando na brisa.

FOGUETES ATRELADOS a cordas grossas voaram em direção ao topo do penhasco de trinta metros de altura em Pointe du Hoc. Entre as praias Utah e Omaha, o terceiro ataque marítimo americano estava em andamento. Balas de fuzis e armas portáteis derramavam-se sobre o tenente-coronel James E. Rudder e suas três companhias de *Rangers*, enquanto iniciavam seu ataque destinado a silenciar as maciças baterias costeiras que o serviço de informações americano disse que ameaçavam as praias americanas de ambos os lados. As nove lanchas que carregavam os 225 homens do 2º Batalhão de Tropas de Assalto se apertaram contra a pequena faixa de praia que ficava abaixo de uma projeção do rochedo. Esta oferecia alguma proteção contra as rajadas de metralhadoras e as granadas que os alemães estavam agora derramando sobre eles – mas não muita. Ao largo, o destróier britânico *Talybont* e o destróier americano *Satterlee* procuravam dar-lhes apoio, lançando obus após obus sobre o alto do penhasco.

Os *Rangers* de Rudder tinham ordens para descer na base do rochedo justamente na Hora H. Mas o barco dianteiro tinha perdido o rumo e conduzido a pequena flotilha diretamente para a Pointe de la Percée, cinco quilômetros a leste. Rudder tinha percebido o engano, mas até que ele conseguisse levar seus batelões de assalto de volta ao curso pretendido, minutos preciosos tinham sido perdidos. O atraso lhe custara sua força de apoio de quinhentos homens – o restante do 2º Batalhão de Tropas de Assalto e o 5º Batalhão de Tropas de Assalto do tenente-coronel Max Schneider. O plano determinava que Rudder lançasse luzes de sinalização assim que seus homens tivessem escalado o rochedo, como sinal para que os outros *Rangers,* que esperavam em seus barcos alguns quilômetros ao largo, viessem até a praia e os seguissem. Se nenhum sinal fosse recebido até as sete horas, o tenente-coronel Schneider deveria presumir que o assalto a Pointe du Hoc havia fracassado e dirigir-se para a praia Omaha, a seis quilômetros e meio de distância, onde, seguindo as pegadas da 29ª Divisão, seus *Rangers* escalariam a encosta, dobrariam para oeste e seguiriam o mais depressa possível até Pointe du Hoc, a fim de tomar a bateria de canhões pela retaguarda. Já eram 7h10min. Nenhum sinal fora disparado, e assim a força de Schneider já se estava dirigindo para Omaha. Rudder e seus 225 *Rangers* podiam contar agora somente consigo mesmos.

Era um cenário frenético e terrível. Vezes sem conta, os foguetes zuniram, levando consigo as cordas ligadas a ganchos de abordagem e as escadas de corda até o alto do rochedo. Rajadas de metralhadora e projéteis de 40 milímetros rasgavam o alto do penhasco, fazendo desmoronar grandes torrões de terra e pedras sobre os *Rangers* encolhidos na base. Os homens corriam a toda velocidade através da praia estreita e coberta de crateras de bombas, puxando atrás de si escadas de assalto, cordas e foguetes manuais. Aqui e ali, no alto do rochedo, apareciam soldados alemães, que jogavam granadas de mão do tipo que os soldados chamavam de "amassadores de batatas", ou disparando rajadas de balas de suas Schmeissers. De uma forma ou de outra, os *Rangers* corriam abaixados, de cobertura em cobertura, descarregavam seus barcos e disparavam seus foguetes rochedo acima – tudo ao mesmo tempo. Ao largo de Pointe du Hoc, dois DUKWS – veículos anfíbios –, equipados com altas escadas dobráveis que haviam sido tomadas de empréstimo ao Corpo de Bombeiros de Londres, especialmente para essa operação, tentavam manobrar para chegar perto do objetivo. Empoleirados no alto das escadas, soldados das tropas de assalto martelavam o alto do promontório com seus rifles automáticos Browning e com submetralhadoras Thompson.

O assalto foi furioso. Alguns homens não esperaram que as cordas se prendessem no alto do rochedo. Com as armas atravessadas sobre os ombros, eles foram cortando pontos de apoio com as facas de combate e começaram a subir como moscas pelo penhasco, que tinha a altura de um prédio de nove andares. Alguns dos ganchos de abordagem começaram a se firmar e os homens começaram a subir pelas cordas. Então ouviam-se gritos horríveis, quando os alemães cortavam as cordas e os soldados tombavam até a base do penedo. As cordas lançadas pelo soldado-de-primeira-classe Harry Roberts foram cortadas duas vezes. Na terceira tentativa, ele finalmente conseguiu subir até um nicho aberto por um bala de canhão logo abaixo da plataforma superior do rochedo. O sargento Bill "L-Rod" Petty tentou subir à força dos braços por uma corda comum, porém, embora ele tivesse muita prática em escalar paredes de rocha, a corda estava tão úmida e enlameada que ele não conseguiu trepar por ela. Então Petty tentou com uma escada de corda, subiu nove metros e desceu escorregando pela face do rochedo quando ela foi cortada. Prontamente, ele reiniciou a escalada. O sargento Herman Stein, que subia por outra escada, quase foi empurrado rochedo abaixo quando acidentalmente apertou a válvula que inflava sua jaqueta de borracha Mae West[9]. Ele "lutou por uma eternidade" com o salva-vidas, mas havia homens acima e abaixo dele na mesma escada. De algum modo, Stein prosseguiu na escalada.

Logo os homens estavam subindo por umas vinte cordas que se retorciam e balançavam junto à face do rochedo. Subitamente, o sargento Petty, escalando pela terceira vez, foi polvilhado por grãos de terra e areia que choviam do alto do penhasco por toda a volta. Alguns alemães estavam inclinados na beira do precipício, metralhando os *Rangers* que subiam. Os alemães combatiam corajosamente, apesar dos projéteis que zuniam a seu redor, as balas dos soldados no topo das escadas de incêndio e as descargas de artilharia dos destróieres ao largo. Petty viu o soldado que galgava o rochedo a seu lado endurecer-se e inclinar-se de costas para fora da encosta. Stein também viu a queda do companheiro. O soldado-de-primeira-classe Carl Bombardier também testemunhou o terrível acontecimento. Enquanto olhavam, horrorizados, o homem largou a corda e caiu, ricocheteando

9. Salva-vidas inflável, na forma de um colar que descia dos dois lados do peito que, quando cheio, assemelhava-se a um par de seios grandes. Adotado pelos militares norte-americanos a partir de 1940. (N. do T.)

nas plataformas e projeções da rocha, parecendo a Petty ter-se passado "uma vida inteira antes que seu corpo atingisse a praia". Petty sentiu-se congelar na escala. Não conseguia forçar sua mão a estender-se para o próximo degrau da escada de corda. Recorda ter murmurado para si mesmo: "nesta droga é difícil demais de se trepar". Mas foram justamente as metralhadoras alemãs que o despertaram. Quando as balas começaram a bater na face do rochedo, perigosamente perto do lugar em que se achava, Petty "descongelou mais que depressa". Desesperadamente, ele galgou os últimos metros que faltavam para alcançar a borda.

Por toda a extensão do rochedo, os homens estavam atingindo o topo e se jogando por cima da beirada, correndo para se enfiar em crateras de bombas. Para o sargento Regis McCloskey, que tivera a sorte de trazer intacto o seu barco de munições até a beira da praia, o mesmo que quase afundara no caminho, o alto promontório de Pointe du Hoc era uma visão estranha e inacreditável. O solo estava tão perfurado pelos obuses e pelas bombas do bombardeio aéreo e naval anterior à Hora H que se parecia estar andando "entre as crateras da Lua". De repente, fez-se um silêncio sobrenatural, enquanto os homens se apoiavam com os braços no alto do penhasco e se esforçavam para puxar o corpo pela borda, para depois jogarem-se dentro das crateras protetoras mais próximas. Por alguns instantes o fogo havia sido suspenso, não havia um só alemão à vista e, para onde quer que os homens voltassem os olhos, as bocas abertas das crateras se estendiam em direção ao interior – uma terra-de-ninguém violenta e terrível.

O coronel Rudder já conseguira estabelecer o seu primeiro posto de comando, dentro de um nicho encravado na beira do rochedo. A partir dali mesmo, o seu oficial de comunicações, o tenente James Eikner, enviou a mensagem: "Deus seja louvado!" que significava, simplesmente que "todos os homens já haviam subido o rochedo". Mas não era uma mensagem totalmente verdadeira. Na base do penhasco, o oficial-médico dos *Rangers,* que era pediatra na vida civil, estava cuidando dos mortos e moribundos que jaziam na praia – cerca de vinte e cinco homens. Minuto a minuto, a valente unidade de tropas de assalto estava sendo esfacelada. No final desse dia, somente noventa dos 225 homens da força original ainda eram capazes de pegar em armas. Pior ainda, haviam descoberto que seu esforço heróico fora também inútil – haviam lutado e morrido para silenciar canhões que não estavam lá. A informação que Jean Marion, o chefe de setor da Resistência francesa, tinha tentado enviar a Londres era verdadeira. Os abrigos subterrâneos destruídos pelo bombardeio no alto de Pointe du Hoc estavam vazios – seus canhões nunca tinham chegado a ser montados.[10]

Em sua cratera de bomba no alto do promontório, o sargento Petty e sua equipe de quatro homens armados com rifles automáticos Browning sentavam-se exaustos após a escalada. Um pouco de nevoeiro pairava sobre a terra revolvida e esburacada, e havia um cheiro forte de pólvora no ar. Petty olhava a seu redor quase sonhadoramente. Então, na beirada da cratera, pousaram dois pardais e começaram a comer minhocas.

Espiem só – disse Petty a seus subordinados –, eles estão tomando o cafezinho deles...

ENTÃO, NESTA GRANDE e terrível manhã, a última fase

10. Cerca de duas horas mais tarde, uma patrulha das tropas de assalto encontrou uma bateria deserta, composta por cinco canhões, em uma posição camuflada a mais de quilômetro e meio para o interior. Cada canhão estava rodeado por pilhas de obuses, tinha sido montado e estava em condições de atirar, mas os *Rangers* não puderam encontrar qualquer evidência de que eles jamais tivessem sido guarnecidos. Presumivelmente, esses eram os canhões destinados às bases de concreto construídas em Pointe du Hoc. (N. do A.)

do assalto marítimo começou. Ao longo da metade oriental da costa de invasão da Normandia, o 2º Exército britânico, comandado pelo general-de-exército M. C. Dempsey, estava desembarcando, com seriedade e alegria, com pompa e circunstância, com toda a indiferença estudada que os britânicos adotam nos momentos de grande emoção. Tinham esperado quatro longos anos por esse dia. Eles não estavam atacando apenas praias, estavam combatendo contra lembranças amargas – recordações de Munique e de Dunquerque, de uma retirada odiosa e humilhante após a outra, de incursões de bombardeio incontáveis e devastadoras, dos dias lúgubres e melancólicos em que haviam resistido sozinhos. Com eles estavam os canadenses, que tinham uma conta particular a acertar, depois de suas sangrentas perdas na invasão experimental de Dieppe.[11] Com eles também estavam os franceses, ferozes e ansiosos pela vitória nessa manhã em que finalmente regressavam à pátria.

Havia uma curiosa sensação de júbilo no ar. À medida que as tropas se dirigiam para as praias, o alto-falante de uma lancha de resgate ao largo da praia Sword transmitia a todo volume a canção *Roll out the barrel* (Empurrem o barril). De um barco de fundo chato equipado para lançamento de foguetes, ao largo da praia Gold, vinham os compassos de *We don't know where we're going* (Não sabemos para onde estamos indo). Os canadenses que se dirigiam para a praia Juno escutaram os sons rascantes de um clarim que tocava estridentemente por

11. A 19 de agosto de 1942, seis mil soldados canadenses e britânicos, comandados pelo Almirante Lord Mountbatten, fizeram uma tentativa de desembarque em Dieppe (porto francês do Canal da Mancha, na embocadura do rio Arques, departamento de Seine-Maritime, hoje com uns 40 mil habitantes), que parecia mal defendido e teria sido seguido por uma invasão em larga escala, caso obtivesse sucesso. O ataque fracassou com pesadas baixas, mas foi considerado útil, como um teste da capacidade de reação das defesas alemãs. (N. do T.)

sobre a superfície das águas. Alguns homens até estavam cantando. O fuzileiro naval Denis Lovell recorda que "os rapazes haviam se erguido e estavam cantando todos os hinos militares mais conhecidos, tanto do Exército, como da Marinha". E os comandos da Primeira Brigada de Serviço Especial de Lord Lovat, garbosos e resplandecentes em suas boinas verdes (porque os comandos se recusaram a usar capacetes de aço), foram conduzidos à batalha pelos gemidos sobrenaturais das gaitas de foles. No momento em que suas embarcações de desembarque se emparelhavam com a nau capitânia do almirante Vian, o H.M.S. *Scylla,* os comandos levantaram as mãos para fazer a saudação dos "polegares erguidos". Olhando da amurada para eles, o marinheiro-especialista Ronald Northwood, na época com dezoito anos, pensou que eles eram "o bando de caras mais valentes que eu já tinha encontrado".

Mesmo os mortíferos obstáculos da praia e o fogo inimigo que se projetava sobre os barcos eram encarados por muitos dos homens com um certo efeito de distanciamento. Em uma lancha LCT, o telegrafista John Webber assistiu quando um capitão estudou o labirinto de obstáculos minados que atulhavam a linha costeira e então observou casualmente para o piloto:

– Escute só, meu velho, você vai realmente fazer uma forcinha para levar os meus caras até a praia, não vai, meu camarada?

A bordo de outro veículo de desembarque, um major da 50ª Divisão ficou olhando pensativamente para as minas Teller arredondadas, claramente visíveis no alto dos obstáculos, e disse ao timoneiro:

– Pelo amor de Jesus, não derrube no chão o raio daqueles cocos, senão vai nos conseguir uma viagem de graça para o inferno.

Um barco cheio de comandos do 48º Regimento da Marinha Real foi enfrentado por uma cortina de fogo pesado de metralhadoras localizada nas alturas, acima da praia Juno, e os homens mergulharam em busca de proteção atrás da superestrutura do convés. A exceção foi o subcomandante da unidade, o capitão Daniel Flunder. Ele enfiou seu bastão de comando embaixo do braço esquerdo e continuou caminhando tranqüilamente pela parte anterior do convés. "Eu achei na ocasião", conforme ele explicou mais tarde, "que era a coisa mais correta que eu podia fazer." (Enquanto ele estava se pavoneando, uma bala atravessou a pasta de mapas que ele levava a tiracolo). E, numa lancha de desembarque que se dirigia para a praia Sword, o major C. K. "Banger" King, justamente como havia prometido, estava lendo o discurso do rei na peça *Henrique V*. Entre o ronco dos motores diesel, o zunido da vela auxiliar enfunada na verga e o ribombar dos canhões, King falava pausadamente no alto-falante:

– "E aqueles cavalheiros deitados agora em suas camas na Inglaterra / Sentirão grande vergonha e desapontamento por não haverem estado aqui hoje..."

Alguns homens mal podiam esperar que a luta começasse. Dois sargentos irlandeses, James Percival "Paddy" de Lacy, o mesmo que havia erguido um brinde horas antes a Eamon de Valera por "nos ter mantido fora desta guerra", e seu companheiro e "amigo do peito", Paddy McQuaid, estavam de pé junto às rampas de desembarque de uma barcaça LCT, fortificados pelo bom rum da Marinha Real e contemplando solenemente as tropas.

– De Lacy – disse McQuaid, olhando duramente para todos os ingleses que os cercavam –, não lhe parece agora que alguns desses rapazes parecem um tantinho tímidos?

Quando a praia chegou perto, De Lacy gritou para seus soldados:

– Tudo bem agora! Tá na hora, minha gente! Vamos correr!

A embarcação encalhou e parou. Enquanto os homens corriam para fora, McQuaid berrou para a linha da praia coberta da fumaça das explosões:

– Venham daí, seus f.d.p., vamos brigar agora!

Então desapareceu embaixo d'água. Um instante depois, ele veio à tona, cuspindo e fungando.

– O desaforo desses malvados! – berrou. – Tentando me afogar antes mesmo que eu pise na maldita praia!...

Ao largo da praia Sword, o praça Hubert Victor Baxter, da 3ª Divisão britânica, ligou o motor de seu transporte de metralhadora Bren e, olhando por cima das chapas blindadas dianteiras, dirigiu o veículo ruidosamente para dentro d'água. Sentado com o torso exposto no assento elevado acima dele estava seu inimigo ferrenho, o sargento "Dinger" Tell, com quem Baxter vinha discutindo e brigando havia meses. Bell berrou:

– Baxter, levanta esse teu assento, senão você não pode ver aonde está indo!

Baxter gritou de volta:

– Mas de jeito nenhum! Posso ver muito bem!

Depois, quando já estavam subindo na praia, o sargento, animado pela excitação do momento, fez de novo exatamente o que havia originado o rancor entre os dois. Ele começou a bater com o punho fechado no alto do capacete de Baxter e a rugir:

– Esmaga tudo! Toca pra frente!

No momento em que os comandos aportaram na praia Sword, William Millin, o gaiteiro de Lord Lovat, mergulhou para fora de seu veículo de desembarque em água que lhe dava pelas axilas. Podia ver a fumaça se acumulando na praia, bem à sua frente, e escutar o estouro seco da explosão dos projéteis de morteiro. Enquanto Millin chafurdava em direção à areia da praia, Lovat gritou para ele:

– Toque para nós *Highland Laddie*, homem!

Ainda dentro d'água até a cintura, Millin colocou os lábios no bocal e seguiu chapinhando por entre as ondas que se rebentavam na praia, os foles gemendo loucamente. Ao atingir a linha d'água, sem dar importância ao fogo inimigo, ele parou e começou a dar voltas, tocando seu instrumento para animar os comandos que corriam pela praia. Os homens corriam velozmente ao passarem por ele, enquanto, misturada com o zunido das balas e os uivos dos obuses, escutava-se a cantilena estridente dos canos da gaita, ao mesmo tempo que Millin atacava uma nova peça, *The Road to the Isles.*

– É assim que se faz, Jock! – gritou um dos comandos.

Mas outro o repreendeu:

– Deixa de maluquice, seu f.d.p.! Te joga no chão!

Por toda a extensão das praias Sword, Juno e Gold – quase trinta e dois quilômetros, desde Ouistreham, junto à embocadura do Orne, até a aldeia de Le Hamel, a oeste –, os britânicos subiam em terra firme como enxames de abelhas furiosas. As areias estavam cheias de veículos de desembarque vomitando tropas e, em quase toda parte ao longo da área de assalto, a maré alta e os obstáculos submarinos estavam causando maiores dificuldades que o próprio inimigo.

Os primeiros a subir à praia tinham sido os homens-rãs – 120 especialistas em demolição submarina, cuja tarefa era abrir espaços de 27 metros entre os obstáculos, para criar caminhos de acesso seguros. Só tiveram vinte minutos para trabalhar, antes que as primeiras ondas de assalto caíssem sobre eles. Os obstáculos eram formidáveis – em certos setores, tinham sido semeados mais densamente que em qualquer outra parte da área de invasão da Normandia. O sargento Peter Henry Jones, dos reais fuzileiros navais, nadou de permeio a um labirinto de postes de aço, portões de arame farpado e minas arredondadas e pontiagudas apelidadas "ouriços", entremeados por cones de concreto. No espaço de 27 metros que tinha de limpar, Jones encontrou doze grandes obstáculos, alguns deles chegando a quatro metros e meio de largura.

Quando um outro homem-rã, o tenente John B. Taylor, da Marinha Real, enxergou o arranjo fantástico de defesas submarinas que o rodeava, berrou para seu líder de unidade que "essa maldita missão é impossível!" Mas não desistiu. Trabalhando sob fogo inimigo, Taylor, como os outros homens-rã, começou a executar sua tarefa o mais metodicamente possível. Eles explodiram os obstáculos um a um, porque eram grandes demais para serem demolidos em grupos. Enquanto ainda estavam trabalhando, os tanques anfíbios avançavam pelo meio deles, seguidos quase imediatamente pelas tropas da primeira vaga de ataque. Os homens-rãs, que saíram o mais depressa possível do caminho dos tanques assaltantes, viram os veículos de desembarque freqüentemente dando à praia de lado, enviesados pela força das ondas, baterem contra os obstáculos restantes. As minas explodiam, as pontas de aço e os ouriços rasgavam os cascos e, ao longo de toda a praia, as lanchas de desembarque começaram a afundar. As águas próximas à praia logo viraram um depósito de ferro-velho, enquanto os barcos se empilhavam, quase um em cima do outro. O telegrafista Webber recorda ter pensado que "o desembarque virara uma tragédia". Enquanto seu próprio barco corria para a praia, Webber viu "as lanchas LCT encalhadas e em chamas, massas de metal retorcido sobre a praia, tanques e buldôzeres incendiados". E, enquanto outra LCT passava por eles, dirigindo-se para mar aberto, Webber ficou horrorizado ao ver que "o seu convés inferior estava engolfado por labaredas terríveis".

Na praia Gold, onde o homem-rã Jones estava agora trabalhando com os Engenheiros Reais, a fim de tentar limpar os obstáculos, viu uma lancha LCI aproximar-se, já com os soldados parados em posição de sentido no convés e prontos para desembarcar. Apanhada por uma onda lateral inesperada, a embarcação girou para um lado, ergueu a proa no ar e então bateu diretamente sobre um grupo de triângulos de aço ligados a minas. Jones viu o veículo explodir com um estouro dilacerante. A explosão o fez recordar "um desenho animado em câmera lenta – os homens, ainda em posição de sentido, foram lançados no ar, como se apanhados pelo esguicho de uma baleia... no alto do chafariz, corpos e partes de corpos foram espalhados simetricamente ao redor, do mesmo jeito que acontece com gotas de água".

Barco após barco foi capturado pelos obstáculos. Das dezesseis lanchas de desembarque que transportavam os comandos do 47º Regimento Real de Fuzileiros Navais, destinadas à praia Gold, quatro barcos afundaram, onze foram danificados e encalhados na praia, enquanto uma única embarcação conseguia retornar à nave-mãe. O sargento Donald Gardner, do 47º, foi jogado na água com todos os seus homens, a cerca de 45 metros da praia. Perderam todo o equipamento e tiveram de nadar na direção das rajadas de metralhadoras. Enquanto lutavam contra as ondas, Gardner ouviu alguém dizer:

– Olha só, é capaz da gente tá invadindo... Acho que esta é uma praia particular.

Avançando para a praia Juno, os comandos do 48º Regimento Real de Fuzileiros Navais não somente toparam com os obstáculos como tiveram de enfrentar um intenso fogo de morteiros. O tenente Michael Aldworth e cerca de quarenta de seus comandados se encolhiam no convés dianteiro de seu transporte LCI enquanto as bombas explodiam por toda parte. Aldworth levantou a cabeça cuidadosamente acima da amurada, a fim de ver o que estava acontecendo, e viu alguns homens correndo ao longo do convés traseiro. Um deles gritou:

– Falta muito pra gente se arrancar daqui?

Aldworth gritou de volta:

– Esperem um pouquinho, camaradas. Ainda não chegou a nossa vez.

Passou-se um momento e então alguém indagou:

– Bem, e quanto tempo você acha que falta, meu velho? O convés do leme já está quase cheio de água...

Os homens do LCI a ponto de afundar foram rapidamente apanhados por uma porção de outras embarcações. Havia tantos barcos ao redor, lembra Aldworth, que era "mais ou menos como chamar um táxi em Bond Street". Alguns dos homens foram levados em segurança até as praias; outros foram transportados para um destróier canadense; mas cinqüenta comandos descobriram que estavam a bordo de uma lancha LCT que já havia descarregado seus tanques e tinha instruções para retornar diretamente para a Inglaterra. Nada que os soldados furiosos pudessem dizer ou fazer persuadiu o piloto a mudar de curso. Um oficial, o major de Stackpoole, havia sido ferido nas coxas durante o avanço para a praia, porém, ao saber do destino da LCT, ele rugiu:

– Mas que besteira! Vocês são um bando de loucos!

E depois dessa tirada, o major mergulhou sobre a amurada e nadou em direção à praia.

Para a maior parte dos homens, os obstáculos se demonstraram a parte mais difícil do ataque. Uma vez que ultrapassavam essas defesas, as tropas encontravam uma oposição inimiga apenas localizada e intermitente em todas as três praias – feroz em alguns setores, leve em outros, até mesmo inexistente nos demais. Na extremidade ocidental da praia Gold, os homens do 1º Regimento de Hampshire foram quase dizimados, enquanto vadeavam pela água, cuja profundidade variava entre um metro e um metro e oitenta. Lutando contra as ondas grossas que lhes davam pelo peito, eles foram atingidos por pesado fogo de morteiro e rajadas cruzadas de metralhadora provindas da aldeia de Le Hamel, um ponto fortemente defendido que era ocupado pela aguerrida 352ª Divisão alemã. Os homens foram caindo um após o outro. O praça Charles Wilson escutou uma voz surpresa:

– Comprei minha passagem, camaradas!

Wilson virou o rosto e contemplou o homem, com uma estranha expressão de descrença em seu rosto, escorregar para baixo da superfície, sem proferir qualquer outra palavra. Wilson prosseguiu em frente. Ele já fora metralhado dentro d'água antes – só que, em Dunquerque, ele estava andando na direção oposta... O praça George Stunnell também viu os seus companheiros caindo a seu redor. Ele passou por um transporte de metralhadora Bren parado na areia, com mais ou menos um metro de água ao redor; o motor funcionava, mas o condutor "segurava a direção como se estivesse congelado, assustado demais para guiar a máquina até a praia". Stunnell empurrou o motorista para um lado e, com as balas de metralhadora levantando repuxos por toda volta, guiou o pequeno veículo até a praia. Stunnell estava todo empolgado por haver realizado essa façanha. Então, de repente, ao descer do transporte, caiu de costas no chão: uma bala batera em uma lata cheia de cigarros, que carregava no bolso esquerdo de sua túnica, causando um impacto terrível. Minutos mais tarde, ele descobriu que estava sangrando, havia feridas em suas costas e costelas. A mesma bala havia perfurado seu corpo, mas sem lesar nenhum órgão vital.

Os Hampshires levariam quase oito horas para vencer as defesas de Le Hamel e, no final do Dia D, contaram quase duzentas baixas. Estranhamente, com a exceção dos obstáculos, as tropas que desembarcaram em ambos os flancos da unidade encontraram muito pouca resistência. Houve baixas, mas muito menos do que fora antecipado. À esquerda dos Hampshires, os homens do 1º Regimento de Dorset atravessaram a praia e subiram as encostas em menos de quarenta minutos. Ao lado deles, o Regimento dos Green Howards desembarcou com tanta ousadia e determinação que os soldados avançaram para o interior e capturaram seu primeiro objetivo em menos de uma hora. O sargento-mor da companhia, o subtenente

Stanley Hollis, que até esse momento, em outras missões, já havia matado noventa soldados alemães, vadeou até a praia e prontamente capturou uma casamata sem o auxílio de ninguém. Hollis, um homem que parecia desprovido de nervos, usando granadas e sua submetralhadora Sten, matou dois soldados e rendeu outros vinte, recém no início de um dia em que haveria de matar mais dez.

Na praia à direita de Le Hamel, a situação estava tão tranqüila que alguns homens ficaram desapontados. O enfermeiro Geoffrey Leach viu as tropas e veículos se distribuindo pela praia e descobriu que não havia nada "para o corpo médico fazer, senão ajudar a descarregar a munição". Para o fuzileiro naval Denis Lovell, o desembarque foi "igual a qualquer outro exercício realizado lá em casa". Sua unidade, o 47º Regimento Real de Fuzileiros Navais, atravessou rapidamente a praia, evitou qualquer contato com o inimigo, dobrou para oeste e seguiu em marcha forçada por mais de onze quilômetros, a fim de estabelecer contato com os americanos nas proximidades de Port-en-Bessin. Eles esperavam encontrar os primeiros ianques que tinham atacado a praia Omaha por volta do meio-dia.

Mas isso não aconteceria – diferentemente dos americanos em Omaha, que ainda estavam encurralados na praia pela aguerrida 352ª Divisão alemã, os britânicos e canadenses eram muito superiores à exausta e fraca 716ª Divisão, cujas lacunas haviam sido preenchidas com "voluntários" russos e poloneses. Além disso, os britânicos tinham explorado ao máximo seus tanques anfíbios e uma grande coleção dos mais variados veículos blindados, capazes de fazer inveja a Rube Goldberg[12]. Alguns, como os *flail-tanks,* ou "tanques açoitadores", chicoteavam o solo à sua frente com correntes, provocando a detonação

12 . Reuben L. Goldberg (1897-1970), cartunista judeu-americano, nascido na Prússia Oriental, famoso pela complexidade dos desenhos de suas tiras. (N. do T.)

de minas. Outros veículos blindados carregavam pequenas pontes ou grandes carretéis de esfregão de aço, os quais, ao serem desenrolados, criavam uma estrada temporária sobre terreno embarrado ou lodoso. Um grupo até mesmo carregava fardos gigantes de troncos para ajudar os soldados a transpor muros ou para preencher os fossos antitanque e permitir a passagem de veículos. Essas invenções e o período extraordinariamente longo de bombardeamento recebido nas praias a serem tomadas pelos britânicos conferiram uma proteção adicional às tropas de assalto.

Mesmo assim, foram encontrados alguns fortes bolsões de resistência. Em uma das metades da praia Juno, os homens da 3ª Divisão canadense tiveram de lutar através de linhas de casamatas e trincheiras, tomar casas fortificadas e, no caso da aldeia de Courseulles, combater de rua em rua até quebrar a resistência alemã e prosseguir no avanço para o interior. Mas toda a resistência que encontraram acabou sendo batida em duas horas. Em muitos lugares, os defensores foram eliminados com rapidez e de forma definitiva. O marinheiro-especialista Edward Ashworth, recém-desembarcado de uma lancha LCT que trouxera tanques e soldados para o setor da praia diante de Courseulles, viu soldados canadenses levarem seis prisioneiros alemães até uma duna de areia que ficava a uma certa distância. Ashworth achou que esta era sua chance de conseguir um capacete alemão, que desejava levar para casa como um suvenir de guerra. Ele correu pela praia e, ao dobrar a duna, descobriu os seis alemães "deitados no chão, empilhados e retorcidos". Ashworth debruçou-se sobre um dos cadáveres, ainda determinado a conseguir um capacete. Mas descobriu que "a garganta do cara tinha sido cortada – todos os seis tinham sido degolados". Ashworth "virou-se para um lado, com ânsias de vômito, mais fraco que um papagaio doente.

Na mesma hora, eu desisti de pegar o chapéu de lata que eu queria tanto".

O sargento Paddy de Lacy, também lotado na área de Courseulles, havia capturado doze alemães, que tinham saído quase entusiasmados de uma trincheira, com as armas erguidas bem acima das cabeças. De Lacy ficou olhando para eles por um momento: ele tinha perdido um irmão na África do Norte. Então ele disse para um soldado que estava com ele:

– Olhe só para os super-homens – dê uma olhada no jeito desses caras. Ande logo, leve essa turma pra longe, lá pra retaguarda, não quero nem ver a cara deles.

Caminhou uma certa distância, pretendendo ferver água para uma chávena de chá, a fim de acalmar sua raiva. Enquanto estava aquecendo um cantil de água sobre um fogareiro Sterno, um jovem oficial, "ainda com a penugem crescendo no queixo", marchou com altivez até onde ele se achava e disse-lhe severamente:

– Olhe aqui, sargento, isto não é hora de fazer chá!...

De Lacy o encarou e, com toda a paciência que seus vinte e um anos de serviço no Exército lhe permitiam, replicou:

– Senhor, nós não estamos mais brincando de soldados. Agora chegou a guerra de verdade. Por que o senhor não vai dar uma voltinha, chega aqui de novo daqui a cinco minutos e toma uma bela xícara de chá comigo?

O oficial aceitou a sugestão.

Ao mesmo tempo que o combate prosseguia na área de Courseulles, homens, canhões, tanques, veículos e suprimentos se acumulavam na praia. O movimento em direção ao interior foi administrado com facilidade e eficiência. O comandante da praia, capitão Colin Maud, não deixava ninguém desocupado na praia Juno. A maior parte dos homens, como o subtenente John Beynon, ficava um pouco intimidada perante a visão do oficial muito alto e barbudo, com porte imponente e voz forte, que saudava cada novo contingente, desde o momento que desembarcava, com o mesmo discurso de boas-vindas:

– Eu sou o presidente da comissão de recepção e estou mandando nesta festa toda, de modo que tratem de se mexer.

Poucos homens se atreviam a discutir com o guardião da praia Juno; Beynon recorda que ele trazia um porrete em uma das mãos e, com a outra, segurava firmemente a correia de um cão alsaciano de aspecto feroz. O efeito era justamente o que o capitão esperava. Joseph Willicombe, correspondente da INS, recorda-se de uma discussão inútil que teve com o comandante da praia. Willicombe, que tinha desembarcado junto com a primeira onda de assalto dos canadenses, recebera a garantia de que lhe permitiriam enviar uma mensagem de vinte e cinco palavras, através do rádio transceptor do comandante da praia, para o navio de comando, a fim de que fosse retransmitida para os Estados Unidos. Aparentemente, ninguém se dera ao trabalho de informar Maud a respeito da permissão concedida ao repórter. Olhando com uma expressão pétrea para Willicombe, ele resmungou entre dentes:

– Meu caro rapaz, não sei se sabe, mas temos uma guerrinha em andamento por aqui.

Willicombe teve de admitir que o comandante da praia tinha uma certa razão.[13] A alguns passos de distân-

13. Os correspondentes de guerra na praia Juno não tiveram nenhum meio de comunicação até que Ronald Clark, da United Press, desceu à praia com duas gaiolas de pombos-correios. Os correspondentes rapidamente escreveram relatos breves, introduziram-nos nas cápsulas de plástico que eram presas às patas dos pombos e libertaram os pássaros. Infelizmente, os pombos ficaram tão sobrecarregados que a maioria deles retornou ao chão. Alguns, todavia, adejaram por alguns momentos, descrevendo grandes círculos acima das cabeças dos repórteres – e então voaram em direção às linhas alemãs... Charles Lynch, da Reuters, ficou pulando na praia, sacudindo o punho fechado contra os pássaros e rugindo: "Traidores! Malditos traidores!". Somente quatro pombos, segundo relata Willicombe, "demonstraram sua lealdade". Eles de fato voaram até o Ministério das Informações, em Londres, chegando lá algumas horas depois. (N. do A.)

cia, na relva grosseira e resistente que crescia em tufos esparsos pela praia, jaziam os corpos mutilados de quinze canadenses que haviam pisado em minas enquanto corriam pela areia.

Os canadenses sofreram muito por toda a extensão da praia Juno. Das três praias às quais foram destinados os britânicos, essa foi a mais sangrenta. As ondas violentas já haviam atrasado os desembarques. Recifes pontiagudos como navalhas, na extremidade oriental da praia, além das barricadas de obstáculos, provocaram o caos e a destruição entre os veículos de assalto. Pior ainda, o bombardeio aeronaval não conseguira destruir as defesas costeiras; em certos casos, errara o alvo totalmente; em alguns setores, as tropas subiram à praia sem qualquer proteção blindada.

Diante das povoações de Bernières e de St.-Aubin-sur-Mer, os homens da 8ª Brigada Canadense e do 48º Regimento Real de comandos dos fuzileiros navais desembarcaram sob fogo pesado. Uma companhia perdeu quase a metade de seus homens durante a corrida para a praia. O fogo de artilharia vindo de St.-Aubin-sur-Mer foi tão concentrado que provocou uma cena particularmente horrorosa na praia. Um tanque, com todas as aberturas fechadas para proteger a tripulação, correndo em ziguezague sobre a praia para sair fora da linha de fogo da artilharia inimiga, passou por cima dos corpos de mortos e feridos. O comandante da tropa de comandos, capitão Daniel Flunder, olhando para trás desde as dunas de areia que já havia alcançado, viu o que estava acontecendo e, desprezando os estilhaços de obus, correu novamente praia abaixo, gritando o mais alto que podia:

– Vocês estão passando por cima dos meus homens!

Enfurecido, Flunder começou a bater na escotilha do tanque com seu bastão de comando, mas o veículo seguiu em frente. Arrancando o pino de uma granada, Flunder detonou uma das lagartas do tanque. Somente quando os tanquistas assustados abriram a escotilha, é que perceberam o que vinham fazendo.

Embora o combate fosse feroz enquanto durou, os canadenses e os comandos britânicos atravessaram as praias dos setores Bernières e St.-Aubin-sur-Mer em menos de meia hora e seguiram imediatamente para o interior. As ondas de reforço experimentaram poucas dificuldades e, dentro de uma hora, tudo já estava tão calmo e sereno na praia que o balonista-chefe John Murphy, de uma unidade de balões de barragem, descobriu que "o pior inimigo eram os piolhos da areia, que nos deixaram malucos de tantas picadas, assim que a maré alta recobriu a praia". Além das praias, um combate rua a rua nas duas aldeias ocuparia ainda as tropas por quase duas horas, mas essa porção da praia Juno, como a extremidade ocidental, já estava seguramente conquistada.

Os comandos do 48º Regimento Real abriram caminho lutando pelas ruas de St.-Aubin-sur-Mer e, dobrando para leste, moveram-se ao longo da costa. Eles haviam recebido uma outra missão, particularmente difícil. Juno ficava a uns onze quilômetros da praia Sword. Cabia ao 48º fechar esse intervalo e unir as cabeças-de-ponte das duas praias: eles teriam de fazer uma marcha forçada até a praia Sword. Outra unidade de comandos, o 41º Regimento, deveria desembarcar em Lion-sur-Mer, justamente na extremidade de Sword, atravessar a praia, dobrar à direita e seguir em direção oeste. Esperava-se que ambas as forças se unissem dentro de algumas horas em um ponto que ficava mais ou menos na metade do caminho entre as duas cabeças-de-ponte. Esse era o plano, mas, quase simultaneamente, as duas unidades de comandos arranjaram encrencas. Em Langrune, cerca de um quilômetro e meio a leste de Juno, os homens do 48º toparam com uma parte fortificada da aldeia que desafiava sua penetração. Cada casa fora convertida em uma pequena fortaleza. Minas, arame farpado, muros de concreto – alguns deles com um metro e oitenta de altura e um metro e meio de espessura –, tinham sido dispostos de modo a lacrar a passagem em todas as ruas. A partir dessas posições, um fogo acirrado saudou os invasores. Sem tanques nem artilharia, o 48º viu seu avanço detido e congelado.

Em Sword, a um quilômetro e meio de distância, o 41º, depois de um desembarque árduo, dobrou para oeste em direção a Lion-sur-Mer. Alguns civis franceses haviam informado que a guarnição alemã se havia retirado. A informação parecia correta – até que os comandos chegaram aos arrabaldes do povoado, onde o fogo de artilharia imediatamente destruiu três de seus tanques de apoio. Balas de atiradores de elite e rajadas de metralhadoras brotaram de casinhas de aspecto inocente que tinham sido convertidas em casas-fortes, enquanto uma chuva de projéteis de morteiros caía entre os comandos. Como acontecera com o 48º Regimento, o 41º teve de interromper seu avanço.

Nesse momento, embora ninguém ainda soubesse disso no Alto Comando Aliado, uma brecha vital de quase dez quilômetros se havia formado entre as duas cabeças-de-ponte. Era uma brecha larga o bastante para que os tanques de Rommel, caso se movessem com a rapidez necessária, pudessem atingir a zona costeira e, movendo-se ao longo da praia para leste e para oeste, esmagar as tropas britânicas que haviam desembarcado.

Lion-sur-Mer foi um dos poucos locais realmente difíceis de serem dominados na área da praia Sword. Das três praias atribuídas às tropas britânicas, esperava-se que Sword fosse a mais fortemente defendida. As tropas tinham sido advertidas de antemão que as baixas seriam muito numerosas. O praça John Gale, do Primeiro Regimento do Lancashire Meridional, foi "informado a sangue-frio de que todos nós que íamos participar da primeira onda de assalto provavelmente seríamos exterminados". O cenário foi descrito em termos ainda mais negros para os comandos. Repetiram-lhes vezes sem conta que "não importa o que houver, nós devemos tomar as praias, porque não haverá qualquer evacuação... ninguém vai voltar".

Os comandos do 4º Regimento esperavam ser "riscados dos registros nessas praias", conforme recordam o cabo James Colley e o praça Stanley Stewart, porque seus superiores haviam aberto o jogo com eles e declarado que as baixas "poderiam chegar a oitenta e quatro por cento" da tropa. E os homens que deveriam desembarcar à frente da infantaria, nos tanques anfíbios, foram admoestados de que "mesmo aqueles dentre vocês que conseguirem chegar até as praias, podem esperar sessenta por cento de baixas". O praça Christopher Smith, condutor de um dos tanques anfíbios, acreditava que suas chances de sobreviver eram muito pequenas. Os rumores que passavam de boca em boca entre os soldados já haviam aumentado o número de baixas para "prováveis noventa por cento", e Smith estava inclinado a aceitar esta percentagem porque, quando sua unidade saíra da Inglaterra, alguns homens viram grandes tendas de lona sendo levantadas em Gosport Beach e "haviam comentado que estavam sendo construídas para a identificação dos corpos que conseguissem trazer de volta".

Durante algum tempo, pareceu que as piores previsões poderiam estar se realizando. Em alguns setores, as tropas da primeira onda de assalto foram submetidas a um pesado fogo de morteiros e intensas rajadas de metralhadoras. Na metade da praia Sword que ficava próxima a Ouistreham, os homens do 2º Regimento do Leste de York jaziam mortos ou moribundos desde a linha d'água até o alto da praia. Embora ninguém jamais vá saber exatamente quantos homens caíram nesta sangrenta corrida desde os barcos até as encostas, parece provável que os homens do East York tenham sofrido a maior parte de suas duzentas baixas do Dia D justamente nestes primeiros minutos. O choque de avistar esta grande quantidade de formas retorcidas em seus uniformes cor-de-cáqui pareceu confirmar os mais pavorosos temores das tropas que compunham as ondas de assalto seguintes. Alguns enxergaram "cadáveres amontoados como pilhas de lenha", ou contaram "mais de cento e cinqüenta mortos".

O praça John Mason, do 4º Regimento de comandos, que desembarcou meia hora mais tarde, ficou horrorizado ao perceber que estava "correndo pelo meio de montes de soldados da infantaria que tinham sido derrubados como as garrafas de uma pista de boliche". E o cabo Fred Mears, do Corpo Especial de Comandos de Lord Lovat, ficou "apavorado ao ver aqueles sujeitos do East York atirados no chão como trouxas empilhadas... Provavelmente, isso nunca teria acontecido, se eles tivessem se espalhado mais antes de invadir a praia". Enquanto ele zunia praia acima, determinado a "fazer com que o Jesse Owens[14] parecesse uma tartaruga", ele recorda um instante de cinismo, em que lhe passou pela cabeça a idéia de que "isso ia servir de lição pra eles na próxima vez".

Embora sangrento, o combate nas praias foi breve.[15]

---

14. James Cleveland Owens (1913-1980), famoso campeão olímpico afro-norte-americano, vencedor nas Olimpíadas de 1936, em que Hitler pretendia demonstrar a superioridade racial germânica, sendo forçado a conceder mais de uma medalha ao "sub-homem" de origem africana que derrotou seus atletas louros. (N. do T.)

15. Sempre haverá divergências de opinião sobre a natureza dos combates na praia Sword. Os sobreviventes do 2º Regimento do Leste de York discordam da história oficial de sua própria unidade, onde se refere que a invasão "foi o mesmo que um exercício de treinamento, só que mais fácil". As tropas do 4º Regimento de Comandos alegam que, quando desembarcaram na Hora H + 30 minutos, ainda encontraram os homens do East York detidos na linha de arrebentação da praia. De acordo com o brigadeiro E. E. E. Cass, Comandante da 8ª Brigada, que assaltou Sword, os soldados do East York já haviam tomado a praia no momento em que o 4º de Comandos desembarcou. Estima-se que o 4º Regimento de perdeu trinta homens no desembarque. Na extremidade ocidental da praia, segundo informa Cass, "às oito e meia, a oposição tinha sido esmagada, exceto por atiradores isolados". Os homens do 1º Regimento de Lancashire Meridional que desembarcaram nesse setor sofreram perdas leves e subiram rapidamente pela encosta. O 1º Regimento de Suffolk, que vinha logo atrás, sofreu somente quatro baixas. (N. do A.)

Exceto pelas perdas sofridas de início, o assalto sobre Sword progrediu rapidamente, encontrando pouca oposição determinada. Os desembarques tiveram tanto sucesso que muitos homens que chegaram poucos minutos após a primeira onda ficaram surpresos por enfrentar somente atiradores isolados. Eles viram as "praias cobertas por uma mortalha de fumaça, os membros do corpo médico trabalhando entre os feridos, os *flail-tanks* batendo com as correntes na areia para detonar minas ocultas, blindados e outros veículos em chamas atravancando a linha d'água e a areia repuxando com ocasionais explosões de obuses", mas nem de longe o massacre que haviam esperado. Para essas tropas, cuidadosamente treinadas para enfrentar um holocausto, as praias representaram um anticlímax.

Em muitos lugares ao longo da praia Sword, havia até mesmo uma atmosfera de feriado comercial. Aqui e ali, ao longo da costa marinha, pequenos grupos de civis franceses cheios de entusiasmo abanavam para as tropas e gritavam: "*Vive les Anglais!*".[16] O sinaleiro da Marinha Real Leslie Ford enxergou um francês "praticamente dentro da praia, que parecia estar fazendo uma reconstituição da batalha para um grupo de moradores locais". Ford achou que aquela gente era maluca, porque tanto as praias como as encostas ainda estavam infestadas de minas terrestres e submetidas a fogo ocasional. Mas a mesma coisa estava acontecendo em toda parte. Os homens eram abraçados, beijados e abraçados de novo pelos franceses, que pareciam totalmente inconscientes dos perigos que os cercavam. O o cabo Harry Norfield e o Artilheiro Ronald Allen ficaram assombrados ao avistarem "uma pessoa que parecia vestida para um baile de gala, usando roupas esplêndidas e um capacete de bronze cintilante na cabeça, descendo calmamente até a praia". Era o prefeito de Colleville-

16. Viva os ingleses! (Em francês no original.) (N. do T.)

sur-Orne, um vilarejo a mais ou menos quilômetro e meio terra a dentro, que tinha decidido descer até a praia para saudar oficialmente as forças invasoras.

Alguns dos alemães não pareciam menos ansiosos que os franceses para saudar as tropas. O sapador Henry Jennings mal havia desembarcado quando foi "confrontado por um estranho grupo de alemães – a maioria realmente "voluntários" poloneses e russos – ansioso para se render". Mas foi o capitão Gerald Norton, de uma unidade da Artilharia Real, que teve a maior surpresa. Ele foi abordado "por quatro alemães de malas prontas, os quais aparentemente estavam esperando pela primeira condução disponível para sair da França".

Saindo da confusão das praias Gold, Juno e Sword, os britânicos e canadenses enxamearam para o interior. O avanço foi tão eficiente quanto uma operação comercial rotineira, embora todo o aparato estivesse revestido de um certo ar de grandeza. As tropas combatiam nas aldeias e vilarejos, ocorrendo exemplos de coragem e heroísmo a todo momento. Alguns recordam um major de um Regimento Real de comandos dos fuzileiros navais, que havia perdido ambos os braços e insuflava entusiasmo em seus homens, gritando enquanto passavam:

– Avancem para o interior, meus chapas, antes que "os Fritz" fiquem sabendo da nossa festa!

Outros recordam a alegre audácia e a fé inabalável dos feridos, enquanto aguardavam que os enfermeiros chegassem até eles. Alguns abanavam enquanto as tropas avançavam, outros gritavam:

– Me encontro com vocês em Berlim, camaradas!

O artilheiro Ronald Allen jamais esqueceria um soldado que tinha sido gravemente ferido no estômago. Ele estava sentado, apoiado em um muro, lendo tranqüilamente um livro.

Agora, o essencial era a velocidade. A partir de Gold, as tropas se dirigiram para a cidade de Bayeux, famosa por sua catedral, que ficava aproximadamente a onze quilômetros em direção ao interior. De Juno, os canadenses se movimentaram para tomar a estrada Bayeux-Caen e o aeroporto de Carpiquet, a uns dezesseis quilômetros de distância. E de Sword, os britânicos avançaram para a cidade de Caen. Tinham tanta certeza de que logo iriam capturar esse objetivo que até mesmo os correspondentes de guerra, como recordou mais tarde Noel Monks, do *Daily Mail* de Londres, foram informados de que uma conferência de imprensa seria realizada "no ponto X em Caen, às quatro da tarde em ponto". Os comandos de Lord Lovat marcharam para fora da área de Sword e não perderam tempo. Eles estavam destinados a substituir as tropas da 6ª Divisão Aerotransportada do general Gale, em combate desde a manhã, defendendo as pontes de Orne e Caen a seis quilômetros e meio de distância; "Shimy" Lovat tinha prometido a Gale que estaria lá "ao meio-dia em ponto". Protegido atrás de um tanque, na vanguarda da coluna, Bill Millin, o gaiteiro de Lord Lovat, tocava *Blue Bonnets over the Border.*

Para dez britânicos, as tripulações dos dois submarinos de bolso, o X-20 e o X-23, o Dia D já terminara. Ao largo da praia Sword, o X-23 do tenente George Honour ziguezagueava através das esteiras produzidas pelas ondas de barcos de desembarque, cujas longas filas avançavam constantemente rumo à praia. No mar agitado, com sua superestrutura achatada quase coberta pela água, tudo que se podia ver do X-23 eram suas bandeiras de identificação ondulando no vento. O timoneiro Charles Wilson, a bordo de uma lancha LCT, "quase escorregou pela amurada de surpresa", quando viu o que pareciam ser "duas grandes bandeiras aparentemente sem qualquer apoio", movendo-se firmemente em sua direção através das ondas.

Enquanto o X-23 cruzava por ele, Wilson não pôde deixar de ficar imaginando "que diabo um submarino de bolso tinha a ver com a invasão". Rasgando as ondas lentamente, o X-23 avançou para o largo, em direção à área em que se achavam os grandes transportes, a fim de procurar seu navio-reboque, uma traineira com o nome apropriado de *En Avant.*[17] A Operação Gambito havia terminado. O tenente Honour e sua tripulação de quatro homens estavam voltando para casa.

Os homens para os quais eles haviam demarcado as praias marchavam França adentro. Todos estavam cheios de otimismo. A Muralha do Atlântico tinha sido quebrada. Agora, a grande questão era: com que rapidez os alemães se recobrariam do choque?

## 3

Berchtesgaden permanecia calma e tranqüila nas primeiras horas da manhã. O dia já estava quente e abafado, e as nuvens se erguiam a pouca altura, ocultando os cumes das montanhas ao redor. No retiro montanhoso de Hitler, uma verdadeira fortaleza na região de Obersalzberg, tudo permanecia sereno. O *Führer* ainda estava dormindo. A alguns quilômetros de distância, no quartel-general do *Reichskanzler* (chanceler do *Reich)*, tudo parecia indicar que seria apenas mais uma manhã rotineira. O marechal Alfred Jodl, chefe de operações do *Oberkommando der Wehrmacht,* estava de pé desde as seis da manhã. Tinha tomado a sua refeição leve de costume (uma única xícara de café, um ovo meio cozido e uma fatia fina de torrada) e agora, em seu pequeno gabinete à prova de som, estava lendo sem pressa os relatórios noturnos.

As notícias da Itália continuavam ruins. Roma tinha caído vinte e quatro horas antes, e as tropas do mare-

17. Em frente. (Em francês no original.) (N. do T.)

chal-de-campo Kesselring estavam sendo duramente pressionadas durante sua retirada. Jodl pensou que poderia ocorrer uma grande ruptura aliada, antes mesmo que Kesselring conseguisse desengajar suas tropas e recuar para as novas posições preparadas ao norte. Jodl ficou tão preocupado com a ameaça de um colapso militar na Itália, que ordenou a seu vice-comandante, o general Walter Warlimont, que partisse para o quartel-general de Kesselring na Itália, a fim de verificar de primeira mão como se apresentava o quadro geral das hostilidades. Warlimont deveria partir no final desse dia.

Da Rússia não havia nenhuma novidade. Embora a esfera de autoridade de Jodl não incluísse oficialmente o palco oriental, há longo tempo ele manobrara a fim de colocar-se em posição de "aconselhar" o *Führer* na condução da guerra contra a Rússia. A ofensiva soviética de verão deveria começar a qualquer momento, e, ao longo da frente de mais de três quilômetros, duzentas divisões alemãs – mais de um milhão e meio de homens – estavam em prontidão total, esperando a investida. Todavia, ainda essa manhã, a frente russa estava tranqüila. O ajudante-de-ordens de Jodl também lhe entregara diversos relatórios do quartel-general de Von Rundstedt, informando sobre um ataque contra a Normandia. Jodl não achou que a situação por lá fosse séria, pelo menos ainda não. No momento, sua grande preocupação era a Itália.

No quartel de Strub, a alguns quilômetros de distância, o vice-comandante de Jodl, o general Warlimont, vinha acompanhando cuidadosamente os relatórios sobre o ataque à Normandia desde as quatro horas da madrugada. Ele havia recebido a mensagem em teletipo do *Oberbefehlshaber West,* em que era solicitada a liberação das reservas blindadas – a 12ª Divisão das *Waffen Schutzstaffeln* e a Divisão *Panzer Lehr* –, e tinha discutido por telefone essa questão com o chefe do estado-maior de Von Rundstedt, o general-de-divisão Günther Blumentritt. Agora Warlimont telefonou a Jodl:

– Blumentritt telefonou pedindo a liberação das reservas blindadas – relatou Warlimont. – O OB West quer transferi-las para as áreas de invasão imediatamente.

Conforme recorda Warlimont, houve um longo silêncio, enquanto Jodl ponderava a questão.

– Você tem certeza absoluta de que esta é a invasão? – indagou Jodl depois da pausa.

Antes que Warlimont pudesse responder, Jodl prosseguiu:

– De acordo com os relatórios que recebi, pode ser somente um ataque diversionista... parte de um plano deles para nos enganar. O OB West já tem reservas suficientes... O OB West deve esforçar-se para repelir o ataque com as forças de que dispõe agora... Não acho que seja a hora de liberar as reservas do *Oberkommando der Wehrmacht*... Vamos ter de esperar até que a situação fique totalmente esclarecida.

Warlimont sabia que não adiantaria nada discutir, embora ele achasse que os desembarques na Normandia fossem mais sérios do que Jodl parecia acreditar. Ele disse a Jodl:

– Senhor, em vista da situação na Normandia, devo me locomover para a Itália, conforme foi planejado?

Jodl respondeu:

– Sim, é claro. Não sei por que não deveria.

E desligou em seguida o telefone.

Warlimont colocou seu próprio fone no gancho. Voltando-se para o general-de-divisão Von Buttlar-Brandenfels, o chefe de operações do Exército, comentou com ele a decisão de Jodl.

– Pessoalmente, eu simpatizo com a solicitação de Blumentritt – disse Warlimont. – Essa decisão é absolutamente contrária à minha compreensão de um plano de combate a ser executado no evento de uma invasão.

Warlimont sentiu-se chocado com a interpretação literal de Jodl a respeito do edito de Hitler referente ao controle dos *panzers*. Estava claro que essas eram as "reservas do OKW" e, portanto, dependiam da autoridade direta de Hitler. Todavia, do mesmo modo que Von Rundstedt, Warlimont sempre entendera que, "na eventualidade de um ataque aliado, quer diversionista, quer não, os blindados seriam imediatamente postos em ação – de fato, liberados automaticamente". Para Warlimont, essa providência seria apenas uma questão de lógica; o comandante local, combatendo para repelir a invasão, deveria dispor de todas as forças possíveis para usar como melhor lhe parecesse, especialmente quando o homem era o último dos "Cavaleiros Negros" da Alemanha, o venerável estrategista Von Rundstedt.

Jodl tinha autoridade para liberar as forças, mas ele preferia não correr riscos. Conforme Warlimont recordaria mais tarde, "Jodl tomou a decisão que acreditava seria tomada pessoalmente por Hitler". A atitude de Jodl, conforme percebida por Warlimont, era apenas um outro exemplo "do caos de liderança dentro do estado dominado pelo Líder". Mas ninguém discutia com Jodl. Warlimont telefonou a Blumentritt no quartel-general do OB West. Agora a decisão para liberar os tanques dependeria dos volúveis caprichos do homem a quem Jodl reputava como um gênio militar – o próprio Hitler.

O oficial que havia antecipado uma situação semelhante e que tinha esperado poder discuti-la pessoalmente com Hitler estava a menos de duas horas de automóvel de Berchtesgaden. O marechal-de-campo Erwin Rommel, em sua residência de Herrlingen, nos arredores de Ulm, parece ter sido completamente esquecido no meio de toda essa confusão. Não há qualquer registro no Diário de

Guerra do Grupo de Exército B, que era atualizado de forma tão meticulosa, indicando oficialmente que, até esse momento, Rommel tenha sequer ouvido falar dos desembarques na Normandia.

No OB West, nos arredores de Paris, a decisão tomada por Jodl produziu choque e incredulidade. O general-de-exército Bodo Zimmermann, o chefe-de-operações do Grupo de Exército B, recorda que Von Rundstedt ficou "espumando de raiva, com o rosto vermelho e congestionado, a tal ponto encolerizado que não se podia mais entender o que ele dizia". Zimmermann tampouco podia acreditar na notícia. Durante a noite, em um telefonema para o OKW, Zimmermann tinha informado ao oficial de dia, que estava responsável no lugar de Jodl, o tenente-coronel Friedel, que o OB West tinha colocado as duas divisões *Panzer* em estado de alerta. "Não fora feita a menor objeção a essa estratégia", recorda amargamente Zimmermann. Então, ele telefonou novamente ao OKW e falou com o chefe de operações do Exército, o general-de-divisão Von Buttlar-Brandelfels. A recepção foi absolutamente fria – Von Buttlar soubera da decisão de Jodl e estava seguindo seu exemplo. Com o que parecia uma explosão de raiva, Von Buttlar arengou:

– Essas divisões estão sob o controle direto do Comando Superior do Exército! Vocês não têm direito nem sequer de colocá-las em estado de alerta sem nossa aprovação prévia! Vocês deverão suspender todas as ordens que deram aos *Panzers* imediatamente. As divisões não devem fazer absolutamente nada até que o *Führer* tome uma decisão a respeito!...

Quando Zimmermann tentou argumentar, Von Buttlar mandou-o calar a boca com uma ordem abrupta:

– Faça o que lhe mandei!

O próximo movimento deveria depender de Von Rundstedt. Em sua condição de marechal-de-campo, ele poderia ter telefonado diretamente para Hitler e é até mesmo provável que os *Panzers* fossem imediatamente liberados. Mas Von Rundstedt não telefonou ao *Führer*, nem nessa hora, nem em qualquer outro momento durante o Dia D. Nem sequer a importância avassaladora da invasão podia compelir o aristocrático Von Rundstedt a suplicar alguma coisa ao homem a quem habitualmente se referia como "aquele cabo da Boêmia".[18]

Porém, seus oficiais continuaram a bombardear em vão o OKW com telefonemas e esforços fúteis para conseguir que a decisão fosse revertida. Eles telefonaram a Warlimont, a Von Buttlar-Brandenfels e até mesmo ao ajudante-de-ordens de Hitler, o general-de-divisão Rudolf Schmundt. Foi uma estranha luta a longa distância, que duraria horas. Zimmermann resumiu a discussão da seguinte maneira: "Quando nós prevenimos o quartel-general no sentido de que, se nós não pudéssemos dispor dos *Panzers*, os desembarques na Normandia teriam sucesso e seriam seguidos por conseqüências imprevisíveis, simplesmente nos disseram que não tínhamos condições de julgar – que o desembarque principal, de qualquer maneira, estava para ocorrer em um lugar completamente diferente".[19]

---

18. De acordo com Von Buttlar-Brandenfels, Hitler tinha pleno conhecimento do desprezo que Von Rundstedt manifestava por ele. "Enquanto o marechal-de-campo estiver resmungando", dissera Hitler certa vez, "tudo vai dar certo..." (N. do A.) Na verdade, Hitler era austríaco, embora tivesse sido criado em uma aldeia do sul da Baviera, bem próxima à fronteira; não se sabe exatamente por que Von Rundstedt se referia a ele como natural da Boêmia, então parte da Tchecoslováquia. (N. do T.)

19. Hitler estava tão convencido de que a invasão "real" ocorreria na área de Pas-de-Calais que conservou o 15º Exército de Von Salmuth em posição até o dia 24 de junho. A essa altura, já era tarde demais. Ironicamente, Hitler parece ter sido a única pessoa que originalmente acreditara que a invasão ocorreria na Normandia. O general Blumentritt diz que "eu me recordo muito bem de um telefonema de Jodl em qualquer dia do mês de abril, no qual ele me disse: 'o *Führer* dispõe de informações definitivas no sentido de que um desembarque na Normandia não é improvável'". (N. do A.)

E Hitler, protegido pelo seu círculo íntimo de sicofantas militares, na atmosfera embalsamada do mundo de faz-de-conta de Berchtesgaden, permaneceu dormindo enquanto toda essa discussão transcorria.

No quartel-general de Rommel, em La Roche-Guyon, o general-de-divisão Speidel, chefe do estado-maior, ainda não tivera notícia da decisão de Jodl. Tinha a impressão de que as duas divisões blindadas de reserva haviam sido alertadas e já estavam a caminho da linha de frente. Speidel também sabia que a 21ª Brigada Blindada *Panzer* estava sendo transferida para uma área de reunião de tropas ao sul de Caen e, embora fosse necessário algum tempo até que seus tanques pudessem deslocar-se, algumas de suas forças de reconhecimento e parte de sua infantaria já estavam enfrentando o inimigo. Desse modo, havia um nítido clima de otimismo no quartel-general. O coronel Leodegard Freyberg recorda que "a impressão geral era a de que os Aliados seriam empurrados de volta para o mar até o final do dia". O vice-almirante Friedrich Ruge, ajudante-de-ordens naval de Rommel, compartilhava do entusiasmo geral. Mas Ruge notara uma coisa peculiar: os empregados particulares do duque e da duquesa de La Rochefoucault estavam andando silenciosamente pelo castelo, retirando das paredes as tapeçarias Gobelin, cujo valor era incalculável.

Parecia haver maiores razões de otimismo no quartel-general do 7º Exército, a unidade militar que estava de fato combatendo o ataque aliado. Para os oficiais do estado-maior reunidos ali, parecia que a 352ª Divisão já havia empurrado os invasores de volta para o mar, na área entre Vierville e Colleville – a praia Omaha. O que havia acontecido era que um oficial, instalado em um bunker que dominava a praia, tinha finalmente sido capaz de entrar em contato com o QG, enviando um encorajador relatório de progresso da batalha. O relatório foi considerado tão importante que foi copiado palavra por palavra no Diário de Guerra. "Na beira da praia", dizia o observador, "o inimigo busca proteção por trás dos próprios obstáculos da zona costeira. Grande número de veículos motorizados – entre eles, dez tanques – está em chamas na praia. As esquadras de demolição dos obstáculos desistiram de suas atividades. O desembarque das lanchas de assalto cessou... as demais embarcações se mantêm a uma certa distância, no mar alto. O fogo de nossas posições de batalha e de nossa artilharia está bem colocado e infligiu consideráveis perdas ao inimigo. Grande número de mortos e feridos jaz na praia..."[20]

Essa foi a primeira boa notícia que o 7º Exército recebera desde o início da invasão. Em conseqüência, a moral ficou tão elevada que, quando o comandante do 15º Exército, o general Von Salmuth, sugeriu o envio de sua 346ª Divisão de Infantaria para ajudar o 7º, recebeu uma recusa cheia de altivez. "Nós não precisamos dela", foi a altiva resposta.

Ainda que todos se sentissem confiantes, o chefe do Estado-Maior do 7º Exército, o general Pemsel, ainda estava tentando reunir as peças do quebra-cabeças para formar um quadro acurado da situação. Era difícil, pois ele praticamente não dispunha de comunicações. Os fios e cabos tinham sido cortados ou de outra forma destruídos pela Resistência francesa, pelos pára-quedistas ou pelos

20. Esse relatório foi transmitido, em algum momento entre as oito e nove horas, diretamente ao Chefe de Operações da 352ª, o tenente-coronel Ziegelmann, enviado por um certo coronel Goth, que comandava as fortificações em Pointe et Raz de La Percée, as quais dominavam a extremidade da praia Omaha, que ficava do lado de Vierville. Causou tanto entusiasmo que Ziegelmann, de acordo com seu próprio relato, escrito após a guerra, considerou que estava lidando com "forças inimigas inferiores". Relatórios posteriores demonstraram ainda maior otimismo e, em torno das onze horas da manhã, o general Kraiss, comandante da 352ª, estava tão convencido de que havia demolido a cabeça-de-ponte na praia Omaha, que transferiu suas reservas, a fim de reforçar a ala direita da Divisão, que guarnecia o setor britânico. (N. do A.)

bombardeios navais e aéreos. Pemsel comunicou ao quartel-general de Rommel:

– Estou combatendo o tipo de batalha que Wilhelm o Conquistador deve ter combatido – só de ouvido e olhando de longe.

De fato, Pemsel não sabia até que ponto suas comunicações realmente estavam ruins. Ele pensava que apenas pára-quedistas haviam descido na península de Cherbourg. A essa altura, ele não fazia a menor idéia de que desembarques marítimos tinham ocorrido na costa oriental da península, na praia denominada Utah.

Difícil como era para Pemsel definir os limites geográficos exatos do ataque, ele tinha certeza de uma coisa – de que o ataque à Normandia *era* a invasão. Ele continuou a insistir nesse ponto de vista com seus superiores nos quartéis-generais de Rommel e de Von Rundstedt, mas permaneceu compondo uma minoria muito limitada. Tanto o Grupo de Exército B como o OB West anotaram em seus relatórios matutinos, "no momento presente, ainda é cedo demais para dizer se esse é um ataque diversionista em grande escala ou o esforço principal". O general continuava procurando o *Schwerpunkt,* o "ponto de gravidade" do assalto principal. Ao longo da costa da Normandia, qualquer soldado raso poderia ter-lhe dito exatamente onde ficava.

A UNS OITOCENTOS METROS da praia Sword, o anspeçada Josef Häger, estonteado e trêmulo, de algum modo encontrou o gatilho de sua metralhadora e recomeçou a disparar. Toda a terra parecia estar explodindo a seu redor. O barulho era literalmente ensurdecedor. A cabeça do metralhador de dezoito anos zunia e parecia girar, e o rapaz estava doente de medo. Ele havia lutado bem, ajudando a cobrir a retirada de sua companhia desde que a linha da 716ª fora rompida nas encostas por detrás da praia Sword. Quantos "*Tommies*"[21] ele havia atingido era uma coisa de que Häger não fazia a menor idéia. Fascinado, ele tinha observado os inimigos subindo da praia, derrubando-os um a um com as rajadas de sua metralhadora. Muitas vezes, no passado, ele imaginara como se sentiria ao matar um soldado inimigo. Freqüentemente, ele conversara sobre esse assunto com seus amigos Huf, Saxler e "Ferdi" Klug. Agora, Häger já havia descoberto: era terrivelmente fácil. Huf não havia vivido o suficiente para descobrir como era fácil matar – tinha sido morto na retirada. Häger o havia deixado caído junto a uma sebe, de boca aberta e com um buraco na testa. Häger não sabia onde se encontrava Saxler, mas Ferdi ainda estava a seu lado, meio cego e com o sangue correndo pelo rosto rasgado por um fragmento de *shrapnel.*

Agora, Häger sabia que era apenas uma questão de tempo até que todos fossem mortos. Ele e outros dezenove homens – tudo o que restava de sua companhia – ocupavam uma trincheira diante de um pequeno abrigo subterrâneo. Estavam sendo atingidos de todos os lados por rajadas de metralhadoras, fogo de morteiros e balas de rifles. Estavam completamente cercados. Era uma questão de se renderem ou serem todos mortos. Todo mundo sabia disso – todos, exceto o capitão que manobrava sua própria metralhadora de dentro do abrigo e que atirava sobre suas cabeças. Ele não lhes dava sossego.

– Temos de agüentar! Temos de resistir! – ele não parava de gritar.

Essa era a situação mais difícil de toda a vida de Häger. Ele nem sabia mais por que ou contra quem estava atirando. Cada vez que o bombardeio diminuía, ele puxava o gatilho automaticamente e firmava o ombro para sustentar o coice. Era sua única fonte de coragem. Então, o bombardeio recomeçava e todos gritavam para o capitão:

---

21. Apelido dado pelos alemães aos soldados ingleses. (N. do T.)

– Deixa a gente entrar, capitão! Por favor, deixa a gente entrar!

Talvez tenham sido os tanques que levaram o capitão a mudar de opinião. Todos escutaram os rangidos e os estalos das esteiras. Estavam chegando dois tanques. Um parou no limite do campo de cultivo próximo. O outro seguiu avançando lenta e inexoravelmente, esmagando uma sebe enquanto atravessava, passando por três vacas que ruminavam despreocupadas no pasto logo adiante. Então, os homens que estavam na trincheira viram o cano de seu canhão mover-se lentamente para baixo, preparando-se para disparar sobre eles à queima-roupa. Nesse momento, o tanque súbita e inacreditavelmente explodiu. Um operador de bazuca que estava com eles na trincheira, usando seu último foguete de ponta arredondada, tinha conseguido acertar diretamente no veículo. Imóveis, como se estivessem enfeitiçados, Häger e seu amigo Ferdi viram a escotilha do tanque em chamas se abrir e dar passagem a uma coluna de fumaça negra, através da qual um homem desesperadamente tentava sair para o ar livre. Uivando de dor, com as roupas em chamas, ele conseguiu tirar metade do corpo para fora da escotilha e então caiu: seu corpo ficou pendurado do lado do tanque. Häger disse a Ferdi:

– Espero que Deus nos dê uma morte melhor.

O segundo tanque, prudentemente permanecendo fora do alcance de um segundo tiro de bazuca, começou a atirar sobre a trincheira, e, finalmente, o capitão deu ordem para que todos se recolhessem ao *bunker.* Häger e os outros sobreviventes cambalearam para dentro – diretamente para dentro de um novo pesadelo. O abrigo subterrâneo, que não chegava bem ao tamanho de uma sala de visitas de uma casa de classe média, estava cheio de soldados mortos e moribundos. Havia mais de trinta outros homens dentro do abrigo, apertados de tal modo que não podiam sentar ou sequer se virar. Estava quente, escuro e cheio de barulhos horríveis. Os feridos não paravam de gemer. Os homens falavam uns com os outros em diversas línguas diferentes – muitos deles eram poloneses ou russos. E o tempo todo, o capitão, parecendo não ouvir os gemidos dos feridos, nem as súplicas de "Vamos nos render! Vamos nos entregar!", acionava sua grande metralhadora, disparando através da única abertura que havia na parede do abrigo.

Por um instante, houve uma pausa no tiroteio e Häger e os demais homens, quase sufocados dentro do *bunker,* escutaram alguém gritando do lado de fora:

– Muito bem, "Herman" – sai pra fora de uma vez!...

O capitão enfureceu-se e recomeçou a disparar sua metralhadora. Daí a alguns minutos, ouviram a mesma voz:

– É melhor você desistir, "Fritz"!...

A maior parte dos homens estava tossindo agora, em conseqüência da acre e causticante descarga gasosa que saía pela culatra da metralhadora do capitão, tornando ainda mais imunda a atmosfera já sufocante. Cada vez que o capitão parava para recarregar, escutava-se lá fora a mesma voz, exigindo que se rendessem. Finalmente, outra pessoa chegou do lado de fora e os interpelou em alemão, insistindo na rendição. Häger recordaria sempre que, nesse momento, um dos feridos, aparentemente usando as únicas duas palavras que conhecia em inglês, começou a repetir sem parar, como se fosse uma cantilena:

– *Hello, boys!... Hello, boys!... Hello, boys!...*

Os disparos que vinham de fora cessaram, e pareceu a Häger que todos os que estavam dentro do abrigo tiveram a mesma idéia ao mesmo tempo, sobre o que estava a ponto de ocorrer. Havia um pequeno visor, do tamanho de um olho mágico, em uma cúpula de observação, que ficava acima de suas cabeças. Häger e diversos outros levantaram um homem até lá em cima, para que ele visse o que estava se passando. Subitamente, ele berrou:

– É um lança-chamas! Os caras tão trazendo um lança-chamas!...

Häger sabia perfeitamente que as labaredas não poderiam atingi-los, porque o respirador de metal que entrava no abrigo subterrâneo pelo lado dos fundos era construído com um sistema de válvulas. Mas bastava o calor para matar a todos. Subitamente, eles escutaram o ruído característico do sopro do lança-chamas. Agora, o único lugar por onde poderia entrar ar no abrigo superlotado era a estreita seteira pela qual o capitão continuava a disparar maquinalmente sua metralhadora ou por meio do minúsculo visor que havia na cúpula do teto.

A temperatura começou a subir gradualmente. Alguns homens entraram em pânico. Arranhando e empurrando uns aos outros, começaram a gritar:

– A gente tem de sair! A gente tem de sair!

Alguns tentaram se atirar no chão e abrir um caminho por entre as pernas dos outros até a porta. Porém, apertados como estavam pelos corpos que os rodeavam, nem sequer conseguiam encolher-se até chegar ao chão. Todos suplicavam ao capitão que se entregasse. O capitão, disparando sem cessar a sua metralhadora, nem sequer virou a cabeça da abertura. O ar estava ficando indescritivelmente fedorento e irrespirável.

– Vamos todos respirar para dentro e para fora seguindo o meu comando – gritou um tenente. – Dentro!... Fora!... Dentro!... Fora!...

Häger observou que a junta de metal do respiradouro tinha ficado cor-de-rosa e depois, progressivamente, mudava para vermelho e, finalmente, para um tom de branco agressivo.

– Dentro!... Fora!... Dentro!... Fora!... – gritava o oficial.

– *Hello, boys!... Hello, boys!... Hello, boys!...* – gritava o ferido.

Junto a um receptor de rádio montado em um dos cantos do abrigo, Häger podia escutar a voz do radioperador, sentado diante do aparelho e repetindo vezes sem conta:

– Atenda, Espinafre!... Atenda, Espinafre!... Atenda, Espinafre!...

– Senhor! – gritou o tenente. – Os feridos estão morrendo sufocados – temos de nos render agora!...

– Fora de questão! – rugiu o capitão. – Prepare os homens e vamos sair combatendo! Conte quantos homens são e quantas armas têm!

– Não!... Não!... Não!... – gritaram os homens, de todos os cantos do *bunker.*

Ferdi disse a Häger:

– Você é o único que tem uma metralhadora, além do capitão. Esse maluco vai fazer você sair primeiro, pode acreditar em mim!...

A essa altura, muitos dos homens estavam desafiadoramente desarmando seus fuzis e jogando as peças no chão.

– Ah, mas eu não vou mesmo! – disse Häger a Ferdi. Ele arrancou o pino da trava de sua metralhadora portátil e o jogou fora, o mais longe que pôde naquele aperto geral.

Agora, os homens já estavam começando a desmaiar de calor. Os joelhos se afrouxavam, as cabeças pendiam para a frente ou para um dos lados, mas permaneciam mais ou menos em pé: não havia como cair no chão. O jovem tenente continuou a argumentar com o capitão, mas sem o menor resultado. Ninguém conseguia chegar até a porta, porque a seteira ficava bem ao lado dela e o capitão impedia a passagem com sua metralhadora.

Repentinamente, o capitão parou de atirar e, voltando-se para o radioperador, indagou:

– Ainda não conseguiu estabelecer contato?

O radioperador respondeu:

– Nada, senhor.

Só então o capitão olhou ao redor de si, como se estivesse vendo pela primeira vez as condições esmagadoras do aperto em que se achava o abrigo. Ele parecia tonto e indeciso. Então, ele jogou no chão a metralhadora e disse, resignadamente:

– Abram a porta.

Häger viu alguém esticar um fuzil pela abertura da porta, com um pedaço de pano branco rasgado atado ao cano. Do lado de fora, veio uma voz:

– Tudo bem, "Fritz". Vocês podem sair. Mas só um de cada vez!...

Resfolegando em busca de ar fresco, ofuscados pela luz do sol, os homens cambalearam para fora do abrigo. Se eles não largassem suas armas e capacetes rápido o bastante, os soldados britânicos que estavam parados dos dois lados da trincheira disparavam no chão, por trás dos pés dos prisioneiros. À medida que eles chegavam ao final da trincheira de entrada, seus captores cortavam-lhes os cintos, os cordões das botas, arrancavam os botões de suas túnicas e até mesmo lhes cortavam fora os botões da braguete das calças. Depois, lhes ordenavam caminhar até um campo próximo, onde tinham de se deitar com a cara voltada para o solo.

Häger e Ferdi correram trincheira acima, com as mãos erguidas bem alto no ar. Enquanto cortavam o cinto de Ferdi, um oficial britânico lhe disse:

– Daqui a duas semanas, vamos ver os seus cupinchas em Berlim, "Fritz"...

Ferdi, com o rosto inchado e coberto do sangue coagulado que brotara das feridas, ainda tentou brincar. Ele disse:

– A essa altura, nós já estaremos na Inglaterra.

O que ele queria dizer é que esperava a essa altura estar internado em um campo de prisioneiros de guerra, mas o oficial britânico não entendeu.

– Levem esses homens para as praias! – ele rugiu.

Segurando as calças frouxas, eles saíram caminhando, passando pelo tanque ainda em chamas e pelas mesmas vacas que ruminavam tranqüilamente na pastagem.

Quinze minutos mais tarde, Häger e os outros estavam trabalhando entre os obstáculos recobertos pela arrebentação das ondas, removendo minas. Ferdi disse a Häger:

– Aposto que quando você estava enfiando estes trecos no chão nunca pensou que um dia ia ter de arrancar tudo de volta!...[22]

O praça Aloysius Damski não tinha a menor vontade de prosseguir no combate. Damski, que era polonês e fora recrutado à força para preencher as lacunas da 716ª Divisão, já havia decidido há muito tempo que, se a invasão ocorresse perto de onde ele estava, subiria correndo pela rampa do veículo de desembarque mais próximo, a fim de se render. Só que Damski não teve a menor oportunidade para realizar seu plano. Os britânicos desembarcaram sob um bombardeio protetor tão feroz, tanto naval como dos tanques desembarcados na praia, que o comandante da bateria para a qual Damski fora designado, em uma posição próxima à extremidade ocidental da praia Gold, ordenou imediatamente a retirada. Damski percebeu que correr na direção do inimigo significaria morte instantânea – ou às mãos dos britânicos que avançavam, ou fuzilado por seus próprios companheiros. Entretanto, na confusão da retirada, ele seguiu em direção a

---

22. Não consegui localizar o fanático capitão que tentou defender o *bunker*, mas Häger acredita que seu nome era Gundlach e que o oficial subordinado era o tenente Lutke. Mais tarde, nesse mesmo dia, Häger encontrou Saxler, o seu amigo desaparecido. Ele também estava trabalhando entre os obstáculos. Nessa mesma noite, eles foram transportados para a Inglaterra e, seis dias mais tarde, Häger e cento e cinqüenta outros alemães desembarcaram em Nova York, a caminho de um campo canadense de prisioneiros de guerra. (N. do A.)

um lugarejo chamado Tracy, onde ele já estivera alojado em casa de uma velha senhora francesa. Se ele ficasse escondido ali, raciocinava Damski, poderia render-se quando a aldeia fosse capturada.

Enquanto procurava achar o caminho através dos campos, deu de frente com um sargento da *Wehrmacht* montado a cavalo e com cara de poucos amigos. Marchando em frente do sargento estava outro praça, um russo. O sargento olhou para Damski do alto de sua sela e perguntou, com um largo sorriso:

– Aonde você pensa que vai, assim tão sozinho?

Eles se entreolharam por um momento, e Damski percebeu na hora que o sargento havia adivinhado que ele estava desertando. Então, ainda sorridente, o sargento falou:

– Acho melhor você vir conosco.

Damski não ficou nada surpreso. Enquanto marchavam, ele pensou amargamente que sua sorte nunca fora boa e que, certamente, não estava melhorando nem um pouco.

A dezesseis quilômetros de distância, mas ou menos nas vizinhanças de Caen, o praça Wilhelm Voigt, de uma unidade móvel de monitoramento de radiotransmissões, também estava imaginando uma forma de se render. Voigt tinha vivido dezessete anos em Chicago, mas nunca chegara a pedir sua naturalização. Em 1939, sua esposa, de visita a parentes na Alemanha, tinha sido forçada a permanecer no país por mais tempo porque sua mãe estava bastante adoentada. Em 1940, contra o conselho de seus amigos, Voigt viajou, a fim de trazê-la de volta. Impossibilitado de atingir a Alemanha em estado de guerra pelos meios de transporte normais, ele fez uma viagem tortuosa através do Pacífico, até chegar ao Japão, de onde embarcara para Vladivostok e, pela estrada de ferro Transiberiana, conseguira chegar até Moscou. A partir de lá, atravessara a Polônia, e finalmente chegara na Alemanha. A viagem levou quase quatro meses – e, depois de cruzar a fronteira, Voigt não conseguiu sair de novo. Tanto ele como sua esposa haviam caído em uma armadilha. Agora, pela primeira vez em quatro anos, ele podia escutar novamente vozes americanas através de seus fones de ouvido. Durante horas ele vinha planejando o que fazer e o que diria quando encontrasse as primeiras tropas americanas. Ele correria em direção a eles, gritando:

– Ei, caras! Eu sou de Chicago!

Mas sua unidade estava sendo mantida muito longe da linha de frente. Ele quase havia dado a volta completa na Terra e agora só queria voltar a Chicago – mas a única coisa que podia fazer era sentar-se em seu caminhão e escutar as vozes que falavam de uma distância de poucos quilômetros, as mesmas vozes que, para ele, soletravam a palavra "lar".[23]

EM ALGUM LUGAR POR TRÁS da praia Omaha, o major Werner Pluskat jazia ofegante em uma valeta. Ele estava quase irreconhecível. Tinha perdido o capacete. Seu uniforme estava furado e rasgado. Seu rosto estava arranhado e coberto de sangue coagulado. Por mais de hora e meia, desde que ele saíra de seu abrigo subterrâneo em Ste.-Honorine, com a intenção de retornar a seu posto de comando, Pluskat vinha se arrastando por uma espécie de terra-de-ninguém, cheia de incêndios e de explosões inesperadas. Dúzias de caças, voando para um lado e para o outro na zona logo atrás dos rochedos da praia, alvejavam qualquer coisa que se movesse, enquanto o fogo da artilharia naval abria crateras por toda parte. Seu Volkswagen tinha ficado em algum lugar para trás, um destroço

23. Na verdade, Voigt nunca chegou a voltar. Ele passou a viver na Alemanha, onde trabalhou em uma agência local da Pan American Airways. (N. do A.)

retorcido e flamejante. Rolos de fumaça se retorciam em direção ao céu desde as sebes em chamas e as labaredas que percorriam o capim seco.

Aqui e ali, ele passara por trincheiras cheias de soldados mortos, ou despedaçados pelo fogo de artilharia ou metralhados pelas rajadas constantes dos caças impiedosos. A princípio, tentara correr, mas se tornava um alvo fácil para os aviões, que se atiravam atrás dele como feras carnívoras famintas dando bote sobre as presas. Tinha sido alvejado tantas vezes que até perdera a conta. Agora, Pluskat rastejava lentamente. Achava que percorrera um quilômetro e meio, mais ou menos; portanto, ainda lhe faltavam uns cinco quilômetros até chegar em seu posto de comando, em Étreham. Com dores por todo o corpo, continuou a arrastar-se. Um pouco à frente, avistou a casa de uma granja. Decidiu que, quando chegasse à altura dela, correria os vinte e poucos metros da valeta até a porta, a fim de pedir um gole d'água aos ocupantes. À medida que se aproximava, ficou espantadíssimo ao divisar duas francesas sentadas calmamente junto à porta aberta, como se fossem imunes às explosões e às rajadas de metralhadora dos caças. Elas o avistaram e uma delas, rindo com desprezo, gritou em sua direção:

– *C'est terrible, n'est-ce pas?*[24]

Pluskat achou melhor continuar se arrastando, com as gargalhadas ainda soando em seus ouvidos. Nesse momento, ele odiou todos os franceses, especialmente todos os normandos, e toda aquela guerra podre e fedorenta.

O CABO ANTON WUENSCH, do 6º Regimento alemão de Pára-quedistas, viu o pára-quedas pendurado bem alto nos galhos de uma árvore. O pano de seda era azul e

24. É terrível, não? (Em francês no original.) (N. do T.)

havia um grande fardo de lona balançando ao vento um pouco abaixo. À distância, escutavam-se muitos tiros de fuzis e de metralhadoras, mas, pelo menos por enquanto, Wuensch e sua unidade de morteiros não haviam avistado nenhum sinal do inimigo. Já marchavam há quase três horas e se encontravam agora em um pequeno bosque, acima de Carentan, mais ou menos a uns quinze quilômetros a sudoeste da praia Utah.

O anspeçada Richter olhou para o pára-quedas e disse:

– Isso é coisa dos *Amis* (americanos). Provavelmente tem munição dentro desse troço...

Já o praça Fritz "Friedolin" Wendt achou que podia haver comida no fardo.

– Ai, meu Deus, estou louco de fome! – reclamou.

Wuensch disse que permanecessem todos quietos dentro do valado, enquanto ele se arrastava cuidadosamente para a frente. É claro que podia ser um truque: os desgraçados podiam estar emboscados e atirar neles, quando tentassem descer o fardo; pior ainda, este podia estar preso a uma carga explosiva, que rebentaria quando alguém mexesse nele.

Wuensch fez um reconhecimento cuidadoso da área que ficava à sua frente. Então, satisfeito de que tudo estava tranqüilo, amarrou duas granadas no tronco da árvore, puxou os pinos e afastou-se bem depressa. A árvore caiu ao solo e junto com ela veio o fardo do pára-quedas. Wuensch aguardou, mas, pelo menos aparentemente, ninguém fora atraído pelas explosões. Fez sinal para sua unidade aproximar-se.

– Vamos ver o que os *Amis* nos mandaram – berrou.

Friedolin correu à frente, já de faca na mão, e abriu um buraco na lona. Ficou extasiado:

– Ai, meu Deus! – ele gritou. – É comida!... É comida!...

Na meia-hora seguinte, os sete pára-quedistas aguerridos regalaram-se à grande. Encontraram latas de abacaxi em conserva, suco de laranja, pacotes de chocolate e de cigarros, além de um sortimento de vários tipos de comidas sobre as quais não punham os olhos havia anos. Friedolin comeu até ficar estufado. Ele até mesmo derramou pó de Nescafé garganta abaixo e tentou engolir com leite condensado.

– Eu nem sei que treco é isso – falou –, mas o gosto é maravilhoso!...

Finalmente, apesar dos protestos de Friedolin, Wuensch decidiu que "estava na hora de seguir em frente e descobrir onde é que ficava a guerra". Estufados de tanta comida, os bolsos quase rebentando com todos os cigarros que tinham podido carregar, Wuensch e seus homens saíram do bosque e prosseguiram em fila única na direção do tiroteio distante. Minutos mais tarde, foi a guerra que descobriu onde eles estavam. Um dos homens de Wuensch caiu sem dar um ai, com a têmpora atravessada por uma bala.

– Tem um atirador escondido! – berrou Wuensch.

Todos mergulharam no chão, buscando o abrigo mais próximo, enquanto as balas assobiavam ao seu redor.

– Olhem! – gritou um dos homens, apontando para um grupo de árvores que se erguia à direita deles. – Tenho certeza que eu vi o f.d.p. trepado lá em cima!...

Wuensch pegou os binóculos e, focalizando as lentes sobre o topo das árvores, começou uma busca cuidadosa. Pensou ver um leve movimento de galhos, mas não tinha certeza. Por um longo tempo, manteve o binóculo assestado na mesma posição; então, viu a folhagem mover-se novamente. Apanhando o rifle, ele falou:

– Agora vamos ver quem é macho.

Apertou o gatilho.

Imediatamente, Wuensch percebeu que havia errado, porque enxergou o atirador de elite descendo pelo tronco da árvore. Wuensch mirou de novo, dessa vez em um ponto no tronco da árvore que estava desprovido de ramos e de folhagem.

– Meu filho – disse em voz alta –, desta vez vou te pegar...

Ele viu aparecerem as pernas do atirador de elite e depois o seu peito. Wuensch disparou mais duas ou três vezes. Muito lentamente, o atirador caiu para trás e largou o tronco da árvore. Os homens de Wuensch deram vivas e então correram todos em direção ao cadáver. Ficaram parados durante alguns momentos, olhando o primeiro pára-quedista americano que haviam encontrado.

– Ele tinha cabelos escuros, um rosto muito bonito e era muito jovem. Um fiozinho de sangue estava correndo pelo canto de sua boca – recorda Wuensch.

O anspeçada Richter revistou os bolsos do morto e encontrou uma carteira com duas fotografias e uma carta. Wuensch lembra que um dos retratos "mostrava o soldado sentado junto com uma moça" e todos nós concluímos que era sua namorada ou talvez fosse sua esposa. O outro era um instantâneo "do mesmo rapaz e da mesma moça", sentados em uma varanda com uma família, presumivelmente a família dele". Richter começou a colocar as fotografias e a carta em seu próprio bolso.

Wuensch indagou:

– Mas por que você está fazendo isso?

Richter respondeu:

– Pensei em mandar esses troços para o endereço que tem no envelope, depois da guerra.

Wuensch achou que o cara estava maluco:

– Imagina se nós somos capturados pelos *Amis* – disse ele – e se eles encontram isso no seu bolso...

Ele passou a ponta de um dedo através da garganta.

– Deixe esses trecos para os paramédicos – disse

Wuensch –, e vamos tratar de ir dando o fora daqui bem depressinha.

Enquanto seus homens começavam a se afastar, Wuensch permaneceu ainda por um momento olhando para o americano morto, seu corpo frouxo no chão, muito quieto, "como um cachorro atropelado por um caminhão".

Então apressou-se para se juntar a seus homens.

A ALGUNS QUILÔMETROS de distância, um carro oficial do Exército alemão, com a bandeira preta, branca e vermelha ondulando ao vento sobre a tampa do motor, corria ao longo da estrada secundária que levava até a aldeola de Picauville. O general-de-divisão Wilhelm Falley, da 91ª Divisão de Desembarque Aéreo alemã, juntamente com seu ajudante-de-ordens e um motorista, estava sentado em seu automóvel Horch havia quase sete horas, desde que partira para os jogos de guerra em Rennes, um pouco antes da uma hora da madrugada. Em algum momento, entre as três e quatro horas, o contínuo roncar de aviões e as explosões distantes de bombas tinham deixado Falley preocupado, e ele dera ordem ao motorista para fazer e retorno e voltar a seu posto de comando.

Estavam somente a alguns quilômetros do QG Divisional, situado ao norte de Picauville, quando balas de metralhadora perfuraram a frente do carro. O pára-brisa se estilhaçou e o ajudante-de-ordens de Falley, sentado ao lado do motorista, afrouxou-se contra o assento e foi escorregando. Oscilando de um lado para o outro, os pneus guinchando, o Horch deu uma guinada e acabou batendo em uma mureta baixa, erguida ao lado da estrada. As portas se abriram com o impacto e o chofer e Falley foram jogados fora. A pistola de Falley saltou do coldre e deslizou pela estrada, até parar alguns metros à sua frente. Ele se arrastou em busca da arma. O motorista, trêmulo e estonteado, avistou diversos soldados americanos correndo em direção ao veículo. Falley começou a gritar em inglês:

– *Don't kill!... Don't kill!...*[25]

Mas ele continuou a arrastar-se para pegar a pistola. Um soldado disparou um único tiro e Falley arriou o corpo na estrada, a mão direita ainda esticada para segurar a arma.

O tenente Malcolm Brannen, da 82ª Divisão Aerotransportada, baixou os olhos para o morto. Então, abaixou-se e pegou o quepe do oficial. Escrito a estêncil no forro estava o nome: FALLEY. O alemão usava um uniforme cinza-esverdeado, com faixas vermelhas recobrindo a costura das pernas das calças. Havia dragonas estreitas e douradas nos ombros da túnica e retângulos vermelhos decorados com folhas de carvalho bordadas em fio de ouro trançado nas golas. Uma Cruz de Ferro pendia de uma fita negra e grossa pendurada ao pescoço do homem. Brannen não tinha certeza absoluta, mas achou que tinha matado um general.

NO AEROPORTO NAS proximidades de Lille, o comandante de esquadrilha Josef "Pips" Priller e o sargento Heinz Wodarczyk correram em direção aos dois únicos aviões-caça FW-190 restantes.

Ambos os quartéis-generais, o da *Lufwaffe* e o do Corpo de Caças, haviam telefonado.

– Priller – dissera o oficial de operações –, a invasão começou. É melhor você ir até lá.

Priller tinha explodido:

– Desta vez vocês se borraram mesmo nas calças! Vocês não passam de um maldito bando de idiotas! Mas que inferno, qual a porcaria que vocês esperam que eu

---

25. "Não matem!... Não matem!..." (Em inglês no original.) (N. do. T.)

faça, só com dois aviões? Cadê minhas esquadrilhas? Tem algum jeito de vocês contactarem e chamarem os aviões de volta?

O oficial de operações tinha conservado um total sangue-frio:

– Priller – dissera ele, procurando acalmá-lo –, nós ainda não sabemos exatamente onde seus esquadrões aterrissaram, mas, assim que forem localizados, vamos enviá-los de volta para o campo de pouso de Piox. Transfira todo o seu pessoal de terra para lá imediatamente. Enquanto eles não chegarem, é melhor que você vá até a área de invasão. Boa sorte, Priller.

Com a voz mais tranqüila que sua raiva lhe permitia, Priller dissera:

– Você não se importaria de me dizer onde é a droga da invasão?

O oficial, imperturbável, lhe respondera:

– É na Normandia, Pips. Em algum lugar perto de Caen.

Priller gastara quase uma hora tomando as providências necessárias para o movimento por terra de seu pessoal de apoio. Agora, ele e Wodarczyk estavam preparados – prontos para fazer a única incursão aérea da *Luftwaffe* contra a invasão a ser desferida o dia inteiro.[26] Alguns momentos antes de entrarem em seus aviões, Priller teve uma conversa com seu ala:

– Agora escute – disse ele –, somos só nós dois. Não podemos nos separar. Pelo amor de Deus, faça exatamente o que eu fizer. Voe atrás de mim e imite todos os meus movimentos.

---

26. Em alguns relatos, foi mencionado que oito bombardeiros JU-88 atacaram as praias durante os desembarques iniciais. De fato, alguns bombardeiros estiveram sobre as cabeças-de-ponte durante a noite de 6 para 7 de junho de 1944. Todavia, não consegui encontrar qualquer registro oficial de incursões aéreas durante a manhã do Dia D, salvo o ataque dos caças de Priller. (N. do A.)

Eles combatiam juntos havia muito tempo e Priller achou que deveria esclarecer inteiramente a situação:

– Nós vamos atacar sozinhos – disse ele –, e não acredito que vamos voltar.

Eram nove da manhã quando eles alçaram vôo (oito horas, segundo o relógio de Priller). Voaram diretamente para oeste, bem rente ao solo. Ao chegarem à altura de Abbeville, começaram a avistar caças aliados, voando a altitudes muito mais altas. Priller percebeu que não estavam voando em formações cerradas, como normalmente fariam. Ele lembra ter pensado que "se eu tivesse mais alguns aviões, eles seriam alvos fáceis, igual a patos de madeira".

Quando chegaram próximo a Le Havre, Priller ganhou altitude, buscando proteção entre as nuvens. Voaram invisíveis por alguns minutos e então chegaram ao final da cobertura. Abaixo deles, navegava uma frota fantástica – centenas de navios de todos os tipos e tamanhos, lado a lado em uma extensão infindável, que pareciam estar ocupando o Canal da Mancha de margem a margem. Havia uma procissão constante de lanchas de desembarque carregando homens em direção à praia, e Priller podia ver pequenas baforadas de fumaça branca provocadas por explosões nas praias e nos promontórios que ficavam logo em frente a elas. As areias pareciam negras, de tantos soldados que se moviam sobre elas, enquanto tanques e equipamento de todo tipo recobriam a linha costeira. Priller girou seus aviões, retornando à proteção das nuvens, a fim de considerar o que poderia fazer. Havia tantos aviões percorrendo os ares, tantos navios de combate ancorados ao largo, tantos homens caminhando pelas praias que ele acreditou só dispor de tempo para uma única passagem sobre os alvos, antes de ser ele mesmo abatido.

Não havia necessidade de silêncio de rádio. Sentindo o coração quase leve, Priller falou em seu microfone.

– Mas que espetáculo! Mas que espetáculo! – falou entusiasmado. – Tem de tudo lá embaixo – pra qualquer lado que você olhe!... Pode acreditar que esta é a própria invasão!...

Então, disse com uma voz mais contida:

– Wodarczyk, vamos lá! Boa sorte!

Eles se lançaram velozmente contra as praias britânicas, voando a mais de 640 quilômetros por hora e descendo até uma altitude inferior a 45 metros. Priller nem sequer teve tempo de mirar. Simplesmente apertou o botão de seu painel de controle e suas metralhadoras começaram a disparar. Baixando ainda mais, quase tocando as cabeças dos homens na praia, podia ver os rostos surpresos que se voltaram para cima.

Na praia Sword, o comandante Philippe Kieffer, dos comandos franceses, viu a chegada de Priller e de Wodarczyk. Atirou-se ao solo, procurando o abrigo mais próximo. Seis prisioneiros alemães aproveitaram a confusão e tentaram fugir. Os homens de Kieffer prontamente os alvejaram. Na praia Juno, o praça Robert Rogge, da 8ª Brigada de Infantaria canadense, escutou o uivo dos caças e, levantando a vista, viu que estavam "voando tão baixo que eu pude ver claramente as caras dos pilotos". Jogou-se prontamente no chão, como todo mundo estava fazendo, mas ficou espantadíssimo ao ver um dos soldados "permanecer calmamente em pé, disparando em direção aos aviões com sua submetralhadora Sten".

Na extremidade oriental de Omaha, o guarda-marinha William J. Eisemann, da Marinha dos Estados Unidos, ficou de queixo caído enquanto os dois FW-190, com as metralhadoras matraqueando, zuniam sobre ele "a menos de quinze metros de altura, desviando-se agilmente da barragem de balões". E, a bordo do H.M.S. *Dunbar*, o foguista-chefe (chefe das máquinas) Robert Dowie observava estupefato, enquanto cada canhão antiaéreo da armada abria fogo contra Priller e Wodarczyk. Os dois combatentes voaram através de tudo isso completamente incólumes, depois manobraram para a terra, desaparecendo rapidamente entre as nuvens.

– *Jerries*[27] ou não – murmurou Dowie, ainda descrente do que presenciara –, a melhor sorte pra vocês dois. Caras, vocês têm mesmo coragem!

# 4

Por toda a extensão da costa da Normandia, a invasão se expandia como uma tempestade. Para os franceses que haviam sido apanhados no meio da batalha, essas foram horas de caos, de entusiasmo e de terror. Ao redor de Ste.-Mère-l'Église, que estava agora sendo pesadamente bombardeada, os pára-quedistas da 82ª Divisão olharam estupefatos para agricultores que trabalhavam calmamente em seus pequenos campos, tal como se nada estivesse se passando a seu redor. De vez em quando, um deles caía, ferido ou morto. Na própria cidadezinha, os pára-quedistas notaram que o barbeiro local havia removido a tabuleta de diante de sua porta, em que dizia *Friseur*, em francês; colocou em seu lugar um cartaz em que se lia *Barber*, em inglês.

A alguns quilômetros de distância, no pequeno povoado costeiro de La Madeleine, Paul Gazengel estava ressentido e sentia dores. Não somente o telhado de sua lojinha e café havia sido arrancado, como ele também fora ferido durante o bombardeio; agora, os homens da 4ª Divisão o estavam carregando, junto com outros sete homens, até a praia Utah.

---

27. "Jerry" era outro apelido dado aos alemães. Em inglês, *German* (alemão) e o nome *Gerald* têm o mesmo som inicial. (N. do T.)

– Para onde estão levando meu marido? – perguntou sua esposa ao jovem tenente que estava no comando do destacamento.

O oficial respondeu em um francês perfeito.

– Para um interrogatório, madame – disse ele. – Não temos tempo para conversar com ele aqui, de modo que vamos levá-lo para a Inglaterra, junto com os demais homens do povoado.

Madame Gazengel não podia acreditar no que ouvia:

– Para a Inglaterra! – ela exclamou. – Mas por quê? Que foi que ele fez?

O jovem oficial pareceu um tanto envergonhado. Pacientemente, ele explicou que estava simplesmente cumprindo as instruções que recebera.

– Mas o que vai acontecer se meu marido for morto no bombardeio? – perguntou Madame Gazengel, com o rosto coberto de lágrimas.

– Senhora, há noventa por cento de probabilidade de que isso não vá acontecer – replicou o oficial.

Gazengel deu um beijo de adeus em sua esposa e foi conduzido juntamente com os outros. Ele não fazia a menor idéia do que estava acontecendo – na verdade, nunca ficou sabendo o motivo de sua viagem. Daí a duas semanas, ele estaria de volta a sua aldeia da Normandia, somente com a desculpa esfarrapada de seus captores americanos de que "tudo tinha sido um engano".

Jean Marion, o chefe de setor do movimento da Resistência francesa na cidadezinha costeira de Grandcamp, sentia-se frustrado. Ele podia ver a frota diante da praia Utah, à sua esquerda, e diante da praia Omaha, à sua direita, e sabia que as tropas estavam desembarcando. Mas estava com a impressão de que Grandcamp tinha sido esquecida. Tinha esperado em vão, a manhã inteira, pela chegada de soldados. Mas recobrou o ânimo quando sua esposa apontou para um destróier, que estava lentamente manobrando diante da praia em frente à aldeia.

– O canhão! – exclamou Marion. – O canhão que eu falei pra eles!

Alguns dias antes, ele havia informado a Londres que uma pequena peça de artilharia havia sido montada junto ao muro da praia, disposta de tal maneira que só poderia disparar para a esquerda, na direção da praia que agora era chamada de Utah. Agora, Marion finalmente tinha certeza de que sua mensagem havia sido recebida, porque ele viu o destróier cuidadosamente colocar-se em posição do lado cego da peça de artilharia e começar a disparar sobre ela. Com lágrimas nos olhos, Marion dava pulos de alegria cada vez que o destróier dava um tiro.

– Eles receberam a mensagem! – ele gritava. – Eles receberam a mensagem!

O destróier – que pode ter sido o *Herndon* – estilhaçava a peça de artilharia com salva após salva. Subitamente, houve uma violenta explosão, quando o estoque de munição do canhão explodiu.

– *Merveilleux!* – berrava Marion, todo entusiasmado. – *Magnifique!*

Na cidade de Bayeux, famosa por sua catedral, a mais ou menos uns vinte e quatro quilômetros de distância, Guillaume Mercader, o chefe de informações do movimento da Resistência francesa responsável pela área da praia Omaha, estava parado junto à janela de sua sala-de-estar, ao lado de sua esposa, Madeleine. Mercader estava tendo grande dificuldade para impedir que as lágrimas banhassem seu rosto. Depois de quatro anos terríveis, a maior parte das tropas alemãs aquarteladas na cidade parecia estar de partida. Ele podia escutar o canhoneio à distância e sabia que deveriam estar ocorrendo combates renhidos. Ele próprio sentia um forte impulso para organizar seus combatentes e expulsar os remanescentes da guarnição nazista. Porém, a rádio de Londres havia recomendado que todos permanecessem calmos, que não era aconselhável que houvesse qualquer levante. Era difícil, mas Mercader aprendera a esperar.

– Logo estaremos novamente livres – disse à sua esposa.

Todos os habitantes de Bayeux pareciam estar se sentindo da mesma forma. Embora os alemães tivessem afixado cartazes em que ordenavam à população civil que permanecesse em suas casas, as pessoas se tinham reunido abertamente no pátio da catedral, a fim de escutar um comentário constante de um dos padres sobre as novas da invasão. De seu ponto de observação vantajoso, ele podia avistar claramente as praias; com as mãos colocadas em concha ao redor da boca, ele berrava as notícias do alto do campanário que ficava localizado na espira da catedral.

Entre o povo reunido para escutar as informações sobre o progresso da invasão que o padre gritava lá de cima, estava Anne Marie Broeckx, a professora de dezenove anos que dava aulas aos garotos do jardim da infância e que encontraria seu futuro esposo entre os invasores americanos. Às sete horas, ela tinha calmamente montado em sua bicicleta para ir até a granja de seu pai em Colleville, nas cercanias da praia Omaha. Pedalando furiosamente, ela passara pelos ninhos de metralhadoras alemães e ultrapassara as tropas que marchavam em direção às costas. Alguns dos alemães abanaram para ela e um lhe recomendou que tivesse cuidado, mas ninguém tentou pará-la. Ela viu aviões metralhando as tropas, enquanto os soldados mergulhavam nas valetas à beira da estrada em busca de abrigo, porém Anne-Marie, com as tranças voando no vento e sua saia azul esvoaçando como um balão atrás dela, prosseguiu em sua corrida. Sentia-se perfeitamente a salvo; nem por um momento passou-lhe pela cabeça que sua vida pudesse estar em perigo.

Agora, ela já estava a menos de um quilômetro e meio de Colleville. As estradas estavam desertas. Nuvens de fumaça subiam da praia. Aqui e ali, havia pequenos incêndios. Então, ela viu as ruínas de diversas granjas. Foi esse o primeiro momento em que Anne-Marie sentiu medo. Começou a pedalar freneticamente. Quando chegou à encruzilhada que conduzia a Colleville, sentia-se completamente alarmada. O ribombar dos canhões trovejava a seu redor e a área inteira parecia estranhamente deserta e inabitada. A granja de seu pai ficava ainda além de Colleville, a meio caminho da praia. Anne-Marie decidiu continuar a pé. Encaixando a bicicleta nos ombros, saiu da estrada e começou a atravessar os campos. Então, após galgar uma pequena colina, ela viu a casa da granja – que parecia ainda estar intacta. Ela correu pelo resto do caminho.

A princípio, Anne-Marie pensou que a granja estivesse deserta, porque não percebia qualquer movimento. Chamando seus pais, ela se lançou através do pequeno pátio. As janelas da casa estavam quebradas. Parte do telhado tinha desaparecido e havia um grande buraco aberto na porta. Subitamente, a porta rebentada se abriu e apareceram seu pai e sua mãe. Ela lançou os braços ao redor dos dois.

– Minha filha – disse seu pai –, este é um grande dia para a França.

Anne-Marie rompeu em lágrimas.

A cerca de oitocentos metros de distância, lutando pela vida entre os horrores da praia Omaha, estava o soldado-de-primeira-classe Léo Héroux, então com dezenove anos de idade, que mais tarde se casaria com Anne-Marie.[28]

---

28. Anne-Marie é uma das poucas "noivas de guerra" que não moram nos Estados Unidos. Ela e Léo Héroux agora moram no mesmo lugar em que se encontraram pela primeira vez a 8 de junho – na granja de Broeckx, perto de Colleville, um pouco acima da praia Omaha. Eles têm três filhos e Héroux administra uma auto-escola. (N. do A. referente à época da edição original, isto é, 1959.)

Enquanto o ataque aliado prosseguia violentamente através da Normandia, um dos principais dirigentes da Resistência francesa na região estava fervendo de raiva reprimida em um trem nos arredores de Paris. Léonard Gille, o subchefe de informações militares da Normandia, já estava dentro do trem destinado a Paris há mais de doze horas. A jornada parecia interminável. O trem se arrastara através da noite, parando em cada estação. Agora, ironicamente, o subchefe do serviço de informações ficara sabendo da notícia por um dos carregadores. Gille não fazia idéia de que parte da Normandia tinha sido invadida, porém mal podia esperar para voltar a Caen. Estava amargamente ressentido porque, depois de tantos anos de trabalho, seus superiores haviam escolhido logo esse dia para chamá-lo a Paris. Pior: não havia jeito de sair do trem agora. A próxima parada era a própria Paris.

Contudo, em Caen, sua noiva, Janine Boitard, mantinha-se bastante atarefada desde que escutara as notícias. Às sete horas, ela havia acordado os dois pilotos da R.A.F. que escondia em casa.

– Temos de andar depressa – disse-lhes. – Tenho de levá-los até uma fazenda que fica perto da aldeia de Gavrus, a doze quilômetros daqui.

A destinação causou um choque nos dois britânicos. A liberdade estava a uns quinze quilômetros de distância em direção à praia, e agora eles teriam de seguir logo para o interior, na direção oposta. Gavrus ficava a sudoeste de Caen. Um dos britânicos, o comandante-de-esquadrilha K. T. Lofts, achava que deveriam se arriscar e viajar para o norte a fim de encontrar as tropas invasoras.

– Tenham paciência – disse Janine. – Toda essa região que vai daqui até a costa está fervilhando de alemães... é mais garantido esperar.

Pouco depois da sete, eles partiram de bicicleta, os dois britânicos vestidos com roupas grosseiras de trabalhadores rurais. A viagem transcorreu sem dificuldades.

Embora eles fossem barrados várias vezes por patrulhas alemãs, seus papéis de identidade falsos satisfizeram as verificações e permitiram que seguissem adiante. Em Gavrus, terminava a responsabilidade de Janine – ela levara mais dois aviadores até uma etapa mais próxima de seu retorno ao lar. Janine até gostaria de prosseguir mais um pouco com eles, mas ela precisava retornar a Caen. Sua função era a de esperar pelos próximos pilotos abatidos, que lhe seriam passados ao longo da rota de escape até que ela os passasse adiante; e pelo próprio momento da libertação, que ela sabia estar próximo agora. Acenando em adeus, ela pulou no assento de sua bicicleta e pedalou de volta.

Na prisão de Caen, Madame Amélie Lechevalier, que esperava ser executada pela sua própria participação no salvamento de pilotos aliados, escutou um sussurro, quando a bandeja de estanho com seu café-da-manhã era deslizada pela abertura inferior da porta de sua cela.

– Esperança, esperança – disse a voz. – Os britânicos desembarcaram.

Madame Lechevalier começou a rezar. Ela ficou imaginando se seu marido, Louis, que estava em uma cela próxima, já sabia da notícia. Haviam escutado explosões durante toda a noite, mas ela pensara que eram os bombardeios aliados de costume. Agora surgira uma tênue possibilidade: talvez eles fossem salvos antes de ser tarde demais.

Subitamente, madame Lechevalier escutou ruídos e percebeu que havia alguma espécie de confusão no corredor. Ela ficou de quatro, com a cabeça junto à fenda que havia por debaixo da porta e escutou atentamente. Começou a ouvir gritos e entendeu claramente a palavra alemã "*Raus! Raus!*" (Fora! Fora!) repetida muitas vezes. Então ouviu batidas de botas no piso de cimento, o choque das portas das celas contra os batentes e, depois, silêncio de novo. Alguns minutos mais tarde, em algum lugar fora da prisão, ela escutou prolongadas rajadas de metralhadora.

Os guardas da Gestapo haviam entrado em pânico. Poucos minutos depois de receberem a notícia dos desembarques, duas metralhadoras haviam sido montadas no pátio da prisão. Em grupos de dez, os prisioneiros do sexo masculino foram sendo levados para fora, encostados no muro da prisão e executados. Eles haviam sido presos em razão de grande variedade de acusações, algumas verdadeiras e outras falsas. Entre eles, estavam Guy de Saint-Pol e René Loslier, dois fazendeiros; Pierre Audige, dentista; Maurice Primault, caixeiro de uma loja; o coronel Antoine de Touchet, oficial reformado do exército; Anatole Lelièvre, o secretário da Prefeitura local; Georges Thomine, um pescador; Pierre Ménochet, um policial; Maurice Dutacq, Achille Boutrois, Joseph Picquenot e seu filho, todos ferroviários; Albert Anne; Désiré Lémière; Roger Veillat; Robert Boulard – noventa e dois, no total, dos quais apenas quarenta faziam realmente parte da Resistência francesa. Nesse dia, o dia em que começara a grande libertação, esses homens, sem explicação, sem interrogatório, sem julgamento, foram massacrados. Entre eles estava Louis, o marido de madame Lechevalier.

Os fuzilamentos continuaram por uma hora. Em sua cela, madame Lechevalier mal podia imaginar o que estava acontecendo.

## 5

Na Inglaterra, eram nove e meia da manhã. O general Eisenhower tinha ficado a noite inteira caminhando sem descanso dentro de seu reboque, esperando a chegada dos relatórios. Tinha tentado acalmar-se da maneira costumeira, lendo romances de faroeste, mas não dera certo. Então, começaram a chegar as primeiras mensagens. Eram ainda fragmentárias, mas as notícias pareciam boas. Seus comandantes aéreos e navais estavam mais do que satisfeitos com o progresso do ataque, e as tropas já haviam conquistado cabeças-de-ponte em todas as cinco praias. A operação Overlord estava indo bem. Embora a área conquistada ainda fosse pequena, parecia não haver mais necessidade para que ele liberasse o *communiqué*[29] que havia redigido em segredo 24 horas antes. Para o caso da tentativa de desembarcar tropas na área de Cherbourg falhar, ele havia escrito: "Nossos desembarques na área Cherbourg-Havre fracassaram em obter um território grande o bastante para ser satisfatório e, por esse motivo, mandei retirar as tropas. Minha decisão para atacar nessa hora e lugar foi baseada nas melhores informações de que dispunha. O Exército, a Aeronáutica e a Marinha fizeram tudo o que a coragem e a devoção ao dever podiam permitir. Se houver alguma culpa ou falha nesse ataque, é exclusivamente minha".

Seguro de que suas tropas haviam desembarcado nas praias designadas para a invasão, Eisenhower tinha autorizado a liberação de um comunicado bastante diferente. Às 9h33, seu oficial de imprensa, o coronel Ernest Dupuy, transmitiu as notícias para o mundo: "Sob o comando do general Eisenhower", declarou ele, "as Forças Navais Aliadas, apoiadas por um forte contingente da Força Aérea, começaram a desembarcar esta manhã os Exércitos Aliados na costa setentrional da França".

Esse era o momento que o mundo livre vinha esperando há tanto tempo – agora que já havia chegado, as pessoas reagiam com uma curiosa mistura de alívio, exul-

29. Comunicado. (Em francês no original.) (N. do T.)

tação e ansiedade. "Finalmente", declarou o *London Times* em seu editorial do Dia D, "a tensão desapareceu."

A maior parte dos britânicos escutou a notícia enquanto estava no trabalho. Em algumas fábricas de produção de guerra, o boletim foi lido ao microfone e transmitido pelos alto-falantes; homens e mulheres se perfilaram diante de seus tornos e máquinas e cantaram *God save the king.* As igrejas das aldeias abriram suas portas. Completos estranhos conversavam uns com os outros nos trens que os transportavam. Nas ruas das cidades, os civis caminhavam até os soldados americanos e apertavam-lhes as mãos. Pequenos grupos se reuniam nas esquinas para olhar para o alto e contemplar o trânsito aéreo mais numeroso que os britânicos jamais haviam visto.

Naomi Coles Honour, a tenente do corpo das Wren que era esposa do piloto do submarino de bolso X-23, escutou as notícias e imediatamente soube onde se encontrava seu marido desaparecido. Um pouco mais tarde, ela recebeu um telefonema de um dos oficiais de operações no quartel-general naval:

– George está em perfeitas condições, mas você jamais irá adivinhar o que ele andava fazendo...

Naomi poderia ficar sabendo de todos os detalhes mais tarde; o importante agora era saber que ele se achava em segurança.

A mãe do marinheiro-especialista de dezoito anos de idade, Ronald Northwood, da nau capitânia *Scylla,* ficou tão excitada que atravessou a rua correndo, para contar à sua vizinha, a sra. Spurgeon, que "meu Ron deve estar lá". Mas a sra. Spurgeon não quis ficar atrás. Ela tinha "um parente que servia no *Warspite*" e ela tinha certeza de que *ele também* estava lá. (Com pequenas variações, essa conversa estava sendo travada por toda a Inglaterra.)

Grace Gale, esposa do praça John Gale, que havia desembarcado na primeira onda de assalto na praia Sword, estava dando banho no mais novo de seus três filhos quando escutou o boletim. Ela tentou conter as lágrimas, porém não conseguiu – ela tinha plena certeza de que seu marido estava agora na França.

– Querido Deus – murmurou ela –, traga ele de volta.

Então, ela mandou sua filha Evelyn desligar o rádio.

– Nós não vamos envergonhar seu pai nos preocupando à toa – afirmou.

Na agência do banco Westminster em Bridgeport, no distrito de Dorset, um prédio imponente e solene, cuja atmosfera lembrava a de uma catedral, Audrey Duckworth trabalhava com afinco e só ficou sabendo do assalto às praias muito mais tarde, já no final do dia. E foi muito melhor assim. Seu marido americano, capitão Edmund Duckworth, da 1ª Divisão, tinha sido morto no momento em que pusera o pé na praia de Omaha. Eles haviam se casado somente cinco dias antes.

A caminho do quartel-general de Eisenhower, em Portsmouth, o general-de-exército Sir Frederick Morgan ouviu quando o locutor da BBC avisou os ouvintes para que permanecessem em sintonia, a fim de escutar um anúncio especial. Morgan disse a seu motorista que parasse o carro por um momento. Ele aumentou o volume de seu rádio – e então, o autor do plano de invasão original escutou a notícia do ataque.

Na maior parte do território dos Estados Unidos, o relato chegou no meio da noite; na Costa Leste, eram 3h33min da manhã; na Costa Oeste, meia-noite e trinta e três minutos. A maior parte das pessoas estava adormecida, mas entre os primeiros que ouviram a notícia do começo do Dia D estavam os milhares de operários que trabalhavam no turno da noite, os homens e mulheres que haviam lutado para produzir a maior parte dos canhões, tanques, navios e aviões que estavam sendo usados no assalto. Por toda parte, nas grandes fábricas pulsantes de material bélico, o trabalho foi interrompido para um minuto de meditação solene. Em um estaleiro do Brooklyn, sob o brilho violento das lâmpadas, centenas de homens e mulheres se ajoelharam nos tombadilhos de "Navios da Liberdade" parcialmente construídos, começando a proferir a Oração Dominical.

Por toda a nação, em povoações e aldeias adormecidas, as luzes foram se acendendo. As ruas silenciosas e tranqüilas subitamente ficaram cheias de sons, enquanto os rádios eram ligados. As pessoas começaram a acordar os vizinhos para contar-lhes as notícias e tanta gente começou a telefonar aos amigos e parentes que os ramais telefônicos entraram em colapso. Em Coffeyville, no estado de Kansas, homens e mulheres em roupas de dormir ajoelharam-se nos alpendres das casas para orar. Em um trem, entre Washington e Nova York, pediram a um ministro protestante que realizasse um ofício religioso de improviso. Em Marietta, no estado da Geórgia, as pessoas atulharam as igrejas às quatro horas da manhã.

O Sino da Liberdade foi tangido em Filadélfia, na Pensilvânia e, através do histórico estado da Virgínia, sede de recrutamento e dos quartéis da 29ª Divisão, os sinos das igrejas tocaram por todo o restante da noite, tal como haviam feito durante a Revolução de 1776. Na pequena cidade de Bedford, também na Virgínia (na época com uma população de três mil e oitocentas pessoas), as notícias estavam cheias de um significado todo especial. Quase todos os habitantes tinham um filho, irmão, namorado ou marido na 29ª Divisão. Embora a essa altura ainda não soubessem disso em Bedford, todos os seus homens tinham desembarcado na praia Omaha. Dos 46 homens de Bedford que estavam engajados no 116º Regimento, somente 23 retornariam a seus lares.

A sinaleira Lois Hoffman, esposa do capitão do *Corry,* estava "de dia"[30] na Base Naval de Norfolk, no

30. De serviço, de plantão. Jargão militar. (N. do T.)

estado da Virgínia, quando ouviu as novas do Dia D. Era somente de vez em quando que ela ficava sabendo das missões ou da posição do destróier de seu marido, mesmo assim, através de informações de amigos que também estavam no teatro de operações. Desse modo, a notícia não teve qualquer significado pessoal para ela. Tanto quanto ela sabia, seu marido ainda estava escoltando um comboio de munições através do Atlântico Norte.

Em San Francisco, a sra. Lucille M. Schultz, enfermeira no Hospital de Veteranos de Fort Miley, também estava de plantão nessa noite, quando escutou o primeiro anúncio. Ela gostaria de ficar junto ao rádio, na esperança de que a 82ª Divisão Aerotransportada fosse mencionada: ela suspeitava que a divisão estivesse envolvida no assalto. Mas ela também temia que a radiotransmissão excitasse seu paciente cardíaco, um veterano da Primeira Guerra Mundial. De fato, ele queria ouvir os boletins noticiosos.

– Eu queria estar lá – disse ele, com um pouco de inveja.

– Você já teve sua guerra – respondeu firmemente a enfermeira Schultz, desligando o rádio.

Sentada no escuro e chorando silenciosamente, ela rezou o rosário umas quantas vezes, uma atrás da outra, em favor de seu filho de vinte e um anos, o pára-quedista Arthur, melhor conhecido no 505º Regimento como o praça Dutch Schultz.

Em sua casa em Long Island, a sra. Roosevelt tivera um sono agitado. Por volta das três da madrugada, se acordara e não conseguira voltar a dormir. Automaticamente, ligou o rádio – precisamente no momento em que estava sendo transmitido o comunicado oficial sobre o Dia D. Ela sabia que uma das características de seu marido era sempre se introduzir onde o combate fosse mais ferrenho. Ela não sabia que era provavelmente a única mulher na nação a ter um marido na praia Utah e um filho – o capitão Quentin Roosevelt, da Primeira Divisão, na época com vinte e cinco anos –, na praia Omaha. Sentando-se na cama, ela fechou os olhos e repetiu uma velha e conhecida prece, muito apreciada por sua família: "Ó Senhor, alenta-nos durante este dia... até que se alonguem as sombras e caia a noite".

No *Stalag 17B*[31], perto de Krems, na Áustria, a notícia foi recebida com um regozijo tal que quase não pôde ser contido. Os praças, cabos e sargentos da Força Aérea dos Estados Unidos tinham escutado a notícia em minúsculos aparelhos de cristal de galena, alguns dos quais tão pequenos que cabiam no cabo de escovas de dentes; outros eram camuflados de forma a parecerem lapiseiras comuns. O sargento-mor[32] James Lang, cujo aeroplano fora abatido sobre a Alemanha há mais de um ano, quase ficou com medo de acreditar no comunicado. A "comissão de monitoramento de notícias" extra-oficial do campo tentou prevenir os quatro mil prisioneiros de guerra contra um excesso de otimismo.

– Não alimentem grandes esperanças – aconselharam. – Primeiro, dêem tempo pra gente confirmar a notícia ou ver se é falsa.

Mas em cada barracão do campo de prisioneiros os homens já estavam desenhando mapas secretos da costa da Normandia, sobre os quais pretendiam traçar o avanço vitorioso dos exércitos aliados.

A essa altura dos acontecimentos, os prisioneiros de guerra sabiam mais a respeito da invasão do que o povo alemão. Por enquanto, o cidadão comum não ficara sabendo de nada oficial. Era irônico, porque a rádio Berlim, com um avanço de três horas sobre o *communiqué* de

31. Abreviatura de *Stammlager* ("acampamento-base", em alemão). Campo de prisioneiros alemão para praças e graduados aliados até o posto de suboficial. (N. do T.)

32. Equivalente a subtenente. (N. do T.)

Eisenhower, tinha sido a primeira a noticiar os desembarques aliados. Das seis e meia em diante, os alemães tinham derramado sobre um mundo ainda meio descrente um fluxo constante de boletins noticiosos. Só que essas transmissões em ondas-curtas não podiam ser captadas pelo público alemão. Mesmo assim, milhares haviam ficado sabendo das notícias através de outras fontes. Embora a escuta de transmissoras estrangeiras fosse proibida e castigada com um longo período na cadeia, alguns alemães tinham sintonizado estações suíças, suecas ou espanholas. A notícia havia se espalhado velozmente. Muitos dos que haviam escutado, entretanto, ainda permaneciam céticos. Mas houve alguns, especialmente mulheres cujos maridos estavam na Normandia, que receberam a informação e ficaram profundamente preocupadas. Uma dessas era a sra. Werner Pluskat.

Ela pretendia ir ao cinema nessa tarde, acompanhada de *Frau* Sauer, a esposa de outro oficial. Mas quando escutou os rumores de que os Aliados haviam desembarcado na Normandia, ela ficou quase histérica. Imediatamente telefonou para *Frau* Sauer, que também já havia escutado alguma coisa a respeito do ataque, cancelando seu compromisso de irem juntas ao cinema.

– Preciso descobrir o que aconteceu com Werner – disse ela. – É capaz de eu nunca mais encontrá-lo.

*Frau* Sauer respondeu de forma muito abrupta e muito prussiana:

– Você não deve se comportar assim! – falou em voz indignada. – Você deve acreditar no *Führer* e se portar como uma boa esposa de oficial!...

*Frau* Pluskat gritou no telefone;

– Nunca mais eu falo com você!...

E bateu com o fone no gancho.

Em Berchtesgaden, até parecia que o bando de homens que cercava Hitler estava esperando o *communiqué* aliado oficial, antes de ousar transmitir-lhe as notícias. Eram cerca de dez horas da manhã (nove horas, segundo o horário alemão) quando o ajudante-de-ordens naval de Hitler, o almirante Karl Jesko von Puttkamer, telefonou ao escritório de Jodl, pedindo o último relatório da situação. Foi informado de que "haviam indicações definitivas de que um importante desembarque ocorrera". Reunindo todas as informações disponíveis, Puttkamer e seu estado-maior rapidamente prepararam um mapa. Então, o general-de-divisão Rudolf Schmundt, o ajudante-de-ordens do *Führer,* foi acordar Hitler. Ele saiu do quarto usando um chambre. Escutou calmamente o relatório de seus auxiliares diretos e então mandou chamar o comandante do OKW, o marechal-de-campo Wilhelm Keitel e Jodl. Quando eles chegaram, Hitler já estava vestido – e muito nervoso.

A conferência que se seguiu foi, conforme descreve Puttkamer, "extremamente agitada". As informações eram escassas, porém, tomando por base o que já se sabia, Hitler permaneceu convencido de que essa não era a invasão principal, repetindo essa mesma assertiva diversas vezes. A conferência durou somente alguns minutos e terminou abruptamente, conforme o depoimento posterior de Jodl, quando Hitler voltou-se contra ele e contra Keitel e indagou com voz tonitruante:

– Bem, esta é ou não é a invasão?

E, no mesmo momento, girou nos calcanhares e saiu da sala.

A questão da liberação das divisões blindadas do OKW, de que Von Rundstedt necessitava com tanta urgência, nem sequer foi mencionada.

Às dez e quinze, o telefone tocou na casa do marechal-de-campo Erwin Rommel, em Herrlingen. O interlocutor era seu chefe do estado-maior, o general-de-divisão Hans Speidel. O motivo era o primeiro relato detalhado da invasão.[33] Rommel escutou, chocado e abalado.

Aquilo não era, em absoluto, "uma incursão como a de Dieppe". Com toda a percepção de seus instintos aguçados, que lhe haviam servido tão bem durante a maior parte de sua vida, Rommel soube de imediato que esse era o dia por que estava esperando – justamente aquele que ele dissera que seria "o mais longo dos dias". Ele aguardou pacientemente até que Speidel terminasse seu relatório e então disse calmamente, sem o menor toque de emoção na voz:

– Como eu fui estúpido. Mas como eu fui estúpido.

Ele deu as costas ao telefone e *Frau* Rommel percebeu, no mesmo instante, "como aquele telefonema o tinha transtornado... Ele demonstrava uma tensão terrível". Durante os quarenta e cinco minutos que se seguiram, Rommel telefonou duas vezes a seu ajudante-de-ordens, o capitão Hellmuth Lang, que ficara em sua própria casa, perto de Estrasburgo. De cada vez, ele marcou uma hora diferente para seu retorno a La Roche-Guyon. Só isso já bastou para deixar Lang bastante preocupado. O marechal absolutamente não costumava ser indeciso. "Ele parecia terrivelmente deprimido ao telefone", recorda Lang. "Isso tampouco não era natural nele." A hora de saída foi finalmente determinada:

---

33. O general Speidel contou-me que telefonara a Rommel "por volta das seis da manhã, através de uma linha particular". Ele afirma a mesma coisa em seu próprio livro, *A invasão de 1944*. Mas o general Speidel deve ter confundido seus horários. Por exemplo, seu livro declara que o marechal-de-campo saiu de La Roche-Guyon no dia 5 de junho – e não no dia 4, como o capitão Hellmuth Lang e o coronel Hans Georg von Tempelhof afirmaram, data correspondente ao registro oficial do Diário de Guerra do Grupo de Exército B. No Dia D, o Diário de Guerra registra somente um telefonema dirigido a Rommel, justamente a chamada das dez e quinze. Consta da anotação: "Speidel informa a situação ao marechal-de-campo Rommel pelo telefone. O comandante-em-chefe do Grupo de Exército B deverá retornar hoje a seu quartel-general". (N. do A.)

– Vamos partir à uma em ponto de Freudenstadt – informou Rommel a seu ajudante-de-ordens.

No momento em que Lang pousou o fone no gancho, raciocinou que Rommel estava postergando sua partida a fim de conseguir tempo para entrevistar-se com Hitler. O que ele não sabia era que, em Berchtesgaden, ninguém sequer sabia que Rommel estava na Alemanha, com a única exceção do ajudante-de-ordens de Hitler, o general-de-divisão Schmundt.

## 6

Na praia Utah, o ronco dos caminhões, tanques, semilagartas e jipes quase tornavam inaudível o assobio esporádico dos obuses alemães de 88 milímetros. Era o clamor da vitória: a 4ª Divisão movia-se para o interior muito mais depressa do que qualquer um havia esperado.

No Acesso 2, a única estrada aberta que saía da praia, dois homens estavam parados, dirigindo o fluxo do trânsito. Eram dois generais. De um lado da estrada, encontrava-se o general-de-divisão Raymond O. Barton, comandante da 4ª Divisão; do outro, estava o general-de-brigada Teddy Roosevelt, demonstrando uma exuberância juvenil. Quando o major Gerden Johnson, do 12º Regimento de Infantaria, se aproximou dele, viu Roosevelt "marchando para cima e para baixo pela estrada empoeirada, apoiando-se em sua bengala e fumando seu cachimbo, quase tão imperturbável como se estivesse no meio de Times Square". Roosevelt avistou Johnson e gritou:

– Olá, Johnny! Siga reto pela estrada, você está indo muito bem. Grande dia para uma caçada, não é mesmo?

Era um momento de triunfo para Roosevelt. Sua decisão de conservar a 4ª Divisão a mil e oitocentos metros do local planejado poderia ter sido desastrosa. Agora, ele contemplava as longas fileiras de veículos e de soldados movendo-se para o interior e sentia uma satisfação pessoal intensa.[34]

Contudo, Barton e Roosevelt, apesar de seu ar despreocupado, compartilhavam um temor secreto: a não ser que o trânsito pudesse ser mantido em constante movimento, a 4ª Divisão poderia ser detida completamente por um contra-ataque alemão determinado. Vezes sem conta, os dois generais desmancharam os engarrafamentos que não paravam de ocorrer. Os caminhões que parassem por qualquer motivo eram empurrados impiedosamente para fora da estrada. Aqui e ali, havia veículos em chamas, vítimas dos obuses inimigos, que ameaçavam atrapalhar o avanço. Os tanques os empurravam para fora do caminho, tal como se fossem máquinas de terraplanagem, jogando-os dentro das áreas inundadas, em que os soldados chafurdavam em seu avanço para o interior. Por volta das onze horas da manhã, Barton recebeu uma boa notícia: o Acesso 5, que ficava a apenas um quilômetro e meio de distância, tinha sido aberto ao tráfego. Para aliviar a pressão, Barton imediatamente mandou seus tanques roncando em direção à saída da praia recém-aberta. A 4ª Divisão estava rodando em frente, apressando-se ao máximo para estabelecer a ligação com os pára-quedistas duramente pressionados pelos contra-ataques inimigos.

Quando finalmente ocorreu, a junção não foi absolutamente espetacular – homens solitários encontrando-se uns com os outros em lugares inesperados, freqüentemente com resultados humorísticos ou emocionais. O cabo Louis Merlano, da 101ª, pode muito bem ter sido o

34. Por seu desempenho em Utah, Roosevelt recebeu a Medalha de Honra do Congresso Americano. A 12 de julho, o general Eisenhower confirmou sua nomeação como o oficial-general comandante da 90ª Divisão. Roosevelt nunca chegou a saber que havia sido nomeado. Morreu nessa mesma noite, de um ataque cardíaco. (N. do A.)

primeiro soldado aerotransportado a encontrar tropas da 4ª Divisão. Juntamente com dois outros pára-quedistas, Merlano, que havia aterrissado entre os obstáculos da praia logo acima da praia Utah original, tinha aberto seu caminho combatendo por mais de três quilômetros ao longo da praia. Estava exausto, sujo e judiado quando encontrou os soldados da 4ª Divisão. Encarou-os sem mudar de expressão durante um momento e então indagou:

– Mas que inferno, onde é que vocês andavam, caras?

O sargento Thomas Bruff, da 101ª, observou um batedor da vanguarda da 4ª Divisão sair da estrada perto de Pouppeville, "carregando seu rifle como se fosse uma espingarda de caçar esquilos". O batedor encarou Bruff, o qual, a essa altura, já estava muito cansado.

– Onde é a guerra? – inquiriu.

Bruff, que tinha aterrissado a quase treze quilômetros de distância de sua zona de pouso original e que havia combatido a noite toda, junto com um pequeno grupo sob o comando do general Maxwell Taylor, respondeu praticamente com um rosnado:

– Daqui pra trás em qualquer lugar. Siga em frente, camarada, garanto que você encontra.

Perto de Audouville-la-Hubert, o capitão Thomas Mulvey, da 101ª, estava marchando apressadamente em direção à costa, ao longo de uma estrada de terra, quando "um soldado carregando um rifle apareceu do nada, assim do meio do mato, uns setenta metros à minha frente". Imediatamente, ambos se jogaram na beira da estrada, em busca de proteção. Depois, levantaram as cabeças cuidadosamente, com os rifles apontados e engatilhados, olhando um para o outro em cauteloso silêncio. O outro homem exigiu que Mulvey largasse o rifle e avançasse com as mãos para o ar. Mulvey sugeriu ao estranho que fizesse o mesmo.

– Esse mesmo joguinho – narra Mulvey – continuou se repetindo umas quantas vezes e nenhum de nós recuava um centímetro...

Finalmente Mulvey, que podia agora ver perfeitamente que o outro homem era um soldado dos Estados Unidos, ergueu-se totalmente. Os dois homens se encontraram no meio da estrada, apertaram as mãos e começaram a se dar tapinhas nas costas.

Em Ste.-Marie-du-Mont, Pierre Caldron, o padeiro, viu alguns pára-quedistas no alto da torre da igreja, sacudindo um grande painel de identificação cor de laranja. Depois de alguns minutos, uma longa fila de homens, marchando em fila única, veio vindo pela estrada. Enquanto a 4ª Divisão ia passando à sua frente, Caldron levantou seu filhinho bem alto, fazendo-o sentar-se sobre seus ombros. O menino não estava ainda plenamente recuperado da operação de retirada de suas amígdalas, que fora feita na véspera, mas essa era uma visão que Caldron não queria que seu filho perdesse por nada desse mundo. Subitamente, o padeiro descobriu que estava chorando. Um robusto soldado americano sorriu para Caldron e gritou: "*Vive la France!*" Caldron respondeu ao sorriso, sacudindo a cabeça em assentimento. Nem sequer tinha coragem de falar.

Saindo da área da praia Utah, a 4ª Divisão foi-se derramando para o interior. Suas perdas no Dia D tinham sido leves: cento e noventa e sete baixas, sessenta das quais tinham sido ainda no mar. Terríveis combates aguardavam esses homens da 4ª Divisão nas próximas semanas, mas esse era seu dia de glória. Ao anoitecer, vinte e dois mil homens e mil e oitocentos veículos já estariam em terra. Com os pára-quedistas, a 4ª Divisão tinha garantido a primeira grande cabeça-de-ponte americana na França.

SELVAGEMENTE, POLEGADA a polegada, os homens combatiam para sair da sangrenta Omaha. Vista a partir do mar, a praia apresentava um cenário incrível de morte e desolação. A situação era tão crítica que, ao meio-dia, o general Omar Bradley, a bordo do *Augusta,* começou a contemplar a possibilidade de evacuar suas tropas e diversionar os contingentes de apoio para Utah ou as praias britânicas. Contudo, ao mesmo tempo que Bradley contendia com esse problema, os homens encurralados no caos de Omaha estavam avançando.

Ao longo dos setores Dog Green e Dog White, um general aguerrido de cinqüenta e um anos de idade, chamado Norman Cota, caminhava para cima e para baixo sob a saraivada de fogo, gesticulando com uma pistola calibre 45 e gritando para os homens deitados na areia que se levantassem e saíssem da praia. Ao longo da faixa de cascalho, por trás da mureta erguida ao longo da costa, nos tufos de capim grosso e resistente que cresciam na base dos rochedos que limitavam a praia, os homens se agachavam ou encolhiam ombro contra ombro, olhando de viés para o general, incapazes de crer que um homem pudesse ficar de pé, caminhando sem buscar abrigo e continuar vivo.

Um grupo de soldados das tropas de choque estava encolhido perto do acesso de Vierville.

– Abram o caminho, *Rangers!* – gritou Cota.

Os homens começaram a se pôr em pé. Um pouco mais adiante, na beira da praia, havia um buldôzer abandonado, mas cheio de TNT. Era justamente o necessário para destruir a amurada antitanque que fora construída no acesso de Vierville.

– Quem vai dirigir esse troço? – gritou o general, com voz estentória.

Ninguém respondeu. Os homens ainda pareciam paralisados pelo bombardeio impiedoso que castigava a praia. Cota começou a perder a paciência:

– Mas será que aqui não tem nenhum macho capaz de guiar esse maldito troço? – rugiu.

Um soldado de cabelos vermelhos levantou-se lentamente da areia e caminhou devagar e com grande deliberação até onde Cota estava parado.

– Deixe que eu faço – declarou.

Cota deu-lhe uma palmadas nas costas.

– Assim é que se fala – disse ele. – Agora vamos todos sair desta droga de praia.

Ele virou as costas aos homens ainda encolhidos no chão e saiu caminhando sem olhar para trás. Os homens se entreolharam e começaram a se mover.

Foi esse o padrão geral. O general-de-brigada Cota, subcomandante da 29ª Divisão, vinha dando o exemplo, quase desde o momento em que pusera os pés na praia. Ele se encarregara da extremidade direita do setor da 29ª. O coronel Charles D. Canham, comandante da 116ª, tinha se encarregado do lado esquerdo. Canham, com um lenço ensangüentado amarrado ao redor de um ferimento que sofrera em um dos pulsos, movia-se através dos mortos, dos moribundos e dos homens estupidificados pelo choque da batalha, acenando a grupos de homens para que avançassem:

– Homens, vocês não vêem que estão nos assassinando aqui? – dizia ele. – Pois então: vamos avançar para o interior para sermos assassinados lá!

O soldado-de-primeira-classe Charles Ferguson ergueu os olhos, cheio de espanto, enquanto o coronel passava por ele.

– Mas quem diabo esse filho de uma cadela pensa que é? – indagou dos companheiros.

Mas então ele e seus camaradas se ergueram e correram na direção dos rochedos.

Na metade de Omaha que fora destinada à 1ª Divisão, os veteranos da Sicília e de Salerno saíram mais depressa de seu estado de choque. O sargento Raymond Strojny juntou seus homens e correu à frente deles para os rochedos através de um campo minado. Após a escalada, ele rebentou uma casamata com sua bazuca. Strojny declarou depois que tinha ficado "só um pouquinho maluco". A uns noventa metros de distância, o sargento Philip Streczyk também "se encheu de ficar preso num lugar só". Alguns soldados recordam que Streczyk praticamente tirou os homens da praia a pontapés, conseguindo fazê-los subir o promontório e correr através dos campos minados, onde ele mesmo rebentou as cercas de arame farpado. Pouco tempo depois, o capitão Edward Wozenski encontrou Streczyk em uma trilha, correndo de volta para a praia. Horrorizado, Wozenski viu Streczyk pisar diretamente em cima de uma mina Teller. Streczyk lhe disse friamente:

– Essa porcaria também não explodiu quando eu pisei nela durante a subida, capitão.

Outro que corria por toda parte, no setor da praia entregue à 1ª Divisão, sem dar a menor bola para as rajadas de metralhadora e o fogo da artilharia que erguiam repuxos nas areias, era o comandante da 16ª, o coronel George A. Taylor.

– Só tem dois tipos de caras que vão ficar nesta maldita praia – ele berrava para os soldados. – Tem os mortos e tem os caras que vão morrer. Agora os outros se levantem e tratem de pular fora desse inferno!...

Por toda parte, líderes intrépidos, tanto praças como generais, estavam indicando o caminho e fazendo os homens se erguerem e saírem da praia. Uma vez em marcha, em nenhum lugar os soldados pararam outra vez. O sargento-especialista William Wiedefeld Jr. pulou sobre os cadáveres de seus amigos e, com uma expressão dura no rosto, correu até a colina por entre os campos minados. O segundo-tenente Donald Anderson, depois de fazer um curativo em uma ferida – tinha sido alvejado na parte de trás do pescoço e a bala saíra por sua boca –, descobriu que "tinha coragem para se levantar; e foi nesse ponto que eu deixei de ser um recruta em combate e me tornei um veterano". O sargento Bill Courtney, do 2º Regimento das Tropas de Choque, subiu até o alto dos penhascos costeiros e gritou para seu destacamento, que ainda estava lá em baixo:

– Subam de uma vez! Os f.d.p. já se acabaram todos!

Imediatamente, veio uma rajada de metralhadora da sua esquerda. Courtney girou nos calcanhares, jogou duas granadas e gritou de novo, sem sequer procurar se proteger da explosão:

– Subam de uma vez! Andem logo! Agora, os f.d.p. já se acabaram todos *mesmo*!

Enquanto as tropas começavam a avançar, as primeiras lanchas de desembarque começaram a subir diretamente praia acima, abrindo caminho à força por entre os obstáculos. Os timoneiros de outros barcos viram que era possível e seguiram o exemplo. Alguns destróieres, que estavam dando apoio ao avanço, chegaram tão próximo da praia que correram o risco de encalhar, disparando quase à queima-roupa contra os pontos fortes da defesa inimiga localizados ao longo dos rochedos. Sob essa barragem protetora, os soldados das unidades de engenharia começaram a completar o trabalho de demolição que haviam começado sete horas antes. Por toda parte ao longo da praia Omaha, o impasse estava sendo superado.

Assim que os homens descobriram que era possível mover-se para frente, seu medo e frustração deram lugar a uma cólera avassaladora. Quase no alto da encosta de Vierville, o soldado-de-primeira-classe Carl Weast, de uma unidade de *Rangers,* e o comandante de sua companhia, o capitão George Whittington, localizaram um ninho de metralhadoras guarnecido por três soldados alemães. Enquanto Weast e o capitão faziam um rodeio cauteloso pelos dois lados, para chegarem por trás, um dos alemães virou-se de repente, viu os dois americanos e gritou: "*Bitte!... Bitte!... Bitte!...*" Whittington prontamente disparou, matando os três. Virando-se para Weast, ele disse:

– O que será que quer dizer "*bitte*"?[35]

Saindo do horror que fora a praia Omaha, as tropas começaram a forçar passagem para o interior. À uma e meia da tarde, o general Bradley receberia a mensagem: "As tropas que se achavam anteriormente detidas nos setores Easy Red, Easy Green e Fox Red estão avançando através das posições costeiras mais elevadas que se encontram por detrás das praias". No final do dia, os homens da 1ª e da 29ª divisões estariam quilômetro e meio terra adentro. Qual o custo da captura da praia Omaha? A estimativa é de dois mil e quinhentos mortos, feridos e desaparecidos.

## 7

Já era uma da tarde quando o major Werner Pluskat retornou a seu posto de comando em Étreham. A aparição que cruzou a porta mostrava pouca semelhança com o comandante que seus oficiais conheciam. Pluskat tremia como se estivesse com febre e tudo que podia dizer era: "Aguardente... aguardente..." Quando o serviram, suas mãos tremiam de forma tão incontrolável que ele quase foi incapaz de erguer o copo.

Um de seus oficiais falou:

– Senhor, os americanos desembarcaram.

Pluskat lançou-lhe um olhar furioso e fez sinal para que não o incomodasse. Os oficiais de seu estado-maior reuniram-se ao seu redor, tratando de comunicar-lhe seu problema mais importante. "As baterias", informaram a Pluskat, "logo ficariam sem munição". O assunto fora comunicado ao QG regimental, segundo lhe disseram, e o

35. Por favor. (Em alemão no original.) (N. do T.)

tenente-coronel Ocker havia informado que os suprimentos estavam a caminho. Só que, até aquele momento, não havia chegado nada. Pluskat telefonou a Ocker.

– Meu caro "Plus" – proferiu a voz afetada de Ocker através do fio. – Então você ainda está vivo?

Pluskat ignorou a pergunta.

– O que está havendo com minha munição? – indagou sem rodeios.

– Está a caminho... – disse Ocker.

A calma do coronel enfureceu Pluskat.

– E quando é que vai chegar? Parece que vocês aí no QG não fazem a menor idéia da situação que temos por aqui!...

Dez minutos mais tarde, Pluskat foi chamado ao telefone.

– Tenho más notícias – disse-lhe Ocker. – Acabo de saber que o comboio de munição foi bombardeado na estrada e completamente destruído. Só vamos conseguir lhe mandar alguma coisa depois que a noite cair.

Pluskat não ficou surpreso. Ele sabia, através de sua amarga experiência pessoal, que nada podia moverse ao longo das estradas. Ele sabia também que, no ritmo em que seus canhões estavam disparando, ao cair da noite as baterias já não teriam mais qualquer munição. A questão era quem chegaria a seus canhões primeiro – as munições ou os americanos? Pluskat deu ordem para que suas tropas se preparassem para combate corpo-a-corpo e depois começou a vaguear sem destino pelos aposentos do *château*. Sentiu-se subitamente solitário e inútil. Gostaria muito de saber onde se encontrava o seu cão Harras.

# 8

Agora, os soldados britânicos que haviam combatido a primeira batalha do Dia D vinham mantendo firmemente seu prêmio, as pontes sobre o rio Orne e sobre o Canal de Caen, há mais de treze horas. Embora as tropas transportadas por planadores do major Howard tivessem sido reforçadas ao romper da aurora por outros pára-quedistas da 6ª Divisão Aerotransportada, seus efetivos vinham declinando constantemente sob um feroz bombardeiro de morteiros e fogo constante de armas leves. Os homens de Howard tinham detido diversos contra-ataques de pequeno porte, destinados a experimentar as defesas. Agora os pára-quedistas exaustos e nervosos, defendendo as posições capturadas aos alemães nas duas cabeceiras da ponte, aguardavam ansiosos a chegada das tropas que vinham do mar.

Em sua "cova de raposa", uma cratera aberta por uma explosão junto ao acesso à ponte sobre o canal de Caen, o praça Bill Gray olhou mais uma vez para seu relógio. Os comandos de Lord Lovat estavam com quase uma hora e meia de atraso. Ele ficou imaginando o que teria acontecido lá nas praias. Gray não acreditava que os combates pudessem ter sido muito piores do que os travados ao redor das pontes. Ele quase tinha medo de levantar a cabeça: estava com a impressão de que os atiradores de elite alemães estavam melhorando a pontaria a cada momento.

Foi durante uma pausa no tiroteio que um amigo de Gray, o praça John Wilkes, deitado a seu lado no chão da cratera, subitamente falou:

– Sabe de um troço? Acho que estou escutando uma gaita de foles...

Gray virou-se para ele, com o olhar cheio de desprezo:

– Você tá biruta – respondeu.

Alguns segundos mais tarde, Wilkes voltou-se de novo para seu amigo:

– Eu *estou mesmo* escutando uma gaita de foles – insistiu.

De repente, Gray percebeu que estava escutando também.

Subindo a estrada, vinham os comandos de Lord Lovat, muito elegantes com suas boinas verdes. Bill Millin marchava à testa da coluna, os foles de sua gaita tocando ainda *Blue Bonnets over the Border.* Em ambos os lados, o tiroteio subitamente cessou, enquanto os soldados arregalavam os olhos para o espetáculo. Mas o choque não perdurou por muito tempo. No momento em que os soldados começaram a atravessar as pontes, os alemães começaram a atirar novamente. Bill Millin recorda que "eu só não fui atingido porque confiava na sorte, uma vez que não podia mesmo escutar quase nada, com o barulho dos foles nos meus ouvidos". Na metade do caminho, Millin olhou para trás e viu Lord Lovat.

– Ele marchava a passos largos, como se estivesse dando um passeio em sua propriedade rural – recorda Millin. – E me fez sinal para marchar em frente.

Desprezando o pesado fogo alemão, os pára-quedistas correram para saudar os comandos. Lovat desculpou-se por "estar alguns minutos atrasado". Para os exaustos pára-quedistas da 6ª Divisão Aerotransportada, esse foi um momento comovente. Embora ainda fossem se passar horas antes que o corpo principal das tropas britânicas atingisse os pontos mais extremos das linhas de defesa mantidas pelos pára-quedistas, os primeiros reforços já haviam chegado. Enquanto as boinas verdes e vermelhas se misturavam entre abraços e apertos de mão, pairava no ar um alívio súbito e perceptível. Bill Gray, com dezenove anos de idade, sentiu-se "anos mais moço".

# 9

Agora, nesse dia fatídico para o Terceiro *Reich* de Hitler, enquanto Rommel corria desesperadamente de carro para a Normandia, enquanto seus comandantes na frente de invasão tentavam freneticamente conter o assalto aliado que caía sobre eles como uma verdadeira tempestade, tudo dependia das divisões blindadas: da 21ª Divisão *Panzer*, sediada logo atrás das praias tomadas pelos britânicos, da 12ª Divisão *Panzer* das *Waffen Schutzstaffeln* e da Divisão *Panzer Lehr*[36], cujo controle, até esse momento, ainda era mantido firmemente por Hitler.

O MARECHAL-DE-CAMPO Rommel olhava firmemente para a fita branca da estrada que se estendia à sua frente e insistia com seu motorista para que acelerasse ainda mais.

– *Tempo! Tempo! Tempo!* – ele dizia constantemente.

O carro rugia, enquanto Daniel apertava o pé na tábua do acelerador. Haviam saído de Freudenstadt somente duas horas antes, e Rommel praticamente não dissera outra palavra além dessa. Seu ajudante-de-ordens, o capitão Lang, sentado no assento traseiro do carro, jamais vira o marechal-de-campo tão deprimido. Lang queria conversar a respeito dos desembarques, mas Rommel definitivamente não demonstrava a menor inclinação para qualquer conversa. Subitamente, Rommel voltou-se no assento dianteiro e olhou diretamente para Lang:

– Eu tinha razão o tempo todo – disse ele. – O tempo todo, desde o começo.

36. A divisão blindada *Lehr*, como o nome indica ("aprendizagem") era inicialmente uma unidade de treinamento, mas as necessidades bélicas a transformaram em unidade de combate de elite. (N. do T.)

Então sentou-se de novo muito ereto e ficou olhando fixamente para a estrada que se desenrolava à sua frente.

A 21ª Divisão Blindada não conseguia atravessar Caen. O coronel Hermann Von Oppeln-Bronikowski, comandante do Regimento de Tanques da Divisão, ia e vinha ao longo da coluna em um Volkswagen. A cidade estava em ruínas. Tinha sido bombardeada havia pouco tempo, e os bombardeiros tinham realizado um excelente trabalho. As ruas estavam entupidas de caliça e destroços, e parecia a Bronikowski que "todos os habitantes da cidade estavam de mudança, tentando fugir de algum modo". As estradas estavam entupidas de homens e mulheres de bicicletas. Não havia maneira dos *panzers* seguirem em frente. Bronikowski decidiu ordenar a retirada e encontrar um caminho pelo qual pudesse fazer uma volta e ultrapassar a cidade. Ele sabia que levaria horas, mas não havia outra maneira. E, de qualquer modo, onde estava o regimento de tropas de infantaria que deveria apoiar seu ataque quando ele finalmente conseguisse atravessar a cidade?

O praça Walter Hermes, do 192º Regimento da 21ª Divisão Blindada, na época com dezenove anos de idade, nunca se sentira tão feliz em toda a sua vida. Era um momento de glória. Ele ia liderar o ataque contra os britânicos! Hermes estava sentado em sua motocicleta, abrindo caminho à frente da companhia da vanguarda. Estavam avançando para a costa e logo encontrariam os tanques e depois a 21ª ia empurrar os britânicos de volta para o mar. Todo mundo dizia a mesma coisa. Correndo perto dele, montados em outras motocicletas, estavam seus amigos, Tetzlaw, Mattusch e Schard. Todos eles já estavam esperando há bastante tempo que os britânicos os atacassem, mas até agora nada ocorrera. O que parecia mais estranho é que eles ainda não se haviam encontrado com os blindados. Mas Hermes achava que eles deveriam se achar em algum ponto à frente, provavelmente já atacando os invasores na zona costeira.

Hermes continuou dirigindo alegremente sua motocicleta, liderando a companhia de vanguarda do regimento diretamente em direção ao espaço de mais de doze quilômetros que os comandos britânicos ainda não tinham conseguido fechar entre as cabeças-de-ponte das praias Juno e Gold. Essa brecha entre as áreas ocupadas poderia ser expandida pelos *panzers,* até abrir uma enorme separação entre as praias que os britânicos haviam conquistado; uma operação que ameaçaria gravemente todo o assalto dos aliados – mas o coronel Von Oppeln-Bronikowski não fazia a menor idéia de que esse território desocupado se abria à frente de seus blindados.

DO OB WEST, NAS CERCANIAS de Paris, o general-de-divisão Blumentritt, chefe do estado-maior de Von Rundstedt, telefonou a Speidel, no quartel-general de Rommel. A conversa de uma única linha foi devidamente registrada no Diário de Guerra do Grupo de Exército B:

– O *Oberkommando der Wehrmacht* – disse Blumentritt – liberou finalmente a 12ª Divisão Blindada das *Waffen Schutzstaffeln* e a Divisão *Panzer Lehr.*

Eram 3h40min da tarde. Os dois generais já sabiam que era tarde demais. Hitler e seus oficiais de primeiro escalão tinham impedido o avanço das duas divisões blindadas por mais de dez horas. Já não havia a menor esperança de que qualquer uma das divisões conseguisse atingir as áreas da invasão nesse dia vital. A 12ª das *Waffen SS* não conseguiria chegar às cabeças-de-ponte antes da manhã de 7 de junho. A *Panzer Lehr,* quase dizimada por contínuos ataques aéreos, só conseguiria chegar à frente de combate no dia nove. A única possibilidade de desequilibrar os assaltos aliados sobre o interior dependeria exclusivamente da atuação da 21ª Divisão *Panzer.*

Por volta das seis da tarde, o grande automóvel Horch de Rommel estacionou em Rheims. Do quartel-general do comandante da guarnição da cidade, Lang conseguiu uma ligação para La Roche-Guyon. Rommel passou quinze minutos falando ao telefone e recebendo de seu chefe do estado-maior uma descrição geral da situação. Quando Rommel saiu do gabinete do comandante local, Lang percebeu que as notícias deveriam ter sido bastante ruins. Um silêncio pesado se instalou no carro junto com eles, enquanto retomavam a viagem. Alguns minutos mais tarde, Rommel bateu com seu punho enluvado na palma da outra mão e disse amargamente:

– É o meu inimigo amigável, Montgomery.

Mais alguns minutos se passaram e ele falou novamente:

– Meu Deus! Se a 21ª Divisão *Panzer* conseguir chegar a tempo, ainda temos uma pequena chance de empurrá-los de volta em três dias...

Ao norte de Caen, Bronikowski deu ordem de ataque. Ele enviou trinta e cinco tanques, sob comando do capitão Wilhelm von Gottberg, à frente da coluna principal, com a missão de tomar as colinas de Périers, que ficavam a uns seis quilômetros e meio da costa. O próprio Bronikowski, com o restante de seus blindados e vinte e cinco tanques, tentaria ocupar a projeção montanhosa de Biéville, à distância de uns três quilômetros.

O general Edgar Feuchtinger, comandante-em-chefe da 21ª Divisão Blindada, e o general Marcks, comandante do 84º Corpo, apresentaram-se para observar o ataque. Marcks foi falar com Bronikowski. Ele lhe disse:

– Oppeln, é bem possível que o futuro da Alemanha esteja sobre seus ombros. Se você não conseguir empurrar os britânicos de volta para o mar, nós perderemos a guerra.

Bronikowski bateu continência e replicou:

– General, eu pretendo fazer o máximo que estiver a meu alcance.

Enquanto seguiam em frente, os tanques abrindo um leque através dos campos, a marcha de Bronikowski foi interrompida pelo general-de-divisão Wilhelm Richter, comandante da 715ª Divisão. Bronikowski percebeu logo que Richter "estava quase louco de tristeza". Lágrimas rolavam por seu rosto quando comunicou a Bronikowski:

– Minhas tropas estão perdidas. Minha divisão inteira está liquidada.

Bronikowski perguntou:

– O que eu posso fazer, senhor? Vamos ajudar o melhor que pudermos.

Ele tirou o mapa do bolso e mostrou-o a Richter.

– Quais são as posições deles, senhor? Quer fazer o favor de me mostrar?

Richter apenas sacudiu a cabeça.

– Eu não sei – disse ele. – Eu simplesmente não sei.

ROMMEL VIROU-SE PELA metade no assento dianteiro do Horch e disse a Lang:

– Espero que não estejam planejando um segundo desembarque agora mesmo, em alguma das praias do Mediterrâneo.

Fez uma pausa momentânea:

– Você sabe, Lang – comentou pensativamente. – Se eu fosse o comandante das forças aliadas neste momento, poderia terminar a guerra em quatorze dias...

Ele tornou a virar-se para a frente e ficou com a vista fixa na estrada. Lang ficou olhando para a parte de trás de sua cabeça, sentindo-se constrangido por não poder fazer nada a fim de ajudá-lo. O motor do Horch continuou a rugir através do crepúsculo.

Os TANQUES DE BRONIKOWSKI subiram roncando a ladeira que levava a Biéville. Até esse momento, não haviam encontrado qualquer resistência da parte do inimigo. Então, no momento em que o primeiro de seus tanques Mark IV se aproximava do topo, escutou-se o súbito ribombar de canhões, proveniente de algum lugar à distância. Não era possível determinar se estavam correndo diretamente contra uma formação invisível de tanques britânicos ou se os tiros estavam sendo disparados por canhões antitanque. Mas era um tiroteio acurado e feroz. Parecia estar chegando de uma dúzia de lugares ao mesmo tempo. Subitamente, seu tanque dianteiro explodiu, antes que tivesse tempo de disparar um único tiro. Dois outros tanques ocuparam-lhe o lugar, com os canhões atirando. Mas aparentemente não causaram a menor impressão sobre os artilheiros britânicos. Bronikowski logo percebeu por quê. O armamento inimigo era muito superior. Os canhões britânicos pareciam ter um alcance prodigioso. Um após outro, os blindados de Bronikowski começaram a explodir. Em menos de quinze minutos, ele perdeu seis tanques. Jamais encontrara anteriormente uma barragem com essa força e precisão. Não havia nada que Bronikowski pudesse fazer. Ele cancelou o ataque e deu ordem de retirada.

O PRAÇA WALTER HERMES não podia entender onde se encontravam os tanques. A companhia da vanguarda do 192º Regimento tinha chegado até a costa, à altura do vilarejo de Luc-sur-Mer, mas não havia o menor sinal dos blindados. Tampouco havia sinal dos britânicos, e Hermes começou a sentir-se um pouco desapontado. Mas a vista da frota de invasão quase o deixou empolgado novamente. Ao longo da costa, tanto para a direita como para a esquerda, até onde o olhar de Hermes alcançava, ele avistou centenas de navios e embarcações menores, movendo-se em todas as direções; além disso, a uns dois quilômetros ao largo, divisou grandes belonaves de todos os tipos.

– Que coisa mais linda! – disse a seu amigo Schard. – É como se fosse uma parada!...

Hermes e seus amigos desmontaram das motocicletas e se estenderam no capim, pegando seus maços de cigarros e olhando sem parar. Nada parecia estar acontecendo, de qualquer maneira; e ninguém lhes dera nenhuma outra ordem.

Os BRITÂNICOS JÁ HAVIAM ocupado as posições nas alturas de Périers. Eles fizeram os trinta e cinco tanques do capitão Wilhelm von Gottberg interromper seu avanço, antes mesmo que os *panzers* conseguissem chegar ao alcance de tiro. Em questão de minutos, Gottberg perdeu dez tanques. O atraso em receber suas ordens e o tempo perdido rodeando Caen tinham dado aos britânicos a oportunidade de consolidar inteiramente suas posições sobre as colinas estratégicas. Gottberg xingou e amaldiçoou todos os oficiais superiores que conseguiu lembrar. Ele recuou até a beira de um bosque, perto da aldeia de Lebissey. Deu então ordem a seus homens para enterrar os tanques, desde o casco blindado até embaixo, deixando à vista somente as torretas. Tinha certeza de que os britânicos iam atacar Caen com todas as suas forças dentro de algumas horas.

Todavia, para espanto de Gottberg, o tempo foi passando sem que sobreviesse qualquer ataque. Então, um pouco depois das nove da noite, Gottberg assistiu a uma visão fantástica. Primeiro, escutou um ronco de motores de aviões, que foi se ampliando gradualmente até que, ainda a distância contra o sol da tardinha, nessa época do ano ainda brilhando, ele avistou enxames de planadores passando por sobre as costas marítimas. Eram dezenas, centenas deles, voando em esquadrilhas constantes por trás de seus aviões-reboque. Então, enquanto ele observava, os planadores foram libertados e, girando e perdendo aos poucos altitude, eles desceram assobiando até aterrissar fora de seu campo de visão, em algum lugar entre sua posição e a costa. Gottberg se pôs a praguejar furiosamente.

Em Biéville, Bronikowski também decidira enterrar seus tanques. Enquanto permanecia em pé ao lado da estrada, ele ficou observando "oficiais alemães, cada um com um pequeno bando de vinte ou trinta homens, marchando na direção oposta à linha de frente – estavam recuando para Caen". Bronikowski não conseguia entender porque os britânicos não atacavam. Tinha a impressão de que "tanto Caen como a região inteira poderiam ser tomadas em uma questão de horas".[37]

No final da procissão, Bronikowski viu um sargento, abraçado a duas robustas auxiliares alemãs de uma unidade semelhante à corporação americana WAC[38]. Os três caminhavam "bêbados como porcos, tinham os rostos sujos e cambaleavam de um lado para o outro da estrada". Enquanto tropeçavam pelo caminho, sem dar a menor importância ao que acontecia em torno, o trio can-

37. Embora tenham sido os britânicos que realizaram os maiores avanços no Dia D, eles não conseguiram capturar seu principal objetivo – justamente Caen. Bronikowski permaneceria na mesma posição, com seus tanques enterrados, por mais de seis semanas, até que a cidade fosse finalmente conquistada. (N. do A.)

38. *Women's Auxiliary Corps* ou Corpo Auxiliar Feminino. Organização feminina do Exército dos Estados Unidos que prestava auxílio aos militares. (N. do T.)

tava *Deutschland über Alles*[39] o mais alto que podia. Bronikowski ficou olhando os três, fascinado, até que sumiram numa curva da estrada.

– A guerra está perdida – disse ele, em voz alta.

O HORCH DE ROMMEL agora ronronava baixinho através de La Roche-Guyon, passando lentamente pelas casinhas construídas umas ao lado das outras, parede contra parede, dos dois lados das ruas. O grande carro negro deixou a estrada, passou pelas dezesseis tílias podadas em quadrado e atravessou os portões do castelo dos duques de La Rochefoucauld. Assim que pararam diante da porta, Lang desembarcou rapidamente e correu à frente para informar ao general-de-divisão Speidel que o marechal-de-campo havia retornado. Ao pisar no corredor central, ele escutou os acordes de uma ópera wagneriana, provenientes do gabinete do chefe do Estado-Maior. A música aumentou de volume quando a porta se abriu subitamente e Speidel saiu para o corredor.

Lang ficou chocado e muito zangado. Esquecendo-se por um momento que estava falando com um general, falou com indignação:

– Mas como você pode estar escutando ópera em um momento como este?

Speidel sorriu e disse:

– Meu caro Lang, você não acha que o fato de eu tocar um pouco de música vá afetar o andamento da invasão, pois não?

Rommel veio caminhando pelo corredor em seu longo sobretudo cinza-azulado de combate, trazendo na mão direita seu bastão de marechal com o castão de prata. Ele

39. "A Alemanha acima de tudo", antigo hino nacional alemão, com letra do famoso poeta Hugo von Hoffmansthal e música do compositor austríaco Josef Haydn. (N. do T.)

entrou no escritório de Speidel e, com as mãos nas costas, ficou parado olhando para o mapa. Speidel fechou a porta cuidadosamente e Lang, sabendo que essa conferência iria durar algum tempo, foi até a sala de jantar. Cansado, sentou-se a uma das longas mesas e pediu uma xícara de café ao ordenança. Sentado ali perto, outro oficial lia um jornal. Ele ergueu os olhos por um momento.

– Como foi a viagem? – indagou gentilmente.

Lang apenas olhou para ele, sem responder nada.

NA PENÍNSULA DE CHERBOURG, perto de Ste.-Mère-l'Église, o praça Dutch Schultz, da 82ª Aerotransportada, apoiou-se contra o lado da cratera em que se abrigava e ficou escutando, enquanto o sino de uma igreja distante badalava as onze horas. Ele mal conseguia manter os olhos abertos. Achava que estava acordado há quase 72 horas – desde o adiamento da invasão na noite de 4 de junho, quando havia entrado no jogo de dados. Achou muito engraçado que tivesse se esforçado tanto só para perder o dinheiro que havia ganho – absolutamente nada, nem de ruim, nem de bom, lhe havia acontecido. De fato, Dutch se sentia um tanto envergonhado. Não tivera chance de dar um único tiro o dia todo.

Na faixa oposta ao mar da praia Omaha, logo abaixo dos rochedos, o sargento do Corpo Médico de Campanha Alfred Eigenberg atirou-se exausto no fundo de uma cratera. Tinha perdido a conta do número de feridos que havia tratado. Estava cansado até os ossos, mas havia mais uma coisa que desejava fazer antes de dormir. Eigenberg pescou do fundo do bolso uma folha amassada de papel do "correio da vitória" e, com a ajuda de uma lanterna, começou a escrever para casa. Ele iniciou com "Em algum lugar da França" e então começou: "Queridos mamãe e papai: Eu sei que a esta altura vocês já ouviram falar na invasão. Bem, eu estou bem".

Depois disso, o enfermeiro de dezenove anos parou. Não conseguia pensar em nada mais que pudesse escrever.

Ainda na praia, o general-de-brigada Norman Cota cuidava os "olhos de gato", as luzes de blecaute dos caminhões, enquanto escutava os gritos dos policiais militares e dos comandantes de setores da praia que orientavam o movimento de homens e veículos para o interior. Aqui e ali, veículos de desembarque ainda ardiam em chamas, projetando um clarão avermelhado pelo ar noturno. A rebentação das ondas martelava a praia e, de algum lugar à distância, Cota escutou o gaguejar solitário de uma metralhadora. Subitamente, Cota sentiu-se muito cansado. Um caminhão roncou em sua direção e Cota fez sinal para que parasse. Ele subiu na tábua larga que havia diante da porta, entre os pára-lamas, encaixando um dos braços no lado de dentro do veículo. Lançou um último olhar à praia e então disse ao motorista:

– Leve-me até o alto da colina, filho.

NO QUARTEL-GENERAL DE ROMMEL, Lang havia escutado as más notícias, como todos os seus camaradas: o ataque da 21ª *Panzer* havia falhado. Lang sentiu-se muito deprimido. Ele indagou do marechal-de-campo:

– O senhor acha que agora temos condições de empurrá-los de volta?

Rommel encolheu os ombros, abriu as mãos e disse:

– Lang, espero que sim. Até agora, eu quase sempre tive sucesso.

Então, ele deu um tapinha no ombro de Lang.

– Você me parece bastante cansado – disse ele. – Por que não vai para a cama? Foi um dia muito comprido.

Deu-lhe as costas e Lang ficou olhando, enquanto ele caminhava ao longo do corredor até entrar em seu próprio gabinete. A porta fechou-se por trás dele, sem fazer barulho.

Do lado de fora do prédio, nada se movia nos dois grandes pátios calçados de pedras arredondadas. La Roche-Guyon estava silenciosa. Em breve esta aldeia, a mais ocupada da França ocupada, já estaria livre – como aconteceria com toda a Europa de Hitler. A partir deste dia, o Terceiro *Reich* tinha menos de um ano de vida. Além dos portões do castelo, a estrada principal se estendia, larga e vazia; todas as janelas das casinhas de telhados vermelhos estavam trancadas. Na igreja de St.-Samson, o sino do campanário tocou meia-noite.

# Observação sobre as baixas

Através dos anos, grande variedade de números vagos e contraditórios foram divulgados com relação às baixas sofridas pelas tropas aliadas durante o período de vinte e quatro horas em que durou o assalto. Não se pode afirmar que nenhum desses totais seja acurado. No máximo, devem permanecer como estimativas, uma vez que, pela própria natureza do ataque, seria impossível a qualquer pessoa determinar os números exatos. Em geral, a maior parte dos historiadores militares concorda que o total de baixas aliadas foi da ordem de dez mil; alguns calculam o número em até doze mil baixas.

As baixas americanas foram determinadas oficialmente como 6.603. Esse número é baseado no Relatório de Combate, redigido após a ação militar, pelos oficiais responsáveis do Primeiro Exército dos Estados Unidos, que apresenta as seguintes especificações: 1.465 mortos, 3.184 feridos, 1.928 desaparecidos em ação e 26 capturados. Estão incluídas nessa compilação as perdas da 82ª e da 10ª divisões Aerotransportadas, correspondentes a 2.499 mortos, feridos e desaparecidos.

Os canadenses tiveram 946 baixas, sendo 335 mortos. Nenhum resultado final britânico foi jamais publicado, mas estima-se que as forças do Reino Unido tiveram pelo menos duas mil e quinhentas a três mil baixas, inclusive as da 6ª Divisão Aerotransportada, que sofreu perdas de 650 mortos, feridos ou desaparecidos em combate.

Quais foram as perdas alemãs no Dia D? Ninguém saberá dizer. Em minhas entrevistas com oficiais superiores alemães, recebi estimativas de quatro mil a nove mil baixas. Porém, no final de junho, Rommel relataria que suas perdas durante o mês incluíam “28 generais, 354 comandantes e aproximadamente 250 mil homens”.

# Agradecimentos

As principais fontes de informação para este livro provêm dos sobreviventes ao Dia D, tanto aliados como alemães, além de membros da Resistência e civis franceses – um total de mais de mil depoimentos. Eles gastaram seu tempo para colaborar comigo, gratuitamente e sem egoísmo, sem considerar qualquer inconveniência como demasiado grave. Eles preencheram questionários e, depois que esses formulários haviam sido estudados e cotejados com os de outros veteranos, alegremente se dispuseram a fornecer informações adicionais. Responderam de boa vontade às muitas cartas e solicitações que lhes enviei. Forneceram-me grande riqueza de recordações e *memorabilia* – mapas manchados pela água, diários esfarrapados, relatórios de combate, diários de bordo, blocos de mensagens, relações nominais dos efetivos de companhias, listas de baixas, cartas pessoais e fotografias –, além de disponibilizarem horários para serem entrevistados. Sinto-me profundamente endividado com todos esses contribuintes.

Dentre o número total de sobreviventes que consegui localizar – uma tarefa que me levou quase três anos –, cerca de setecentos foram entrevistados nos Estados Unidos, no Canadá, na Grã-Bretanha, na França e na Alemanha. Citações de cerca de 383 relatos foram incluídas no texto. Por uma grande variedade de razões editoriais – principalmente para evitar repetições –, foi impossível incluir as contribuições de todos. Entretanto, a estrutura do livro foi construída com base nas informações fornecidas por todos os participantes, além de relatórios de combate aliados e alemães, diários de guerra, histórias já publicadas e outros registros oficiais (tais como as magníficas entrevistas sobre os combates conduzidas durante e após a guerra pelo general-de-brigada S. L. A. Marshall, da Reserva do Exército dos Estados Unidos, historiador militar oficial para o teatro europeu).

Para começar, quero agradecer a De Witt Wallace, editor e diretor de *The Reader's Digest,* que financiou quase todos os custos e, desse modo, tornou possível a publicação deste livro.

A seguir, devo prestar tributo ao ministro da Defesa dos Estados Unidos, general-de-exército Maxwell D. Taylor, até recentemente o chefe do Estado-Maior do Exército dos Estados Unidos; ao general-de-divisão H. P. Storke, chefe do Departamento de Informações do Exército; ao coronel G. Chesnutt, ao tenente-coronel John S. Cheseboro e ao tenente-coronel C. J. Owen, do Departamento de Livros e Revistas do Exército; ao Comandante Herbert Gimpel, do Departamento de Livros e Revistas da Marinha dos Estados Unidos; ao major J. Sunderman e ao capitão W. M. Mack, da Divisão de Informações da Aeronáutica dos Estados Unidos; à sra. Martha Holler, da Divisão de Credenciamento e Viagens do Ministério da Defesa; e aos muitos oficiais de Relações Públicas, na Europa e em outros lugares, que me assistiram em todas as fases do projeto. Todas essas pessoas não somente me auxiliaram a localizar veteranos como também me abriram portas por toda parte, concedendo-me permissão para examinar documentos até então considerados "classificados", fornecendo-me mapas detalhados, transportando-me em viagens na e para a Europa e até mesmo agendando minhas entrevistas.

Devo também reconhecer a gentil assistência e cooperação do dr. Kent Roberts Greenfield, até recentemente historiador principal do Escritório Central da História

Militar, e dos membros de seu pessoal – major William F. Heitz, sr. Israel Wice, sr. Detmar Finke e o sr. Charles von Luttichau –, ao me darem permissão para consultar informações de histórias e registros oficiais e por sua constante orientação e apoio. Gostaria de incluir aqui uma menção especial para o trabalho de Charles von Luttichau, que passou todo o seu tempo livre, durante um período de quase oito meses, traduzindo para mim fardos de documentos alemães e todos os diários de guerra alemães importantes.

Pelas contribuições a este livro, eu gostaria de agradecer em particular as seguintes pessoas: sargento William Petty, que reconstruiu meticulosamente a ação dos *Rangers* em Pointe du Hoc; cabo Michael Kurtz, da 1ª Divisão, segundo-tenente Edward Gearing e general-de-brigada Norman Cota, da 29ª Brigada, por suas vívidas descrições dos combates na praia Omaha; coronel Gerden Johnson, da 4ª Divisão, pela sua cuidadosa descrição do equipamento carregado pelas tropas de assalto da primeira onda; coronel Eugene Caffey e sargento Harry Brown, por suas descrições do comportamento do general-de-brigada Theodore Roosevelt na praia Utah; general-de-divisão Raymond O. Barton, comandante da 4ª Divisão no Dia D, por sua orientação e por me emprestar seus mapas e documentos oficiais; brigadeiro E.E.E. Cass, cuja 8ª Brigada Britânica liderou o ataque na praia Sword, por seus memorandos e documentos detalhados e pela cortesia com que se esforçou para tentar pesquisar os números de baixas britânicas; sra. Theodore Roosevelt, por suas muitas gentilezas, atenciosas sugestões e críticas; William Walton, antigo colaborador das revistas *Time* e *Life,* o único correspondente de guerra que pulou de pára-quedas junto com a 82ª, por remexer em suas arcas e baús até encontrar seus velhos cadernos de notas e depois passar dois dias trabalhando comigo, até recriar a atmosfera do assalto; capitão Daniel J. Flunder e tenente Michael Aldworth, do 48º Regimento dos Comandos Reais dos Fuzileiros Navais, por suas vívidas descrições do cenário da praia Juno; e gaiteiro Bill Millin, dos Comandos Especiais de Lord Lovat, por sua pesquisa diligente até encontrar a lista de melodias que tocou ao longo do dia.

Também gostaria de expressar aqui minha apreciação extrema ao general Maxwell D. Taylor, que encontrou uma forma de retirar algum tempo de sua esmagadora agenda de compromissos para me conduzir passo a passo através do assalto da 101ª Divisão Aerotransportada, e que, mais tarde, leu as partes pertinentes de meu manuscrito a fim de determinar sua acurácia. Outros que verificaram erros e que leram duas e até três versões do manuscrito foram o general-de-exército sir Frederick Morgan, o arquiteto do Plano Overlord original; e o general-de-exército James L. Gavin, que comandou a descida de pára-quedas da 82ª Divisão Aerotransportada sobre a Normandia.

Também estou em dívida com o general Omar N. Bradley, que comandou o 1º Exército dos Estados Unidos; com o general-de-exército Walter B. Smith, que era chefe do estado-maior do general Dwight D. Eisenhower; com o general-de-exército J. T. Crocker, que comandou o 1º Corpo britânico; e com o general-de-exército sir Richard Gale, que comandou a 6ª Divisão Aerotransportada britânica. Todos esses homens gentilmente responderam a todas as minhas indagações ou me concederam entrevistas ou me disponibilizaram seus mapas e documentos bélicos.

Do lado alemão, eu quero reconhecer a generosa cooperação do governo de Bonn e das muitas associações de serviço que localizaram veteranos e agendaram entrevistas.

No que tange à assistência recebida de muitos contribuintes alemães, estou particularmente agradecido ao marechal Franz Halder, antigo chefe do Estado-Maior alemão; ao capitão Hellmuth Lang, ajudante-de-ordens de Rommel; ao general-de-divisão Günther Blumentritt, chefe do estado-maior do marechal-de-campo Von Rundstedt; ao general-de-exército dr. Hans Speidel, chefe do estado-maior de Rommel; a *Frau* Lucie-Maria Rommel e a seu filho, Manfred; ao general-de-exército Max Pemsel, chefe do Estado-Maior do 7º Exército; ao general Hans von Salmuth, comandante do 15º Exército; ao general Von Oppeln-Bronikowski, da 21ª Divisão Blindada *Panzer;* ao coronel Josef Priller, da 26ª Esquadrilha de Combate da *Luftwaffe;* ao tenente-coronel Hellmuth Meyer, do 15º Exército; e ao major Werner Pluskat, da 352ª Divisão. Todos esses e dúzias de outros demonstraram grande delicadeza em me conceder entrevistas, gastando horas a reconstruir as diversas fases da batalha.

Em acréscimo às informações coletadas dos participantes do Dia D, muitos trabalhos de eminentes autores e historiadores foram consultados durante a minha pesquisa. Gostaria de expressar minha gratidão a Gordon A. Harrison, autor da história oficial do Dia D, *O ataque através do Canal,* e ao dr. Forest Pogue, autor de *O Supremo Comando,* publicado pelo Exército dos Estados Unidos; ambos me orientaram e me ajudaram em muitos pontos controversos. Seus livros demonstraram um valor incalculável ao me transmitirem um quadro geral da situação política e militar dos eventos que conduziram à invasão, além de detalharem o próprio ataque. Outros livros me foram muito úteis, como *A invasão da França e da Alemanha,* de Samuel E. Morison; *A cabeça-de-ponte de Omaha,* de Charles H. Taylor; *De Utah a Cherbourg,* de R. G. Ruppenthal; *Encontro com o destino,* de Leonard Rapport e Arthur Norwood, Jr.; *Homens contra o fogo,* do general-de-brigada S. L. A. Marshall, da Reserva do Exército dos Estados Unidos; e *O exército canadense, 1939-1945,* do coronel C. P. Stacey. Adiante, o leitor encontrará a bibliografia dos livros referidos.

Na localização de veteranos, reunião e classificação dos resultados de pesquisa e nas entrevistas finais, fui eficientemente atendido por pesquisadores, representantes de escritórios de informações e editores da revista mensal *Reader's Digest,* nos Estados Unidos, Canadá, Grã-Bretanha, França e Alemanha (publicada no Brasil sob o nome de *Seleções* do *Reader's Digest*). Em Nova York, Frances Ward e Sally Roberts, sob orientação da editora da seção de informações do escritório local, sra. Gertrude Arundel, mergulharam em pilhas de documentos, questionários e correspondência e, de algum modo, conseguiram tomar pé e obter os melhores resultados possíveis. Em Londres, Joan Isaacs executou uma tarefa semelhante, incluindo muitas entrevistas. Com a ajuda do Escritório de Informações de Guerra canadense, os funcionários do *Reader's Digest* canadense, Shane McKay e Nancy Vail Bashant, encontraram e entrevistaram dúzias de veteranos canadenses.

A parte européia das investigações foi a mais difícil de realizar e devo agradecer encarecidamente a Max C. Schreiber, diretor da edição alemã do *Reader's Digest,* por seus conselhos e orientação; e muito especialmente ao editor associado Georges Révay, a John D. Panitza e Yvonne Fourcade, do escritório editorial europeu do *Reader's Digest* em Paris, por seu magnífico trabalho na organização e na pesquisa das informações necessárias ao projeto, que também se demonstraram incansáveis na realização de entrevistas. Meus sinceros agradecimentos vão também para o diretor administrativo assistente do *Reader's Digest*, Hobart Lewis, por acreditar no projeto desde o primeiro momento e por me dar todo o apoio necessário durante os longos meses de trabalho.

Há muitos e muitos outros com quem tenho dívidas de gratidão. Para mencionar apenas alguns: Jerry Korn, por suas críticas cuidadosas e assistência na editoração do manuscrito; Don Lassen, por suas muitas cartas referentes à 82ª Divisão Aerotransportada; Don Brice (da Dictaphone Corporation) e David Kerr, por me ajudarem nas entrevistas; o coronel John Virden, do jornal *Army Times*; Kenneth Crouch, do jornal *Bedford Democrat*; Dave Parsons, da Pan American Airways; Ted Rowe, da IBM; e Pat Sullivan, da General Dynamics – todos os quais, através de suas organizações, me ajudaram a localizar sobreviventes; Suzanne Gleaves, Theodore H. White, Peter Schwed e Phyllis Jackson, por suas cuidadosas leituras de cada versão da obra; Lillian Lang, que me serviu de secretária; Anne Wright, que arquivou, realizou a referenciação cruzada, tomou conta da correspondência e ainda datilografou todos os originais; e, acima de tudo, minha cara esposa, Kathryn, que compilou, organizou a pesquisa, ajudou na revisão final do manuscrito e contribuiu mais que qualquer outra pessoa – porque foi ela que teve de viver comigo enquanto eu escrevia tudo isso.

C. R.

# Bibliografia


Babington-Smith, Constance. *Air Spy*. New York: Harper & Bros., 1957.

Baldwin, Hanson W. *Great Mistakes of the War*. New York: Harper & Bros., 1950.

Baumgartner, tenente John W.; DePoto, primeiro-sargento Al; Fraccio, sargento William; Fuller, capelão Sammy. *The 16th Infantry, 1798-1946*. Publicação particular.

Bird, Will R. *No Retreating Footsteps*. Nova Scotia: Kentville Publishing Co., s.d.

Blond, Georges. *Le Débarquement, 6 Juin 1944*. Paris: Arthème Fayard, 1951.

Bradley, general Omar N. *A Soldier's Story*. New York: Henry Holt, 1951.

Bredin, tenente-coronel A.E.C. *Three Assault Landings*. London: Gale & Polden, 1946.

British First and Sixth Airborne Divisions, The Official Account of. *By Air to Battle*. London: His Majesty's Stationery Office, 1945.

Brown, John Mason. *Many a Watchful Night*. New York: Whittlesey House, 1944.

Butcher, capitão Harry C. *My Three Years with Eisenhower*. New York: Simon and Schuster, 1946.

Canadian Department of National Defence. *Canada's Battle in Normandy*. Ottawa: King's Printer, 1946.

Chaplin, W. W. *The Fifty-Two Days*. Indianapolis and New York: Bobbs-Merrill, 1944.

Churchill, Winston S. *The Second World War*. Volumes I-VI, Boston: Houghton Mifflin, 1948-1953.

Clay, major Ewart W. *The Path of the 50th*. London; Gale & Polden, 1950.

Colvin, Ian. *Master Spy*. New York: McGraw-Hill, 1951.

Cooper, John P., Jr. *The History of the 110th Field Artillery*. Baltimore: War Records Division, Maryland Historical Society, 1953.

Crankshaw, Edward. *Gestapo*. New York: Viking Press, 1956.

Danckwerts, P. V. *King Red and Go*. Royal Armoured Corps *Journal* – Vol. 1, July 1946.

Dawson, W. Forrest. *Sage of the All-American* (82nd Airborne Division). Publicação Particular.

Dempsey, general-de-exército M. C. *Operations of the 2nd Army in Europe*. London: War Office, 1957.

Edwards, comandante Kenneth R. N. *Operation Neptune*. London: The Albatross Ltd., 1947.

Eisenhower, general Dwight D. *Crusade in Europe*. New York: Doubleday, 1948.

First Infantry Division, com introdução de Hanson Baldwin: H. R. Knickerbocker, Jack Thompson, Jack Belden, Don Whitehead, A. J. Liebling, Mark Watson, Cy Peterman, Iris Carpenter, coronel R. Ernest Dupuy, Drew Middleton, e outros oficiais. *Danger Forward*. Atlanta: Albert Love Enterprises, 1947.

First U.S. Army Report of Operations, 20 October 1943 to August 1944. *Field Artillery Journal*.

Fleming, Peter. *Operation Sea Lion*. New York: Simon & Schuster, 1947.

457 AAA AW Battalion. *From Texas to Teismach*. Nancy, França: Imprimerie A. Humblot, 1945.

Fuller, general-de-divisão J. F. C. *The Second World War*. New York: Duell, Sloan, and Pearce, 1949.

Gale, general-de-exército Sir Richard. *With the 6th Airborne Division in Normandy*. London: Sampson, Lowe, Marston & Co., Ltd. 1948.

Gavin, general-de-exército James M. *Airborne Warfare*. Washington, D.C.: Infantry Journal Press, 1947.

Glider Pilot Regimental Association. *The Eagle*. Vol. 2. London: 1954.

Goerlitz, Walter. *The German General Staff*. Introduction by Walter Millis. New York: Frederick A. Praeger, 1953.

Guderian, general Heinz. *Panzer Leader*. New York: E. P. Dutton, 1952.

Gunning, Hugh. *Borders in Battle*. Barwick-on-Tweed, England: Martin and Co., 1948.

Hansen, Harold A.; John G. Herndon; William B. Langsdorf. *Fighting for Freedom*. Philadelphia: John C. Winston, 1947.

Harrison, Gordon A. *Cross-Channel Attack*. Washington, D.C.: Office Of the Chief of Military History, Department of the Army, 1951.

Hart, B. H. Liddell. *The German Generals Talk*. New York: William Morrow, 1948.

Hart, B. H. Liddell (editor). *The Rommel Papers*. New York: Harcourt, Brace, 1953.

Hayn, Friedrich. *Die Invasion*. Heidelberg: Kurt Vorwinckel Verlag, 1954.

Herval, René. *Bataille de Normandie*. Paris: Notre-Dame., s.d.

Hickey, Rev. R. M. *The Scarlet Dawn*. Campbelltown, New Brunswick, Canada: Tribune Publishers, Ltd., 1949.

Hollister, Paul, e Strunsky, Robert (ed.). *D-Day Through Victory in Europe*. New York: Columbia Broadcasting System, 1945.

Holman, Gordon. *Stand by to Beach!* London: Hodder & Stoughton, 1944.

Jackson, tenente-coronel G. S. *Operations of 8th Corps*. London: St.-Clements Press, 1948.

Johnson, Franklyn A. *One More Hill*. New York: Funk & Wagnalls, 1949.

Karig, comandante Walter, Reserva da Marinha dos Estados Unidos. *Battle Report*. New York: Farrar & Rinehart, 1946.

Lemmonier-Gruhier, François. *La Brèche de Sainte-Marie-du-Mont*. Paris: Spes, s.d.

Life (ed.). *Life's Picture History of World War II*.

Lockhart, Robert Bruce. *Comes the Reckoning*. London: Putnam, 1950.

Lockhart, Robert Bruce. *The Marines Were There*. London: Putnam, 1950.

Lowman, major F. H. *Dropping into Normandy*. Oxfordshire and Bucks Light Infantry *Journal*, Janeiro de 1951.

McDougall, Murdoch C. *Swiftly They Struck*. London: Odhams Press, 1954.

Madden, capitão J. R. *Ex Coelis*. Canadian Army *Journal*. Vol. XI nº 1.

Marshall, S. L. A. *Men Against Fire*. New York: William Morrow, 1947.

Millar, Ian A. L. *The Story of the Royal Canadian Corps*. Publicação particular.

Monks, Noel. *Eye-Witness*. London: Frederick Muller, 1955.

Montgomery, marechal-de-campo Sir Bernard. *The Memoirs of Field Marshal Montgomery*. Cleveland e New York: World Publishing Company, 1958.

Morgan, general-de-exército Sir Frederick. *Overture to Overlord*. London: Hodder & Stoughton, 1950.

Morison, Samuel Eliot. *The Invasion of France and Germany*. Boston: Little, Brown, 1957.

Moorehead, Alan. *Eclipse*. New York: Coward-McCann, 1945.

Munro, Ross. *Gauntlet to Overlord*. Toronto: The Macmillan, 1945.

Nightingale, tenente-coronel P. R. *A History of the East Yorkshire Regiment*. Publicação particular.

Norman, Albert. *Operation Overlord*. Harrisburg, Pennsylvania: The Military Service Publishing Co., 1952.

North, John. *North-West Europe 1944-5*. London: His Majesty's Stationery Office, 1953.

Otway, coronel Terence. *The Second World War, 1939-1945 – Airborne Forces*. London: War Office, 1945.

Parachute Field Ambulance (members of 224). *Red Devils*. Publicação particular.

Pawle, Gerald. *The Secret War*. New York: William Sloan, 1957.

Pogue, Forrest C. *The Supreme Command*. Washington, District of Columbia: Office of the Chief of Military History, Department of the Army, 1946.

Pyle, Ernie. *Brave Men*. New York: Henry Holt, 1944.

Rapport, Leonard e Northwood, Arthur Jr., *Rendez-vous with Destiny*. Washington, D.C.: Washington Infantry Journal Press, 1948.

Ridgway, Matthew B. *Soldier: The Memoirs of Matthew B. Ridgway*. New York: Harper & Bros., 1956.

Roberts, Derek Mills. *Clash by Night*. London: Kimber, 1956.

Royal Armoured Corps *Journal*, Volume IV. *Anti-invasion*. London: Gale & Polden, 1950.

Ruppenthal, R. G. *Utah to Cherbourg*. Washington, D.C.: Office of the Chief of Military History, Department of the Army, 1946.

Salmond, J. B. *The History of the 51st Highland Division 1939-1945*. Edinburgh e London: William Blackwood & Sons, Ltd., 1953.

Saunders, Hilary St. George. *The Green Beret*. London: Michael Joseph, 1949.

Saunders, Hilary St. George. *The Red Beret*. London: Michael Joseph, 1950.

Semain, Bryan. *Commando Men*. London: Stevens & Sons, 1948.

Shulman, Milton. *Defeat in the West*. London: Secker and Warburg, 1947.

Smith, general Walter Bedell (com Steward Beach). *Eisenhower's Six Great Decisions*. New York: Longmans, Green, 1956.

Special Troops of the 4th. Infantry Division. *The 4th. Infantry Division*. Baton Rouge, Louisiana: Army & Navy Publishing Co., 1946.

Speidel, general-de-exército dr. Hans. *Invasion 1944*. Chicago: Henry Regnery, 1950.

Stacey, coronel C. P. *The Canadian Army, 1939-1945*. Ottawa: King's Printers, 1948.

Stanford, Alfred. *Force Mulberry*. New York: William Morrow, 1951.

*Story of the 79th. Armoured Division, The.* Hamburg, Alemanha. Publicação particular.

Synge, capitão W.A.T. *The Story of the Green Howards.* London: Publicação particular.

Taylor, Charles H. *Omaha Beachhead.* Washington, D.C.: Office of the Chief Of Military History, Department of the Army, 1946.

Von Schweppenburg, general Barão Leo Geyr. "Invasion without Laurels in An Cosantoir", Volume IX nº 12 e Volume X nº 1, Dublin, 1949-1950.

Waldron, Tom e Gleeson, James. *The Frogmen.* London: Evans Bros., 1950.

Weller, George. *The Story of the Paratroops.* New York: Random House, 1958.

Wertenbaker, Charles Christian. *Invasion!* New York: D. Appleton-Century, 1944.

Wilmot, Chester. *The Struggle for Europe.* New York: Harper & Bros., 1952.

Young, general-de-brigada Desmond. *Rommel, the Desert Fox.* New York: Harper & Bros., 1950.

**Documentos capturados e manuscritos alemães**

Blumentritt, general-de-exército Günther. *The OB West and the Normandy Campaign, 6 June – 24 July 1944,* Manuscrito B-284; *A Study on Command,* Volumes I, II, III, MS B-344.

Dihm, general-de-exército Friedrich. *Rommel and the Atlantic Wall.* Manuscritos B-259, B-352 e B-353.

Feuchtinger, general-de-exército Edgar. *21st. Panzer Division in Combat against American Troops in France and Germany.* Manuscrito A-871.

Guderian, general-de-divisão Heinz. *Panzer Tactics in Normandy.*

Hauser, general-de-brigada Paul. *Seventh Army in Normandy.*

Jodl, marechal Alfred. *Invasion and the Normandy Campaign.* Manuscrito A-913.

Keitel, marechal-de-campo Wilhelm e Jodl, marechal Alfred. *Answers to Questions on Normandy: The Invasion.* Manuscrito A-915.

Pemsel, general-de-exército Max. *Seventh Army (June 1942 – 5 June 1944)*, Manuscrito B-234; *Seventh Army (June 6 - 29 July 1944)*, Manuscrito B-763.

Remer, general-de-divisão Otto. *The 20 July '44 Plot against Hitler; the Battle of the 716th. Division in Normandy. (6 June – 23 June 1944)*. Manuscrito B-621.

Roge, Comandante. *Part Played by the French Forces of the Interior during the Occupation of France, Before and After D-Day*. Manuscrito B-035.

Rommel, marechal-de-campo Erwin. Documentos capturados – papéis particulares, fotografias e quarenta cartas enviadas à sra. Lucie-Maria Rommel a seu filho Manfred (todos traduzidos por Charles von Luttichau).

Ruge, Almirante Friedrich. *Rommel and the Atlantic Wall* [Rommel e a Muralha do Atlântico] *(December 1943 – July 1944)*. Manuscritos A-982 e B-282.

Scheidt, Wilhelm. *Hitler's Conduct of the War*. Manuscrito ML-864.

Schramm, major Percy E. *The West (1 April 1944 – 16 December 1944)*. Manuscrito B-034; *Notes on the Execution of War Diaries*. Manuscrito A-860.

Speidel, general-de-exército dr. Hans. *The Battle in Normandy: Rommel, his Generalship, his Ideas and his End*. Manuscrito C-017; *A Study on Command*, Volumes I, II e III, Manuscrito B-718.

Staubwasser, tenente-coronel Anton. *The Tactical Situation of the Enemy during the Normandy Battle*. Manuscrito B-782; *Army Group B – Intelligence Estimate*. Manuscrito B-675.

Von Buttlar, general-de-divisão Horst. *A Study in Command*, Vol. I, II e III, Manuscrito B-672.

Von Criegern, Friedrich. *84th Corps (1917 January – June 1944)*. Manuscrito B-784.

Von der Heydte, tenente-coronel barão Friedrich. *A German Parachute Regiment in Normandy*. Manuscrito B-839.

Von Gersdorff, general-de-divisão. *A Critique of the Defense against the Invasion*. Manuscrito A-895; *German Defense in the Invasion*. Manuscrito B-122.

Von Rundstedt, marechal-de-campo Gerd. *A Study in Command.* Vol. I, II e III. Manuscrito B-633.

Von Salmuth, general Hans. *15th. Army Operations in the Normandy*. Manuscrito B-746.

Von Schlieben, tenente-coronel Karl Wilhelm. *The German 709th. Infantry Division during the Fighting in Normandy*. Manuscrito B-845.

Von Schweppenburg, general-de-divisão Barão Leo Geyr. *Panzer Group West (Mid 1943 – 5 July 1944).* Manuscrito B-258.

Diários de Guerra do Grupo de Exércitos B (quartel-general de Rommel); do OB West (quartel-general de Von Rundstedt); do 7º Exército (com o Registro Telefônico); e do 15º Exército (todos traduzidos por Charles von Luttichau).

Warlimont, general Walter. *From the Invasion to the Siegfried Line*.

Ziegelman, tenente-coronel. *History of the 352nd. Infantry Division*. Manuscrito B-432.

Zimmermann, general-de-exército Bodo. *A Study in Command.* Vol. I, II e III. Manuscrito B-308.

## Sobre o autor

Cornelius Ryan nasceu em Dublin, na Irlanda, em 1920, onde foi criado. Com pouco mais de 20 anos, cobriu os conflitos da 2ª Guerra Mundial, de 1941 a 1945, para a agência de notícias Reuters e para o jornal britânico *London Daily Telegraph*. Participou de quatorze missões de bombardeio junto às forças aéreas norte-americanas, do desembarque no Dia D, do avanço aliado através da França e da Alemanha e, após o final dos conflitos em solo europeu, cobriu os últimos meses da campanha no Pacífico, tornando-se um dos mais proeminentes correspondentes de guerra da época. Em seu trabalho, baseava-se tanto em fontes oficiais e entrevistas com líderes militares quanto em depoimentos de soldados comuns e civis, de modo que toda a sua obra está impregnada de uma forte tensão humana. Foi com rigor jornalístico de detalhes e informações e com extrema compaixão para com os dramas das pessoas envolvidas que Ryan escreveu a sua trilogia da Segunda Guerra Mundial: *O mais longo dos dias* (*The longest day*, 1959), sobre o Dia D; *The last battle*, 1966, sobre o final da Segunda Guerra Mundial e a queda de Berlim; e *A bridge too far*, 1974, sobre a malsucedida operação aliada Market Garden.

*O mais longo dos dias* vendeu cerca de quatro milhões de exemplares em quase 30 línguas e foi levado às telas do cinema em 1962, em uma megaprodução internacional de mesmo nome sob a direção de Darryl F. Zanuck, estrelada por vários dos grandes atores da época, como Robert Mitchum, John Wayne, Sean Connery e outros. *A bridge too far* também foi transformado em filme, em 1977.

Em 1973, Cornelius Ryan recebeu a medalha da Legião da Honra do governo francês. Morreu de câncer, em 1976.

# Coleção **L&PM** POCKET (lançamentos mais recentes)

602.**Odisséia (2): Regresso** – Homero
603.**Piadas para sempre (2)** – Visconde da Casa Verde
604.**À sombra do vulcão** – Malcolm Lowry
605(8).**Kerouac** – Yves Buin
606.**E agora são cinzas** – Angeli
607.**As mil e uma noites** – Paulo Caruso
608.**Um assassino entre nós** – Ruth Rendell
609.**Crack-up** – F. Scott Fitzgerald
610.**Do amor** – Stendhal
611.**Cartas do Yage** – William Burroughs e Allen Ginsberg
612.**Striptiras (2)** – Laerte
613.**Henry & June** – Anaïs Nin
614.**A piscina mortal** – Ross Macdonald
615.**Geraldão (2)** – Glauco
616.**Tempo de delicadeza** – A. R. de Sant'Anna
617.**Tiros na noite 2: Medo de tiro** – Dashiell Hammett
618.**Snoopy em Assim é a vida, Charlie Brown! (3)** – Schulz
619.**1954 – Um tiro no coração** – Hélio Silva
620.**Sobre a inspiração poética (Íon) e ...** – Platão
621.**Garfield e seus amigos (8)** – Jim Davis
622.**Odisséia (3): Ítaca** – Homero
623.**A louca matança** – Chester Himes
624.**Factótum** – Charles Bukowski
625.**Guerra e Paz: volume 1** – Tolstói
626.**Guerra e Paz: volume 2** – Tolstói
627.**Guerra e Paz: volume 3** – Tolstói
628.**Guerra e Paz: volume 4** – Tolstói
629(9).**Shakespeare** – Claude Mourthé
630.**Bem está o que bem acaba** – Shakespeare
631.**O contrato social** – Rousseau
632.**Geração Beat** – Jack Kerouac
633.**Snoopy: É Natal! (4)** – Charles Schulz
634(8).**Testemunha da acusação** – Agatha Christie
635.**Um elefante no caos** – Millôr Fernandes
636.**Guia de leitura (100 autores que você precisa ler)** – Organização de Léa Masina
637.**Pistoleiros também mandam flores** – David Coimbra
638.**O prazer das palavras – vol. 1** – Cláudio Moreno
639.**O prazer das palavras – vol. 2** – Cláudio Moreno
640.**Novíssimo testamento: com Deus e o diabo, a dupla da criação** – Iotti
641.**Literatura Brasileira: modos de usar** – Luís Augusto Fischer
642.**Dicionário de Porto-Alegrês** – Luís A. Fischer
643.**Clô Dias & Noites** – Sérgio Jockymann
644.**Memorial de Isla Negra** – Pablo Neruda
645.**Um homem extraordinário e outras histórias** – Tchekhov
646.**Ana sem terra** – Alcy Cheuiche
647.**Adultérios** – Woody Allen
648.**Para sempre ou nunca mais** – R. Chandler
649.**Nosso homem em Havana** – Graham Greene
650.**Dicionário Caldas Aulete de Bolso**
651.**Snoopy: Posso fazer uma pergunta, professora? (5)** – Charles Schulz
652(10).**Luís XVI** – Bernard Vincent
653.**O mercador de Veneza** – Shakespeare
654.**Cancioneiro** – Fernando Pessoa
655.**Non-Stop** – Martha Medeiros
656.**Carpinteiros, levantem bem alto a cumeeira & Seymour, uma apresentação** – J.D.Salinger
657.**Ensaios céticos** – Bertrand Russell
658.**O melhor de Hagar 5** – Dik Browne
659.**Primeiro amor** – Ivan Turguêniev
660.**A trégua** – Mario Benedetti
661.**Um parque de diversões da cabeça** – Lawrence Ferlinghetti
662.**Aprendendo a viver** – Sêneca
663.**Garfield, um gato em apuros (9)** – Jim Davis
664.**Dilbert 1** – Scott Adams
665.**Dicionário de dificuldades** – Domingos Paschoal Cegalla
666.**A imaginação** – Jean-Paul Sartre
667.**O ladrão e os cães** – Naguib Mahfuz
668.**Gramática do português contemporâneo** – Celso Cunha
669.**A volta do parafuso** *seguido de* **Daisy Miller** – Henry James
670.**Notas do subsolo** – Dostoiévski
671.**Abobrinhas da Brasilônia** – Glauco
672.**Geraldão (3)** – Glauco
673.**Piadas para sempre (3)** – Visconde da Casa Verde
674.**Duas viagens ao Brasil** – Hans Staden
675.**Bandeira de bolso** – Manuel Bandeira
676.**A arte da guerra** – Maquiavel
677.**Além do bem e do mal** – Nietzsche
678.**O coronel Chabert** ***seguido de*** **A mulher abandonada** – Balzac
679.**O sorriso de marfim** – Ross Macdonald
680.**100 receitas de pescados** – Sílvio Lancellotti
681.**O juiz e o seu carrasco** – Friedrich Dürrenmatt
682.**Noites brancas** – Dostoiévski
683.**Quadras ao gosto popular** – Fernando Pessoa
684.**Romanceiro da Inconfidência** – Cecília Meireles
685.**Kaos** – Millôr Fernandes
686.**A pele de onagro** – Balzac
687.**As ligações perigosas** – Choderlos de Laclos
688.**Dicionário de matemática** – Luiz Fernandes Cardoso
689.**Os Lusíadas** – Luís Vaz de Camões
690(11).**Átila** – Éric Deschodt
691.**Um jeito tranqüilo de matar** – Chester Himes
692.**A felicidade conjugal** ***seguido de*** **O diabo** – Tolstói
693.**Viagem de um naturalista ao redor do mundo** – vol. 1 – Charles Darwin
694.**Viagem de um naturalista ao redor do mundo** – vol. 2 – Charles Darwin
695.**Memórias da casa dos mortos** – Dostoiévski
696.**A Celestina** – Fernando Rojas
697.**Snoopy (6)** – Charles Schulz
698.**Dez (quase) amores** – Claudia Tajes
699.**Poirot sempre espera** – Agatha Christie
700.**Cecília de bolso** – Cecília Meireles
701.**Apologia de Sócrates** ***precedido de*** **Êutifron e** ***seguido de*** **Críton** – Platão
702.**Wood & Stock** – Angeli
703.**Striptiras (3)** – Laerte
704.**Discurso sobre a origem e os fundamentos da desigualdade entre os homens** – Rousseau

Impressão

GRÁFICA EDITORA
Pallotti
IMAGEM DE QUALIDADE

www.pallotti.com.br